U0123874

名家通识讲座书系

审美阅读
十五讲

□　孙绍振　著

北京大学出版社
PEKING UNIVERSITY PRESS

图书在版编目（CIP）数据

审美阅读十五讲/孙绍振著.—北京：北京大学出版社，2013.8
（名家通识讲座书系）
ISBN 978-7-301-22173-0

Ⅰ.①审…　Ⅱ.①孙…　Ⅲ.①中国文学—文学欣赏　Ⅳ.①I206

中国版本图书馆 CIP 数据核字（2013）第 028402 号

书　　　　名	审美阅读十五讲	
	SHENMEI YUEDU SHIWU JIANG	
著作责任者	孙绍振　著	
责 任 编 辑	艾　英	
标 准 书 号	ISBN 978-7-301-22173-0	
出 版 发 行	北京大学出版社	
地　　　　址	北京市海淀区成府路 205 号　　100871	
网　　　　址	http://www.pup.cn　新浪微博：@北京大学出版社	
电 子 邮 箱	编辑部 wsz@pup.cn　　总编室 zpup@pup.cn	
电　　　　话	邮购部 010-62752015　发行部 010-62750672	
	编辑部 010-62756467	
印 刷 者	三河市北燕印装有限公司	
经 销 者	新华书店	
	965 毫米×1300 毫米　16 开本　17.75 印张　280 千字	
	2013 年 8 月第 1 版　2024 年 6 月第 11 次印刷	
定　　　　价	49.00 元	

"名家通识讲座书系"
编审委员会

"名家通识讲座书系"总序

本书系编审委员会

"名家通识讲座书系"是由北京大学发起,全国十多所重点大学和一些科研单位协作编写的一套大型多学科普及读物。全套书系计划出版100种,涵盖文、史、哲、艺术、社会科学、自然科学等各个主要学科领域,第一、二批近50种将在2004年内出齐。北京大学校长许智宏院士出任这套书系的编审委员会主任,北大中文系系主任温儒敏教授任执行主编,来自全国一大批各学科领域的权威专家主持各书的撰写。到目前为止,这是同类普及性读物和教材中学科覆盖面最广、规模最大、编撰阵容最强的丛书之一。

本书系的定位是"通识",是高品位的学科普及读物,能够满足社会上各类读者获取知识与提高素养的要求,同时也是配合高校推进素质教育而设计的讲座类书系,可以作为大学本科生通识课(通选课)的教材和课外读物。

素质教育正在成为当今大学教育和社会公民教育的趋势。为培养学生健全的人格,拓展与完善学生的知识结构,造就更多有创新潜能的复合型人才,目前全国许多大学都在调整课程,推行学分制改革,改变本科教学以往比较单纯的专业培养模式。多数大学的本科教学计划中,都已经规定和设计了通识课(通选课)的内容和学分比例,要求学生在完成本专业课程之外,选修一定比例的外专业课程,包括供全校选修的通识课(通选课)。但是,从调查的情况看,许多学校虽然在努力建设通识课,也还存在一些困难和问题:主要是缺少统一的规划,到底应当有哪些基本的通识课,可能通盘考虑不够;课程不正规,往往因人设课;课量不足,学生缺少选择的空间;更普遍的问题是,很少有真正适合通识课教学的教材,有时只好用专业课教材替代,影响了教学效果。一般来说,综合性大学这方面情况稍好,其他普通的大学,特别是理、工、医、农类学校因为相对缺少这方面的教学资源,加上很少有可供选择的教材,开设通识课的困难就更大。

这些年来,各地也陆续出版过一些面向素质教育的丛书或教材,但无论数量还是质量,都还远远不能满足需要。到底应当如何建设好通识课,使之能真正纳入正常的教学系统,并达到较好的教学效果?这是许多学校师生普遍关心的问题。从 2000 年开始,由北大中文系系主任温儒敏教授发起,联合了本校和一些兄弟院校的老师,经过广泛的调查,并征求许多院校通识课主讲教师的意见,提出要策划一套大型的多学科的青年普及读物,同时又是大学素质教育通识课系列教材。这项建议得到北京大学校长许智宏院士的支持,并由他牵头,组成了一个在学术界和教育界都有相当影响力的编审委员会,实际上也就是有效地联合了许多重点大学,协力同心来做成这套大型的书系。北京大学出版社历来以出版高质量的大学教科书闻名,由北大出版社承担这样一套多学科的大型书系的出版任务,也顺理成章。

编写出版这套书的目标是明确的,那就是:充分整合和利用全国各相关学科的教学资源,通过本书系的编写、出版和推广,将素质教育的理念贯彻到通识课知识体系和教学方式中,使这一类课程的学科搭配结构更合理,更正规,更具有系统性和开放性,从而也更方便全国各大学设计和安排这一类课程。

2001 年年底,本书系的第一批课题确定。选题的确定,主要是考虑大学生素质教育和知识结构的需要,也参考了一些重点大学的相关课程安排。课题的酝酿和作者的聘请反复征求过各学科专家以及教育部各学科教学指导委员会的意见,并直接得到许多大学和科研机构的支持。第一批选题的作者当中,有一部分就是由各大学推荐的,他们已经在所属学校成功地开设过相关的通识课程。令人感动的是,虽然受聘的作者大都是各学科领域的顶尖学者,不少还是学科带头人,科研与教学工作本来就很忙,但多数作者还是非常乐于接受聘请,宁可先放下其他工作,也要挤时间保证这套书的完成。学者们如此关心和积极参与素质教育之大业,应当对他们表示崇高的敬意。

本书系的内容设计充分照顾到社会上一般青年读者的阅读选择,适合自学;同时又能满足大学通识课教学的需要。每一种书都有一定的知识系统,有相对独立的学科范围和专业性,但又不同于专业教科书,不是专业课的压缩或简化。重要的是能适合本专业之外的一般大学生和读者,深入浅出地传授相关学科的知识,扩展学术的胸襟和眼光,进而增进学生的人格素养。本书系每一种选题都在努力做到入乎其内,出乎其外,把学问真正做活了,并能加以普及,因此对这套书的作者要求很高。我们所邀请的大都是那些真正有学术建树,有良好的教学经验,又能将学问深入浅出地传达出来的重量级学者,是请"大家"来讲"通识",所以命名为"名家通识讲座书系"。其意图就是精选名校名牌课程,实现大学教学资源共享,让更多的学子能够通过这套书,亲炙名家名师课堂。

本书系由不同的作者撰写,这些作者有不同的治学风格,但又都有共同的追求,既注意知识的相对稳定性,重点突出,通俗易懂,又能适当接触学科前沿,引发跨学科的思考和学习的兴趣。

本书系大都采用学术讲座的风格,有意保留讲课的口气和生动的文风,有"讲"的现场感,比较亲切、有趣。

本书系的拟想读者主要是青年,适合社会上一般读者作为提高文化素养的普及性读物;如果用作大学通识课教材,教员上课时可以参照其框架和基本内容,再加补充发挥;或者预先指定学生阅读某些章节,上课时组织学生讨论;也可以把本书系作为参考教材。

本书系每一本都是"十五讲",主要是要求在较少的篇幅内讲清楚某一学科领域的通识,而选为教材,十五讲又正好讲一个学期,符合一般通识课的课时要求。同时这也有意形成一种系列出版物的鲜明特色,一个图书品牌。

我们希望这套书的出版既能满足社会上读者的需要,又能有效地促进全国各大学的素质教育和通识课的建设,从而联合更多学界同仁,一起来努力营造一项宏大的文化教育工程。

2002 年 9 月

目　录

第一讲

真善美的"错位"[①]

　　刚才主持人把我鼓吹了一下,实际上对我没有什么好处。因为期望值越高,我压力越大。不过我也感到一点鼓舞,说到我的散文的时候,提到我写过一本《美女危险论》,你们笑了,笑的人大多是男孩子,看来男孩子体会很深。(笑声)"美女危险论"为什么能引起大家兴趣呢?你们大多数是理工科的,即便是学文科的,也都是学理论的,理论就是一种理性。不管多么理性的人物,碰到美女的时候,理性就比较少了。爱是没有道理的,也是讲不清楚的。不是有首歌吗,怎么唱的?"这就是爱啊,糊里又糊涂,这就是爱啊,说也说不清楚……"(大笑声)如果爱有道理的话,能说得很清楚的话,这就不是爱,这个道理就是很危险的。(大笑声)

　　所以,贾宝玉第一次见到林黛玉,说,这个姑娘我见过的。其实是根本没见过的,这不是活见鬼了吗?今天要讲的文学经典,就是要解释这种活见鬼的学问;这种学问,有一个文雅的名称,叫做"美学"。(笑声)

一　假美学的"真"和真美学的"假"

　　人是理性的动物,从小学、中学到大学,以各式各样的课程,用人类文化全部的知识系统训练我们,其目的就是强化我们的理性。因为人和动物的区别,首先,就是人是理性的动物。但是如果仅仅把我们训练成纯粹理性的人的话,这种人是片面的。我们不老是讲人要全面发展吗?绝对的、极端理性的人,理性到不管干什么都很科学,科学到一切符合定律,一切能够用数据来运算、遥控,真要是这样,就不太像人了,只能是机器人。柏拉图曾经把诗人,除了歌颂神的,都从他的"理想国"里驱逐出去,在他心目中,最理性的人就是数学人。数千年来,为什么人类难以接受他这样的理念呢?因

---

① 据在东南大学的演讲录音整理。

为这就涉及人的另一个特点:不仅仅是理性的动物,而且还是情感的动物,这样的人才全面。一个人如果没有感情,既不爱父母,也不爱家乡,又没有朋友,即使得了数学博士学位,得了诺贝尔奖金、经济学奖,富甲天下,这样的人还是片面的人,不能算是全面发展的人。上个世纪,西方人用一个比较刻薄的说法来形容一个距离我们很近的民族,这个民族在做生意的时候,太理性了,太会赚钱了,太不讲感情了,他们说,这实在不能算是人,而是"经济动物"。

从人的全面发展上来讲,光有理性的教育是不够的,所以我们的教育方针是"德、智、体、美"。德育是理性的,智育更是理性的,体育更是讲究科学理性的,最后加个美育。美育的"美",往往有些误解——美育就是"五讲"、"四美"、"三热爱"吗? 不,这仍然属于道德理性,美育主要是培养人内心的情感的,主要是以非理性的情感为核心的。这对人的全面发展是非常重要的,以至就有了一种专门的学问,就叫做"美学"。在英语里,本来这个词aesthetics,意思是很丰富的,概括地说,就是与理性相对的以情感为核心的学问。从表层来说,是感知;从中层来说,是情感;从深层来说,是智性。从性质来说,包括正面的美,也包括与之相对的丑。这才是人类感性的全部。但是,这个词在汉语中没有对应的,日本人把它翻译成"美学",在古典文学时期,大致还算可以。因为那里的文学一般是追求美好的心灵和环境的,以诗意的美化为主的。但是,文学艺术并不完全是审美的,也有审丑的。在当时,在我国文学史上,就是宋玉所说的东家之女,丑得不得了。在戏曲里有三花脸,在西方戏剧里也有小丑。但是,在当时,这似乎并不是主流,因而,这个矛盾给掩盖住了。实际上,到了19世纪末,法国象征派波德莱尔在《恶之花》中拓展了以丑为美的境界,"美学"这个翻译就显得不够用了。这个问题,我们暂且放一放,等到后面讲散文的专章中具体再说。

审美情感,具体来说,就是贾宝玉看到林黛玉时那种奇妙的不讲理的感觉。贾宝玉问林黛玉有没有玉,林黛玉说你的玉是稀罕的物件,一般人是没有的。贾宝玉就火起来了,这么好的姑娘都没有玉,就一下子把玉扔掉了。读者知道,他的玉扔掉后,他的魂就没有了,这种行为就是非常率性的、任情的,这种情感完全是非理性的,但是,是非常可爱的。贾宝玉的可爱就在于他的非理性,就是不讲理,不管利害。你们是学理科的,是崇尚理性的,同时你们又来听我讲中国古典文学的经典,来熏陶你们的感情。听了我的话,你

们才有希望变得可爱,变得比贾宝玉可爱。(掌声)

今天要讲的课题就是:人应该是全面发展的。首先,要有丰富深邃的理性。像这个大楼门厅里吴健雄女士的塑像,她是得过诺贝尔奖的,她在物理方面的高度理性在世界上领先,但同时我看到她的塑像充满着女性的温柔,不仅仅是物理学家的严峻,并非仅仅符合柏拉图的理想。我们感受到她脸上的母性,产生一种温情之感。她不是"假小子"、"铁姑娘"、"女强人"那样的女性。我们曾经经历过这样的荒谬:女性的美不在于她是女人,而是一种准男人。现在更可怕了,有一种"女强人",恨不得让她长出一点小胡子来。如果诸位男孩子娶到"女强人"做老婆的话,那个日子可能就不太潇洒了。(笑声)

言归正传,做一个全面发展的人,一方面是理性,一方面是情感。这样才全面。可我们人类往往偏重理性而轻情感,用一度流行的话来说,就是一手硬一手软。这不是偶然的,因为人类从一开始就承受着大自然的严重的生存压力,随时随地都有种族绝灭的危险,于是能够提高人从自然界获得生活资料的效率的实用理性就自发地占了上风,因而情感就压抑到潜意识里去了。这样的人,就是原始人、半边人。当人类文明发展到一定程度,就感到不满足,这样光是吃饱了,睡足了,不是和猪一样了吗?不行,要把那压抑了的一半找回来,这就有了艺术,在宗教仪式中、在歌谣中、在想象中把人的情感解放出来。

情感的审美是非常奥妙的。要说明这一点,为之下个定义,非常困难。由于人类有声语文符号的局限性,又由于事物属性的无限丰富,不可能有绝对严密的定义,何况事物都在发展,一切定义对事物的历史进程都只能是疲惫的追踪。为讲情感的审美的内涵作界定是费力不讨好的。故研究问题,不能从定义出发。

我们换一个角度,从小处入手,或者文雅一点,从微观的分析开始,从经典的文学作品中直接进行抽象。经典里积淀着中华民族智慧和情感最精华的部分。那是一个宝库,经历了千百年历史考验,被世世代代的读者认同,至今仍然有无限的魅力,如恩格斯说的希腊艺术那样,至今仍然是我们艺术"不可企及的规范"。经典艺术文本无限丰富,我们用随机取样的办法来试一下。比如一首唐人绝句,我们来解读一下,看看它的独特感情、它的锦心绣口究竟是怎么回事。诸位在中学时代或是小学时代都念过的、普通平常的贺知章《咏柳》：

> 碧玉妆成一树高，万条垂下绿丝绦。
>
> 不知细叶谁裁出，二月春风似剪刀。

对这样简单的艺术品进行解读的目的是说出这首诗的好处来。这个问题表面上很简单，可真正要做起来，还真不容易，用无限艰难来形容，也不算夸张。这首诗写出来有一千多年了，艺术生命仍然鲜活。它为什么好？怎么好？就是大学者，专门研究唐诗的，头发都白了，解读起来也不一定能够到位。有的权威人士，连门儿都摸不着。有一位权威教授，写了一篇文章叫做《〈咏柳〉赏析》。[①] 他很有勇气来回答这样一个难题。

他说它好在：第一句"碧玉妆成一树高"，写的是一个"总体"印象。第二句"万条垂下绿丝绦"，是"具体"地写柳丝很茂密，这就反映了"柳树的特征"。第三句"不知细叶谁裁出"是设问。第四句"二月春风似剪刀"是回答。为什么这个叶子这么细呢？哦，原来是春风剪出来的。那么它的感染力在哪里呢？他说，第一，它非常真实地反映了"柳树的特征"。第二，"二月春风似剪刀"，这个比喻"十分巧妙"。我读到这里，就不太满足。我凭直觉就感到这个比喻很精彩，这个不用你大教授说。我读你的文章，就是想了解这个比喻怎么巧妙，可是你只说"十分巧妙"，这不是糊弄我吗？（众笑）第三，他认为这首诗好在它不但歌颂了春天，而且赞美了"创造性的劳动"。这一点，我就更加狐疑了。一个唐朝的贵族，脑子里怎么会冒出什么"创造性的劳动"？读唐诗，难道也要想着劳动，还要有创造性？这是不是太累了？（众笑）别看"劳动"这样一个不起眼的说法，其中还真包含着一点值得钻研一番的学问：作为 work 意义的"劳动"是近代从日语转来的。中国古代的"劳动"是以劳驾为核心意义的。[②] 这位教授是 1950 年代的大学生，他心目中的劳动，是带着当年创造世界（财富）乃至创造了人（身体和精神）的主流意识形态的意味，是与"劳动者"、"劳动人民"、"劳动力"、"劳工"、"劳农"、"劳动节"相连接乃至与"阶级"、"革命"、"民主"、"专政"等词和概念相涵容、组合、互摄互动，共同构成了一个具有强烈的政治精神取向意味的

---

① 袁行霈：《〈咏柳〉赏析》，《初中语文课本》第一册，人民教育出版社，1992 年，第 199 页。

② 王力：《汉语史稿》（重排本），中华书局，1980 年，第 603 页。

现代"劳动话语"。①

　　这样解读，完全是主体观念的强加，只有在中国的 20 世纪 50 年代，在大学中文系受过苏式机械唯物主义和狭隘功利主义文艺理论教育的学生，才可能有这样的想法。

　　为什么会这样傻呢？因为，他相信一种美学。这种美学的关键认为，第一，美就是真。只要真实地反映对象，把柳树的特征写出来就很美、很动人了。但这一点很可疑，柳树的特征是固定的，不同的诗人写出的柳树不都一样了吗？还有什么诗人的创造性呢？第二，这是一首抒情诗。古典抒情诗凭什么动人呢？（众：以情动人。）对了，凭感情，而且是有特点的感情，不是一般的感情。这叫做审美情感。要写得好，就应该以诗人的情感特点去同化柳树的特征，光有柳树的特征，是不会有诗意的。反映"柳树的特征"这样的阐释是无效的。第三，是不是一定要蕴涵了创造性劳动这样的道德教化，这首诗才美？如果诗人为大自然的美好而惊叹，仅仅是情感上得到陶冶，在语言上得到出奇制胜的表述，这本身是不是具有独立的价值？是不是不一定要依附于认识和教化？第四，最重要的，这就是方法，这位教授的"赏析"的切入点，就是艺术形象与客观对象之间的统一性。统一了，就真了；真了，就美了。其实，"赏析"的"析"，木字偏旁，就是一块木头；边上那个"斤"，就是一把斧头。斧头的功能就是把一块完整的木头，剖开，分而析之，把一个东西分成两个东西，在相同的东西里找出不同的东西来，也就是在统一的事物中找到内在的矛盾，这就是分析本来的意义。但是，这位教授，不是分析内存的矛盾和差异，而是一味讲被表现的对象与文学形象的统一，不把文本中潜在的矛盾揭示出来，分析什么呢？连分析的对象都没有。

　　拘泥于统一性还是追求矛盾性，这是艺术欣赏的根本问题。

　　具体问题具体分析，不但马克思主义，而且解构主义也是如此。因而从《咏柳》里看到的是艺术和客观对象的不同，而那位教授所信奉的"美是生活"、美就是真的理论，却只能看到二者的一致。他害怕看到《咏柳》里边的形象和客观的柳树的不同。因为，拘泥于真就是美，不真，就不美了。他的

---

　　① 参见刘宪阁：《革命的起点——以"劳动"话语为中心的一种解说》，中国人民大学国际关系学院政治学系等编：《"转型中的中国政治与政治学发展"国际研讨会论文汇编》(1)，2002 年，第 397—418 页。

辩证法不彻底，羞羞答答。他不敢想象，柳的艺术形象里边有了不真的成分还可能是美的。其实，诗的美不仅仅是客观的真实，而且是主观的真诚。而主观的情感越是真诚，就越像贾宝玉见到林黛玉那样有价值。但是，主观的情感和客观的柳树是两个东西，怎么让他变成统一的形象呢？这就需要假定，用学术的语言来说，就是想象。想象就是一种"假"（定），因而艺术的真，是真中有假、假中有真的，用一句套话说，就是真与假的统一。

抒情诗，以情动人。当一个人带着感情去看对象的时候，他是不是很客观、很准确？不是有一句话吗，不要带情绪看人，带情绪看人，就爱之欲生、恶之欲死。月是故乡明，他乡的月是不是就暗呢？情人眼里出西施，哪来那么多西施呀？癞痢头的儿子自己的好，如果是人家的，癞痢头就可能很可怕。反过来说，如果不是情人，同样的对象，仇人眼里出妖魅。（众笑）带了感情去看对象，感觉、感受、体验与客观对象之间就要发生一种"变异"。关于这一点我专门写过一本书，叫做《论变异》，化城出版社，1987 年出版。不要以为我在做广告，二十年前的书，现在已经买不到了。（众笑）

不动感情，是科学家的事，科学家不相信自己的眼睛、鼻子和身体的感觉，宁愿相信仪表上的刻度，体温是多少，脉搏是多少，不能跟着感觉走，因为感情不客观，会变异，只有把感情排除掉，才科学、准确、客观。文学和科学最起码的区别就在这里。如果说柳树是到了春天就发芽的乔木，这很客观，很科学，但没有诗意。如果带上一点情感，说柳树真美，这也不成其为诗。感情要通过主观感觉，带上一种假定和想象并发生变异才能美起来，才有诗意。本来柳树就是黝黑的树干、粗糙的树皮、嫩绿的小叶子和细长的柳枝而已，诗人却说不，柳树的树皮不是黑的，也不粗糙，他说柳树是碧绿的玉做的，柳叶是丝织品，飘飘拂拂的。柳树的枝条是不是玉的和丝的呢？明明不是。从这个意义上来说，它不是绝对真的、客观的。那么，他为什么这样写呢？要表达感情。表达感情就要带上一点想象、一点假定，才能让它更美好一点。绝对的真不是诗，为了真实地表达感情，就要进入假定的想象。真假互补，虚实相生。清代焦袁熹《此木轩论诗汇编》说："如梦如痴，诗家三昧。"恰恰是这种"如梦"的假定境界，才可能有诗。清代黄生（1622—1696?）《一木堂诗麈》卷一说："极世间痴绝之事，不妨形之于言，此之谓诗思。以无为有，以虚为实，以假为真。"清代叶燮（1627—1703）《原诗》内编说："唯不可名言之理，不可施见之事，不可径达之情，则幽渺以为理，想象以为事,惝恍以为情,方为理至事至情至之语。"这里的关键是想象。这和英国浪漫主义诗论家赫斯列特所强调的 imagination 是一样的,不过比他早了一个世纪。没有想象,感情就很难变成柳树的艺术形象。所以说,进入想象就不是一个绝对的真的境界;相反,想象就是假定的。假定的境界,有什么好处?想象超越了客观的约束,情感就自由了:我说它是丝的,就是丝的;我说它是玉的,就是玉的;我说它是剪刀裁出来的,就是剪刀裁出来的。高尔泰先生的美学思想就是这样的,叫做"美是自由的象征"。

二 想象:假定、自由和苦闷的象征

想象就是假定,假定了,感情才有自由。自由在哪里?就是自由地超越柳树单一的真实啊、一元化的特征。想象是比赛特征的多元化。贺知章说过柳丝"万条垂下绿丝绦",是特征,但是,他说过了就不能重复了。白居易怎么说,他说"一树春风万万枝"。白居易不敢重复,他虽然说,杨柳也是很茂密("万万枝"),但是,他就不和"细叶"对比,而是突出它的质感,"嫩于金色软于丝"。虽然有心回避,毕竟联想同类(玉啊、丝啊和金啊,属于同一范畴),在想象的自由、在陌生化的质量上,不见得有多高明。李白想象的柳丝,气象就有不同凡响的自由了:

> 汉阳江上柳,望客引东枝。树树花如雪,纷纷乱若丝。

柳树的特点不再属于贺知章、白居易的玉、丝和金。值得称赞的是:第一,并不是所有地方的柳丝都拉长了,只有东面的,因为"望客",在等待来自东方的朋友。第二,柳丝很不整齐,很"乱",因为什么呢?显然是在暗示盼客的心情有点乱。李白的自由来自何处?来自自己对朋友的感情特征和由这种情感特征所选择的柳树的某一特征,而不是全部特征。同样的柳树,到了孟郊那里,想象又变异了,它不是很长的柳丝,而是相反:

> 杨柳多短枝,短枝多别离。赠远累攀折,柔条安得垂!

长长的柳丝,到孟郊笔下变得很短了。为什么?送别朋友的痛苦太深,攀折太多。想象的自由是无限的,因为他的自由情感和想象把柳丝变短了。柳树的形象是永远有创新余地的。

反过来说，如实反映生活，拘泥于柳树的特征，没有想象，感情就没有自由，就没有诗意了。

那位教授说这首诗的好处是它写出了"柳树的特征"。且不说他心目中柳树的"特征"是客观的，不以主观意志转移的，因而是不自由的，就算就诗论诗，也没有说到位。让诗人激动不已的不是柳丝之茂密，而是它"万千"柳枝和"细叶"的对比。"不知细叶谁裁出？"这么精致、这么纤巧的细叶，是谁精心剪裁的呀？这才是贺知章的发现，这才表现了诗人的想象的自由。通常情况下，到了春天，几乎所有的树枝长得非常茂密的时候，叶子也相应肥大，叫枝繁叶茂，可柳树的特征恰恰相反，柳枝非常繁茂，叶子却很纤细。这个特点让贺知章震惊了，诗人感到非常美。这种美，从科学的眼光来看，是由于春风吹拂，温度、湿度提高了，是柳树的遗传基因在起作用，是自然而然的。但诗人觉得这不过瘾，不自由，他觉得它比自然美更美，他想象经过精心设计才可能比自然美更精致。这不是假的吗？按照美就是真、美和真绝对统一的理论，这不是不真了、不美了吗？但这是一种假定，是一种想象，诗人美好的情感只有通过想象才能自由地得到表现。这样惊人的美如果用科学来解释，用反映现实来解释，就不自由了，就不美了，就没有诗意了。

为了表现这种震撼心灵之美，诗人运用的语言是非常自由的。

如果我问，这首诗四句，哪两句更美呢？（众：后面两句。）是，后面两句，我完全同意。为什么呢？后两句更有想象力，感情更自由。把柳树变成碧玉，把柳树的枝条变成丝绦，这样的想象，在唐朝诗人中是一般水平。今天的诗人也不难达到这个水准。但"不知细叶谁裁出，二月春风似剪刀"，语言就精妙绝伦了。那位教授说，把春风比成剪刀，比喻"十分巧妙"，我就有一种抬杠的冲动。春风本该是温暖的，是非常柔和的，不会有像剪刀那样锋利的感觉。如果是冬天的北风——尤其是在长安——吹在脸上，刀割一样，那倒是可能。但诗人把它比作剪刀不但没有引起我们心理的不安和怀疑，不觉得这样的想象很粗暴，相反，却给我们一种锦心绣口之感。

我说春风本来不是尖利的，有人可能要反驳，这是二月春风啊，春寒料峭嘛！这一点可以承认。但为什么一定像剪刀呢？同样是刀，我们换一把行不行？菜刀，二月春风似菜刀。（众大笑，鼓掌。）这就很滑稽、很打油嘛！这个矛盾要揪住不放，不能随便用"比喻十分巧妙"蒙混过去。这里有个艺术内行和外行的问题。剪刀行，菜刀不行，是我们伟大的汉语的词语联想"自动化"。因为前面有一句"不知细叶谁——裁——出"，注意到没有，这里有一个关键词，是什么？（众答：裁。）对了，"裁"字和"剪""自动化"地联系在一起，这是汉语的特点。如果是英语，不管是"裁"还是"剪"，都是一个字"cut"。如果要强调有人工设计的意味，就要再来一个字"design"。这样运用语言，在俄国形式主义者那里叫做"陌生化"。通常的词语，因为重复太久了，其间的联想就麻木了、"自动化"了，也就是没有感觉了。一定要打破这种"自动化"，让它"陌生化"一下，读者沉睡的感觉和情感才能被激活。但是，我要对俄国形式主义加上一点补充，"陌生化"又不能太随意，菜刀也是"陌生化"呀，剪刀也是陌生化呀，为什么剪刀就艺术，菜刀就不艺术呢？这是因为，裁剪，在汉语中是"自动化"的联想，但是，这种"自动化"不是显性的，而是潜在的，在潜在的"自动化"暗示支撑下，显性的"陌生化"才能比较精彩。

艺术的精致，就在于是一种情感、联想、语言的精致。这就能熏陶人的心灵，这就是一种心灵的享受，大自然是如此美丽，生活是如此美好，情感是如此自由，语言用得是如此精致。这本身就有价值，不用依附到认识的、功利的价值上去，什么创造性的劳动之类，审美价值有它相对的独立性。被动地反映真实，就太理性了，情感就太不自由了，理性是理性了，可是压抑了情感，就没有享受了，就没有艺术的感染力了。

要进入艺术欣赏之门，一定要明确，所有的艺术都是假定的。从一幅画到一部电影，从一个演员到一首诗，都是假定的。就以谈恋爱为例，你真谈恋爱就不是艺术，是不欢迎旁听、不欢迎参观的。（众笑）假假地谈恋爱，谈上半小时，那可不得了，得上一个奥斯卡奖啦什么的，可能声名大震，还能发一点财。（众笑）周迅啦，小燕子赵薇啦，有什么了不起？不就是会假假假地谈恋爱嘛！（掌声）武松打虎，真打老虎不是艺术，如果现在放出一条老虎，让我打给大家看，没有一个人敢看，我肯定会输，输掉以后，我反正老了，无所谓了，你们就危险了。真的向日葵不是艺术，凡·高画个假向日葵可值钱啦。真的虾不是艺术，但齐白石画的虾并不完全符合真实，他给虾画的腹足越来越少，最后只剩下五对，你去看看真虾，起码十几对！一斤真虾最多卖一百块，挂起来，不用一星期就臭了，齐白石的假虾，越挂越香，挂上几十年，卖几十万啊！我们现在反对假冒伪劣，但是我们没有反对艺术的假定性。这是一个非常关键的问题。

假定就是想象,想象的自由是艺术的生命。

在表演艺术上,有两个流派,一个流派强调绝对的真实,俄国有一个斯坦尼斯拉夫斯基,他代表一个表演流派,有一种独特的理论就是追求生活的逼真。他认为艺术家、演员一上了台就应该把自我忘掉。比如我是一个教授,要演小偷,首先要把教授的感觉忘掉,尽量地进入角色,进入规定情境,想象自己是小偷,用小偷的感觉、小偷的眼睛和潜意识看世界,看见人家的钱包手就痒,偷了钱以后就有一种成就感。这一流派就是主张"忘我"。我们国家三四十年代成名的演员,包括金山、赵丹等,都受到他的影响。另外一个艺术流派是德国人领导的,还是个共产党员,叫布莱希特,他认为,艺术是假定的,是不能忘我的,他提出一个"间离效果"理论,要记住自我。同一个角色的生命,就在于我演的和你演的不一样,我的自由和你的自由不一样。他是非常欣赏我们中国的京戏的。京戏非常伟大,背上插了几面旗就是千军万马,鞭子一甩,走了一转,已过了五十里了;一刀砍下去没有血,人却死了;酒杯拿起来,胡子还没摘,酒就喝完了。整个舞台就是假定的想象,不是写实的,"间离效果"就是间离现实,间离了机械的真,才有艺术想象的自由。

这是两个流派,他们都有各自的道理,但是,追求"间离效果"的流派,可能更有道理。你们可以看到,越是到当代,艺术家越来越强调超越现实、间离现实,和现实的本来面目拉开距离。不管是绘画还是城市雕塑,不是越来越追求像,而是追求不像,追求抽象。这是一种历史的潮流,这种潮流不是偶然的,而是从艺术的内在矛盾中演化出来的。

有这样一个有趣的故事,法国作家司汤达写了一本书《莱辛与莎士比亚》,他说1825年在意大利的佛罗伦萨剧院里演出莎士比亚的悲剧《奥赛罗》。情节是一个非常英勇、正直、单纯的黑人将军奥赛罗娶了个白人妻子黛丝特蒙娜。有一个小人、坏人叫雅古,挑拨他们的夫妇关系,让奥赛罗相信黛丝特蒙娜有了外遇,以一个手帕做线索。奥赛罗信以为真,不能忍受妻子的越轨行为,最后把黛丝特蒙娜掐死了。演到高潮的时候,一个白人巡逻士兵开枪把演员打死了。问他为什么要杀人,他说,我不能容忍一个黑人当着我的面把一个白人妇女掐死。他犯了两个错误:第一个错误在法律上定性为杀人罪,是有意的谋杀;第二个错误是艺术上的,他以为艺术是逼真的现实,不懂艺术是假定的,给你造成一种"逼真的幻觉",逼真的但又是幻觉。这个士兵,不懂这个道理,因而变成了罪犯。传说,那个死了的演员,就葬在佛罗伦萨,俄国导演斯坦尼斯拉夫斯基去悼念他,立了一个碑:这是世界上最好的演员。据说,碰巧布莱希特也去了佛罗伦萨,他给这位演员也立了一个碑:这是世界上最坏的演员。你演得让别人忘掉了你是在演戏,没有一点间离效果,和现实一点距离也没有。把现实和艺术的想象混淆是最大的失败。所以说,从严格的理论上说,就是不能机械地把艺术当做真实的反映,我们要记住它是假定的,是表现人的内心真诚的。从方法上来说,要看它内在的矛盾,这叫做真假互补、虚实相生。

三 真善美的"错位"

那位教授信奉的,就是"美是生活"(真)的学说,来自俄国人车尔尼雪夫斯基 1860 年的大学毕业论文,而我前面所说的则是美是情感,根据就是康德的审美价值论。我之所以选择了它,是因为前者太机械了,把真看成是这个世界上唯一的、绝对的价值。事实上不是这样的,按康德的学说,价值应该有三种:真、善、美。这一点,下面再说。

康德没有解决的是,在艺术中,并不是一切情感都是美的。什么样的情感才是审美的呢?是特殊的、不可重复的情感,又是深刻的、藏在深层的潜意识里的,甚至是以智性为底蕴的。我们的古典文论说得更准确:一方面是陆机的《文赋》说"诗缘情",一方面是更经典的《诗大序》:"在心为志,发言为诗。"关键在于用什么方法来表现。用的不是生活的本来面貌,而是象征的、假定的形式。鲁迅翻译日本厨川白村的书,叫做《苦闷的象征》,也就是说,美是苦闷的想象。说了这么多,无非就是说,美是真的观念是不完全的。美是艺术家情志通过假定、想象的自由,超越现实、意蕴发生变异的,但是,美和真并不绝对矛盾,而是交叉的。这就是说,美和真二者之间的关系,用我的话来说,就是"错位",并不是一个半径不同的同心圆,而是圆心有距离的;真善美,是三个偏心圆的交错。这是我的理论基础,有兴趣的同学可以参阅我的著作《美的结构》(人民文学出版社,1987 年)、《审美价值和情感逻辑》(华中师范大学出版社,2000 年)。我的意思是,三者既不是统一的,又不是绝对分裂的,有部分的重合。如果是无限错位分裂,就可能成为海淫海盗;如果完全统一,就可能成为抽象观念的图解。我们通常说,真善美的统一,有一种"自动化"的倾向,说这样的话就是不动脑筋了。其实,只要拿艺术作品来核对一下,不但真和美是不统一的,而且和善也是不统一的,真善美三者是"错位"的。①

审美与科学认识活动还有一个区别,就是它的非功利性,这一点是康德说的②。前面我们批评那位教授,说他有一种狭隘的功利观念,就是凡是有诗意的,一定有教育意义,因而"二月春风似剪刀",其教育意义就是鼓舞读者进行"创造性劳动"。善,最初级的意思就是有用或者实用。实用的目的是固定的,而情感是自由的,所以实用是压抑情感的,如果拘于实用,就没有情感了。在这一点上,许多理论家搞得很乱,就是鲁迅有时也有些混乱,他在《门外文谈》中说过这样一段话:

> 我想,人类是在未有文字之前,就有了创作的,可惜没有人记下,也没有法子记下。我们的祖先的原始人,原是连话也不会说的,为了共同劳作,必需发表意见,才渐渐的练出复杂的声音来,假如那时大家抬木头,都觉得吃力了,却想不到发表,其中有一个叫道"杭育杭育",那么,这就是创作;大家也要佩服,应用的,这就等于出版;倘若用什么记号留存了下来,这就是文学;他当然就是作家,也是文学家,是"杭育杭育派"。③

鲁迅说得很生动,但是,从根本上来说,混淆了实用价值和艺术价值。真劳动的目的很明确,就是为了实用,喊出"杭育杭育"的声音,目的是了协调动作,是为了省力,这就不是艺术。只有劳动之后,大家聚集在河滩上,回想当时劳动的情景,假假地劳动,装得很像的样子,"杭育杭育"地喊,这才是艺术。在假定的劳动情景之中,情感超越了实用理性,才能自由,才可能达到艺术的境界。所以德国的莱辛在他的《汉堡剧评》中,开宗明义就宣称:艺术乃是"逼真的幻觉"。在这一点上,中国的古典诗话比他早差不多一个世纪就觉悟到了,黄生在《一木堂诗麈》卷一中提出诗乃"以无为有,以虚为实,以假为真",这里的"无"和"有"、"虚"和"实"、"假"和"真"的对立统一

---

① 参阅孙绍振:《文学性演讲录》,广西师范大学出版社,2006 年,第 55—65 页。
② 参见康德:《判断力批判》,宗白华译,商务印书馆,1987 年,第 39 页。
③ 《鲁迅全集》第 6 卷,人民文学出版社,2005 年,第 96 页。

和转化,可比莱辛彻底多了,"虚"者、"无"者、"假"者,都是"幻觉",但是并不一定要"逼真"。

当然,人类不能光有情感的自由。人在共同的社会里获得生活资料,但不太充分,总是不够,那怎么办?我的情感(欲望)发作了,就去偷去抢?这样的自由,不行。因为你妨碍别人的自由。所以要有法律、道德。你不能一味地任情率性。你的情感虽然很好,但你不能妨碍别人拥有自己东西的自由。你自己有了孩子和老婆,不能再自由地去恋爱。不然,法律要惩罚你,那是强制性的;你要有一种自觉,自己把自己管束住,这属于道德范畴。你的自由的情感如果不受道德理性管束,你这个人就是坏人,就是恶人了;如果你自己把自己管束住了,你就是好人,就是有道德的人了。有道德叫善,没有道德叫恶。善的价值,也是一种实用的价值,也是理性的。但是,道德是一种功利,目的理性化了,想象就不自由了,和审美自由就有矛盾了。鲁迅在《诗歌之敌》里对此讲得非常清楚、生动。他说科学家和艺术家的眼光是不一样的。一切的花,都很美好、有诗意,但从功能来说,就是植物的生殖器官,不管披着多么美丽的外衣,也就是为了一个实用目的,就是受精。①在中国古典诗歌里,菊花的地位是很高的,陶渊明写过"采菊东篱下,悠然见南山",表现了一种非常飘逸、清高、潇洒的境界。梅花呢,林和靖写它的形象是"疏影横斜水清浅,暗香浮动月黄昏",表现文人品格的高洁。如果完全从实用的眼光来看,植物的生殖器官跟诗意有什么关系呢?但用花来象征爱情,象征知识分子的品格,还是有它的价值。有时,还是独立的,并不一定依附于实用理性,艺术有艺术本身的价值,给它一个好听的名字,叫审美价值。

林黛玉哭得那么有诗意,眼泪有什么用处吗?没有。不但没有价值,而且有负价值,哭多了,把身体搞坏了。你想,她有肺结核,又有胃溃疡,又失眠,神经衰弱很严重,本该平静一点,有利于恢复精神和躯体的机能,增强爱情的竞争力,可她觉得那不重要,情感最重要,比生命还重要。她就伤心啊,哭啊,越哭身体越不健康,在爱情上越没有竞争力。她哭得一点功利价值都没有,但审美价值就是这样哭出来的,审美价值大大的。(众笑)薛宝钗不

---

① 参见《鲁迅全集》第7卷,人民文学出版社,2005年,第5页。

会为潜在的爱情而哭,因而很健康,但是,审美价值就小小的。(众笑)

传统的文艺理论只承认两种价值,就是认识理性和道德理性。对于审美价值,不是不承认就是说用理性认识和功利价值包含了。但是,无数的事实证明,真、善、美是三种价值,三种不同的价值。这一点是康德提出的。在我们中国,首先把康德的学说介绍进来的是王国维,他在 1906 年就在《论教育之宗旨》中说:

> 人之能力,分内外二者:一曰身体之能力,一曰精神之能力……精神之能力中,又分为三部,知力、情感及意志是也。对此三者,而有真善美之理想,真者,知力之理想;美者,情感之理想;善者,意志之理想也。完全之人物,不能不具备真美善之三德。欲达此理想,于是教育之事起。教育亦分为三部:知育、德育(即意志)、美育(即情育)是也。①

但是,可能是太超前了,没有引起学界的注意,过了二十多年,把这个观念说得通俗而透彻的是朱光潜先生。他在《我们对于一棵古松的三种态度——实用的、科学的、美感的》中这样说过:

> 假如你是一位木商,我是一位植物学家,另外一位朋友是画家,三人同时来看这棵古松。我们三人可以说同时都"知觉"到这一棵树,可是三人所"知觉"到的却是三种不同的东西。你脱离不了你的木商的心习,你所知觉到的只是一棵做某事用值几多钱的木料。我也脱离不了我的植物学家的心习,我所知觉到的只是一棵叶为针状、果为球状、四季常青的显花植物。我们的朋友——画家——什么事都不管,只管审美,他所知觉到的只是一棵苍翠劲拔的古树。我们三人的反应态度也不一致。你心里盘算它是宜于架屋或是制器,思量怎样去买它,砍它,运它。我把它归到某类某科里去,注意它和其他松树的异点,思量它何以活得这样老。我们的朋友却不这样东想西想,他只在聚精会神地观赏它的苍翠的颜色,它的盘屈如龙蛇的线纹以及它的昂然高举、不受屈挠的气概。②

传统的文学理论中,有一个决定一切的价值准则,那就是真和假,非真

---

① 王国维:《论教育之宗旨》,《教育世界》1906 年第 1 期,第 56 页。
② 《朱光潜美学文集》第 2 卷,上海文艺出版社,1982 年,第 448—449 页。

即假。但是,面对朱光潜先生的这三种知觉(实际上是康德的真善美三种价值),按唯一的真假之分,这个裁判员是很难当的。是木材商错了吗?可对材质的鉴定,也是一门科学,是有客观标准的。是植物学家的知觉不真吗?好像更不敢这样说。那就只能说画家的知觉不真了。如果这样,就等于取消了文学艺术。其实,这种困境一度是主流的美学思想的局限。在这种文学理论中,只有一种价值准则,那就是美就是真,假即是丑。此外还有"真情实感"论,属于主体表现论,不同于美是生活的机械唯物论的客体反映论,然而在强调真假的一元化方面则是异曲同工的。和客观真实唯一的标准一样,主体感知也是非真即假,非美即丑。然而,在这三种态度中,画家的肯定是最不符合松树的真实性却最符合艺术想象的,最超越科学的真和实用的善的,因而,也是最美的。

三种价值——真、善、美是相互"错位"的。这一点本来是非甚明,但是,由于机械唯物论和狭隘功利论非常强大,到了具体分析作品的时候,就产生了硬把"创造性劳动"强加给贺知章的笑话。真与善的关系、实用价值和审美价值的错位,不弄明白,就可能连最常见的经典文本都难以作起码的阐释。例如《诗经·卫风·木瓜》:

> 投我以木瓜,报之以琼琚。匪报也,永以为好也。
> 投我以木桃,报之以琼瑶。匪报也,永以为好也。
> 投我以木李,报之以琼玖。匪报也,永以为好也。

这么简单的几句诗,为什么成为经典,至今还能选入课本呢?关键就在于,这里表现出情感价值超越了实用价值。木瓜、木桃、木李是比较通常的瓜果,是一次性消费的,而琼琚、琼瑶、琼玖在那个时代则不但是异常珍贵的,而且是特别高雅的、不朽的。从实用价值来说,二者是不等的。故诗反复曰"匪报也",不是报答,不是等价交换,而是表现情感价值,是永恒的(永以为好也),高于、超越于实用价值,这就叫做美。

欧·亨利有一篇著名的小说《麦琪的礼物》最能说明这个问题。

小说写一对夫妻,在圣诞节把自己仅存的最好的、最贵的财宝变卖了,买了礼物,奉献给自己的爱人。在一般情况下,所送的东西应该是最有用的,才会成为对方最珍惜的。如果小说按这样的思路,双方拿到对方的赠品,非常合用,一起欢喜不尽,这就不但没有《麦琪的礼物》这样的格调,而且连一般小说的水平都没有了。为什么呢？因为，物质的满足淹没了精神和情感，就会失去审美价值。我国古典小说"三言"、"二拍"中一些劝善惩恶的故事，之所以煞风景，就是因为把实用价值和情感价值等同了，完全没有距离。当然，如果拉开距离到分裂的程度，比如欧·亨利换一种写法，夫妻双买了礼物，根本就不实用，两个人都生了气，甚至吵了架，这样写，会不会更好呢？当然不会。因为，从价值观来看，完全分裂了，也是物质压抑了情感。

这篇小说的情节却是：妻子把自己最值得骄傲的金色的头发卖了，为丈夫唯一值得自豪的怀表购买了表链，以为是对对方最有价值的东西，而丈夫为了给妻子美丽的头发购买发夹把自己的怀表卖了，双方所买的，对于对方来说都是最没用的东西，表面上看来是"愚蠢"的。但最后作者站出来说，这恰恰是"最聪明"的，而且用《圣经》上东方三贤人给刚刚诞生的小耶稣送的礼物来比喻。

从这里可以看出，在欧·亨利的作品中显示了，如果丈夫的表没有卖掉，表链当然是很有价值的，如果妻子的头发没有卖掉，发夹当然也是很有价值的，二者都是有价值的，价值就在实用性上。但是，小说情节提出的问题是，表链和发夹均失去了实用价值，是不是就没有任何价值了呢？小说所强调的是：没有实用价值的东西还另一种价值，那就是情感的价值，充分显示了深厚的爱情，是比实用价值更高的价值。小说让我们看到情感价值的特点，它可以超越实用功利；没有用的东西，可以成为很有情感价值的载体。审美价值是不实用的，正是因为超越了实用价值才更为强烈，更为自由，更为生动。这是因为，在现实生活中，实用价值占着优势，它是压抑着、统治着情感的，情感是不自由的，而在文学想象中，情感却可以从实用功利中获得解脱，让心灵深处的情感获得自由。

由此可见，情感价值的超越和自由，或者说二者错位的幅度，与艺术感染力成正比。

《麦琪的礼物》的作者是现代美国人，《卫风·木瓜》的作者是古代中国人，虽然文化背景不同，但在审美价值观念上却如此相通。可以说，其间有着某种规律性。

《儒林外史》中为什么只有《范进中举》脍炙人口呢？它的审美价值何在？我们拿它和原始素材对比一下，真与善（实用）的价值"错位"可能就一目了然了。原始文献是这样说的:江南有一个秀才,可能是无锡一带,也可能是南京,这个秀才中了举人,就狂笑不已,笑得停不下来。家里人很着急。听说高邮有一个姓袁的医生是个"神医",就把秀才送到那里去医治。袁医生把脉后说这个病很危险,可能只有十几天的时间了,赶紧回家准备后事吧。秀才和他的家人吓得面如土色。袁医生又说,但是也还有一线希望,你们回江南的时候经过镇江,那里有一个姓何的医生是我的朋友,我写一封信给你带去,你们去那里试试。秀才的家人赶到镇江何医生家里,秀才的病已经好了。家人拿出袁医生的信,何医生见信上这样说:此人中举后,狂笑不止,心窍开张,不能回缩,吾乃惧之以死,经此一吓,可使得心窍闭合,及至你处,病盖可愈矣。何医生把书信给秀才看了看,秀才感激莫名,向北拜了两拜而去。①

　　到了《儒林外史》里的《范进中举》,就有了很大改变。改变在于何处?在于价值观念。原本是说医生很高明,他发现秀才的病不是一般的生理毛病,而是心理的毛病,不能用生理药方医治,而要给以心理的打击。如果把这个故事情节照搬到《儒林外史》里面,仍然是实用价值,只能说明医生的医术高超,属于实用理性价值。到了《儒林外史》里,人物的关系变了,根本就没有医生,却增加了范进的丈人——胡屠夫,他本来根本就瞧不起他的女婿,范进中了秀才后,胡屠夫态度略有改变,拿了两挂猪大肠前去祝贺,他的祝贺词竟一点喜庆的话都没有,完全是一味数落、羞辱范进,说自己女儿嫁给他以后几年也吃不到几两油……范进想去考举人,没有盘缠,想向胡屠夫借一点,结果反被其大骂一顿,胡屠夫说范进也不撒泡尿照照自己的尊容——尖嘴猴腮,城里的举人老爷都是方面大耳的,是天上的文曲星下凡……把范进骂了个狗血淋头。等到范进中举了,疯了,这就等于人废了。在此紧急关头,有人提议说找一个范进害怕的人打一耳光,说是根本就没有中举,一吓,就能好。让胡屠夫去打,他却不敢了,后来硬着头皮打了范进一

---

　　① 原文载清朝刘献廷《广阳杂记》卷四:"明末高邮有袁体庵者,神医也。有举子举于乡,喜极发狂,笑不止。求体庵诊之。惊曰:'疾不可为矣! 不以旬数矣! 子宜急归,迟恐不及也。若道过镇江,必重求何氏诊之。'遂以一书寄何。其人至镇江而疾已愈,以书致何,何以书示其人,曰:'某公喜极而狂。喜则心窍开张而不可复合,非药石之所能治也。故动以危苦之心,惧之以死,令其忧愫抑郁,则心窍闭。至镇江当已愈矣。'其人见之,北面再拜而去。吁! 亦神矣。"(李汉秋编:《儒林外史研究资料》,上海古籍出版社,1984年,第170页。)

巴掌,范进醒了。胡屠夫觉得自己打了文曲星,菩萨怪罪下来了,觉得自己的手有些疼痛,手指都弯不过来了,就跟人讨了膏药贴上。这就不再是医生的医术高明,而是人心荒诞,以喜剧性的荒诞来表现人的情感的奇观。对同一个女婿,胡屠户从物质的优越感、自豪感变成了精神的自卑感。不从实用理性中超越出来,进行自由的想象,就没有这样的喜剧性的美。

由于观念的混乱,不但一般读者不会享受经典的审美,而且一些专家也对审美价值麻木了。比如,认为范进中举仅仅是批判了、讽刺了封建科举制度等等,完全忽略了它以喜剧性的荒谬调侃了人性的一种扭曲。人性扭曲到何种程度呢?女婿还是这个女婿,中了举人后,丈人就怕他了,以至于他的手在打了范进后竟有疼痛之感,并且弯不过来了:疼痛可能是生理上的,但弯不过来却是心理的恐惧造成的。这是非常喜剧性的,居然连很有学问的专家都感觉不到这种喜剧性的美妙。

四　恶不必丑,善不必美

大家都喜欢赵本山、陈佩斯演的人物。赵本山演的那个《卖拐》,那个人是个骗子,硬是把人家忽悠得迷迷糊糊的,把人家的钱骗走了,还弄得人家感谢他。这在生活中是很不善的、很不道德的、很恶的、很可恨的。但在小品舞台上,观众并不觉得他很可恨,反而觉得他很好玩、挺可爱的。因为我们看到他沉浸在自己荒谬的感觉境界里,他觉得自己骗人骗得挺有才气、挺有水平的,挺滋润。陈佩斯演的那个角色,一心要当正面英雄人物,可是不管怎么努力,还是汉奸嘴脸毕露;还有那个小偷角色,对他未来的民警姐夫胡搅蛮缠,结果还是露出了小偷的马脚。小偷恶不恶?恶,但并不是丑的。这个人物作为艺术形象很生动,我们在笑的时候,感到他很可爱,很弱智,又很自作聪明。如果把这样的小品仅仅当做对小人、汉奸本性的批判,是多么煞风景呀!他们是小偷、骗子,但他们还是人,即使在做坏事甚至沦落,但仍然有人的自尊、人的荣誉感,人的喜怒哀乐都活灵活现,并不因为他们是小偷、骗子,就没有自己的情感、幻想。我们在看过、笑过以后,看到的,不是个别人的毛病,而是人的弱点,我们的精神就升华了,增加了对人的理解和同情。

审美是诗意的,但是,不仅仅是诗意的美的陶冶,而且包含着对恶的审视。艺术上往往有这样的现象，就是写恶事、恶人，也以一种艺术的眼光去审视，这种恶事、恶人，就和丑发生了错位，甚至变得可爱起来。

苏联戏剧大师斯坦尼斯拉夫斯基——这个斯基，是俄国人名字中常见的：别林斯基，车尔尼雪夫斯基，奥斯特洛夫斯基，捷尔仁斯基，等等——斯坦尼斯拉夫斯基，我前面提到过，是一个大导演，是一个很大的"斯基"。（听众大笑）他在导演莎士比亚的悲剧《奥赛罗》时，对演雅古的演员说戏。雅古是个坏人，他破坏了奥赛罗和黛斯特梦娜美好的爱情，导致奥赛罗把自己的爱人黛斯特梦娜杀死的悲剧。这个"斯基"，对此作过这样的阐释：

> 扮演雅古的演员必须感到自己是个挑拨离间的艺术家，是挑拨这一部门中的伟大导演，他不但为自己的恶毒计划而动心，而且也为执行这一计划的方式而动心。[①]

《三国演义》中写到曹操先误杀了吕伯奢一家八口，后来明知吕伯奢是好心款待他，又把他杀了。明知错了，一错再错，不仅不忏悔，不难为情，还要宣言"宁叫我负天下人，不叫天下人负我"，为自己坚决而果断地不道德而"动心"、自我欣赏，为自己的不要脸而感到了不起。《三国演义》不但是让读者看到这样的丑恶，而且有一个潜在的眼睛，在引导着读者阅读这样的心理奇观，在字里行间，不动声色地让曹操的行为逻辑与读者的良知背道而驰，这在文艺心理学上叫做"情感逆行"，就是一味和读者的情感作对，让读者的良知受到打击，感到诧异，感到愤怒、痛苦。这就转化为艺术的享受。洞察人性黑暗，是一种痛快。因为我们看到的曹操不仅仅是一个坏人，而且是一个主动去暗杀坏人董卓，逃亡路上被捕，又视死如归的热血青年，只因心理不健康——多疑，就转化为杀人不眨眼的血腥屠夫。艺术表现了这种心理过程，揭示了人性黑暗。因而，我们的感受才结合着痛感和快感，亚里士多德的《诗学》中叫做"净化"，或者用音译叫做"卡塔西斯"，有人把它翻译成"宣泄"，我看把它理解成"洗礼"也可以吧。

这里的奥秘就是情感的全面（如正面、反面）熏陶。

在阅读作品时，面对反面人物，不一定是因为他在道德上很坏，很恶，而

---

① 参阅孙绍振：《文学创论论》，海峡文艺出版社，2004 年，第 507 页。又见孙绍振：《文学性讲演录》，广西师范大学出版社，2006 年，第 437 页。

是因为其情感空洞,我们产生否定的感觉,往往即使是道德上很不堪,也会给我们强烈感染。

小孩子看电视往往问大人,某个主人公是好人还是坏人,这类问题有时很好回答,有时不好回答。越是简单的形象越好回答,越是丰富的形象越不好回答。这是因为形象越简单,情感价值与道德的善和科学的真之间的"错位"越小;形象越是丰富,意味着情感越是复杂,与善和真之间的"错位"就越大。曹禺《雷雨》中的繁漪,是周朴园的妻子,与周朴园的大儿子周萍发生了感情,而且有了肉体关系,从某种意义上来说,这是乱伦,是恶。当周萍要结束这种关系,带着女佣四凤远走矿山时,她为了缠住周萍,不惜从中破坏,甚至利用自己儿子周冲对四凤的爱情,强迫他出来插入周萍和四凤之间,单纯从道德的角度来看,是有污点的,是恶的、不善的。但是在看完《雷雨》以后,观众和评论家却很难把她当做坏人看待。这是因为她在精神上受着周朴园的禁锢(虽然她的物质生活很优裕),她炽热的情感在这种文明而野蛮的统治下变得病态了,这就造成了她恶的反抗。她绝不为现实的压力而委屈自己的情感。她寻找情感的寄托,而且不把情感寄托当成可有可无的,相反把她与周萍的关系当成生命。曹禺在她第一次出场时,对演员和导演作出如下的分析:

> 她的脸色苍白,面部轮廓很美。眉目间看出来她是忧郁的。郁积的火燃烧着她,她的眼光常充满了一个年轻的妇人失望后的痛苦和怨望。……她的性格中有一股不可抑制的"蛮劲",使她能够忽然做出不顾一切的决定。她爱起人来像一团火那样热烈;恨起人来也会像一团火,把人烧毁。

曹禺在这里所做的,并不是一种道德善恶的鉴定,而是对她情感世界的揭示。他不在乎她是好人还是坏人,甚至也不分辨她哪一部分行为是善,哪一部分行为是恶。对这些,作者自然是有某种隐秘的倾向性的,但那是一种侧面效果。作者正面展示的是这个人物的"郁积的火",亦即受压抑的火,这种潜在感情是矛盾的:她外表忧郁甚至沉静,而内在状态却是以"不可抑制的'蛮劲'"能够激发出"不顾一切的决定","她爱起人来像一团火那样热烈;她恨起人来也会像一团火,把人烧毁",不管这种"火"是纯洁的火,还是邪恶的火,都是人的生命的一种状态。而这种状态,人们往往习惯于从道德的善恶去判断;但是,曹禺在他的艺术境界中,对那些越出道德的恶,当做生命的一种扭曲,和观众、读者一起从另外一种价值观念去体悟,去发现,在这样的过程中,体验到生命的丰富和复杂。

情感的丰富和复杂的多方面、多维度的发现,就是美的发现。

一个普通的有道德善恶观念的人和一个有强烈审美倾向的艺术家的价值的"错位"就从这里开始。艺术家并不满足于作出道德的和科学的评价,这不是他的主要任务,他追求的是在此基础上作出审美的评价。在艺术家曹禺看来,这个感情压抑不住,窒息不死,没有顾忌,一爆发起来就不要命,甚至在儿子面前都不要脸的女人才表现了女人的内在冲动,才是一个充满了生命的女人,道德的恶就转化为艺术的美。而那个害怕自己感情的周萍则是软弱而空虚的,他总是在悔恨中谴责自己的错误,缺乏意志和力量,"他痛苦了,他恨自己,他羡慕一切没有顾忌,敢做坏事的人"。然而,这个不再敢做坏事的人,尽管在道德上是向善的,在情感上却是苍白的,在审美上是丑的。他肯定不是《雷雨》中的正面人物。

不把善和美的这种"错位"看得很清楚,是不能真正进入经典的审美境界的。

曹雪芹把林黛玉和薛宝钗放在对称的位置上。她们之间有对立,但基本上不是道德的对立,而是情感的对立。林黛玉的情况和繁漪有一点相似,那就是林黛玉为情感而生,为情感而死,情感给她全部的痛苦欢乐。她的情感是那样敏锐,那样奇特,以至于她和她最爱的贾宝玉相处也充满了怀疑、试探、挑剔、误解,重复着自我折磨和相互折磨。这是因为她爱得太深,把情感看得太宝贵,甚至比生命更宝贵,她不能容忍有任何可疑的成分、牵强的成分,更不要说有转移的苗头了。曹雪芹让这样强烈的情感出于这样一种虚弱的体质,可能并不是出于偶然或随意,也许曹雪芹正是要把情感的执著和生命的存活放在尖锐的冲突中,让林黛玉坚决选择了情感之花而不顾生命之树的凋谢。

古希腊人把关于人的学问分为两类,一类是理性的科学,一类则是和理性相对的,包括情感和感觉,翻译成英文叫做"aesthetics"。但是,关于科学理性的学问比较发达,关于情感和感觉的学问好像比较逊色。直到后来鲍姆嘉登才把这门学问定下来。汉语里没有一个相对应的词语。日本人把它翻译成"美学"。但是,这也带来了混淆,给人一种感觉,似乎美学就只涵盖诗意盎然的审美,跟丑没有关系,好像没有什么审丑。这就造成了一种误导,大凡与美相对立的,往往就变成了恶。其实美的反面是丑,而善的反面是恶。善的不一定是美的,恶的不一定是丑的。

薛宝钗是林黛玉的"对立面",林黛玉是漂亮的、善的,那薛宝钗肯定是恶的吗?道德上一定是卑污的吗?其实,在道德上薛宝钗并无多少损人利己之心。有些研究者硬把薛宝钗描写成一个阴险的"女曹操",和这一形象本身是背道而驰的。薛宝钗的全部特点在于她为了"照顾大局"而自觉自愿地、几乎是毫无痛苦地消灭了自己的情感,不管是对贾宝玉可能产生的爱,还是对王夫人(在逼死金钏儿以后)可能产生的恨,她都舒舒服服地淡化掉了。她在人事关系上取得了极大的成功,她克制自己的情感,不让自己和任何人冲突,甚至把自己的青春和爱情都没有认真当一回事,让她假装成林黛玉和贾宝玉结婚,她也没有反抗,结果是她自己成了生命的空壳。和情感强烈但没有健康的美人林黛玉相反,她是一个健康却没有感情的漂亮女人。她时时要服食一种"冷香丸",其实这正是她心灵的象征:香是指薛宝钗是很漂亮的,冷是指她没有感情,她虽然很漂亮,但情感已经冷了,没有生命了。没有感情的漂亮女人是不美的。美的反面不是长得丑,爱的反面不是仇恨,而是冷漠。一个人冷漠了,从审美价值来说,就是丑。

从这个意义上,我们可能会对周朴园有比较深刻的理解。许多评论说他是伪君子,这可能是把道德的恶和情感的丑混为一谈了。如果他仅仅是一个虚伪的人物,那只不过说明他恶而已。但文学作品的价值追求,不在于善恶,更重要的在于美丑。其实,周朴园的丑并不在于他是虚伪的。恰恰相反,他是真诚地赎罪。曹禺自己说过,周朴园的忏悔在他自己是"绝对真诚的"。他保持鲁侍萍生产时房间的陈设,并不完全是摆样子,而是多多少少安慰自己。他见到鲁侍萍主动开出支票,不是空头支票,而是准备兑现的。问题在于,他真诚地相信,这张支票能顶得上三十年情感的痛苦摧残。他把金钱——实用价值看得比情感——审美价值更重要,把实用价值放了审美价值之上,这就叫丑,丑在明明是情感的空壳,却美滋滋地自我欣赏,自己觉得挺美的,完全是我们福建人所说的"臭美鸡蛋壳"。(众大笑)他不一定是善的反面——恶,他是丑。

把感情看得比命重要,是美;把感情看得不如一张支票,就是丑。他越不虚伪越是相信,这张支票足以顶得上三十年的痛苦;越是真诚,就越丑。

套用一句经典的古话"无耻之耻,是耻矣",更准确地说,周朴园是"无丑之丑,是丑矣",丑到不知丑的程度,才是真正的丑。他的心灵完全麻木了,对情感空洞化了。

繁漪是恶的,但她对情感的不顾一切的执著,说明她还有美的一面。薛宝钗不是恶的,她在道德上、在实用理性上,没有污点,但她有丑的一面。说周朴园是恶的,并不一定比说他是丑的更深刻。这种丑,在他对待繁漪的问题上,也同样得到充分的表现。他对繁漪,从道德上来说,应该是善的,他请了德国医生(花了大价钱)为她看病;他逼迫繁漪服药,是很"文明"的,最严重的,也不过是让大儿子下跪。在这方面,他并没有做任何缺德的事,所以称不上恶。但是,他所做的一切都是对情感的压制。他看不到妻子在精神上遭到自己的压抑已经变态。他跟任何人,包括自己的儿子和妻子,都没有感情的沟通。他和薛宝钗一样是个感情的空壳。从这个意义上说,他是丑的,但是,并没有多少显著的恶。

用同样的道理,我们可以解释安娜·卡列尼娜与卡列宁的冲突,主要不是在道德上,更不是在政治上,而是在情感的生命上,也就是在审美价值上。卡列宁对安娜说:"我是你的丈夫,我爱你。"安娜的反应却是:"但是'爱'这个字眼激起了她的反感",她想:"爱,他能够吗?爱是什么,他连知道都不知道。"连爱都不会,这并不是不道德、不善,而是不美。卡列宁是丑的。这正是托尔斯泰修改安娜这个形象、找到安娜这个人物的生命的关键。在这以前,托尔斯泰原本企图把安娜写成一个邪恶的道德堕落的女人,而后来安娜却变美了。安娜和渥伦斯基发生了关系,怀了孕,卡列宁并没有张扬,也没有责骂她。在她难产几乎死去时,卡列宁与渥伦斯基已握手和解了。她也表示:今后就与卡列宁共同生活下去,不再折腾了。可待她痊愈之后,她却感到,卡列宁一接触到她的手,她就不能忍受了。从实用理性来说,这不是理由,可是从情感的互动关系、从审美价值来说,这是很充足的理由。

五　情感的审美超越实用

从实践上来说,要把文学形象写得生动,有一个很简明的办法,那就是让情感的审美价值和实用功利价值"错位",用比较通俗的语言说,就是拉开距离。当代著名作家张洁20世纪80年代初来到我们福建,住在我们福安市闽东电器厂的招待所里。那天只有她一个人住在里面,她生病了。到了中午,她想,就算不下去吃饭也没人管她,但是,她还是去了,去得晚一点儿。到了食堂一看,没人,但一个大师傅在等着她,桌子上一个笼子,倒扣着,她打开一看,满满一碗面条。大师傅脸上的表情说明,他非常殷切地期待她吃得满意。可她刚吃了一口,就发觉这碗面非常糟糕,非常咸,咸得不能下口。她回头一看大师傅脸上的表情,只好装作很馋的样子,把面狼吞虎咽地对付下去了。第二天她想,昨天我去晚了,大师傅给我准备了难吃的面条,今天我早点去,可以自由挑选,准能避免那碗咸得要老命的面条。但她去了以后,又是笑容满面的大师傅,大师傅受到她昨天笑容的鼓舞,更大的一碗面在等着她。她只好硬着头皮又吃掉了……如是再三。说到这里,我请问诸位:文章写到最后,她离开这个招待所的时候,她说……她说……对了,她说了什么,你们猜猜看。

　　众:再也不来这个鬼地方了。(笑声)

　　孙:不对,这没有审美价值。我讲到现在,如果你们都是这样回答,就是我的失败,完全白讲了。

　　甲:我还会来的,等那大师傅退休了。(笑)

　　孙:这更不能令我免除失败的感觉。

　　乙:虽然面条这么难吃,但是,大师傅还是可爱的。

　　孙:这有一点审美的超越性了。

　　丙:我以后还会再来的,我不怕那咸得要命的面条。(笑)

　　孙:这有一点苗头了,但还不够精致。要不要我告诉你们,张洁是怎么写的?

　　众:要!(活跃)

　　孙:张洁是这样写的:"我还会再来,我知道,那时候,会有一碗同样的面条在等着我。"这样的句子,跟你们的比,哪个比较精彩?

　　众:张洁的。

　　孙:为什么呢?因为人家含蓄,而且有一点幽默感。光有情感,还不一定是艺术的,情感有了特征,不可重复,就美了。

一个大师傅做的面很难吃,没有价值,这属于实用价值范畴。但大师傅对远道而来的客人那么主动殷切地关心,那么体贴,这种情感的价值要高于实用的价值。情感的价值是不实用的,但它是很美好的。武松打虎,当时,我们只从假定性来解释它,现在我们可以从审美价值和实用价值的"错位"来解释了。武松打虎的方法肯定是很不科学、很不实用的,没有读者会傻乎乎地向他学习打老虎的方法。人们读他,主要是因为这个超凡英雄的内心那种曲曲折折的鬼心眼,和我们是差不多的啊。我们不仅仅是认识了武松,而且认识了人,唤醒、体验、想象了自己生命的感觉。

人们不会分析作品的审美价值,往往是因为把审美和实用这两种价值混为一谈了。而张洁之所以成功,是因为把这两种价值拉开了距离,或者说把这两种价值"错位"了。

这里我们还要补充一点。康德讲审美的情感价值,光是讲情感,这只是美学,可是从文艺美学来说,康德的学说似乎并不太完善。从文艺美学来说,光有情感还不一定有审美价值。就文学创作来说,作品要动人,不能是一般的情感、大家都一样的情感,而是那种个人的、有特点的、不可重复的、独一无二的情感。康德在这方面没有仔细地分析,可能是他的历史局限。实际上,只要有一点创作经验的人就知道,大家都一样的情感是毫无个性的,是没有深意的,是很难感染人的。

怎样才能让感情有特点呢?一个土办法,就是让它超越实用价值。

同样写春天,孟浩然的《春晓》很简单:

> 春眠不觉晓,处处闻啼鸟。夜来风雨声,花落知多少。

就这么二十个字,流传了一千多年,为什么有这样强的生命力呢?如果按照传统的说法,它反映了春天的特点,写了鸟语花香。这样的解释很笨,而且诗里只有鸟语,根本就没有写到花香,相反写到花落。如果用审美价值来解释,那么它的价值在于情感,对春天的情感,关键是很有特点。特点在哪里?春天来了,通常是用眼睛去看,去发现,"千里莺啼绿映红"、"碧玉妆成一树高"、"满园春色关不住,一枝红杏出墙来",都是看到的,色彩非常鲜明。但孟浩然是怎么感觉到春天的呢?他不是用眼睛看到的,而是用耳朵听到的,"春眠不觉晓",春天,睡懒觉,迷迷糊糊地听着鸟啼,很舒服地享受着春光啊。如果作者就这么写他的舒舒服服,这样的感情就没有多少特点了。英国有个诗人叫做纳西(Thomas Nashe),他也写过春天,*Spring*,就是一味的甜蜜：

Spring, the sweet Spring, is the year's pleasant king；

Then blooms each thing, then maids dance in a ring,

Cold doth not sting, the pretty birds do sing,

Cuckoo, jug-jug, pu-we, to-witta-woo！

The palm and May make country houses gay,

Lambs frisk and play, the shepherds pipe all day,

And we hear aye birds tune this merry lay,

Cuckoo, jug-jug, pu-we, to-witta-woo！

The fields breathe sweet, the daisies kiss our feet,

Young lovers meet, old wives a sunning sit

In every street, these tunes our ears do greet,

Cuckoo, jug-jug, pu-we, to-witta-woo！

Spring, the sweet spring！

一切都是美好的，花开四野，女郎舞蹈，百鸟欢歌，羊群嬉戏，牧童鸣笛，恋人相会，连老夫妇也晒着太阳，大地呼吸着甜美的气息，每一条街道都在向我们的耳朵歌唱。就这么一直开心下去，是不是就是好诗呢？不。这种感情太一般了，太没有个性了，春天鸟语花香，读者早已知道了，没有什么可惊异的了。从头到尾，都是十分愉快，太单调、单薄了，太没有变化了，太不丰富了。因而，这样的诗，只能给小孩子看看。

不怕不识货，就怕货比货。我们来看，孟浩然听觉的特点，有文章分析说："春鸟的啼鸣、春风春雨的吹打、春花的谢落等声音"，愉快的听觉，是同时的、在同一层次上的。其实并不是这样的，先是听到鸟啼之声，很愉快，接着不是现场听到，而是回忆起昨夜的风雨和花落，是不愉快的。春天的鸟叫得这么美，诗人感情的特点在于，他不是像小孩子一样，一味满足于开心的听觉，而是突然回想到了昨夜的风雨之声摧残了花朵。如果要讲赏析，在这里，就要对听觉的特点加以分析。一方面是闭着眼睛听鸟鸣，享受愉悦，这是非常 sweet 的；另一方面是瞬间回忆起花朵遭受摧残，这就不那么 sweet

了。整个诗歌的生命，就在这听觉的转换中。这个瞬间的转折，表现了诗人的敏感和人生感慨的独特。春天固然美好，但是，美同时也在消逝着，鸟鸣的美好恰恰是风雨摧残花木的结果。今晨的鸟鸣美好和昨夜的花落，矛盾而又统一，这就是感受的独特性，正因为春光易逝，春光才弥足珍惜，诗人的心灵就是为刹那间的回忆而微微颤动。这首诗才是富有个性的。有些赏析文章也提到"人生感慨"，但不能让人满意，除了没有分清听觉的转折外，还因为没有说清楚是什么"人生感慨"。

丢开这么美好的享受，突然地就引发了春光易逝、人生短暂的感觉。这惆怅的一闪念有什么用处？没有。但这是一种发现，对人心理的一种发现。这种惜春的感情是一个内心很丰富的人才有的，能够发现它，并把它表现得这么简洁的机遇是不多见的。那为什么它常常被人忽略了呢？因为它不实用。这个主题叫做惜春，产生了许多杰作，李清照那首著名的《如梦令》：

> 昨夜雨疏风骤，浓睡不消残酒。试问卷帘人，却道海棠依旧。
>
> 知否？知否？应是绿肥红瘦。

情感就更加有特点了。惜春，担心、忧虑自己青春易逝。明明没有看花，却比人家看花的人更有把握地说，叶子肥大了，花却凋谢了。因为作者是个女人，她对青春的消逝特别敏感，特别伤感。乾隆皇帝写了几万首诗，至今没人记得一句，《唐诗三百首》里最后一首《春怨》就四句。金昌绪留下来的诗就这么一首，但是却可以说千古不朽。

> 打起黄莺儿，莫教枝上啼。
>
> 啼时惊妾梦，不得到辽西。

这首诗写的是一个少妇，她的丈夫到辽西打仗去了，生死未卜，她夜里做梦，梦见什么？梦见自己跟丈夫欢会。当然，也可能不是夜里做梦，而是百无聊赖白天做梦，都可以吧。可是黄莺一叫把她吵醒了，她非常恼火，怪黄莺把她的好梦惊破了，就要惩罚黄莺。这种情感是很有特点的，为什么有特点？因为它完全超越了实用。想念丈夫，到梦里去相会，这是空的，是不实用的，也不科学；赶走了黄莺有什么用，就是把黄莺打死了她老公也回不来。迁怒于黄莺是一点也不实用的，但由此表达的感情却很有特点，这个少妇的天真、任性以及她的无可奈何都表现出来了，很特别，带一点喜剧性、幽默感，感动了我们中国人一千多年。

所以,我们欣赏文学作品的时候有一个指导思想,就是以人的价值观念、审美的价值观念、人的情感的价值观念、人的自由、个性、想象的特殊逻辑为指导。我们的文学史就是对人性的探险的历程。我们从中可以看到人变得越来越深邃,越来越复杂。作为当代的大学生,应该达到一种先进的文化水平。我们在工作过程中,遇到的人都是很特别的,因为都不完全是理性的,都是有着独特的、独一无二的情感逻辑的,可以说都是怪怪的,都像赵本山、陈佩斯演的那些个角色,类似曹操、胡屠户、周朴园这样的心态,和人谈恋爱的,往往又是林黛玉、繁漪这样的人物,你就不会大惊小怪,人就是这样的。要是他一点不怪,百分之百地理性,他就是机器人;因为怪怪的,他才是人,而不是机器。对这么丰富的人,我们不能只有科学的、客观的、理性的价值观念,还要有审美的情感的价值观念。也就是说,不但有是非观念,像孔大子所说的"见贤思齐焉",向好人好事学习,对他们崇拜有加,而且要有悲悯之心,遇到有毛病的、有缺点的人,除了有是非判断,千万不要忘记了,他们也是人,他们的毛病是人的毛病,对他们要有同情心,在他们的毛病背后,在他们的自以为是、自以为可爱背后,看出一点人性,也就是人的最后的自尊,还有最起码的精神底线。只有胸怀博大的人,身处高度审美境界的人,才能在他们猪八戒式的自鸣得意自我折腾中,看出他们的可悲、可怜,同时也看出他们的可爱。

(录音整理:阎孟华、李国元;统稿:李福建)

第二讲

小说:因果关系、打出常规和
情感错位^①

一　为什么要从文学形式开始?

在讲小说之前,有一个理论前提,有必要交代一下。那就是讲审美阅读,为什么要从小说这种形式开始? 从内容开始不行吗? 应该说明的是,前面第一讲"真善美的'错位'",讲的就是内容,不是一般的认识论的内容,而是艺术的美的内容。一般的文学理论,包括最注重文学审美特点的文学理论,往往就讲到这里。因为有一种似乎是不言而喻的潜在共识,那就是:内容决定形式(黑格尔),因而形式是不重要的,甚至是可以忽略的。但是,这是不到位的。光讲到这里还不足以解读文学文本。审美价值,是作者主体对客体的选择、同化、征服和改造,但是,这种征服和改造并不是直接的,而是要通过文学形式的。文学形式,并不像机械唯物论者设想的那样,就是生活的原生形式,也不像克罗齐想象的那样就是性灵的原生形式,它是一种规范形式。原生的生活和心灵的形式,是无限多样的,所谓世界上没有两片相同的叶子,原生形式随内容而生灭,不可重复。而文学的规范形式,第一,是有限的,就文学而言,充其量不过只有小说、诗歌、戏剧、散文等,不超过十种;第二,是不断重复的,为作家所共同使用;第三,是在漫长的千百年的历史过程中,从草创蜕变到成熟的。就小说而言,如果不从先秦诸子中的寓言算起,就从片断故事的魏晋志怪《世说新语》开始,发展到情节完整的唐宋传奇,再到在完整的情节中展示人物个性的宋元话本和《水浒传》,这其间经历了上千年的时间。正是在这漫长的时间中,小说积淀了人类叙事形式

---

① 据在香港教育学院的讲座记录整理。

的审美经验,作为人类心灵探索的历史水平线,成为后世作家审美想象起飞的制高点。正是因为这样,规范形式就不仅仅是被内容决定的,而是在某种程度上,可能以其规范(如单纯和丰富的统一)强迫内容就范,消灭某些内容,预期、衍生某些内容,就是按形式规范的逻辑,诱导内容向预留空间生成。这在席勒那里叫做"通过形式消灭素材"①。规范形式不但有普遍的规律,而且还有特殊的规律,同样的内容在不同的文学形式中,会分化为不同的内容。如在诗歌中,人的心灵是比较概括的、形而上的;而在小说和散文中,则是相当特殊的、形而下的。因而在诗歌中,情人心心相印是感人的;而在小说和戏剧中,如果一味心心相印,就没有戏可看,没有性格可言。在叙事与戏剧文学中,情人只有心心相错的时候才是生动的。正是因为这样,我国古典小说和戏剧中大团圆的结局,人物情感完全重合,才受到鲁迅的批评。对于不同文学形式的不同规范缺乏自觉,在根本理论上如盲人瞎马,乃是当前审美阅读之痼疾。在中学乃至大学的小说阅读教学中,最为流行的"理论"恰恰是最为荒谬的。

二 "开端、发展、高潮、结局"模式的
荒谬性和"生活的横断面"

欣赏小说,与欣赏诗歌和散文一样,都有一个基本观念和基本方法问题。在我们内地,可能也包括在香港和台湾,讲小说的时候,都要讲到情节,说起来简单,讲起来很复杂。有一种理论,在内地的中学乃至大学课堂上最流行:情节就是"开端、发展、高潮、结局"。你们这里是不是这样?我认为这是个非常愚蠢的理论。(大笑声)哪怕一个小道新闻、一个影星的绯闻、一个历史故事,都有开端、发展、高潮、结局吗?这样的理论,并不符合现代小说的实际,有的小说就是没有高潮的,有的小说是没有结尾的,有的小说是没有开端的,是吧?这样荒谬的理论风行天下,完全是对我们智商的嘲

---

① 席勒的原话是:"艺术大师的独特艺术秘密就是在于,他要通过形式消灭素材。"见《美育书简》,中国文联出版公司,1984 年,第 114 页。感性冲动,或者审美情感,造成人性的全面表现的限制。这就是说,情感可能扼杀或抑制其他方面的潜能,例如理性的潜能。要克服这种限制,就需要形式冲动。当形式被自由地驾驭的时候,生命就达到最高度的扩张。我的理解是,形式会让感性和理性得到和谐、协同的发展。

弄。(笑声)其实,到了19世纪下半叶,以契诃夫、莫泊桑和都德为代表的短篇小说家,就废弃了这种全过程式的情节(在我国古典小说中,叫做"一环扣一环"),代之以"生活的横断面"结构,不追求传记式连续性叙述模式,而是从生活中截取一个侧面。最明显的是,开端显得非常不重要,往往是从事件的当中讲起,开端退化为后来的某种不着痕迹的交代,更不在乎严格意义上的结尾。像《项链》的结尾,明明知道耗费了十年辛劳的项链是假的,却戛然而止了。按传统小说的模式,结尾应该是把真项链拿回来以弥补青春耗损的代价。但是,小说却不了了之了。早在五四时期,胡适就在《论短篇小说》中说,所谓短篇小说,并不是篇幅短小的意思,而是有一种特别的性质。他为短篇小说下了这样一个定义:

> 短篇小说是用最经济的文学手段,描写事实中的最精彩的一段,或一方面,而能使人充分满意的文章。这界说中,有两个条件最宜特别注意。今且把这两个条件分说如下:
>
> (一)"事实中最精彩的一段或一方面。"譬如把大树的树身锯断,懂植物学的人看了树身的"横截面",数了树的"年轮",便可知这树的年纪。一人的生活,一国的历史,一个社会的变迁,都有一个"纵剖面",和无数"横断面"。纵面看去须从头看到尾,才可看见全部。横面截开一段,若截在要紧的所在,便可说这个"横截面"代表这个人,或这一国,或这一个社会。这种可以代表全部的部分,便是我所谓"最精彩的"部分。①

胡适举了他翻译的都德《最后一课》、《柏林之围》和莫泊桑《羊脂球》、《二渔夫》为例说明这种描写"事实中最精彩的片断"的情节构成方法,针对的就是传统所谓有头有尾、环环紧扣的传统情节构成。这在五四时期新锐小说家那里几乎已成共识。鲁迅有时走得更远,他的《狂人日记》几乎是废除了情节。而《孔乙己》则把孔乙己之所以成为孔乙己的故事全都放在背景的交代中去,只写酒店的三个场景,其中一个孔乙己还没有出场。

传统的关于情节的愚蠢理论,从哪里来的呢?据我考证,是从苏联的一

---

① 胡适:《论短篇小说》,胡适编选:《中国新文学大系·建设理论集》,上海良友图书印刷公司,1935年,第272页。

个二流学者季莫菲耶夫的《文学原理》那里来的。这个《文学原理》，原为苏联教育部核准之教材。原文是这样的："和生活过程中任何相当完整的片段一样，作为情节基础的冲突也包含开端、发展和结局。"在阐释"发展"时，又提出"运动的'发展'引到最高度的紧张，引到斗争实力的决定性冲突，直到所谓'顶点'，即运动的最高峰"。① 这个补充性的"高峰"，后来就被我们国家没出息的理论家和英语的"高潮"(climax)结合起来。半个多世纪过去了，苏联的文艺理论早已被废弃，季莫菲耶夫的"形象反映生活"、"文学的人民性"、"文学的党性"、"社会主义现实主义"早已被历史所淘汰，只有"开端、发展、高潮、结局"的情节教条仍然在中学甚至大学文学教学中广泛流行。

三　情节的构成：假定的、独特的情感因果性

"开端、发展、高潮、结局"这个理论，不但落伍于胡适，而且落伍于亚里士多德。我们的教育家实在太懒了，对亚里士多德(前384—前322)两千多年前的学问一无所知，对胡适九十年前的文章也没有印象，也算情有可原，但是，1980年代的小说理论应该略知一二吧。那时花城出版社出了英国一个作家叫福斯特的《小说面面观》，在内地非常流行。其实这是本很通俗的书，写得很聪明。他把情节和故事加以划分。如果说国王死了，然后王后死了，这仅仅是时间上的连续，只能是故事，不是情节。要是情节的话，其中必须有一个因果关系，国王死了，然后王后也死了，什么原因？因为王后悲痛过度而死。有这个因果关系，就是情节了。②

这个理论讲得很通俗，但实际上它是很古老的。亚里士多德在《诗学》里讲情节，就是一个"解"、一个"结"和一个"果"的问题。打一个结，然后把它解开，以一个结果来寻找原因。③ 比如说，《俄狄浦斯王》，它先有个"结"，这个孩子生下来，祭司就预言他将来会杀了父亲，娶母亲，人们千方

①　季莫菲耶夫：《文学原理》，莫斯科教育教学出版局，1948年；中文版为查良铮译，1955年，引文见第203页。

②　福斯特：《小说面面观》，花城出版社，1984年，第75—76页。

③　伍蠡甫主编：《西方文论选》，上海译文出版社，1979年，第60页。亚里士多德：《诗学·诗艺》，人民文学出版社，1984年，第31页。

百计逃避这样一个结果。然而阴差阳错，种种巧合，他最后还是杀死了他的父亲，娶了他的母亲，逃避的原因变成了逃避不了的结果。这就是"结"和"解"的关系。我想这个福斯特的理论就是从这里来的。但是，我要坦白地说，福斯特的理论还是不到位，用这样的理论解读小说还是不够，因为原因和结果的关系多种多样，可能是一种很科学的原因：这个人死了，因为得了癌症。林黛玉死了，为什么？她的身体有毛病，有肺病、胃溃疡、神经衰弱，所以死了。如果光是这样的话，还不成其为小说。理性的因果关系，构不成小说的情节；小说情节的因果关系，必须不是理性的，不是实用的。我不爱你，因为你没有大学文凭，收入很低；后来爱你，是因为你炒股票发财了：这都不成其为小说。因为从价值观念来说，它是一种实用的价值观念，是非常理性的。好的小说是一种非常感性的因果关系，由情感来决定。福斯特那个例子说，国王死了，王后因悲伤过度而死，是情感的原因；而不是因为她觉得国王死了，财产损失了，或者权力损失了。从理论上来说，就是审美情感要超越实用价值。所以罗斯金说，少女可以为失去的爱情而歌，守财奴不可为失去的钱袋而歌。歌是结果，原因不同，为钱袋则为实用，为爱情则为情感的审美。

欣赏小说的情节，有一个关键，就是什么样的情节是好情节，什么样的情节是不好的情节？如果是非常理性的因果关系，那是不好的情节，很粗糙，或者说很干巴。

有了情感的因果关系，还没讲到小说，为什么呢？因为一些奸情凶杀案，也是情感的因果关系，但是那是真人真事，所揭示的人的内心世界往往是实用性质的，就是有情感成分，深度也是有限的。小说不满足于真人真事的因果关系，其目的是深挖人心理深层的奥秘。这就需要想象，通过假定性、虚拟，在想象中自由地探索，哪怕是超现实的因果、荒诞的因果，只要具有开拓心灵深层的功能就行。这里就有一个艺术与现实的关系问题了。艺术的假定性世界和逻辑，跟现实的因果关系是不一样的。一切艺术都应该是真实的，但是，真实和假定是分不开的。这就是我们前一节提到的中国古典文论中的虚实相生。歌德说，艺术是通过假定达到更高程度的真实。

关于小说的阅读理论，五花八门，车载斗量，但是，很少有解读小说艺术的功能。比如，目前很权威的西方叙事学，如热奈特的《叙事话语》，讲究叙述的次序、延续、频率、心境与语态。而托多罗夫的《叙事作为话语》则分别论述叙事时间、语态和语式。我觉得他们都离开了审美价值、情感世界去讲话语,除了托多罗夫时有真知灼见以外,大体上都满足于描述、概括和演绎,并未提出评价小说优劣的准则,因而,总体来说,我觉得不能对他们作疲惫的追踪,应该从中国小说创作和阅读的历史经验出发,概括出中国式的小说阅读理论,解决小说的情节、人物在艺术上的评价问题。

依赖西方大家的文论已成为中国当代文学理论的顽症,许多学者光是梳理西方文论的来龙去脉,从概念到概念,从演绎到演绎,对之作疲惫的追踪,不惜耗费十年甚至数十年的生命,仍然对西方文论的局限无所突破,对具体文本的解读捉襟见肘。我觉得这实在是得不偿失。与其如此,不如直接从自己的经验中进行第一手的概括。当然,这有难度,难度就在需要有一点原创性。但是,相对于全国同行无休止的生命耗费,直接概括可能会另辟蹊径。

四 把人物打出常规,暴露深层心态

回到情节上来,亚里士多德在《诗学》中早就提出过"突变"和"对转"。什么叫做突变,就是打破了常规;什么叫做对转,就是事情向相反方向变化。对于情节来说,其功能是探索人物内心潜在的情感、深层的奥秘。在平常状态下,人物均有荣格所说的"人格面具",遇到事变,能够迅速调整其外部姿态,以使人物和自我心理关系恢复常态。而情节的突转功能就是把人物打出生活常轨,进入一个意想不到的新的境界,使之来不及调整,我给它一个说法,叫第二环境。目的是把他在常规环境中隐藏得很深的心灵奥秘暴露出来,我把这叫做第二心态。

光有情节的情感因果,还不能算是好的情节;好的情节,应该有一种的功能,就是把人物打出常规,进入第二环境,暴露第二心态。所谓第二心态,就是人的深层心理结构,它跟表层结构形成反差。

情形的因果性,不是我提出来的,但是,我引以为豪的"打出常规,暴露第二心态",是我 1986 年在《文学创作论》中提出来的。刚才说了,人都是有人格面具的。在正常的社会关系里边,他维持着社会角色的面具。比如说我是个教授,我在学生面前必须具备学者的风度。但是如果把我打入另外一个环境,那就不一定了。突然有人冤枉我,说我剽窃了,那么我的心态就发生变化。突然有一个孩子,而且是黑种孩子,抱着我喊我"爸爸",问题

严重了。（大笑声）

所有的小说中好的情节都有这样的功能，情节性的小说，进入第二环境，客观环境的变化导致心理环境的更大变化。托尔斯泰的《复活》是这样写的：一个陪审员，聂赫留朵夫公爵，道貌岸然地坐在那里，突然发现，那个被控告谋杀嫖客的妓女居然是当年和自己发生关系后怀孕的女仆，正因为怀孕而被逐，流落到城市沦为妓女，又被诬告谋杀。这就突然把他打入了第二环境，产生了第二心态。他觉得自己才是罪人，于是就去救她甚至向她求婚，但是，遭到拒绝。等到她被判流放西伯利亚以后，就产生了第三心态——追随她去，直到看到她嫁给一个民粹派。他读《马太福音》，得到解脱。

《最后一课》中那个小孩子不喜欢学语文，不喜欢学法语，特别是法语的分词、语法，他讨厌死了，老师提问的时候都答不上。法语的构词法特别复杂，名词有阴性、阳性、单数、复数，动词有现在时、过去时、未来时，语气还有虚拟式等等，很麻烦。让这样的孩子从讨厌法语课变成热爱法语课，要写成小说是多么困难的事。例如，老师教导一番，父母循循善诱，他好像用功了一点儿，也不排除他过几天又不干了，是吧？那这样写，这小说肯定是越写越疲劳，而且不可信。都德采取另外一种办法，把他打入另一个环境，非常规的环境。常规环境是天天有法语学，天生的权力，每天都有明天，今天学不好明天再来；非常规环境是，这是"最后一课"，不可逆的，从此以后就没有法语课了。这个时候我们看到这个小孩子的内心发生了变化。他突然变得非常热爱法语课，希望这堂法语课永远不要完结。他自己非常后悔，当时为什么没有好好学法语课？这叫打入一个极端的环境，使他内心深层对母语的热爱浮到表面。一个逃法语课，经常去滑冰、去钓鱼的小孩子，他内心深层还有一个隐秘，就是对母语的热爱。这就是这篇小说成为经典的一个重要原因。[①] 它的构思，就是生活的、情感的横断面，表面上它是没有道

---

① 关于《最后一课》有一个重要的事实需要澄清：文中描述的被德国侵占的法国领土最初属于德国而不是法国，当地居民本来就说德语而不是法语……普法战争结束，阿尔萨斯重新成为德国领土后，150万居民中只有5万说法语。但在《最后一课》中，写得似乎全阿尔萨斯的人都把法语当母语，显然和历史大相径庭。虽然如此，当年德国当局强迫说法语的只能学德语，也是野蛮的。如今，阿尔萨斯地区的居民大都能讲三种语言：阿尔萨斯语、法语和德语。德法之争的那一页已经成为历史，今天的阿尔萨斯是一个语言多元化的地区，在学校里，孩子们不仅学法语和德语，也学英语和西班牙语。

理的,你天天不用功怎么今天这么用功了？实际上他的深层情感被激发出来了。《项链》也是这样,马蒂尔德非常爱慕虚荣,嫁了一个普通的白领,教育部的小官员。她长得漂亮,希望去上流社会出风头。终于教育部部长给了个请帖,参加一次舞会。为了这个舞会,好不容易花钱去买了高档衣服。但觉得美中不足,缺一条项链,还是被人瞧不起。但买不起啊,那就借一条。借来了以后,出了一夜的风头。回来发现项链丢了,这样贵重的礼物丢了,对于这个普通的教育部官员家庭来说,是灾难。于是,不得不面临一个抉择,一个就是想法还人家钱,要不你就做一个骗子,破产,被人家起诉去坐牢。于是,她不能不勤俭持家,备尝艰辛,由一个非常爱慕虚荣、爱出风头、因为自己是舞会上最美丽的女人而感到无限滋润的女人,变成一个艰苦奋斗、异常节俭的女人。在十年期间,辞去了女工,搬了小房子;自己洗衣服,提水,一桶一桶地提上楼,当中还要休息一下;自己洗碗,把那粉嫩的手指都洗粗了。莫泊桑在写到这一段的时候用了一个词,我没读过法文的原文,英文译成heroism,英雄气概,用英雄气概来承担着失去项链这样一个代价。一个爱慕虚荣的非常轻浮的女人,变成一个 heroism 的女性,她变成了另外一个人。可是这个人更深刻了。

在我们内地,关于这篇小说,有很多奇怪的讨论。有的人说,这个女人是个爱慕资产阶级虚荣的肤浅的女人,作者批判她,是资产阶级的虚荣心害了她。有的人说,这个女人有权利追求自己的高贵地位,享受自己的美丽和幸福,拥有这个权利,你不能说她是资产阶级的,无产阶级也需要这东西。彼此争论不休。后来我写了篇文章,这不是两个人,是一个人。她的表层的人格面具是虚荣的,她的心灵深处还是正直的,她可以做骗子,破产,但是她不愿意,宁愿承受十年的苦难。所以说,最后发现了项链是假的,不值那么多钱,这里作家显示的是那么追求虚荣,以及后来的代价都是不值得的。他讽刺和揭露的不是这个人,是人,是社会那种虚荣心,所谓的名利场,是摧残人的。

把她打出常规,打出的缘由可能是假的。这项链根本就不值那么多钱,这一点是非常重要的假定。莫泊桑还写过一篇小说,没这么有名,叫《珠宝》。倒过来,说有个女的非常喜欢收集"假珠宝",家里有很多,而且她丈夫也非常爱她。男人们都觉得能和这样的女人结婚是最大的幸福。后来她突然死掉了,丈夫就痛不欲生。家里很穷,丈夫想她的假珠宝多少能换一点钱吧,就拿去珠宝行去估价,不得了,无价之宝! 都是非常值钱的。丈夫莫名其妙,后来了解到,这些珠宝是一个富有的大亨订的。这个非常有钱的人为什么把真正的珠宝送给自己老婆呢? 你去想吧。(大笑声)《项链》、《珠宝》,其中的真珠宝和假珠宝都是假定的,揭示的是一个表层的人和一个深层的人,是一个人。特别是后面那个,绝对是对丈夫的欺骗,有一种出卖肉体的暗示在里面。老托尔斯泰说过:

> 有一个流传得很普遍的迷信,说是每一个人有他独有的、确定的品性。说人是善良的,残忍的,聪明的,愚蠢的,勇猛的,冷淡的,等等。人并不是这个样子。我们讲到一个人的时候,可以说他是善良的时候多,残忍的时候少;聪明的时候多,愚蠢的时候少;勇猛的时候多,冷淡的时候少。或者刚好相反。至于说,这个人善良而聪明,那个人卑劣而愚蠢,那就不对了。不过,我们总是把人们照这样分门别类的。这是不合实际的。

> 人同河流一样,天下的河水都是一样的,每一条河都有窄的地方,有宽的地方。有的地方流得很急,有的地方流得很慢,河水有时澄清,有时混浊,冬天凉,夏天暖。人也是这样。人身上有各种品性的根苗,不过有时这种品性流露出来,有时那种品性流露出来罢了。人往往变得不像他自己了,其实,他仍旧是原来那个人。①

情节的功能就是把人潜在的、不像他平常的那个自我暴露出来。

所以我一上来就说,"开端、发展、高潮、结局"是个非常愚蠢的理论,你说愚蠢不愚蠢? 这个小说就没有结局嘛,而且马蒂尔德已经那么老了,本来可以写啊。假的吗? 太好了。你把真的来还给我,我去卖了钱回家改善一下生活。没有。因为对人的心灵的探索到此结束,对故事的完整性来说也许是重要的,对情节来说不重要,对价值来说不重要。人的情感的、青春的代价,付出了以后,再也不能够得到补偿了。实用的价值可以得到补偿,心灵的损害无法补偿。非常深刻。

---

① 托尔斯泰:《复活》,汝龙译,人民文学出版社,1979 年,第 262—263 页。译文略有修改。

五　让同一情感结构之中的人物心理发生"错位"

第二心态，是从一个人来说的，但是，小说写的往往不是一个人物，而是几个人物，那么几个人物从相同的心态变成另外一种心态，就有两种可能：1.相同；2.不同。如果一味相同，猪八戒、孙悟空、唐僧、沙和尚，西天取经，一路上同心同德。那没有戏，而"三打白骨精"之精彩就在于第二心态不是相同的，而是相互错位的。这就是小说情节的第二功能，把人物打出常规，让本来处于同一情感状态的人物发生情感"错位"。

"三打白骨精"之所以成为经典，就是因为本来志同道合的人物发生了心理"错位"。

我们看《西游记》，孙悟空、唐僧、猪八戒、沙和尚西天取经，一路上都是打出了生活的常规的。妖怪很多，一个个妖怪都想吃唐僧肉，孙悟空顺利地把它们打倒，打不倒、打不过怎么办？很简单，找观世音，妖怪再胡闹，观世音就把它消灭了。再往前进，又碰到一个，老叫观世音不好，就再换一个人——如来佛，又把妖怪给消灭了。（听众笑）可是读者却连妖怪的名字都忘掉了。因为，在打的过程当中，孙悟空、唐僧、猪八戒、沙和尚的精神状态有没有什么变化？没有什么变化，都是同心同德，一往无前。这就不是好的情节。但是，有一个妖怪我印象绝对深刻——白骨精。当然不是因为她是一个女妖怪。前排的女同学不要见怪，我对你们印象比她还深。（听众笑）这个女妖怪她一出现，人物的感觉不一样了，孙悟空一看，白骨精，一棒把她给打死了。他火眼金睛啊！唐僧一看，善良的女子。我们往西天取大乘佛经就是要救人，让人们都长生不老，经还没有取到，你就把人杀了。这个问题可大了。而猪八戒一看，嘿，好漂亮，好精彩哦！（众人大笑，鼓掌。）因为《西游记》的英雄平常都是无性的，唐僧是以无性为荣，孙悟空是不屑有性，他是石头里蹦出来的。猪八戒是唯一有性感觉的男英雄。（众人鼓掌）当然，沙和尚最差劲，他不但对女孩子没感觉，对男孩子也没感觉。（听众大笑，鼓掌。）那四个人一起前进的时候，都是常规心态，都是和尚嘛，相安无事。但女人一出现就糟糕了，于是猪八戒的感觉就越出常规了。潜在的性意识就非常强烈地、非常坦率地表露出来，于是戏就来了，造成了极大的灾难，弄得孙悟空被开除掉，唐僧等被白骨精被抓去，放在蒸笼里，差一点葬送了西天取经的事业,猪八戒自己差点把老命都送掉。平时同心同德的人,内心那些差异就暴露出来了,人变得不一样了。

"错位"的幅度越大,就越是生动,就越有个性,就越有戏。小小的私心,大大的严重的后果,形成对比,构成怪异。这种怪异怪得还很可爱,在当时的情境下,喜欢女孩子,叫做"色",是犯戒的,一般是藏在心里的,猪八戒是公然的:一贯如此,非常坦然。吴承恩没有让唐僧被白骨精吃掉,没有让猪八戒的私心造成不可挽回的后果,这就使得猪八戒的形象又可笑又可爱,显示了一种喜剧性。中国古典英雄传奇小说里很长一段时期是禁欲的。英雄是无性的,性意识强烈是遭到调侃的,如《水浒》里的矮脚虎王英。但是吴承恩的天才在于,在外形上给猪八戒一个非常丑陋的猪头,内心里又给他一种非常可爱的男性不可磨灭的心理特征。

我的理论和西方许多理论不同,他们往往满足于描述,而置评价于不顾,我想,理论的任务,不但要说明,而且要评价,有了评价,才能推动创作和阅读实践。因而,揭示它的结构,揭示它的功能,并不是最终的目的,最终的目的是揭示它的功能的优和劣。什么样的情节是好情节呢?什么样的情节是不好的情节呢?孙悟空师徒一路上打了那么多的妖怪,谁能记得住?打一次白骨精都记住了。那么多情节为什么都忘记了?因为,没有打出常规,没有第二心态,特别是没有让志同道合的师徒发生心理错位。"三打白骨精"的好处,则是有心理的深层第二心态,有师徒的情感错位,而且有喜剧风格,因而是好情节。

为什么要三打?因为人平常的心理是一个深层结构,人的表层结构是相当封闭的,一旦有外界的事变,就会自动化地迅速调节,让它恢复原来的样子,只有反复地冲击要害,内在的心态才来不及掩盖,才会暴露出来。一打不行,二打不行,就三打,所以中国古典小说强调曲折,要三打祝家庄,要三请诸葛亮,越剧里有三看御妹,为什么?要反复地冲击它,把它冲击到一个临界点上,暴露他内心深层的结构和他人的错位心态。这是古典小说、情节性小说,包括金庸小说的一个非常显著的特点。

总的来说,情节的功能,第一是打出常规,第二是暴露第二(深层)心态,第三是造成人物之间的情感错位。

这里面最重要的是第三点:错位。打出常规的效果固然是深层心理,但是深层心理的最佳效果却是使在同一情感结构中的人物产生错位;而正是情感错位,又导致新的情感深层奥秘,从而推动了情节的发展。例如《红楼梦》中的最高潮当然是林黛玉之死。这是一个结果,其原因却是多重情感错位。曹雪芹开始就表示反对以一个小人从中挑拨作为导致危机的全部原因。《红楼梦》中林黛玉的死亡,作为悲剧的结局,其精彩在于多重的情感错位。悲剧的决定者自然是贾母,但是,贾母并不是因为恨林黛玉和贾宝玉才选择薛宝钗、否决林黛玉的。恰恰相反,第一,贾母是因为太爱贾宝玉才选择了薛宝钗,其结果却导致贾宝玉悲痛近疯去当了和尚;第二,贾母正是因为深爱薛宝钗才选择了她,使薛宝钗冒充林黛玉和贾宝玉结婚,结果是终身守活寡;第三,贾母也不是不爱林黛玉,正是由于过分宠爱,才让林黛玉和宝玉从小同吃同住,造成二人非同寻常的感情;第四,贾母因为林黛玉"心重",而且看来不是很长寿的样子,如果选择了她,自己将来无法面对地下的丈夫,才没选她。但是,她这样选择导致林黛玉的死亡和贾宝玉的出家,按她的逻辑,她日后更加无法面对自己的丈夫。而王熙凤设计让薛宝钗冒充林黛玉,并不是为了让贾母陷入悲痛,而是为了讨好贾母,更不是为了糟害贾宝玉,而是为了给他的病"冲喜"。所有这一切错位的综合,构成了《红楼梦》的悲剧结局。

从中,可以将前述情节因果乃情感因果的理论深化一步:情感因果的最高层次,乃是复合的错位的因果。

对《红楼梦》的后四十回,不管在艺术成就的评价上有多么大的分歧,就爱的错位导致的悲剧结局而言,实在是世界文学史上的伟大奇观。托尔斯泰写安娜决计自杀那一段用了接近意识流的手法,以在马车上回忆和现场片断交织的错位,写她回忆与渥伦斯基在最初相爱时距离很近,而到了同居以后却距离遥远,爱情结束以后仇恨就产生了,就错位的丰富来说,有过之而无不及。林黛玉死亡之后,有七八个人都来哭了,而每个人的眼泪的内涵却不相同,蕴涵着纷纭的错位。

如果这一点没有大错,则文学经典的阐释功能具有相当的广泛性。例如,可以用来解释《雷雨》的悲剧情节:鲁侍萍明知四凤与周萍的相爱已经属于乱伦,出于对四凤的爱同意她与周萍出走;而繁漪出于对周萍的爱,却把周朴园叫出来;周朴园则因自以为的正直,把四凤与周萍的血缘关系透露出来,结果是四凤与周萍以不同的方式自杀。

为什么我们中学语文老师,包括大学教授,分析文学文本往往束手无策?困难在哪里?有两个:第一,你要喜欢文学,用生命去体悟它,让它转化为逻辑严密的话语,这是需要一点原创性的。第二,如果没有原创性,就只好依赖西方理论。但是,一些老师所依赖的西方理论,却是陈年的古董,太落后,太腐朽;而我们文艺理论界又太尖端,更新太快了,都在占据话语制高点,都在解构,都忙着颠覆。最奇怪的是,伊格尔顿的《二十世纪文学理论》和乔纳森·卡勒的《文学理论》,他们的书名都是"文学理论",但是,结论却是没有文学这回事。我看了非常愤怒,我本来是研究文学,希望你提供一点文学理论,他却说没有文学,只有文学性,在广告、时装里什么地方都有,就是没有文学本身在内。我就想,别去理他,我自己来发明一点理论:打出常规,揭示非常规的心态,让志同道合的人发生心理错位。能有这样的功能的,就是好作品,很简单嘛。不需要多大的才气就一清二楚。

　　但是,在我们学院里,在我们的中学语文课堂上,那些没有用的空头理论、蒙蔽人的理论占据了主流,我们拿它没办法。后来我得出一个结论,跟着他们,拿着他们的大前提去作理论上的演绎,我们搞不过西方人,他们占据主流话语,是强势文化,我们和他们不对等。他不知道我们的学术成果无所谓,照样宣称他的理论是放之四海而皆准的,我们不知道他们的学术成果,那就是老土了。可爱的是,我们对他们知道得不少。可是大多数学者被他们迷住了,哎呀,太崇拜了,连磕头都来不及。当然,我不否认他们的许多东西很了不起,颠覆了旧的思路、旧的观念,提供了新的思路,打开了相当广阔的学术天地。但是,他们也有空白,也有软肋,也有荒谬,起码,文学文本分析不行,尤其是艺术分析,可谓两眼一抹黑。诸位不要以为我是太狂妄自大,这话不是我说的,而是他们自己说的。早在上个世纪中叶,韦勒克和沃伦就在他们著名的《文学理论》中宣告:"多数学者在遇到要对文学作品作实际分析和评价时,便会陷入一种令人吃惊的、一筹莫展的境地。"①此后五十年,西方文论走马灯似的更新,形势并未改观,以至李欧梵先生在"全球文艺理论二十一世纪论坛"的演讲中勇敢地提出:西方文论流派纷纭,本为攻打文本而来,旗号纷飞,各擅其胜:结构主义、解构主义、现象学、读者反应,

---

① 韦勒克、沃伦:《文学理论》,刘象愚等译,江苏教育出版社,2005 年,第 155—156 页。

更有新马、新批评、新历史主义、女性主义等等不一而足,各路人马"在城堡前混战起来,各露其招,互相残杀,人仰马翻","待尘埃落定后,众英雄(雌)不禁大吃一惊,文本城堡竟然屹立无恙,理论破而城堡在"。①

洋人没有办法,难道我们就满足于跟着束手无策?我就想出了前面的办法:打出常规、揭示第二心态和人物感知错位。这个办法除了前面已经说过的好处以外,还有一个理论上的好处,那就是更有理论的系统性和实践的操作性。

在西方小说理论中,人物性格很重要,特别强调性格共性和个性的统一。这一对范畴,在中国产生了极大的影响,1930 年代胡风和周扬为之争论得热火朝天,直到 1950 年代还是争论的焦点。但是,我觉得,这种争论之所以不了了之,原因在于问题的提法就不对:个性与共性的对立统一并不是人物性格特有的,而是一切事物共有的,不管是一块破布还是一条花边新闻,不管是一个星球还是一个苹果,都是个性和共性的统一,正是因为这样,从一粒沙子看世界、从一滴水看大海,才能成为世人的共识。从方法论上说,孤立分析单个的人物不得要领,小说的情节是人与人之间关系的动态过程。从纵向来说,有了人物深层心理的发现,从横向来说,有了人物间错位关系的分化,才可能有个性。

小说之所以成为小说,关键就是写出了人物与人物之间的心理的错位。

这一点俄国形式主义者有所觉察。斯克洛夫斯基在《故事和小说的构成》中说:"美满的互相倾慕的爱情并不形成故事","故事需要的是不顺利的爱情。例如当 A 爱上 B,B 觉得她并不爱 A;而 B 爱上 A 时,A 却觉得不爱 B 了。……可见故事不仅需要有作用,而且需要有反作用,有某种不一致"。② 但是,在我看来,这个斯克洛夫斯基的概括力不太充分。因为这种

---

① 《世纪末的反思》,浙江人民出版社,2002 年,第 274—275 页。其实,此言似有偏激之处,西方大师也有致力于经典文本分析者,如德里达论乔伊斯《尤利西斯》、卡夫卡《在法的门前》,罗兰·巴特论《追忆似水年华》、《萨拉辛》,德·曼论卢梭《忏悔录》,米勒评《德伯家的苔丝》,布鲁姆论博尔赫斯等等。但他们微观的细读往往指向理论的宏观演绎。德里达用二万多字的篇幅论卡夫卡仅有八百来字的《在法的门前》,解读象征寓言的同时从文类、文学与法律等宏观方面作了演绎,进行后结构主义的延异书写,其主旨在超验的文化学,并不在审美价值的唯一性。

② 斯克洛夫斯基:《故事和小说的构成》,乔治·艾略特等:《小说的艺术》,张玲等译,社会科学文献出版社,1999 年,第 86 页。

现象并不限于爱情，而是一切人物关系的普遍规律，从友情到亲情莫不如此。

为了把问题说得更清楚，请允许我以没有爱情的"草船借箭"为例。

鲁迅说《三国演义》写诸葛亮很失败，"多智而近妖"，意思是作者把诸葛亮写得非常聪明，非常有智慧，智慧得不像人了。鲁迅把话说得刻薄了一点儿，不说超人，而像妖怪。这有没有道理？有道理呀。从科学的立场来看，诸葛亮怎么可能预报天气，那么准确，比我们中央气象台还厉害。如果拘泥于真实论，就是文不对题，科学的真和审美的美是两种价值，作为艺术品，我们提出问题的前提是审美价值和科学价值的错位。

"草船借箭"好就好在盟友之间的心理错位。周瑜请诸葛亮议事，表面上是要打败曹操，实质上是要整死诸葛亮。说现在我们跟曹操作战，什么条件都具备了，就是一个东西不够，什么？没有箭。弓也有，船也有，就是没有箭。怎么办？我们联盟嘛，请你来完成这个光荣的任务。诸葛亮说要多少？十万支。要多少时间？周瑜说，十天吧。诸葛亮说，好像不用吧，三天就够了。周瑜大喜，正中下怀嘛。周瑜说，军中无戏言。诸葛亮说，立下军令状，签下保证书，不行就杀头。签完了以后走出营帐。周瑜的部下、诸葛亮的朋友鲁肃，这个人比较忠厚，就埋怨诸葛亮："你怎么能签这样的合同？完不成怎么办？"诸葛亮说完蛋了，你救我吧。鲁肃说，你自己找的，我怎么救？诸葛亮说，可以救，你给我准备二十艘小船，船上束满了稻草，青布为幔，三天以后，我们到江边去取箭。鲁肃说，这个容易。周瑜知道了，心想，诸葛亮在找死呢。果然第一天不见动静，第二天不见动静，第三天早上诸葛亮拉着鲁肃说我们去江边取箭。《三国演义》上写：是日大雾弥天，二十艘小船一字排开，诸葛亮拉着鲁肃到中舱里去饮酒，下令擂鼓进军。鲁肃说不行啊，全是稻草人，再加几个军乐队，这样大张旗鼓，不是送上门去当俘虏？诸葛亮说，我早算到三天以后江上大雾，而且料定曹操这个家伙多疑，大雾弥天，我攻过去他肯定认为我有埋伏，不敢出来，定然用箭射住阵脚，正好射在我的稻草人上。果然，探马报曹操说诸葛亮来犯，曹操说，诸葛亮此人平时用兵很谨慎，从来不敢冒险，如今他这样大举进攻，肯定有埋伏，不要上当，我早就看出这个家伙的阴谋诡计了，下令用箭射住阵脚，射了一个多小时。船前面的稻草人都射满了，但是后面的稻草人还是空的，诸葛亮说，把船头朝东、船尾朝西，让他再射，又射了一个小时左右。九点多钟，太阳出来，雾也快散了,草人都是刺猬一样的,诸葛亮就说,子敬,收兵吧,叫军乐团的士兵一起大喊一声:"谢丞相赠箭。"然后回到江东,到江岸把稻草人卸下来,把箭拔下来数了数,超过十万支。

这是鲁迅不能相信的事情,但是我相信,为什么?把他打入了第二环境,进入假定境界,假定他能够预料到三天以后大雾,假定他预料到曹操多疑是正确的,来显示人物的深层心理。深层心理在哪里呢?关键在这里,我觉得鲁迅没看清楚,是周瑜和诸葛亮的关系。从实用价值观念来说,周瑜和诸葛亮是盟友的关系,诸葛亮本事越大,周瑜越能取胜,但周瑜这个人虽然非常忠于他的事业,却有个心理毛病——多妒。妒忌这个心理,有个特点,就是近距离而且同层次,因为有现成的可比性。周瑜妒忌别人的才能。他不妒忌曹操,也不妒忌孙权,就妒忌自己的盟友,跟他差不多的人,不能容忍本事比他高的在他身边。他表面上请诸葛亮议事都是针对曹操,实际上都是和诸葛亮作智能的较量,都是想压倒诸葛亮,甚至想把诸葛亮整死。《三国演义》作者的艺术才华就集中在让诸葛亮料到三天有大雾,让他料准曹操多疑,让他预料成功,这里产生一个奇妙的、精彩绝伦的三角错位。诸葛亮的多智,是被他的盟友多妒逼出来的。而且他多智采取了一个冒险主义的江上进军的策略,又碰到另外一个敌人,这个是非常有才能、很会打仗的人,有个心理毛病——多疑。由于他的多疑,使得冒险主义的多智取得了伟大的胜利,于是,多智的就更加多智,多智到没有东风,可以向老天爷借的程度,当然,多妒的就更加多妒。这样的三角错位,在发展中,又层层扩大,错位还层层加码,最后,反复地较量,周瑜输掉了,输到哪里了?自己感到智慧不如诸葛亮。既然智慧不如诸葛亮,我就不要活了。三气周瑜芦花荡,周瑜赔了夫人又折兵啊。我智不如你,我就活不成了,不想活了。临死的时候,周瑜说了一句名言"既生瑜,何生亮",这个名言可以解释马英九和宋楚瑜的关系:"瑜亮情结"。"既生瑜,何生亮?"他活不成,不怪自己气量狭窄,而是怪老天,老天啊老天,既然你生了我这样聪明的周瑜,为什么又生了一个比我还聪明的诸葛亮,既然他的才能比我高,在我身边,我就不能活了。盟友第二心态之间三角错位的幅度和形象的生动性成正比,错位的幅度越大,越是生动。周瑜死了上千年了,可周瑜还活在我们心里,这就是《三国演义》伟大的地方。鲁迅不懂得这个假定性的伟大:不让诸葛亮超人地预报天气,不让他借东风,心理错位就不会层层加码,那周瑜也就不会死得这样精彩。

历史上的"草船借箭",不是诸葛亮的事,恰恰是孙权的事。孙权有一次巡视曹操的水军,被曹操发现了,曹操就命令弓箭手射箭,射到孙权的船,箭是有重量的,有人统计大概四两一支。那么上千支箭,几百斤,船就会翻了,于是,孙权命令把船再掉一个方向,这样两边就平衡了。但这是一个战术的机智,实用理性,是一个科学的因果关系,并不具备艺术的审美价值。

原来《三国志》里面的记载,赤壁之战主要的功劳是周瑜的,诸葛亮不过是配合一下而已。好多战役和诸葛亮没有关系。但是,《三国演义》不同于《三国志》的地方,就是虚拟了周瑜和诸葛亮之间的心理错位。而且以这个为纲,成了赤壁之战主要的心理错位系统的总纲。所有矛盾都由周瑜和诸葛亮的心理错位生发出来。孙吴招亲,也是诸葛亮和周瑜之间的错位;刘备溜掉也是诸葛亮和周瑜之间的较量;曹操被打得落花流水,最后被关公放掉,这是虚构的,没这回事,为什么成为赤壁之战中很重要的一个部分,因为又和诸葛亮在心态上产生错位。关公非常傲慢,非常自信,诸葛亮就不用他,他说你完不成任务。关公说,完不成任务,我就杀头嘛,立下军令状,最后果然没完成,关公把曹操放了。所以整个的赤壁之战,都变成诸葛亮和他人——主要是和周瑜,还有关公——之间的心理错位。这叫审美价值,这叫情感的逻辑的错位。

人物间的情感错位是小说的根本,错位比情节更重要。有时,没有情节或者故意回避正面表现情节,只要拉开情感的错位幅度,也可能是精彩的小说,如鲁迅的《孔乙己》。孙伏园曾问鲁迅最喜欢《呐喊》中哪篇小说,鲁迅既未提《狂人日记》,也未提《阿Q正传》,而是说《孔乙己》。此小说"能于寥寥数页之中将社会对于苦人的冷淡,不慌不忙地描写出来,讽刺又不很显露,有大家的作风"①。鲁迅对孔乙己的落第、偷书及挨打致残等都没有正面叙述。小说只选取了三个场面,而孔乙己本人在咸亨酒店只出场了两次。这里有鲁迅所示的小说美学原则,重要的不是人物遭遇,而是人物在他人眼中的错位的观感。小说中有着多重错位。他的偷书被当做笑料,"所有喝酒人都看着他笑"。"笑"针对沦落的痛苦者,这是第一重错位。他否认偷书的态度十分坚决,但"窃书不能算偷"的否认论据却十分薄弱。大家都

---

① 孙伏园:《关于鲁迅先生》,《晨报副刊》1924年1月12日。

笑,带来欢笑的孔乙己不但未笑,反而更为尴尬。这就使笑中包含一点沉郁感。旁观者对弱者连续性的无情嘲弄,使弱者狼狈,弱者越狼狈,旁观者越笑得欢乐。孔乙己仍维护着他残存的自尊,但这种维护显然是无效的,引起"众人都哄笑起来"。更为深刻的错位是,发出残酷笑声的人,并无太明显的恶意,其中还有知其理屈予以原谅的意味。精神上残酷的伤害已够可怕,更可怕的是施与者并未感到严酷,也未想到其中包含的伤害性,反而感觉并无恶意,如同亲切的玩笑。所有的人似乎都没有敌意和恶意,甚至在言语中多多少少地包含着某种玩笑或友好的性质。但这对孔乙己来说,却是对残余自尊的最后摧残。重要的不是鲁迅对于人生的严峻讽喻,而是其对小说艺术规范形式的突破。有了错位的情感,情节甚至个性都可有可无。

正是因为这样,我们欣赏、分析小说,光有审美价值的自觉还不够,还要有文学的规范形式、不同文学形式的不同规范不可混淆的自觉,不同的文学形式的审美规范有如不同的血型,混同了是要出人命的。我们的欣赏水平往往就取决于对于艺术形式间不容发的差异的敏感。提高水平最简单的办法就是,对同类题材不同形式的作品进行比较。

比如说,李隆基和杨玉环的爱情,在诗里写,怎么个写法?心心相印嘛,生死不渝嘛,像白居易在《长恨歌》里写李杨相恋:"七月七日长生殿,夜半无人私语时",这一生做夫妻还不够,下辈子还要做夫妻。生命存在时相恋,杨玉环死亡了,甚至成仙了,还是不改初衷。"在天愿作比翼鸟,在地愿为连理枝","天长地久有时尽,此恨绵绵无绝期"。这是绝对的,"在天"、"在地",就宇宙空间来说,我的爱情不受空间限制。"天长地久"讲的是时间,我的爱情不受时间限制,是绝对的。这是诗,两个人心心相印,当然事实并不是这样。可是到了小说里面,例如宋人的《太真外传》中,两个人再这样心心相印,就没有性格可言了。当然,《太真外传》在艺术上比较弱。在同样的题材上,戏曲《长生殿》与小说在人物关系的错位上有相近的规律。

《长生殿》里最为生动的就是,李隆基跟杨玉环一方面恋爱,一方面又发生错位。杨玉环很苦闷啊,因为唐明皇不是只有一个老婆,还有一个梅妃,是我们福建人,就是妈祖的同乡;还有一个情敌,那是她的姐妹虢国夫人。而李隆基和她们有私情,杨贵妃就吃醋,李隆基就发火。两次吃醋,杨贵妃被赶回去两次。可是唐明皇却吃不下饭了。高力士又把她叫回来,这才有个性,才有戏啊,因而叙事戏剧文学中,相爱的主人公不能心心相印,只能心心相错。

这说明,在诗歌里,人是比较形而上的,感情是比较概括化的;在小说和戏剧里,人是比较具体的、形而下的:杨贵妃吃醋,李隆基发火,这个女人烦死了,滚蛋!但是她一走,他活不下去了,又把她叫回来,这才有戏。就要使相爱的、有感情的人发生错位,如果他们永远都没有矛盾,就是诗,不是小说。要让相爱相亲的亲人、朋友、战友、夫妻,明明有很深的感情,但是感情要发生错位。我不是讲矛盾,是错位,就是一部分重合,一部分拉开:拉开了错位距离的,就好;拉不开的,就不好。

所以说你要写小说,研究小说的情节啦、结构啦、个性啦,你要看出那些有感情的人拉开距离才生动。你要让贾宝玉和林黛玉互相折磨才生动。如果贾宝玉看到林黛玉,啊呀这个姑娘我见过的,林黛玉看到贾宝玉,啊呀这个小伙子真好,他们俩好了,大家也不反对,就像白居易写《长恨歌》,一见钟情,生死不渝,就没有小说可言了。《红楼梦》在艺术上为什么伟大?就是让最相爱的人成天在感情上"错位",没完没了地互相折磨。林黛玉的艺术个性就在于成天怀疑、挑剔、折磨她最心爱的人,让他成天检讨,检讨了还是不行。有了这种错位,才有东西可写。再相爱的人也不能心心相印,相爱的人只有心心相错才有生命。比如,巴金的《家》里,高老太爷要把鸣凤嫁给冯乐山做妾,最后一晚,她来找觉慧。如果沟通很顺利,两个人就一齐跑掉了,也就是没有任何错位,那就不会动人。偏偏鸣凤要告诉觉慧,觉慧说现在很忙,说过些时间我去找你。鸣凤绝望了,离开时决心殉情。等到觉民告诉觉慧,觉慧就去追,如果追上了,也就没有错位,当然就不会动人。偏偏追到的时候,鸣凤已经浮在湖面上了。这样相爱的人的错位幅度就大了,因而就发生了震撼人心的感染力。

从这个意义上说,分析小说,包括写小说,其实也不难,只要心肠狠一点,不让相爱的人心心相印,不停地让他们心心相错。但是也不能错位得完全没关系,我跟她离婚,我到美国去了,你在香港,再也不见了,就没戏了。要离婚又离不掉,然后你在香港我们又碰到了,本来要不理你,结果还是要看一看,一看又笑起来了,这个才有戏可写。这好像是说笑话、恶搞,其实,这是规律。我们看巴金写觉新,很精彩,精彩的关键,就是先让他爱上梅表姐,可又不让他和梅表姐结合,让梅表姐嫁了别人。如果到此为止,感染力就有限。巴金的艺术奥秘就在于,又让梅表姐死了丈夫,又让她老是待在高府上,老是有机会和觉新相处。这就有好戏了,就有性格了。

　　所以,我觉得,文学理论、小说理论,洋人说一大车子的理论,神乎其神,玄乎其玄,什么问题也说不清楚,甚至还把文学、把小说说没有了。在我看来,他们有点自我折腾,还不如我这个打出常规、深化心理层次、拉开错位距离管用。

第三讲

曹操从热血青年变为血腥屠夫的
条件：多疑[①]

非常感谢给我这个机会，让我用"另外一只眼睛"来展示一下对曹操的观察。为什么是"另外一只眼睛"？第一，因为已经有很多眼睛看过曹操了，其中包括易中天先生最近看出来的曹操，很轰动，很精彩。但是，他所看到的曹操，是他的曹操，带上了易中天的色彩、易中天的价值观念。我眼中的曹操，和他眼中的曹操是不一样的。第二，为什么是另外"一只眼"，而不是两只眼？这是因为，要看得清楚一点。君不见靶场上瞄准，两只眼全睁开，就休想打中靶心；一只眼闭起来，才能瞄得更准。第三，我声明，我跟易中天先生是朋友，我也很为他在"百家讲坛"创造了一个品牌，成为一个文化明星感到高兴，还很为他的智慧和他的感染力感到惊讶。原来他在我感觉中，并不见得多漂亮，在生活中，他有点老相，没有想到他上了电视，竟这么辉煌，老得很漂亮！（众大笑）

他拥有很多"易迷"、粉丝，我很羡慕。不知不觉我也成为他的一个粉丝，这是连我自己都感到意外的。粉丝一般都是比较年轻的，哪来我这么老的粉丝？（笑声）但是呢，反过来一想，能成为他的粉丝，就证明我还没老。（听众鼓掌）作为朋友，我分析他成功的原因，除了他的智慧、他的口才、他的幽默感以及学术造诣以外，还有一个原因，就是他的勇气——他对权威性的、天经地义的说法表示质疑。这是科学的根本精神。

《三国演义》定本以来，几百年，经过不同的政治制度、不同的意识形态统治下的各种读者的反复考验，在它以前和以后的许多文学作品与日俱减地被淘汰了，可《三国演义》却仍然辉煌地存在。对这个经典历久弥新的现象，大家觉得天经地义。但是易中天对之表示了怀疑，他说《三国演义》有

---

① 据 2007 年 4 月 6 日在东南大学的演讲录音整理。

问题,有许多混淆视听的地方,特别是对曹操的评价。他认为这是很遗憾的事情,所以,他就出来做一点"还原"的工作,"以正视听"。他认为曹操被《三国演义》丑化了,造成了他品质恶劣、大花脸、奸贼的印象,实际上呢,历史上的曹操是个英雄;有人认为他是英雄里的另类,叫奸雄。他说,即使是奸雄,也是个"可爱的奸雄"①。

他这个观点肯定是正确的。但是我又觉得这并不是很新鲜的,《三国演义》对历史的虚构早就引起了学者的不满。清朝学者章学诚在《丙辰杂记》中说《三国演义》"七实三虚"②,有七分是实在的,三分是虚构的。他说得比较客气,在我看来,起码是五分实的、五分虚的;实的是骨架而已,血肉呢,是虚构的。说他"五骨五肉"是不是更准确些?学者们感到,它造成了混乱。鲁迅在《中国小说史略》里也说它"虚词杂复,易滋混淆"③,很容易产生混乱。就是五四时期把白话小说抬上正宗地位的胡适,对《三国演义》也没有太大的好感。1922 年,他为《三国演义》作序,说它"不能算是一部有文学价值的书",因为它"拘守历史的故事太严而思想力太少,创造力太薄弱"。这个说法和章学诚、鲁迅相反,嫌它"拘守历史的故事太严"④,那就是虚构得还不够。

这三个大学者的说法虽然有矛盾,但共同点是并没有系统地去清理《三国演义》究竟是在多大程度上、如何系统地"歪曲"了《三国志》的。到了 20 世纪 50 年代末,毛泽东提出要"为曹操翻案",郭沫若比谁都先得到消息,就写了为曹操翻案的论文。那个翻案翻得很厉害。按当时的主流意识形态,曹操最大的问题是镇压农民起义起家。郭沫若为他辩护,说他不是镇压了农民起义军,而是把打散了的起义军的"精锐部分组织了起来",本来这些农民军是破坏性很大、连吃饭都成问题的,经他一收编,去屯田,既安定了国家,自己也有饭吃了。⑤ 郭沫若这个说法有点强词夺理。可他不满足,又写了"历史剧"《蔡文姬》,对曹操采取了歌颂的态度,有些地方今天看

---

① 易中天:《品三国》,上海文艺出版社,2006 年,第 20 页。
② 《鲁迅全集》第 9 卷,人民文学出版社,2005 年,第 135 页。
③ 同上。
④ 胡适:《中国章回小说考证》,上海书店,1979 年,第 389—341 页
⑤ 郭沫若:《替曹操翻案》,《人民日报》1959 年 3 月 23 日,后收入《郭沫若全集》历史编第三卷,人民文学出版社,1984 年。

起来有点骇世惊俗,如第一幕就把曹操的生活写得很是艰苦朴素,一条被子让老婆补了又补,给人一种当时红色文学中的共产党员的感觉。(笑声)易中天最值得称赞的可能是,他是中国第一个系统地清理《三国志》作为正史、官方的、比较可靠的史料,跟《三国演义》的虚构之间的差异的,说明了曹操是在多大程度被《三国演义》"歪曲"了,这个可爱的奸雄,是如何被《三国演义》歪曲成一个可恶、政治品质恶劣、十恶不赦的"奸贼"的。

一 多疑是从美化转为丑化的关键

易中天从哪里讲起的呢?从曹操刚刚出道不久,就杀了对他亲厚的吕伯奢一家开始讲起的。

易中天先生提出,历史上曹操杀吕伯奢这事是有争议的。《三国志》的原文是说:董卓专权,天下大乱。董卓看中了曹操,提拔他,给他封了官,叫"骁骑校尉",但是曹操很清醒,拿准了董卓成不了气候,老子偏偏不买账,没有去就任,改换了姓名,溜掉了。溜到一个地方,给人家抓住,有人认出就是曹操。出于对这个"天下雄俊"的尊敬,就把他给放了。把曹操当成"天下雄俊"是孙盛的《杂记》里的话,可能因为太夸张,《三国志》把它省略了。曹魏王朝自己的《魏书》说,曹操和几个死党到"故人"即老朋友吕伯奢家去。此人不在,五个儿子在家,想抓曹操,在马厩——大概是拉马,准备动手。他就先下手为强,把吕伯奢家几个人杀了。易中天先生认为,如果按照这样的记载的话,曹操干的事也不是太坏,至少是有防卫性质的。用今天的法律语言说,那是"防卫过当"——误伤。易中天说,魏国的史官对开国的"太祖",对自家的老爷子的丑事难免要回护一番,打埋伏的可能性很大。易先生并没有回避与之相矛盾的历史资源。在裴松之的注解里,还保留了一些不同的说法:《世语》里说,曹操逃出去了,经过吕伯奢家里,正好吕伯奢出行了,有五个孩子。这五个孩子非常有礼貌,款待他。但是,曹操有点心虚,他想我是一个逃犯,你怎么这样来招待我,肯定有问题。他就先下手为强,把人家给杀了。这里就没有"防卫过当"的问题了。[①] 请大家注意,曹

<hr>

① 陈寿撰,裴松之注:《三国志》(上),中华书局,2005年,第4页。

操这个人,当时还是个好人,但有一个毛病:多疑。人家还没动手,他就想"你太热情了,太可疑"。按曹操的逻辑,你太热情了就可疑;相反,如果你不热情,就不可疑。这就透露出作者对曹操的批判了。碰到曹操这种人,真是好人做不得,越好越倒霉。这个批评是很严重的。另外一本书呢,《杂记》也说曹操杀人了,什么原因呢?吕伯奢的儿子好心招待他,他听到厨房里有食器声——锅碗瓢盆之类的响声。易中天就解释了,锅碗瓢盆之类的响声之中,可能还有刀的声音。究竟有没有刀,我们就不去追究了。反正是曹操这个人多疑,与其你下手,不如我下手。把人家给杀了以后,发现搞错了,心里有点"凄怆",说:"宁我负人,毋人负我!"易中天解释说,曹操的意思是:现在我在这种情况下,走投无路了,别无选择。该出手时不出手,等到你出手,我就没命了。没办法,宁可我先对不起你,不能让你对不起我。易中天先生说,曹操是自我排解、自我安慰、自我解脱,但是,他还是有点"凄怆",还不是天良丧尽,不是恶心透顶,还是有一点心理不安的吧,还是有一点点善心,虽然这点善心不能洗刷他的罪恶。

易中天说,可到了《三国演义》曹操就不是"宁我负人,毋人负我",而是"宁教我负天下人,不教天下人负我"。这事情就大了:"宁我负人,勿人负我"是非常具体的,针对的范围是几口人,就事论事,没有说到其他的事;而"宁教我负天下人,不教天下人负我",则是事情的普遍化,不是这一件事,而是所有的事情。这是他的人生观、生活的准则,从来如此,一贯如此,而且将来还如此,大言不惭,理直气壮。这事情就可怕得多了,这个人的品质就恶劣、歹毒多了。那就是个最大的奸贼了。① 易中天说,《三国演义》把曹操彻头彻尾、从里到外地抹黑了。

易中天痛切地感到,文学艺术的力量是很大的,影响力是超过了历史著作的。它用历史的题材、历史的人物写小说,它的虚构和真实混为一谈,造成"虚虚实实",或者半真半假。本来曹操的历史记载并不一致,有一点"扑朔迷离"。有了《三国演义》就更加"暧昧"、更加稀里糊涂了。他感到更大的忧虑是什么呢?人家都不是先看《三国志》再看《三国演义》,有些人一辈子只看过《三国演义》,至死压根儿就没看过《三国志》,这造成了一种可怕

---

① 参阅易中天:《品三国》,上海文艺出版社,2006 年,第 15 页。

的先入为主,到死也不知道曹操是个英雄,也不知道曹操是个可爱的奸雄。这是一个很令有历史知识的人痛苦的事情。他当然承认,文学形象、民间形象虽然不是事实,它的流行也不是没有道理的,文学的张冠李戴、移花接木、无中生有也能给人教益。他说,他要做的事情是,研究这种虽然不符合历史事实的民间形象、文学形象那么流传究竟是什么道理。这话是非常对的。

但是直到现在为止,我看到的《品三国》,他前面一件事做得非常好;后面一件事,明明是假的,为什么受到广大群众的喜爱,这个道理他始终没有真正地研究过。

正是因为这样,我觉得,作为易中天的朋友或者"粉丝",我应该帮助他做一点事情。——我认为粉丝有两种,一种是一味地跟着崇拜对象跑,像追"超女"一样疯个没有完;第二种是奋发有为的,像易中天先生怀疑《三国演义》一样,怀疑易中天先生的一些说法。怀疑和挑战是科学发展的动力嘛,这是很古典的话了。易先生是根据历史的精神来廓清《三国演义》的虚构的。历史的价值标准是什么呢?就是真实。历史是不能虚构的:真的,才有历史的科学价值;假的,就是造谣的、骗人的,就没有价值。《三国演义》中那么多假的、虚构的,对历史来说,无价值。但是,价值准则是很丰富多彩的,不仅仅有历史科学的真的价值,虚构的文学艺术也有它独立的价值。这就是艺术价值,或者说得有学问一点——审美价值。《三国演义》的虚构特别有天才,在当时的中国文学、世界文学中是天下第一。

此话怎讲?我也从易中天分析的曹操杀吕伯奢一家的故事开始说起。

易先生说,《三国演义》的虚构丑化了曹操,这个说法不完全对。《三国演义》的虚构,不仅仅是丑化曹操,而且还美化了曹操。《三国演义》不但写曹操很清醒地拒绝了董卓的任命,还虚构了:在中央大员因为董卓专权,把皇帝当傀儡,一个个只是痛哭流涕计无所出之时,他却哈哈大笑起来,主动提出自己去行刺董卓,借来一把宝刀,趁董卓睡觉去干掉他。这不能不说是非常勇敢的,一个人单干,搞恐怖活动,绝对是个热血青年呐!(笑声)算得上是个愤青吧?(大笑声)很可惜,他事前踩点不到家,没考虑到董卓的床靠里面有面镜子,他一举刀,董卓就看到了,喝道:你干嘛?曹操很机智,就说:我得了一把宝刀,正要送给你。董卓可能反应迟钝,比较傻瓜:送给我?很好很好!曹操就此得以脱身。可董卓事后一想,不对啊,他事前没有禀告,莫名其妙地送一把刀,他莫不是要杀我啊?和他的干儿子吕布一琢磨,醒悟过来了。在这之前董卓是非常相信曹操的,还送了他一匹好马,曹操就骑上这匹马,溜出城门去了。董卓再派人去追,哪里还追得到? 再去抓他家属,曹操早就把他家里人全部转移了。在这里,《三国演义》不仅仅没有丑化曹操,而且对曹操大大地美化了一下,这是一个有理想、奋不顾身的热血青年,是个大大的义士啊! (反应活跃)

后来,曹操溜到陈留县给抓住了,县长叫陈宫,请记住这个名字。《三国演义》又虚构了曹操在死亡面前,大义凛然,英勇无畏,视死如归。他慷慨激昂地宣言:姓曹的世食汉禄——祖祖辈辈都吃汉朝的俸禄,拿汉朝的薪水,现在国家如此危难,不想报国,与禽兽何异啊? 也就是,不这样做,就不是人了。燕雀焉知鸿鹄之志哉——你们这帮小燕雀哪里知道我天鹅的志向啊! 今事不成,乃天意也——今天我行刺董卓不成,是老天不帮忙,我有死而已! 用上个世纪五六十年代形容英雄的话来说,就是在死亡面前,面不改色心不跳啊。这时候的曹操就是这样一个英雄,"老子横下一条心,今天就死在这了,完蛋就完蛋!"(笑声)没有想到,他这一副不要命的姿态,反而把审判他的陈宫给感动了。感动到什么程度? 这也是虚构的,说:我这官也不当了! 身家性命、仕途前程,都不要了,咱哥们就一起远走高飞吧。从文学手法来说,这叫做侧面描写,或者用传统的说法叫做烘云托月,也就是写曹操,却用他在陈宫心理上引发的效果来表现,把曹操大大地美化了一番。

从艺术上来说呢,这样的虚构好在哪里? 好在写他原来不是个坏人,是个好人,大大的好人,英勇无畏,慷慨赴义,后来却变成了坏人、小人、奸人。《三国演义》的了不起,就在于表现了其间转化的根源在这个人物的特殊心理。这个好人、义士,心理上有个毛病:多疑。原来的素材里也说他多疑,"以为屠己",光凭食器用声,把人家给杀了。那么《三国演义》虚构得为什么更精彩呢? 他这个多疑不是一般的多疑,而是一种可怕的多疑、罪恶的多疑。人家热情招待我,我不但不感激,反而怀疑他的动机,我跟他无亲无故,他干嘛要这么热情呢?《三国演义》的精致,就在于加了一句话:听到里边在商量,要不要绑起来啊? 这就增加了怀疑的程度。仍然不确定,绑什么呀? 绑起来干什么啊? 都不确定。而曹操却断定,肯定是要杀我了。这就揭示了曹操的心理的特点,根据极其薄弱,而结论却十分、非常、绝对地肯定。然后告诉陈宫,陈宫这个时候也蛮崇拜曹操的,可能是曹操的"粉丝"——"曹迷"(笑声),那就决定:干他娘的。两个人一下子杀了人家八口。杀到厨房里一看,糟糕,原来是绑了一头猪在那里! 和曹操比,陈宫这个人的神经比较正常:糟糕! 老曹啊,我们怀疑错了,杀错好人了。两个人就赶快溜。

以下的虚构就更为冷峻,更为深邃了。二人碰到吕伯奢骑着驴,驴鞍上有酒瓶,手里拿着素菜和水果:贤侄啊,怎么不在我家里待着,我叫家里杀猪款待你啊! 这就更加证明曹操当时怀疑好人的错误了。曹操胡说了:我这避罪之人不敢在一个地方久留,赶快溜比较安全啊。吕伯奢走过去以后,曹操突然回过身来,说:吕老伯啊,你看那边,来了个什么人哪? 吕伯奢一回头,曹操咔嚓一刀,把他给杀了。这时候陈宫就说了,刚才我们不知好人坏人,是误杀,现在知道自己杀错了人,现在杀人家好人,是"大不义也"! 你要知道"义"在《三国演义》里是多么重要啊。为什么《三国演义》开头就是"桃园三结义"? 一个人要是不义是要被人不齿的。曹操怎么回答?《三国演义》就把文献资料上的"宁我负人,勿人负我"变成了"宁教我负天下人,不教天下人负我"。这个虚构,在艺术上是太精彩了。罗贯中虚构了曹操性格逻辑的转折点:多疑。正是这个心理要素,推动曹操从被防御到主动杀人,从奋不顾身的义士变成血腥的屠夫。罗贯中的深邃之处,不但在这里,而且在后来,每逢情节发展,这个多疑往往成为关键,成为曹操的性格核心。

怀疑之为怀疑,其特点是不确定,有多种可能性。怀疑他的动机是不是良好,有两种可能,一是善良,一是安了坏心眼。但是,曹操听到的是碗具声,作为怀疑的动因,更带有不确定性。就根据不确定的响动之声,就断定人家肯定要杀他。曹操怀疑的特点是几个极点:1.根据极端薄弱,结论极端确定。2.确定对方有恶意,就不是一般的恶意(如告密之类),而是最极端的恶意。可以说,曹操的怀疑,是一种极恶疑。3.一般的疑,内在心理是不确定的,行动就更不确定。汉语里,有"犹疑"、"迟疑"、"狐疑不决"这类词汇,就说明行动是迟缓的。但是,曹操的疑,带着迅速行动、果断出手的特点。其多疑的逻辑是,由极疑变成极恶,由极恶变成极凶、极血腥,所谓穷凶极恶,此之谓也。

第一,极恶的出手,就造成更恶的后果:明知是错杀了一家好人,不但不悔恨,反而把好心的家长吕伯奢本人也杀了。错杀了,野蛮了,血腥了,以更错、更野蛮、更血腥来保全自己。极端的多疑心理推动了连锁的罪行,构成了恶性循环逻辑。

第二,从误杀到有意杀人本来是极其丑恶的,是极其罪恶的。但是,"宁教我负天下人,不教天下人负我"却成了公开宣称的人生观,大言不惭,理直气壮,坦然自得。罗贯中对曹操的批判,当然首先在不忠,但不忠不会引起后世读者的厌恶,这样的不"义"、无耻却令人战栗。

第三,可以想象,在《三国演义》的写作过程中,"宁教我负天下人,不教天下人负我",完全是神来之笔、灵感的突发。这种情况,只有艺术达到高度成熟的时候才会遇到。把一个复杂人物的性格逻辑集中到一句话,概括为一句格言,成为丰富而复杂的性格的简明纲领,又成为家喻户晓的日常话语,成为一种精神现象的共同名称,这是高度的艺术成就的极致,何其芳先生的"典型共名"说的就是这个现象。《三国演义》的虚构的天才之处,重点不在连续错杀了好人,而在他杀错了人是什么感觉。这个杀人犯,有什么样的情感,有什么想法,这是历史不一定要考究的;历史从理性的角度看,无非就是一个杀人狂。但是,艺术要探索的是他杀人时的体验。如果他是人,有起码的人性、起码的良知,起码应该感到后悔、痛苦,这是人性的及格水平;但是,他没有。如果是偷偷地杀了人,没有忏悔,也就罢了;曹操是在自己的朋友陈宫面前,也不感到羞耻。

易中天引毛宗岗的点评说,他虽然是小人,但是心口如一。易中天的结论是:"大家都装作正人君子,只有曹操一个人坦率地说出了这话,至少,曹操敢把奸诈的话公开地说出来,他是一个'真小人',不是'伪君子'。"①把内心的黑暗公开讲了出来,做个公开的小人,总比口头上不讲,做起事情来却和曹操一样,要好一点。但我想,公开讲出来是为了忏悔是一回事,而公开讲出来引以为自豪,则是退化到动物性的本能上去了。"宁教我负天下人,不教天下人负我",这就是恶棍逻辑,我已经无耻了,不要脸了,我不承认我是人了,你把我当坏人、当禽兽好了,把我当狗好了,我就什么都不怕了。用某些流行的话语来说就是,我是流氓我怕谁。(听众大笑,鼓掌。)

《三国演义》虚构的曹操形象的伟大成就就在于揭示了他的性格逻辑:从极疑到极恶,从极恶、极耻到无耻,无耻到理直气壮。对无耻无畏的生命哲学作这样的概括,把它渗透在虚构的情节之中。

---

① 易中天:《品三国》,上海文艺出版社,2006年,第15页。

问题是,我们读《三国演义》时,对这样一个人,寡廉鲜耻的人、恶人、坏人,一代又一代的读者享受着阅读的快感,赞叹这个艺术形象的精彩,一次阅读还可能留下终生的艺术享受的记忆。

《三国演义》通过曹操,把人类灵魂中最黑暗的东西暴露了出来。但《三国演义》并不认为这样的黑暗是极恶的人物才可能具有的,作者对人物洞察之深在于,他从一个慷慨赴义、视死如归的热血青年心灵深处,把这样的黑暗挖掘了出来。这样一个英雄人物,之所以变成一个血腥的小人,原因不在外部,而在内部,由他心理的毛病——多疑引发了他灵魂中最黑暗的东西,就是极恶、极丑、极耻、无耻无畏的大暴露。

这样的虚构艺术,真是伟大!

当然,并不是所有虚构的情节都是精彩的。伟大的虚构并不是从天上掉下来的,而是从不伟大的虚构,经历了好几百年的流传,多少戏剧家、说书人、小说家的反复修改、对虚构进行再虚构,经过多次脱胎换骨才有了今天我们看到的伟大。

在《三国演义》定型以前,有过一些版本在说书人中流传,现在我们能够看到的,有一种是《全相三国志平话》。这个版本里有好多虚构,看起来很幼稚。比如说,《全相三国志平话》里讲到诸葛亮奉了刘备的命令,到孙权和周瑜那里去说服他们跟根本没什么部队的刘备(只有一两万人吧)联合起来抵抗曹操。就在会议厅里边,曹操的来使到了,带来一封信,叫孙权投降。这封信写得水平也很低,根本没有曹操的水平。你拉拢人家投降也写得稍微客气一点,也要有点诱惑力嘛。这个曹操写的信怎么写呢?你赶快投降,孙权!你不投降,"无智无虑",不管你脑袋聪明不聪明,悉皆斩首——如果不投降,我一来就不客气,通通的,死啦死啦。(听众笑)孙权看了这封信,身为江东一霸(他的坟墓就在你们南京,明孝陵的边上,吴大帝墓),这样一个大帝啊、讨虏将军啊,看了这封水平很低的信,怎么样?居然吓得浑身流汗。流汗流多少呢?"衣湿数重",把衣服都湿了几层,这要有多少汗啊!(听众笑)我看肯定还有些其他的液体排泄物了。(听众大笑)这时诸葛亮在场,要知道诸葛亮也是个使者啊,一个高级代表,在人家的会议厅上,诸葛亮有什么权力,没有啊,他要等待人家的决定。诸葛亮居然来了一个果断的行动,怎么样呢?居然就"结袍挽衣,提剑就阶,杀了来使"。这哪里像诸葛亮嘛。这样的虚构,这个诸葛亮完全是神经质了(听众笑),哪里有《隆中对》中那样的战略眼光,《空城计》中那种处变不惊的儒将风度?后来《三国演义》写舌战群儒的时候,这一类的情节淘汰得无影无踪,这一类虚构水平太低了。

情节虽然是虚构的,但是,虚构并不是绝对自由的,它有个道理。如前所述,有些差劲的文艺理论讲,情节是什么呢?开端、发展、高潮、结局。这是苏联季莫菲耶夫的《文学作品的形式》中来的一种非常陈旧的"理论",是非常"菜"的陈腐的"理论"。可惜至今中学甚至大学的文学理论中还是这样讲。其实,福斯特在《小说面面观》中早就说过,顺时间叙述只是故事,而不是情节。① 只有在故事中,包含着因果关系,才是情节。例如,国王死了,皇后不久以后也死了,这是故事;国王死了,皇后因为悲伤过度而死,这就是情节了。其实,福斯特的因果说,还不够深刻。关键在于这个因果有什么功能?什么样的因果是好的?什么样的因果是不精彩的?福斯特还是没有揭示。根据我的研究,好的因果,一般来说,是把主人公从正常的生活轨道里打出来,让他脱离正常的心理轨道,把埋藏在潜意识里的连人物自己也不知道的东西暴露出来。好的情节的功能就是从生活的非常规发现心理的非常态。② 以曹操为例,原来被提拔,一般的常规是:感恩戴德。而他却去行刺提拔他的顶头上司,差一点暴露,赶紧溜之乎。这就是打出常规的第一层次的心理。然后他到朋友家里,怀疑人家可能要杀自己,又把人家给杀了,这是第二次打出常规,第二层次的心理;第三次打出常规是,在路上碰到好人的家长,然后他的第三重不正常的心态冒出来,又把好人给杀了。杀完了,朋友怪他,第四重的打出常规,他把心里的话统统讲出来:宁教我负天下人,不教天下人负我。这是第四重的内心奥秘。原来视死如归、慷慨就义的英雄,变成了极坏、极恶、极无耻、无耻而无畏、心理黑暗的小人。

所以说,要会欣赏这个虚构,一般的虚构我们留不下什么印象,可这样的虚构,我们就被震撼了。

《三国演义》最后的执笔者如果说是罗贯中的话,他在曹操的虚构中表现出了天才,他把英雄打出了常规,让他的心态超出常态,揭示了他的心理深层的缺陷会造成这么大的罪恶,而且把他的心理缺陷造成的极大罪恶最

---

① 福斯特:《小说面面观》,花城出版社,1984 年,第 75—76 页。

② 孙绍振:《文学性讲演录》,广西师范大学出版社,2006 年,第 397—408 页。

后归结为一句话,成为他的人生观,成为这个人的一种哲学。一读,就像钉子一样钉在脑袋里,因为它深邃地概括了一种心灵黑暗的密码。

我搜过《四库全书》的电子版,有24条与这句话相匹配,都是形容人的行为和思想极端自私无耻的。这个坏人坏到这种程度,太可恶、太可恨、太可耻了。确实是这样的。从这个意义来说,另外一个人,周瑜也很成功,他也有一句话概括了他整个的生命、他的人生观。(听众齐声说:既生瑜,何生亮?)这也是虚构的,没有历史根据的。这太深刻了。如果世界上有一个人,比我强,我就不活了。这多精彩呀!这个周瑜死了可能已经近两千年了,可是,他的这种妒忌,近距离的妒忌,他的这种对自己战友的妒忌,还活在我们心里啊。罗贯中早在几百年前,就看穿了今天的我们的心理。在艺术上达到这样高度生动又有深邃概括力,是伟大成就的表现。例如,京戏《大闹天宫》中孙悟空的"皇帝轮流做,明年到我家";《红楼梦》中贾宝玉的"女人是水做的,男人是土做的";《阿Q正传》中的"儿子打老子";西方文学中哈姆雷特的"活着,还是死去,这是个问题"等等。

这个话正是曹操性格中最大的震撼源。对于文学来说,同样是杀了好人,一个人非常难过、痛苦、忏悔、羞耻,痛不欲生,无面目见人。这当然是恶的,但是,还不一定是丑的,因为有羞耻之心,就是还有人的感觉。如陀思妥耶夫斯基的《罪与罚》中的大学生,拉斯柯尔尼科夫,他想检验一下自己能不能忍受杀死一个放高利贷的老太婆的痛苦,结果就是受不了,就去自首了。而另外一个人没有痛苦,没有后悔,没有惭愧,怡然自得,公开夸耀,大言不惭,为自己的果断、该出手时就出手感到挺滋润、怪不错的。这两种人,从根本上是不一样的。

于丹解读《论语》,其核心价值观念是仁义、道德理性,是善恶的问题。善的就是好人、君子;恶的是坏人、小人,是令人不齿的。《论语》曰:"无耻之耻,是耻矣。"又说:"知耻近乎勇。"这样的人,无耻、不知耻,完全不是人,应该是十分可鄙的、可恨的,但是,我们品三国,却觉得曹操虽然是个奸雄,还是有可爱之处的。我们读《三国演义》,很着迷,读得津津有味,对这样一个人,寡廉鲜耻的人、恶人、坏人,一代又一代的读者,享受着阅读的快感。这是为什么呢?

历史科学讲究的是真和假,伦理价值讲的是善和恶,文学艺术讲的是美和丑。从历史科学的角度来说,曹操这个艺术形象不是真人,而是一个虚构的人物;从伦理观念来说,曹操这个人物不是善人,而是恶人;但是从文学艺术的角度来说,曹操这个人物却是一个很丰富、很复杂的人,是一个不朽的审美形象。为什么呢?因为它把丑恶的人物的内心、他的生存状态、他隐秘的自我感觉表现得淋漓尽致。这样的人,不但是恶的,而且是丑的。我们说无私则无畏,在曹操那里是无耻则无畏。读者之所以读得津津有味,就是惊异于他良好的自我感觉,丑得很自豪,恶得很滋润。丑恶得没有丑恶的感觉,恶心得没有恶心的感觉,这叫做审丑、审恶。这不是曹操一个人偶然的、孤立的精神病态,而是让我们想起了许多类似的人,可以说是人性中的一种黑暗。在《三国演义》以前甚至以后,还有没有一个作家把人性的这种政治实用主义的邪恶表现得这样深邃?阅读曹操是集审美、审丑、审恶于一体的一种体验,它让读者从一个更高的角度来审视人性。

懂得了这一点,才可能理解曹操形象的三昧。但是光有这一点,还不足以解释几百年来读者欣赏《三国演义》的全部原因,还有一个原因,那就是,作者的虚构不同于一般的虚构,不是诗的想象和虚构,而是小说的虚构。

二 陈宫的眼睛在小说结构中的"错位"功能

《三国演义》的虚构之精彩,还在于把一个本来与这个凶杀案八竿子打不着的人物拉了进来,用陈宫的眼睛来看曹操,起初崇拜曹操,后来和曹操一起杀人,等到杀错人再杀人,两个人分化了、"错位"了。这就更有戏、更有性格了,就有小说了,就有艺术了。这艺术还不够,陈宫就想,这个家伙原来以为他是好人,现在这么赖、这么菜、这么黑,我怎么能和他在一起?夜里起来的时候想把他杀了。陈宫转而一想,我当时跟他跑,是为了国家,现在我无缘无故把他给杀了,也是"不义",我不干了。于是,陈宫溜掉了,跟他一刀两断。

陈宫后来去辅佐吕布,很有谋略。吕布这个家伙,打仗很行啊,刘关张三个人打他一个,只打个平手,但是他没有头脑(听众:有勇无谋),不但有勇无谋,而且言而无信,不讲信义。这在《三国演义》可是很严重的道德缺陷。陈宫很有谋略,他却不能听从良谋。吕布还有一个毛病,相信老婆。后来对陈宫的关键计策都没听,都是由于听老婆的话,包括一个著名的小老婆貂蝉。陈宫后来被捕。曹操很得意:你怎么样啊,那天跑掉了,现在又被抓住了! 陈宫大义凛然:你明为汉相,实为汉贼! 今天我被你抓住了,一死而已! 曹操抓住了陈宫的心理弱点,他是个孝子,说:你死得倒轻松,那你老妈怎么办啊? 陈宫也抓住了曹操的心理弱点,他说:你现在提倡以孝治天下,你不会为难我的母亲。曹操居然被他打动了,把陈宫杀了,却很好地款待他的母亲,给她养老。

这里可以看出来,《三国演义》作者虚构的水平有多高啊! 老是说人物要有个性,怎么才有呢? 这里告诉你,让原来志同道合的人,在一件事情上分化,情趣、感觉、意志发生"错位",势不两立。就像在一个美女面前,猪八戒和孙悟空的感觉一"错位",就有个性了。你知错不改,俺就不跟你干了,从此以后势不两立,死在你手里也无所谓。"错位"的幅度越大,艺术水平就越高。我觉得,我有责任来讲一讲陈宫这个人物在小说结构中的功能。

首先,让读者用陈宫的眼睛来看曹操作恶。这是小说,尤其是长篇小说非常成熟的手法。一般的小说只是通过作者的眼光看人物——坏蛋,坏透了。光是这样,可能单调。除了作者鄙视他,又弄一个人来看他,构成双重视角的错位;这个视角,和作者不一样,原来非常尊敬他,情愿为他而放弃官职、身家性命逃亡,做他亡命天涯的战友。但是,看到他第二次把对他十分友善的人杀了以后,良心上就受不了。这个人物的功能,就是从崇敬到厌恶曹操的凶残。对这样的人物,我无以名之,暂且名之曰"错位中介人物",让这个人物和主角(一个或者多个)发生感觉的"错位",发生冲突。这是《三国演义》作者驾驭得很熟练的艺术法则(如在"赤壁之战"中让鲁肃夹在周瑜和诸葛亮当中)常常运用得很出神入化。

这种人物的"错位"结构,正是中国古典小说的想象、虚构走向成熟的一个标志。因为,这种想象和虚构与古典诗歌的审美显示了极大的不同。在诗歌里,情人可以心心相印,生死不渝;而在小说作品中,情人、友人如果一直心心相印,生死不渝,就只有诗意,没有性格可言了。所以在成功的小说中,情人、友人,不管原来多么情投意合,最后往往要发生分化,心心相错。两个人,各有各的感觉,即使爱得昏天黑地,也要误会,闹矛盾,闹别扭,对同一事物拉开感觉的距离,才有性格可言。《西游记》如此,《红楼梦》亦如此。林黛玉和贾宝玉,爱得要死,如果感情知觉没有分化,没有错位,没有误解,没有吵吵闹闹、哭哭啼啼,就没有艺术生命了。而在《西游记》里,一直没有自己的感觉,一直不和朋友的感觉"错位",随大流到底的沙和尚,就一直没有生命。照此推理,眼看曹操一错再错,一杀再杀,陈宫的感觉如果没有什么分化,一直和他一样,这个人物就浪费了,就像《西游记》中的沙僧了。陈宫之所以有生命,就是因为他很快从情投意合到错位,拉开了情感的距离。陈宫从与曹操有了不同的逻辑起,就活起来了。相比起来,曹操身边许多谋士,如程昱、郭嘉、荀彧虽然有比陈宫更高的智慧,出过许多好主意,但是艺术上并不见得有多精彩,原因是这些人的直觉、想象、思绪没有和曹操发生严重的分化、错位,从这个意义上说,这么多人都是跑龙套的、纸人纸马,加起来还不如一个陈宫。

当时的陈宫,是有血性的,他想过杀曹操,但是作者不让他杀成,为什么呢? 是不是杀了曹操,就没法安排后面的情节了? 这是可以设想的。但是,我想,还有一个理由,是为了避免雷同。曹操多疑,一旦对人不满,就动刀子杀人;陈宫一旦厌恶曹操多疑,也杀人,就和他一样了,这样,是不是套路太简单了?《三国演义》里说,陈宫想,我追随他,是为了国家,如今如果杀了他,就不义了。这不但是有道理的,而且是很艺术的。在《三国演义》里,知识分子,也就是谋士,都是要依附一个政治人物的,最高的原则是从一而终。要改变主子是非常痛苦的事,内心挣扎是很曲折的。这是当时的一班"老九"一下子做不出来的。他一走了之,不但和曹操拉开了距离,而且和其他谋士撇开了距离。不要以为这是一点小技巧,其实是大艺术。我们当代不少的长篇小说(例如陈忠实的《白鹿原》的某些章节)至今还不懂这个几百年前就普及了的规律。在他们笔下,许多同道人物,在同一场景中,感觉知觉、行为逻辑常常是永不"错位"的。人物处在这样的情况下,是一加一等于零,两个人物还不如一个人物。

这是对小说艺术结构的天才创造,正是表现了《三国演义》作者的情节虚构的精致。但是,《三国演义》在艺术上的价值长期没有得到认真的研究,以致一直有一种否定的倾向。当然,否定的往往是大师,易中天可以说是那些大师的追随者。

鲁迅就不太喜欢《三国演义》,他在《中国小说史略》里说:《三国演义》里边主要人物写得不行,一个诸葛亮"多智而近妖"[1],智慧太丰富了,太神

---

① 《鲁迅全集》第9卷,人民文学出版社,2005年,第135页。

奇了，连天气预报都超过中央电视台（听众笑），还会借东风啊，今天都很难做到，人工降雨，炮打上去也许根本下不了雨，借风？到哪儿借？问谁借呀？你说说看，哥们儿！（听众大笑）但是，诸葛亮借得到。所以鲁迅说他"多智而近妖"，不是人，根本就是妖怪一个。鲁迅还说，刘备写得也不好，老是强调他是忠厚长者，实际上很虚伪，"长厚而似伪"①。我就觉得写一个军阀头子很虚伪，这是成功啊，他完全是个地主阶级政治家嘛，他又不是无产阶级政治家，他又没有学过"三个代表"，他不如我们啊！（听众大笑）鲁迅就对《三国演义》特别不感冒，但是鲁迅也不得不承认，书里有一段特别精彩，是哪一段？"华容道义释曹操"。他在《中国小说史略》中，写《三国演义》一共就三页：光是华容道就去掉一页，引文很长，几百字。华容道的情节也是虚构的，虚构得好，符合我刚才所讲的。诸葛亮原来安排各路人马去堵击曹操，去扩大战果的时候，所有人都分配了任务，就没有关公的。关公就不服气了：为什么没有我的事？诸葛亮就说：你干不了。关公说：我怎么完不成？派我什么事？诸葛亮说：你到华容道去等曹操，把他抓来。关公想：这小事一件，残兵败将而已。诸葛亮说：立下军令状。关公说：没问题。什么叫军令状？保证书，军事保证书。完成任务奖赏；完不成任务，咔嚓杀头。

结果你们都知道，等到曹操的残兵败将到了华容道，关公一声炮响带领部队出来：我奉丞相将令，在此等候多时！曹操的部队已经溃不成军了，人困马乏，在泥泞中滚爬，根本不成队形了。关羽要催动三军杀过去，可能就如话本小说中所写的一样，"如砍瓜切菜一般"，曹操这个"汉贼"啊，就手到擒来了。但是，关公这个人内心深处有一个毛病，他自己在诸葛亮那里夸口的时候是不知道的，一看到曹操以后，也就是打出常规了，就突然冒出来了。曹操说，你放我一马吧。我当年俘虏你的时候，待你不薄啊——上马一提金，下马一提银，三日一小宴，五日一大宴，还请皇帝封你一个官，叫"汉寿亭侯"，也就是在寿亭那个地方，可以坐收捐税，拿干薪。关公说，你对我的恩义，我已经报答过你了，白马坡前斩颜良、诛文丑，我就给你立功了，我们两清了。曹操说：固然如此，但是有一件你没报答我，你溜走的时候，过五关，斩了我六名大将，当时好多人要去追你，我让他们不要追，这点你没报。

---

① 《鲁迅全集》第9卷，人民文学出版社，2005年，第135页。

关公听了以后,长叹一声,因为他有个信条,有恩不报就是"不义"。关公不能忍受人家说他"不义",哪怕造成杀头的后果也无所谓。这就是关公灵魂深处的毛病,这是他的个性的核心,和曹操的多疑一样,在艺术上异曲同工。他觉得与其做个为刘备立功的不义之将,还不如做个光明磊落的义士,就长叹一声,马头一拨,曹操的残兵败将赶快溜。溜了一半,关公有点后悔,嗯的一声,吓得那些人屁滚尿流,感到糟糕了!关公看那些家伙一个个那个鸟样子,就算了,放走了。

这就是最上乘的情节虚构。为什么呢?第一,把这个人物打出了常规。第二,把人物内心深处的奥秘,连自己都不知道的,让它暴露出来。关公就是这样一个只讲义气、没有原则的人,明明知道回去以后要杀头的,也还是要这么干。第三,让他和诸葛亮发生"错位",又连带让诸葛亮和刘备发生心理的"错位"。回去诸葛亮假装发怒,要推出去斩了,但是刘备不同意了,"我们当时桃园三结义,不能同时生,要同日死,你斩了他,我也难活了",算了算了。这是"错位",而不是对立,不是冲突得不可开交,而是有拉开距离的一面,又有互相重合的一面。这才叫做"错位"。

《三国演义》中这样成功的情节设计比比皆是,例如,在诸葛亮与周瑜的生死搏斗之间,插入一个鲁肃,二重错位就变成了三重错位。

把话题拉回来,用错位作为准则,来分析曹操出逃前后的情节构成,才能洞察艺术家的匠心。

第四讲

武松打虎和李逵杀虎

《水浒传》的评点家金圣叹说，水浒传里面有一百单八英雄，所有的这些英雄，在某种意义上说，都比宋江强，比宋江有作为，比宋江神气，但是大家都崇拜宋江。论武艺，论人品，一百零八英雄，一百零六个都没有武松那样"超群绝伦"。金圣叹说"武松，天人者"，"固具有鲁达之阔，林冲之毒，杨志之正，柴进之良，阮七之快，李逵之真，吴用之捷，花荣之雅，卢俊义之大，石秀之警者也。断曰第一人，不变宜乎？"①林冲可算是英雄了，可是赶不上武松。林冲本来是正派人，逆来顺受。顶头上司高太尉的儿子高衙内调戏他老婆，他都忍辱负重。遭到冤案，流放劳改，在野猪林，高太尉安排了两个公差要把他谋害，幸好鲁智深救了他，可是他还是不选造反，还自己跑去服劳役。他还想有朝一日回去，恢复他东京的户口。但是他一旦发现，就是在这种情况下高太尉还饶不过他，派了他朋友陆虞侯来烧草料场，想把他烧死，于是林冲把他背义的朋友杀死之后开始义无反顾，变了，变成了一个非常"毒"的人：主动反抗、反对招安、革命到底的人物。"杨志之正"，杨志是三代将门之后，五侯杨令公之孙啊，是高干子弟，怎么会造反呢？没办法。"柴进之良"，柴进是皇帝的后代啊，是比较善良的。"阮七之快"，阮小七是很痛快的人，快人快语。"李逵之真"，李逵是很直率的，没心没肺的。"吴用之捷"，吴用是智多星，动脑子很快。"花荣之雅"，花荣号称小李广，有文化修养的啊。"卢俊义之大"，卢俊义很大气啊，与小人是相对的。"石秀之警"，石秀很机警啊，所以这些加起来，都不如武松。武松是第一大英雄。但是这个英雄，是不是绝对呢？是不是在一切时刻、在一切条件下，都英雄盖世呢？具体来说，就是在他打死老虎的那个过程中，他是不是从头到尾都是大英雄、一身都是胆呢？好像不是。

这是很值得重新思考的。

---

① 参见陈曦仲等：《水浒传会评本》（上），北京大学出版社，1981年，第486页。

一 武松神性中的人性

武松远在古代,又近在我们内心。要真正理解一个事物、人物,越古、越遥远了,当然越难,但是,越近呢,也越难,就在自己心里,反而更是可意会而不可言传。人可以知道月球上、火星上发生了什么事情,可自己心里的活动,还是一个黑箱。正是因为武松又远又近,要对武松有真正的理解,真正读懂武松,不是那么简单。不理解、读不懂的,大有人在。不但一般老百姓读不懂,就是很有水平的人物,也有读不懂的。话说到了晚清时代,就有一个学者,叫做夏曾佑,在近代史上是一个有点重要性的思想家,又是最早的小说理论家,出版过中国第一本《小说原理》。他突然发现武松打虎不可信。他说写小说很难,难处很多:其中之一就是"写假事非常难"。他引用《水浒》的评点家金圣叹的话说,最难的是打老虎。他说,李逵打虎,只是持刀蛮杀,不值一谈;而武松打虎,就非常不真实。他说,《水浒》上写武松用一只手把老虎的头按到地下,另外一只手握紧拳头,猛捶,就把老虎捶死了。这是不可信的。他说,老虎为食肉动物,有个特点,就是它的腰又长又软。你一只手把它的头按到地下,那它的四个爪子都可以挣扎。不相信,怎么办?到动物园里去试试?当然不行。他说,你家里有没有猫,如果有,可以"以猫为虎之代表"。我这里要替他补充解释一下,猫有什么资格代表老虎?因为老虎虽然威武雄壮,猫虽然躯体的长度和体积都望尘莫及,但是,在动物学上,老虎却属于猫科。猫是老虎的形象大使(笑声),也许是远祖的形象缩影,总之是当之无愧。夏先生说,你用武松打虎的方法打猫,打得成打不成,一试,就一清二楚了。① 我就遵照他的教导去试了一下,那猫虽然不像他说的,四只脚都会挠动,但他的后脚却是扭过来,拼命捣乱。(笑声)

这倒真的让我感到,武松打老虎的办法很不科学,因而很危险。(笑声)

试想,武松一只手按着老虎的头,大概左手吧,另外一只就是右手,握起

---

① 夏曾佑:《小说原理》:《中国历代文论选》,上海古籍出版社,1980 年,第 244 页。

拳头来,砸老虎的脑袋。一般的哺乳动物,比如兔子,头被按住了,它的后脚就没有办法了,然而别忘了作为猫科的老虎,身量特别长,腰又柔软,把它的头按下去,它的前脚无所作为——《水浒传》上写它只能刨出一个坑来,这是可信的,但它后面那两个脚干什么的?它不会闲着,肯定会拼老命,千方百计地翻过来,垂死挣扎,去抓武松。在此情况下,武松别无选择,只能把另外一只手也按下去。一只手按头,一只手按屁股,就是这个样子。(作两手分别按老虎头尾状,听众大笑。)其结果当然是僵持。如果就这样僵持下去,对武松是极其危险的。老虎以逸待劳,我就这么趴着,你就看着办吧。(笑声)你还不敢不使劲儿,一松劲儿,就翻过来了。但老是这么使劲压着它的脑袋,也不是个事儿,因为劲儿是有限的,而时间是无限的,劲儿总有用得差不多的时候,总有精疲力竭的时候。到了没有劲儿可用的时候,吃亏的是谁呢?不言而喻。(大笑声)

夏曾佑先生提出的是一个相当深刻的问题,就是艺术形象的真和假的问题。武松打虎的方法是不真实的。不真实、假的,还能动人吗?但是武松打虎艺术生命力特别强,成为经典文本,至今仍然有鲜活的感染力。一般读者并不那么死心眼,去计较武松打虎方法的可行性、真实性问题。

武松作为英雄是神勇的,体力是超人的。如果就是超人,完全是个神人,那就是大无畏、太伟大了,我们除了崇拜,承认自己渺小,就没有别的可干的了。但是,艺术家和我们不一样,他可能觉得人并不那么简单,一个英雄,如果永远伟大,就有点近乎神,如果百分之百是神,一点人味都没有,就有点不够精彩,不够可亲,不够可爱了。如果——我说的是"如果",让他碰到一只老虎,这在一般情况下,不可能的事,是超越常规的,超越了常规,他会不会自始至终还是那么英勇无畏,那么伟大呢?会不会有不伟大的感觉冒出来呢?

二 为什么不能让老虎把武松吃了?

那就让他碰到一只老虎,如果老虎把他吃了,那也是可能的,但是他一死,他心里可能出现的那些不伟大的东西,就没有人知道了。这不够过瘾。如果——我说的"如果",也就是"假定",假定武松没有死,而是把老虎给打死了,这就超越常规了,看他的内心有什么样的感觉,他还是每一秒钟都那么伟大吗？他有没有害怕过啊？他有没有紧张过啊？这只有"假定"他没有被老虎吃掉才有可能探索一番的。这个办法，是一切小说情节构成的最基本的方法，那就把人打出生活的常规，折磨他，反反复复，逼得他的心理也越出常规，检验一下，他那个老样子有没有改变，看看他内心深处有什么奥秘。

施耐庵把武松送到景阳冈，干什么？就是要看看他这个英雄，有什么超越常规的心态。正是为了这个，在遇见老虎以前，他先让他喝酒，超越常规地喝。我们看到，这位武松老哥来到景阳冈下的酒店，门前的招旗就是"三碗不过冈"，意思是说，喝酒不能超过三碗。但是，武松就自以为不是普通人，往下一坐，"敲着桌子"要酒，一碗一碗地喝，连喝三碗，还要喝。店家说，不能喝了，我们这里是"三碗不过冈"。这酒叫做"出门倒"，一般人喝过三碗，一出门就要醉倒的。可武松自我感觉特别良好，硬是要喝，说，喝醉的，"不算好汉"。要记住武松的这个字眼——"好汉"，好汉是和普通人不一样的，武松觉得他不是普通人。店家好心相劝，他威胁说，你再啰唆，老爷把你的屋子打个粉碎，连桌子都给你翻倒过来。结果是他真一口气就喝了十八碗，又吃了好多斤牛肉，并没有醉。

这里我要说明一下，十八碗酒，这么多，就是十八碗水，肚子也够胀的，弯腰也困难了，居然还没有醉。这可能有几种解释：

第一，当时的酒，度数可能很低，是农家的那种米酒，我猜想，类似上海那种"酒娘酒"。在《智取生辰纲》中，白日鼠白胜卖的那种酒，可以大口大口地喝，可以解渴的，有点像今天的啤酒吧。

第二，这是一种假定，吃得多，力气大。在中国古典传奇小说中，这是英雄气概的象征。孟子引告子的话说："食、色，性也。"中国古典英雄，在这两方面很有特点。在农业社会，吃饱饭固然不容易，但是，食欲有个特点，就是很容易满足，有明显的限度，过度了，肚子就受不了，就痛苦了。但是，英雄不是普通人，在食量方面超越常人，体力才能超越常人，这就不能不令人肃然起敬。

第三，这里吃下去的，除了牛肉以外，主要是酒。酒这种食品，和一般的食品不一样，不是饱肚子的，它的特点是刺激、麻醉神经。饭吃太多了，人会痛苦，酒喝高了，醉了，不但不痛苦，反而能把一切痛苦都忘记了；喝到神经都有点麻醉了，迷迷糊糊，打架还能打出威风来，就更加了不起。所以

《水浒传》的理想就是："大碗喝酒，大块吃肉，大秤分金银。"《水浒传》的英雄观，在这方面颇有特点。大凡要让英雄搏击，往往就要让他喝酒；不是随便小饮，而是大喝，甚至喝得有点醉，不太清醒了，还能大发神威。

第四，酒不但能麻醉神经，而且能解放人的神经。在《水浒传》里，酒是豪杰之气不受羁勒的象征。精神不清醒了，规矩啊、法律啊、礼貌啊，都滚一边去了，人就比较自由了。鲁智深醉打山门，因为不够清醒，才不管他佛门的清规戒律。武松醉打蒋门神，因为醉了，才显英雄本色。要不然清醒地想想，蒋门神固然是坏蛋，在快活林，收取商家的保护费，你的朋友施恩，不也是仗着自己父亲的权力，收取保护费吗？除了和你武松是哥们以外，在本质上，和蒋门神是一路货。因为酒醉了，就不用费神多想了，英雄本色，也就是意气用事，或者叫做快意恩仇，才能淋漓尽致地表现出来。

酒喝足了，平日里，社会性的约束就松弛了，人的潜在本性更能自然显现出来。酒在中国英雄的事业上是很重要的，许多英雄的心声和酒联系在一起，不过意味稍有不同，宋江浔阳楼上醉题反诗，是酒醉把掩饰了多年的豪情壮志解放了出来："他日若遂凌云志，敢笑黄巢不丈夫。"关公温酒斩华雄，酒放在桌子上，还没有变凉，华雄的脑袋已经割下来送到统帅的帐前。现代武术中有一种拳法叫做"醉拳"。为什么要醉？就是精神更加自由，进入艺术的想象境界，是一种假定境界。

这是不是可以称作中国的"酒神精神"？当然与西方的酒神精神有很大的不同；但是在梦幻的境界里，从人的心灵深处，从性灵里，升起这种狂喜的陶醉，获得力量的和精神的自由，中国和西方，可能是一致的。

三　从不怕老虎到害怕老虎

武松歪歪倒倒就往店外走，店家告诉他，这不行。怎么不行？这酒是出门倒，透瓶香，三碗都过不了冈，如今你却喝了这么多。武松不买账，店家把官方的文书拿出来，山上有老虎。他还是不信，就是有，我跟普通人不一样：就是有老虎，"也不怕"。"怕什么鸟！"话说得很粗，还反咬人家一口，莫不是你想半夜三更谋我钱财害我性命，就拿老虎来吓唬老子。这完全是狗咬吕洞宾，太自以为是了。后来证明，他犯了一个错误，用今天的话来说，叫"不相信群众"。（笑声）

等到了冈子上,发现一棵大树干,树皮刮了,上面有文字,说得有鼻子有眼的,有老虎。可是他实在太自负了,不相信,以为是店家为了招揽客人耍的诡计。直到在一个败落的山神庙前看到了县政府的布告:"阳谷县示"——红头文件啊,景阳冈有大虫,伤害人命,行路客商人等,须于巳午未三时结伴过岗,"政和年……月……日",下面还有县政府的大印。武松这才"方知端的有虎",感到糟了。《水浒传》上这样写:

> 武松欲待转身再回酒店里来,寻思道:我回去时,须吃他耻笑,不是好汉。

武松这时最实际的办法就是回去,因为时间很紧迫,政府的布告上限定的时间就是巳午未三时,也就是早上九点到下午三点,还要大伙儿一起过冈。可当时是申时已过,也就是下午五六点钟了。真有老虎,三十六计,走为上策。这样比较实用,明显的好处是,生命不至于有危险;但武松觉得,有一条坏处,"须吃他耻笑,不是好汉"。"须"就是一定,一定给人家笑话。怕被人家嘲笑:"我说嘛,你看这家伙,刚才是个小气鬼,舍不得几个住宿费,现在变成了胆小鬼、怕死鬼,溜回来了不是?"武松受不了被人家瞧不起,被人家看成"不是好汉",就做了一个决策:继续前进。这样,武松就犯了第二个错误,把好汉的面子看得比生命的安全还重要,这就是上海人讲的,死要面子活受罪。(笑声)

走了一段,哎,没有老虎,又乐观起来了,哪有什么老虎不老虎的,人就是会自己吓唬自己罢了。加上酒劲又冲上来了,看见一块光溜溜的青石板,不妨小睡片刻。(笑声)你看这个武松啊,又犯错误了,这是第三个,没有看见老虎,并不说明就真的没有老虎啊。后来证明,这个错误,说得轻一点,就是麻痹大意。没有看见、没有感知的,并不等于不存在啊。说得重一点,就是唯心主义呀。(笑声)

还没有来得及睡下,刮过一阵狂风,一只吊睛白额大老虎出现在眼前。这时,武松怎么感觉呢:大叫一声"啊呀!"原来在酒店里宣称不怕什么"鸟大虫"的武松这么一惊,"酒都做冷汗出了"。原来,他也害怕了;怕得还不轻呐,都出了冷汗。(鼓掌)武松此时几乎面临绝境,只剩下和老虎拼命一条路。人和老虎搏斗,有什么优势呢?没有。牙齿不如老虎利嘛,指甲没有老虎的爪子尖嘛,连脸上的皮都不如老虎的厚。(大笑声)但是,按照马克思的说法,人有一点比动物厉害,就是能制造工具。武松有什么工具？一条哨棒。金圣叹在评点《水浒传》这一段的时候反复提醒,一共提了17次,可见其极端重要。工具的性质是什么？是手的延长。我打得到你,你够不着我。照理说,这是武松唯一可以克敌制胜的工具。在敌强我弱的情况下,反击战应该怎么打？首先要"慎重初战"。这不是我的发明,是毛泽东《中国革命战争和战略问题》中的,见《毛泽东选集》四卷合订本,1967年11月版,就是"文革"中非常流行的那个"雄文四卷",第200页。当然武松不可能精通这么高深的军事思想,但至少他不应该"仓促应战"。可是,武松却用尽吃奶的力气举起哨棒,猛打下去,只听咔嚓一声,老虎没打着,却把松树枝打断了。松树枝断了,问题不大,只要哨棒在手,还可以继续打它个痛快。但是武松用力过猛,把哨棒给打断了。工具失去了长度,就没有手的延长的优越性了。这说明武松在心理上是如何的紧张。如果要算错误,这是第几个？(听众笑答:第四个了。)这个错误在心理上,可以定性为"惊慌失措"。这和在酒店里一再说"怕什么鸟"、在山神庙里大大咧咧的武松相比,可以说是另外一个人了。

　　这下子,武松没有什么本钱了,横下一条心,老子今天就死在这儿了,就用了前面被思想家夏曾佑先生怀疑的那种不科学的办法,把老虎给收拾了。这完全是偶然的,是奥林匹克运动会上所说的"超常发挥"。(大笑声)《水浒传》上说,武松怎么把老虎打死的？花了多少时间？可以从《水浒传》所说"五七十拳"推算。现代中国人思想比当时精确,一般说五六十拳,或者是六七十拳,就算中间数,六十拳吧。每拳这么高地砸下去(作挥拳状,笑声),大约是一秒钟,一共是六十秒,一分钟。但是收回来也是要花时间的,就算同样花一秒钟吧,六十秒再加六十秒,就是一百二十秒,两分钟。两分钟,就把一条活生生的老虎搞完蛋了！(大笑声)这点时间,我看连打狗都不够。(鼓掌声)打猫怎么样？可能也不太充分。(笑声)但是,老虎被打得七孔流血、头盖骨破裂了,武松去提老虎时,是在"血泊里",那就是说,砸得稀巴烂了。老虎骨头的质量怎么这么差呀！要知道它的骨头和你的拳头成分是一样的呀,基本上都是碳酸钙啊。(大笑声)而武松的拳头不但骨头没有断裂,而且连皮肤,不管是表皮、真皮,都没有任何破损。可能是那头吊睛白额大虎缺钙,患骨质疏松症吧。(大笑声)这个,现在是没有办法考证了。但不管怎么说,两分钟打死一条老虎这太夸张了。

这是可以谅解的。因为,艺术家反正要让武松把老虎打死的,要让他超越常规嘛,表现出那隐藏在内心深处的超越常规的心态嘛。我们可以设想,为了可信度,那就把拳头的数额扩大十倍,算他六百拳,二十分钟,再考虑到起初的拳头,挥得比较快、比较利索,后来的拳头,力量差一点、慢一点,还有老虎快死的时候,武松还可能要喘喘气,把这一切可能性都算进去,再加十分钟,充其量也就不超过半个小时。就是凭着这半小时,武松就成了为民除害的英雄,成就了伟大的历史的功勋,半个小时的老本就使得他千古扬名。这就难怪金圣叹在评点这一回时说,武松是"神人"①,至少在胆略和勇气上是如此。但是,有了老本以后,这时"神人"武松变得实际了,他想,这老虎浑身是宝——主要是,那时又没有野生动物保护法(笑声)——把它拖下山卖出一点银子来,我想,至少可以做老哥武大郎的见面礼。《水浒传》这样写道:

> 就血泊里双手来提时,那里还拖得动? 原来使尽了力气,手脚都苏软了。

活老虎打死了,死老虎居然拖不动,倒是自己感到"苏软了",这不是怪事吗? 这一笔很精彩。这是对英雄,也是对人的一种发现呀。这个"神人",超人的力量是有限的。这时,施耐庵写武松"在青石上坐了半歇"。是不是休息一下,再拖呢? 可能是吧,但是,武松一边休息一边"寻思":"天色看看黑了,倘或又跳出一只大虫,却怎地斗得他过? 且挣扎下冈子去,明早却来理会。"施耐庵对武松的心理又有了发现:还是趁早溜吧,如果再来一只老虎,可就危险了。他就一步步"挨下冈子去"了。注意这个"挨",连走路都勉强了。哪知山脚下突然冒出两只老虎。这时,我们神勇的英雄的心理状态怎么样呢?《水浒传》写得明明白白,武松的想法有点煞风景:

> "阿呀,我今番罢了。"

用今天的话说,也就是这下子"完蛋了"。(大笑声)一向自以为不同于寻常人,夸过海口"就有大虫,我也不怕"的武松,读者心目中的英雄武松,竟然再看见老虎,还没有搏斗就认输了,悲观到绝望了。

---

① 陈曦仲等辑校:《水浒传会评本》(上),北京大学出版社,1981 年,第 415 页。

从这当中，读者当然关注武松打虎的过程的奇妙，但是，那个奇妙的过程却有点经不起推敲。除了前面已经说的以外，经不起推敲的还有，老虎向人进攻，只有三招：一招是扑，就是猛地向你扑过来；扑不着，就用屁股一掀；掀不着，就用尾巴"一剪"，也就是一扫。这有什么根据？老虎又没有进过少林寺，哪来这么规范的武术化的三个招数？（大笑）而且用过了这三个招数，就没有招了。把老虎写得这么死心眼，这么教条主义（大笑），无非是方便武松取胜。读者如果要抬杠的话，小说就读不下去了。

四　李逵杀四虎为什么不及武松打一虎？

如果真要讲究杀死老虎的可信性的话，武松打虎远远不如李逵杀虎，李逵一下了杀了四条老虎，战果比武松辉煌得多了，可是在读者记忆中留下的印象很淡，许多读者都把它忘得一干二净了。

李逵上了梁山，想到母亲在家乡受苦，就向宋江请了假，下山去接母亲上梁山来享福。又碰到官府通缉他，只好背上母亲赶路。母亲口渴，李逵把她安顿在山岭上，自己盘过两三处山脚，到一座庙里拿石头香炉到山下溪里弄了一点水。回来却发现母亲不见了，只找到草地上一团血迹。等到寻到一个大洞口，只见两个小虎儿在那里舔着一条人腿，李逵才意识到自己的母亲被老虎吃了。这时李逵，"赤黄须竖立起来。将手中朴刀挺来，来搠那两个小虎"。描写的重点是杀虎的特点各有不同，第一只是在进攻中被搠死的，第二只是在逃走中被搠死的。那第三只，又不一样：李逵却钻入那大虫洞中，伏在里面，等到那母大虫张牙舞爪往窝里来，把后半截身躯坐到洞里时，李逵"放下朴刀，跨边掣出腰刀"——

> 把刀朝母大虫尾底下，尽平生力气舍命一戳，正中那母大虫粪门。李逵使得力重，那刀把也直送入肚里去了。李逵却拿了朴刀，就洞里赶将出来。那老虎负疼直抢下山石岩下去了。

杀这第三只的特点，是很精彩的，李逵用力如此之大，把刀插到肛门里，居然连刀给它带走了。李逵正待要赶，只见树边卷起一阵狂风，这时，又来了一只猛虎。这次的猛虎不像前三只那样，和武松打的那只一样采取一扑的攻势：

那李逵不慌不忙，趁着那大虫的势力，手起一刀，正中那大虫颔下，那大虫不曾再展再扑，一者护那疼痛，二者伤着他那气管。那大虫退不够五七步，只听得响一声，如倒半壁山，登时间死在岩下。

李逵杀虎的可信性比较大，没有可疑之处，因为和武松不同，李逵用的是刀，自然比用拳头捶要容易得多。施耐庵很有心计地让李逵带了两把刀，一把朴刀，一把腰刀。腰刀，不难想象。朴刀，是个什么样子？辞书上说，是一种旧式武器，刀身窄长，刀柄比较短，有时双手使用。施耐庵是江淮人氏，在他家乡一带至今口语中还有"朴刀"这个词语，就是普通的菜刀，厨房里用的，刀柄也是很短的，和我们常见的一样，刀身并不长。施耐庵为什么要让李逵带两把刀，原因很显然，一把插进了老虎的屁股，让老虎带跑了。又来了一只老虎，如果只有这一把，就要像武松那样用拳头捶。那就和武松打虎差不多了。施耐庵显然是要避免这个重复，很有匠心地让他们杀的特点各不相同。李逵是用刀割了老虎的脖子，倒下来，"如倒半壁山"。

金圣叹极口称赞此处和武松打虎写得完全不一样。金圣叹评这一回说："二十二回写武松打虎一篇，真所谓极盛难继之事也。忽然于李逵取娘文中，又写出一夜连杀四虎一篇，句句出奇，字字换色，若要李逵学武松一毫不能，若要武松学李逵一毫，武松亦不敢，各自兴奇作怪，出妙入神，笔墨之能，于斯竭矣。"①金圣叹的确看出了作者的用心在于与武松打虎求异，但是，他的称赞未免过分了一些。因为，在读者感觉中，李逵杀四虎绝对不如武松杀虎那样有动人的效果。为什么呢？虽然李逵杀虎比武松打虎更有可信度，但是，读者和作者有默契，就是通过假定的想象，用超出常规的办法，体验英雄的非常规内心，关键是在杀虎的过程中，人物内心有什么超出常规的变动。李逵一连杀四虎，他的内心只有杀母之仇。这种仇恨到了什么程度呢？李逵看到母亲的血迹，"一身肉发抖"，看到两只小老虎在舐着人的一条腿，"李逵把不住抖"，等到弄清就是这些老虎吃了自己母亲以后，李逵"心头火起，便不抖"，金圣叹在评点中说："看李逵许多'抖'字，妙绝。俗本失。"②所谓"俗本"，就是金圣叹删改以前的本子，也就是一百二十回本的

---

① 陈曦仲等辑校：《水浒传会评本》(下)，北京大学出版社，1981年，第790页。
② 同上书，第803页。

《水浒全传》,"失",就是没有的。而他删改、评点的这个本子,七十回的本子,经他重新包装、在文字上加工过的,才有。一百二十回本的《水浒全传》现在还存在,的确是没有"一身肉发抖"、"李逵把不住抖"、"心头火起,便不抖"。事情明摆着,三个"抖"法,都是他自己加上去的。这是金圣叹要的花招,无疑是在自我表扬。但是那个时代传媒并不发达,没有报纸,也没有电视,就是有人发现了,也不会炒成一个文化事件。(笑声)

问题是他为什么要加?就是因为原来的本子,功夫全花在不让它重复武松面前的老虎那一扑、一掀、一剪上,而其内心的感受是否超越常规,却大大忽略了。原来的本子,写到李逵看到地上母亲的血迹时,不是"一身肉发抖"而是"心里越疑惑",看到两只小虎在舐一条人腿,他居然还是没有感觉。倒是让叙述者冒出来来了一段"正是":

> 假黑旋风真捣鬼,生时欺心死烧腿。谁知娘腿亦遭伤,饿虎饿人皆为嘴。

这就完全背离了李逵内心痛苦加仇恨的感受。要知道李逵是个孝子呀,他回来就是为了把母亲接到梁山上去"快活"的。母亲被糟蹋得这么惨,"假黑旋风真捣鬼",老虎吃他母亲,和"假黑旋风"一点关系都没有;"饿虎饿人皆为嘴",这是旁观者的感受,近乎说风凉话,他怎么会有?这完全是败笔。金圣叹把这煞风景的、不三不四的四句韵语删去了,谨慎地加了三个"抖",应该说,是很艺术的。第一个,是意识到是自己母亲的鲜血,不由得发抖。第二个,是看到母亲的一条腿,控制不住发抖。第三个,是仇家相对,分外眼红,尽情砍杀,忘记了发抖。金圣叹加得是很有才气的,但是,并没有从根本上改变艺术上的缺陷,李逵在发抖了以后,杀虎过程那么长,内心居然就没有什么变动了。最为奇怪的是,他本是为母亲杀虎的,杀完了四条老虎,他这个孝子应该想起母亲了吧?对死去的母亲有什么感觉?不管是原本还是金圣叹的本子都是:

> 那李逵一时间杀了子母四虎,还又到虎窝边将着刀复看了一遍,只恐还有大虫,已无踪迹。李逵也困乏了,走向泗州大圣庙里,睡到天明。

这也许是想表现李逵杀得筋疲力尽了,毕竟是人嘛,武松打虎以后不是也浑身苏软吗？但是，武松是与老虎偶然遭遇，而李逵是为母亲讨还血债。母亲的鲜血未干，残腿还暴露在身边不远的地方。这个孝子，怎么能睡得着?! 还能"一枕安然，不知东方之既白"，像苏东坡那样呀！（笑声）刚才失母之痛还使他发抖，才半天不到，就忘得一干二净？其实，李逵是不会忘记的，而是作者忘记的，他为了刻画四只老虎，让它们死得各有特点，忙中有错，忙中有漏。直到第二天早上才让李逵想起母亲的腿来，收拾起来，埋葬了。这是一笔交代，可以说是平庸的交代，对一部精致的经典作品来说，好像一架钢琴上一个不响的琴键。煞风景的还在后面。李逵走下岗子去，下面的情节，几乎是武松打虎以后的低级重复。又是埋伏在那里的猎户，又是不相信，又是上了山，见了老虎，才相信，又是无限崇拜，又是热热闹闹把虎抬下山去。

金圣叹是个艺术感觉极其敏锐的评论家，但就是他也无力从根本上挽救原本李逵杀虎的败笔。金圣叹无限推崇李逵而贬抑宋江，另一个评点家李贽更是把李逵称为"佛"。但是，就连金圣叹也觉得李逵在这一段内心活动的平淡没有多少可以称赞的，只好替他加上一些字眼，然后来个"戏台上喝彩"。而对武松呢？可以称赞的就多了：

> 乃其尤妙者，则又如读庙门榜文后，欲待转身回来一段；风过虎来时，叫声"阿呀"，翻下青石来一段；大虫第一扑，从半空里揸将下来时，被那一惊，酒都做冷汗出了一段；寻思要拖死虎下去，原来使尽力气，手脚都苏软了，正提不动一段；青石上，又坐半歇一段；天色看看黑了，惟恐再跳一只出来，且挣扎下冈子去一段；下冈子走不到半路，枯草丛中钻出两只大虫，叫声"阿呀，今番罢了"一段。皆是写极骇人之事，却尽用极近人之笔。①

金圣叹最为欣赏的这些部分，都是"极近人之笔"，也就是武松在心理上比较平凡渺小、不伟大的方面，和我最为欣赏的几乎一样。不过，我欣赏的还有一处，就是武松使尽平生力气，一棒子打下来，把哨棒和松树枝一起打断了，说明他有点惊慌失措。虽然有这么一点小差异，相隔百年以上，有这么多共同点，虽然我们都不是英雄，但也所见略同。（笑声、鼓掌声）

---

① 陈曦仲等辑校：《水浒传会评本》（上），北京大学出版社，1981 年，第 415 页。

武松这些渺小的方面，在一般人的内心并不是奇观，但他是英雄，他自己也认为自己是"好汉"，在武松的心目中，可能没有用"英雄"这样堂皇的说法，而是说"好汉"。他在赤手空拳和老虎搏斗的过程中，他的英勇，他的无畏，他的力量，都不能不使读者对他肃然起敬，五体投地。不能不同意金圣叹的说法，他是"神人"。这个神人，本来离读者是比较遥远的，谁能喝那么十八碗酒还不醉，还能把一头活老虎给打死呀。这武松是太厉害了，太伟大了。但施耐庵让他和老虎遭遇一下，自以为英雄好汉的心理就越出了常规，体力上神化了，而在心理上却"近人"，也就是凡人化了，越来越和凡人、越来越和读者贴近了。他上山打虎并非出于为民除害的崇高目的，而是由于犯了错误。一是，他不相信群众；二是，也会为面子所累；三是，麻痹大意；四是，惊惶失措。他的力量也有限，也会把活老虎打死了而拖不动死老虎。他的心理也平常，打死一条老虎以后，并不是明知山有虎，偏向虎山行，而是惟恐再有虎，乘早我先溜；再见到老虎，心理上完全是悲观绝望。这英雄的体力和勇气是超人的，但他的心理活动过程完全是凡人的，跟你我这样见了老虎就发抖的人差不多。(笑声)因而，你又不能不同意金圣叹的回目总评，他是"神人"，在心理上却是"近人"的，小小老百姓而已。

　　经过打虎这样的假定，读者发现了伟大的武松的内心，还隐藏着一个渺小的武松，两个武松互相矛盾，又水乳交融，这时的武松比原来的比武松更武松了。而经过杀虎这样的事变，当然也是假定，读者所看到的李逵基本上还是那个李逵。不但没有增加多少心灵的奥秘，反而有些缺损，例如，他对母亲的感情反而给人淡漠之感。又例如，他杀虎之前，和武松是不一样的。武松是喝酒，不是一般地喝，而是大喝，文雅的语言叫做豪饮。豪饮是豪杰之气不可羁勒。而李逵上山之前，也吃了东西，什么呢？人肉。

　　他回家接母亲，路遇一个小土匪，居然冒充他的名字打劫。他本要手起刀落，结果了他，可是，那假李逵却说，我家有九十老娘，杀了我，她可也要饿死了。李逵是个孝子，就把他放了。走到村子里，肚子饿了，就在一家人家给了些钱让做些饭吃，没想到那就是假李逵的老婆。饭还没有吃，这个假李逵回来了，看到了李逵，就告诉他老婆，说这是江州劫法场的、官家通缉的黑旋风李逵，悬赏三千贯。三千贯是多少钱？那时流通的，是硬通货，是铜钱，当中有个方洞，用绳子把它串起来。三千贯，就是三千串。而一串是多少呢？一千文。一文，为什么叫文，因为铜钱上有文字，一文就是一个铜钱。这样算起来，一千文乘以三千，就是三百万个铜钱。① 这么一大笔钱，可能是一大车子，可真是一辈子都赚不到的。两口子就商量着如何把李逵绑了，去领钱。这些都给李逵听到了，三下五除二，就把假李逵杀了。李逵肚内饥饿，自己把锅里已经煮熟的饭拿来吃。李逵的这一顿饭吃得读者惊心动魄：

> 三升米早熟了。只没好菜下饭。李逵盛饭来吃了一回，看着笑道："好痴汉，放着好肉在面前，却不会吃。"拔出腰刀，便去李鬼腿上割下两块肉来，把些水洗净了，灶里抓些炭火来便烧，一面烧，一面吃。

这样一个吃人肉的人物，又是在母亲血淋淋的现场和老虎搏斗，应该有多少和不吃人肉的武松甚为悬殊的内心活动啊，至少应该把他打出心理的常规才是。可是，没有。

为什么呢？第一，要怪施耐庵，他让李逵拿的刀太快了，三下五除二，就把四条老虎相当轻松地摆平了。（笑声）第二，要怪金圣叹，他只让李逵的肉跳了三下，就不跳了。（笑声）如果让他在老虎死了以后还跳，那就可能有比吃人肉更惊心动魄的情节了。而现在呢？除了累一点，没有什么越出常规的心态。同样是在老虎面前，武松却被打出了心理的常规，把心理的纵深层次、立体感就暴露出来了。

---

① 据考，明代人除了使用白银和铜钱，还有纸币。《金瓶梅》第五回，郓哥向武大揭发王婆撮合潘金莲、西门庆通奸，自告奋勇要帮武大捉奸。武大感激说："既是如此，却是亏了兄弟。我有数十贯钱，我把与你去。你可明日早早来紫石街巷口等我。"当时就给了。然而，武大身上怎么会带着"数十贯"铜钱呢？按明初制定的换算比率，一两白银等同于一贯铜钱，"数十贯钱"相当于数十两白银，武大显然没有这样的财力。即便是财主西门庆，出门时身边也只带"三五两银子"（《金瓶梅》第三回）。一贯铜钱重六七斤，数十贯铜钱几百斤，武大怎么扛得动？人民文学出版社《金瓶梅词话》校点本将"数十贯"改为"数贯"，是有道理的。《水浒传》中，李鬼说的三千贯赏钱，合起来就是两万斤。三千贯，了不得的一笔钱，武松打虎的赏钱才一千贯，怪不得李鬼要动心了。有学者怀疑武大怀里揣的应当是政府发行的贬了值的纸币。元朝末年，大概也就是《水浒传》成书的时代，使用纸钞比较普遍。元代的纸钞号称"宝钞"，用特殊的纸张印刷，单位仿照铜钱，有"贯"有"文"，面值分为十文、二十文、三十文、一贯、两贯等。后来又发行一种"银钞"，单位和白银一样，分为"两""钱""分""毫""厘"等面值（郭彦岗：《中国历代货币》）。元代文献上，说到多少贯、多少文，或是几锭、几两、几钱，指的大都是纸钞。那么，李鬼期望所得者，可能是政府的贬了值的纸币。然而，《水浒传》写的是并不是元朝的事，而是宋朝的事，小说家夸张，整整一大车子的铜钱，似乎也还真实。（参阅《食货金瓶梅》）

这就是经典与非经典在艺术上的重大区别。

并不是人人都有碰见老虎的运气和晦气的,但是,大英雄的小心眼、活老虎打死了死老虎拖不动却引起我们许多切身的经验和回忆。这种回忆是一种无声的体验。本来我们已经把它忘记到无意识的黑暗深渊中去了,在读到武松如此这般的心理时,我们的记忆一闪,这就叫做感染,心头一动,又叫做感动。这种感动,就是一种享受,一种对自我、对人性、对心灵体验和发现的喜悦。用学术语言来说,就是审美体验。

马克思说过:"人不仅通过思维,而且以全部感觉在对象世界中肯定自己。"对人的英勇而且平凡,光是从抽象的理论去理解是不够的,还要从文学作品中获得一种感性的体悟。读者在打虎英雄身上确证人类自己丰富的生命,正是因为这样,这种审美享受作为一种心理体验有着与科学和道德理性同等的重要性。

武松打虎比李逵杀虎在中国文学史上的地位重要多了。武松以及以武松为代表的英雄形象的出现,标志着中国古典英雄传奇对于英雄的理解达到了一个新的高度。这是英雄走向平民的一个历史里程碑。在这以前的传奇小说中,我们看到的英雄大都是神化、圣化的,很少有什么普通人的感觉。比如,有个曹操的大将,眼睛里中了人家的箭,他就把他拔出来,连眼珠子都带出来了,都没有什么武松这样的,紧张、冷汗、惊惶失措、悲观等等的心理反应。关公中了人家的毒箭,骨头里有毒,都发黑了。医生给他治疗,用刀在骨头上刮,发出咯吱咯吱的声响,关公还是和人家下棋,谈笑自若。用当代的话来说,面不改色心不跳,一点生理的痛苦都没有。这种《三国演义》式的英雄,在《水浒传》中也有,但不是最生动的。最生动的,是超人的、神化的英雄走向人化的英雄。武松,就是这样的代表。武松在平时,威风凛凛,一味是很酷的样子,只有在老虎面前,越出了常规,把那深邃的平民心性泄露了出来。

《水浒传》设计武松打虎的情节,其妙处,就在假定武松与老虎相遇而且不被老虎吃掉,提示了武松的两面性:一方面是神人、天人,一方面是凡人、小人物。但《水浒传》的作者并不满足于此,又来一个假定,让武松这个非常英俊、非常帅、非常酷的英雄,碰上一个美女,而这个美女竟然非常有意思,投怀送抱,我们可以看到武松不买账。

但是,今天,时间已经不允许我讲下去了。好在,我们还有一个题目,叫

做《中国古典小说中的英雄和美女》,到时再细说。现在我们开始对话,你们可以向我挑战、质疑了,好吗?(掌声热烈)

(录音整理:王梦)

《祝福》:礼教的三重矛盾和悲剧的四层深度^①

一 八种死亡中最精彩的一种

鲁迅是个大艺术家,但是,他和巴金、郭沫若、曹禺、茅盾、老舍、张爱玲、钱锺书不同,他不大会写爱情,他擅长写死亡,一共写过八种死亡。巴金和他比,可谓望尘莫及。你看,巴金的《家》、《春》、《秋》里写了那么多死亡,其实都是差不多的,可以说是重复的。而鲁迅写死亡,我统计了一下,一共八种,每一种都不一样。今天时间有限,先讲我认为鲁迅写得最成功的一种死亡。你们想会是哪一种呢?(一同学:阿Q!)你们想想,我是不是同意这位同学的看法呢?我提示一下,如果,我同意阿Q的死亡最精彩,我今天还会不会来做这个讲座?大老远的,一千多公里呀!我的真实想法是,阿Q的死亡是相当成功的,但是还不是最成功的,因为阿Q死亡的写法是有缺点的。什么缺点?现在不能讲。我先讲一个写得最成功的死亡——祥林嫂的死亡。

从哪里提出问题呢?问题提得不对头、不是地方,就失败了一半。问题要提得好,一是要新颖,就是从人家忽略了、没有感觉的地方开始;二是要深刻,有很深邃的潜在量,有从表层通向深层的可能,像是中医讲的穴位一样,一点深刺,全身震动。

我从两个地方提出问题。

第一个,是鲁迅早期著名的小说《狂人日记》。为什么说是早期,而不说第一篇小说呢?这有讲究。因为它不是第一篇,这一点,现在也不方便

---

① 根据在东南大学的讲座录音整理。

讲,后面会讲到。你们印象中的《狂人日记》里的关键语句,那就是"吃人":
"我翻开历史一查,这历史没有年代,歪歪斜斜的每叶上都写着'仁义道德'
几个字。我横竖睡不着,仔细看了半夜,才从字缝里看出字来,满本都写着
两个字是'吃人'!"这里,有一个矛盾,一方面,这是小说的思想光华所在,
甚至可以说是历史价值所在。不管读过《狂人日记》没有,只要是读过中国
现代史,都会知道这句名言。但这只是就思想的价值而言的,从艺术上来说
呢? 就有值得怀疑之处。因为,《狂人日记》所说的"吃人"是象征的。象
征,只是一种思想,带着很强的抽象性,而不是感性形象。作品中的"吃
人",恰恰是狂人的错觉、误解。比如,怀疑医生叫他好好养病,是要把他养
胖了吃,自己也曾经和哥哥一直吃过妹妹的肉,甚至陌生女人骂孩子,也造
成了被吃的恐惧,等等,几乎所有的"吃人"的恐怖,都来自狂人的幻觉。这
些不足以支持中国历史全是"吃人"的结论。我的意思是说,作品的思想和
作品的感性形象之间并不相称。或者说,从艺术上来说,这篇小说,主题并
没有完成,思想的宣泄和生动形象的构成之间还有比较大的距离。从艺术
上来说,这个经典小说有不成熟之处,这一点,下面会细讲。

　　什么样的小说,才能算是完成了"吃人"主题呢? 我觉得应该是六年以
后,在《祝福》里,在祥林嫂的悲剧中。虽然《祝福》中没有"吃人"这样的字
眼,但是,祥林嫂的形象显示,她是被封建礼教的观念,对女人、对寡妇的成
见、偏见"吃"掉的。她的悲剧的特点是没有凶手;如果说有凶手,就是一种
观念。这是我要讲的第一个契机。

　　第二个,有人说,鲁迅在日本"弃医从文"并不像他在《呐喊》自序里讲
的那样冠冕堂皇:在上细菌课之前,在新闻短片中,看到一个中国人为俄国
人做探子,被日本人抓去枪毙,而麻木地围观的恰恰是中国人。这使他受到
严重的刺激,因此想到"愚弱的国民",也就是愚昧的、没有觉悟的国民,身
体再健康,也只能做两种人,一是杀头的对象,也就是示众的材料,二是围观
的看客。因此中国的问题不是身体的问题,而是脑袋的问题。有人说,这不
一定是老实话。有人甚至提出怀疑,日本细菌学课程之前有没有放映过新
闻短片,都还是个问题。

　　他们说,问题出在鲁迅成绩不太好,有点混不下去了。仙台医学专科学
校——一个大专水平的学校,鲁迅的成绩单我在上个世纪 60 年代就看过,
最好的分数是伦理学,讲道德人心的,属于文科性质,是 80 分,其他的成绩

都是七十几、六十几分,其中的解剖学就是藤野先生教的。鲁迅在《藤野先生》中说,这位先生特别喜欢他,特地替他改笔记,还给他打过高分,以至于引起了周围日本学生的怀疑:是不是漏题了,偏爱中国学生? 看来,鲁迅的记忆可能有误。成绩单,两个学期的解剖学,第一个学期 60 分,第二个学期 59 分,平均 59.5 分。这个藤野先生也真是的,够古板的了,这么喜欢的一个学生,就那一分也不饶他。我没有研究过教师心理学,我当教师,我的学生,如果我觉得他有天分、有前途或者人格高贵,那就不是 59 分了,随便加它个 20 分,就是 79—80 分了呀! 不知道这个日本人是怎么回事?! 就是这样一位先生,在鲁迅临走的时候,还拿一张照片送给他,还要写什么"惜别",给人打 59.5 分还惜别个什么劲呢? 所以有人就说鲁迅是因为不及格,混不下去了才弃医从文。我研究了一下,好像不是这样的。为什么呢? 按照学校的规定,两门功课不及格才要留级,鲁迅只有一门,还可以升级,无非要补考一下。再往细里研究,鲁迅成绩的排名怎么样呢? 全年级 160 多人,鲁迅考了八十多名,一个中国人,才到日本,用日文考试,在全班是中间可能偏上一点,还算过得去嘛! 要混是可以混下去的。可以相信鲁迅不是为了 59.5 分而退学,而是实在有感于疗救中国的国民性是当务之急。所以他后来也不去念大学了,就跑到章太炎那里去学文字学,同时自己拼命自修西方小说,翻译西方小说。

五四期间,妇女婚姻题材很普遍,许多人写封建礼教、仁义道德"吃人",但是成为经典的,能进入我们大学、中学课本,不断改编为戏曲、电影的,只有《祝福》。当然,经典是各种各样的,有些经典只有历史价值,在当时很重要,很有贡献,但是,今天读起来,却索然无味。为什么,它的思想、形式和产生的那个时代联系得太紧密了,离开了那个时代,后代人读起来,就十分隔膜。像五四时期风靡一时的郭沫若的《女神》,其中绝大多数的作品,当代青年是读不下去的。而《祝福》却是另外一种经典,不但有历史的价值,而且有当代阅读的价值。为什么? 因为它有不朽的艺术生命力。生命力在哪里呢? 关键是它的主题"吃人",比《狂人日记》要深刻而丰富得多。

《祝福》全篇没有"吃人"这样的字眼,但是,人物命运的每一个曲折引起的周围的反应显示了:一个人被逼死,没有凶手,凶手是一种广泛认同的关于寡妇的观念。这种观念堂而皇之,神圣不可侵犯,但是,却是荒谬而野蛮的,完全是一种不合逻辑的成见。

要把问题讲清楚,不能从什么是封建礼教的概念、定义讲起,而是应该从文本、从情节中分析出来。请允许我从祥林嫂死了以后各方面的反应讲起。

二 悲剧的凶手:荒谬的自相矛盾的偏见

"我"问,祥林嫂是怎么死的?进来冲茶的茶房说:"还不是穷死的。"这好像不无道理,她毕竟是当了乞丐,冻饿而死的。

但是是终极的原因吗?在它背后是不是还有原因的原因呢?那她为什么会穷死呢?是因为她被开除了。她为什么被开除呀?原因是她丧失了劳动力。可是原本劳动力是很强的呀!最初到鲁家,鲁四奶奶不是庆幸她比一个男工还强吗?原因的原因是,她的精神受了刺激。什么东西使她受了这么严重的刺激呢?这就到问题的关键了:一切都因为她是寡妇。

按封建礼教成规,寡妇要守节。五四时期写妇女婚姻题材的小说,大都写封建礼教要寡妇守节,可是寡妇不甘。鲁迅偏偏不写这个。他写祥林嫂不想改嫁,不写她想改嫁,不写她不能改嫁之苦,如冬天晚上没人陪呀,被子里没有热气呀,屋角破了没有人来修理啊等等,更没有写看见什么帅哥心跳加快呀等等。他写祥林嫂不但不想改嫁,而且从婆婆家溜出来。为什么溜出来?《祝福》里没讲,夏衍改编的电影《祝福》里说,婆婆想把祥林嫂卖掉,给祥林的弟弟娶媳妇。这可能值得相信,除了别的原因以外,还因为夏衍和鲁迅是同乡,他对那个地区的风土人情有深刻的体悟和理解。祥林嫂为什么要逃?值得分析。公开地出走,像娜拉那样是不行的。因为在农村、山区,封建礼教很严酷。丈夫死了,妻子就成了丈夫的"未亡人",也就是等死的角色。这就是封建礼教的夫权:妻子是从属于丈夫的,丈夫死了,还是属于丈夫的。鲁迅在小说里,问题提得深刻:婆婆卖了她,让她去当别人的老婆,不是违背夫权了吗?不!封建礼教还有一权,那就是族权。儿子属于父母,丈夫死了,属于自己的妻子就自动转账到了婆婆名下。这样,就产生了封建礼教内在的第一重矛盾:夫权要求守节,族权可以将之卖出,卖出以不能守节为前提。接着就发生了所谓抢亲。这显示了,这种族权违反夫权,以暴力强制为特点,而这种野蛮却被视为常规。

鲁迅如果写祥林嫂想改嫁,那样就只有夫权一重矛盾,思想就比较单薄了。而把祥林嫂放在这样的矛盾下:夫权让她守节,族权强迫她改嫁,其"荒谬和野蛮"就深化了。如果光是写到这一层,也挺深刻了,可是鲁迅并不满足。他进一步提示:夫权与族权有矛盾,那是人间的事,那么到了地狱里,到了神灵那里,应该是比较平等的呀!

　　柳妈告诉祥林嫂:你倒好,头打破了,留下了一个疤,可是还是改嫁了,在人世留下了个耻辱的标记。这个问题还不大,但你死了以后,到了阎王老爷那里怎么办呢?两个丈夫争夺你,阎王是公平的,就把你一劈两半,一人一半。阎王代表什么权力呢?神权。神权居然是这样的一种"公平"。照理说,祥林嫂可以申辩:"我并不要改嫁,是他们强迫我改嫁的呀,你不能找我算账。真要劈两半的话,应该劈婆婆嘛!"可是,阎王是不讲理的。这样,鲁迅之所以不让祥林嫂想改嫁的原因就很清楚了,就是要通过她的处境来显示三个不讲理:夫权是不讲理的,族权是不讲理的,神权是不讲理的。要寡妇守节这一套完全是野蛮而又荒谬的!

　　礼教不讲理,人不讲理,神都不讲理,这就是鲁迅第一层次的深刻。

　　鲁迅第二层次的深刻在于:这种荒谬而野蛮的封建礼教的观念,是不是封建统治者、封建地主才有的呢?马克思在《德意志意识形态》中不是讲过:"统治阶级的思想在每一时代都是占统治地位的思想。"鲁四老爷是封建统治阶级,他有这种思想,看见祥林嫂头上戴白花就皱眉头;鲁四奶奶有这个思想,她不过是不让祥林嫂端福礼。这还不太荒谬。荒谬的是,这种思想不仅他们有,跟祥林嫂同命运的人也有,就是柳妈,这种观念也是根深蒂固。虽然鲁迅没有点明柳妈是寡妇,但从情节的上下文看来,可能也是寡妇,老寡妇。何以见得?因为似乎她当寡妇的经验很丰富。没听说她丈夫来看她,她也没像长妈妈回家探亲什么的,大体可以断定是跟祥林嫂同样命运的女人。她坚信菩萨把祥林嫂一劈为二是公正的,劝祥林嫂去"捐门槛"赎罪。这种寡妇罪有应得,被统治阶级也当做天经地义,这才叫可怕。

三　"大家仍然叫她祥林嫂"为什么要特别提出来?

　　荒谬野蛮的观念已经深入到被压迫者的潜意识里、到骨头里去了,荒谬到感觉不到荒谬了。举一个例子:祥林嫂在被抢亲改嫁了以后,很快丈夫得伤寒症死了,儿子被狼咬死了,又回到鲁镇。这个时候,鲁迅在《祝福》里单独列一行,写了一句话。什么话?

大家仍然叫她祥林嫂。

读者早就知道她叫祥林嫂了,这不是废话吗?其实,用意非常深刻。女人没有自己的名字。她为什么叫祥林嫂?因为她老公叫祥林。她姓什么、叫什么名字,谁都不知道。老公叫祥林,就叫祥林嫂。但是问题来了,嫁了第二个老公,此人名曰贺老六。再回到鲁镇来,有个学术问题要研讨一下,是叫祥林嫂还是叫老六嫂比较妥当呢?(大笑声)或者为了全面起见干脆叫她祥林老六嫂算了。你们说说?(众:说不清……大笑声。)"大家还叫她祥林嫂。"对这么复杂的文化学术问题,就自动化地、不约而同地"仍然叫她祥林嫂",碰头会都没有开啊!(大笑声)这里有一个自动化的思维套路,只有第一个丈夫算数,"好马不配二鞍"呀,"烈女不事二夫"呀,嫁第二个丈夫是罪恶呀!思想的麻木,以旧思想的条件反射为特点。

看来是一个极小的问题,可跟西方的思维模式做一点文化比较,是很有意思的。比如说,在西方,包括在俄国,女人嫁了丈夫以后,是要改姓的。譬如,普京娶了老婆,他老婆的名字后面要加上普京的姓,变成阴性的,叫普京娜。如果从俄语第二格来理解,就是属于普京的。比如说,克林顿的夫人希拉里,这个人是女权主义者,不得了,用美国话来说,是非常 aggressive,也就是非常泼辣的。她嫁给克林顿以后,不久也改为希拉里·克林顿。又比如说,肯尼迪的老婆,她原来的名字叫杰奎琳,她嫁给肯尼迪,就改为杰奎琳·肯尼迪。但是她后来也跟祥林嫂一样,丈夫死了,又嫁了一个丈夫,是希腊的船王,名曰奥纳希思。她的名字后面,加上奥纳希思。她过世之后,墓碑怎么刻呢?美国人也没有讨论。我出于好奇心去看了一下,怎么刻的呢?是杰奎琳·肯尼迪·奥纳希思。(大笑声)你看人家嫁了两个丈夫,在墓碑上堂而皇之。但中国人的观念不一样,要叫她祥林老六嫂(笑),她一定很恼火。但是叫她祥林老六嫂是很符合逻辑的呀。(大笑声,鼓掌声。)"仍然叫她祥林嫂",是不讲理的呀,荒谬呀,不合逻辑呀!但是,大家都习惯于荒谬,荒谬到大家都麻木了,荒谬得失去思维能力了。

被侮辱被损害者,并不感到不合理,不觉得可悲,也不觉得可笑,这种悲剧,这种悲喜剧,是不是更为令人沉痛?荒谬而野蛮的观念,成为天经地义的前提,成为神圣的观念,成为思维的习惯——所谓习惯,就是麻木,思维的套轴。

四 "你放着吧,祥林嫂!"这一句话 为什么会致祥林嫂于死地?

更严重的是,这种观念不仅被统治阶级广泛接受,不仅大家有,而且被侮辱、被损害最甚的祥林嫂也有。当柳妈告诉她要被劈成两半,祥林嫂对这种荒谬完全没有反诘,没有怀疑,她只有恐怖:生而不能做一个平等敬神的人,死而不能做个完整的鬼,这太恐怖了。这完全是黑暗的迷信嘛!我们今天看得很清楚。如果祥林嫂和我们一样,也有这份觉悟,那就啥事都没有了。可她非常虔诚地相信了。她毫不怀疑地去"捐门槛"。我算了一下,大概花了一年以上将近两年的工资。她以为这样高的代价赎了罪,就可以摆脱躯体一分为二的恐怖下场,就可以成为平等的敬神者了。可是,她端起福礼的时候,却遭到了打击——鲁四奶奶觉着再嫁的寡妇,不管怎样赎罪,也不能端福礼。她对祥林嫂非常有礼貌地讲:"你放着吧,祥林嫂!"就是说,你没有资格端福礼,或者是,你端就不吉利。福礼是什么?我最初不知道,看了夏衍改编的电影《祝福》才知道,在一个漆成红色的木盘上面,放上一条大鲤鱼,端福礼,就是把这个盘子捧到神柜上去。但是,仍然不让她端福礼,祥林嫂这一下子,就像被炮烙似的——像个滚烫的铜柱子烫了一下,从此以后脸色发灰了。她的精神受到致命的打击,记忆力衰退,刚叫她做的事就忘掉了,接着是,体力也不行了。鲁迅这样描述道:

> 这一回她的变化非常大,第二天,不但眼睛窈陷下去,连精神也更不济了。而且很胆怯,不独怕暗夜,怕黑影,即使看见人,虽是自己的主人,也总是惴惴的,有如白天出穴游行的小鼠,否则呆坐着,直是一个木偶人。

祥林嫂精神恐惧的后果这样的严重,精神崩溃到这样的程度,无疑导致她走向了死亡。可是,恐惧的原因、杀人的凶手,在哪儿呢?没有人提出这样的问题。

鲁迅对祥林嫂,一方面看到她的苦难,是客观的原因造成的,叫"哀其不幸"。另一方面,祥林嫂又很麻木呀,她不让你端福礼就不要端了,不端福礼去睡大觉,身体不是更好吗?记忆力不是更强吗?这就是"怒其不争"了。鲁迅提示了,这个观念就是这样野蛮,可是,中毒就是这么深,中毒到了自我折磨、自我摧残,自己把自己搞得不能活的程度。这是鲁迅的深邃之处。祥林嫂不仅死于别人脑袋里的封建礼教的观念,而且死于她自己脑袋里的封建礼教的观念。所以,祥林嫂尽管对外部的暴力,反抗是很强的,在抢亲的时候她拼命反抗,脑袋都打破了;可从内心来说,虽然有怀疑,直到临死的时候,遇到作品当中的"我"——我们可以把他理解为鲁迅,也可以理解为一个人物——问:"人死了之后有没有灵魂?"在这句问话之前"我"看到祥林嫂,四十岁左右头发就花白了,脸上不但没有悲哀,而且也没有欢乐,脸上肌肉不能动了,像木头一样,只有眼珠偶尔一转,证明她还没死。就是在问人死了有没有灵魂的时候,鲁迅写了一句话,"她那没有精采的眼睛忽然发光了",就是说她残余的生命集中起来,还有点希望。希望什么?希望人死了以后没有灵魂。没有灵魂,家人不能见面,就不会打官司,阎王就不会把她一劈两半。她还在怀疑,这样一个有一点反抗性的人,最后还是被荒谬观念压倒了,或者用《狂人日记》中的话来说,就是被吃掉了。

鲁迅的深邃,就深邃在多层次:第一个层次是封建礼教本身野蛮和荒谬。第二个层次是周围的人和她自己也迷信野蛮。光是压迫者,一部分人有这种观念,可恶,但是没有多大杀伤力;当观念为周围大多数人奉为神圣不可侵犯,就具有了杀人的力量。第三个层次,就是写这个凶手的"凶"。其特点,其一,后果极其惨,但前因似乎不恶。如鲁四奶奶不让祥林嫂端福礼,也说得很有礼貌,"你放着吧",并没有直说呀,给她留下了很大的余地啊。但就是软刀子杀人不见血,或者用《狂人日记》中的话来说,就是"吃人"但没有罪恶的痕迹。其二,人死了,后果这么严重,可是人们还是很安静。鲁迅所提示的是:没有恐怖感的恐怖,全镇都欢乐地准备年关的祝福,才是最大的恐怖。其三,这些心安理得的人,脑袋里有吃人的观念,曾经参与吃人,然而却没有感到任何歉疚,心安理得。

五 与情节无关的"我"为什么占了那么多篇幅?

第四个层次,这里有一条重要线索,是所有研究鲁迅小说艺术的人都忽略了的:为什么作品中冒出一个"我"来？这个"我"和故事情节一点关系都没有,但所占的篇幅相当大,全文16页,开头和结尾、我的情绪描写占了将近3页,把近五分之一的篇幅给了与情节"毫不相干"的人物。鲁迅不是说写完之后,至少要看两遍,尽量把可有可无的去掉吗？把"我"拿掉并不影响祥林嫂的命运呀！但是作为小说,不能。这个"我"有深意。从哪儿讲起？从祥林嫂死了以后的反应讲起。

茶房认为祥林嫂"还不是穷死的",他的看法和故事有什么关系？没有。能够删节吗？不能。鲁迅是在说明,在茶房看来,穷了就要死是很自然的,没什么不正常的,没什么悲惨的,没什么值得思考的。可是鲁迅以全部文本显示的,却不是这样,如果她是穷死的,那她的悲剧就是经济贫困的悲剧。但是,《祝福》所突出的是,祥林嫂之死,是受了极其野蛮荒谬的迷信观念的打击。这种打击不仅是外来的,同时也是她自己的。这不是经济贫困导致的悲剧,而是精神焦虑的恐怖造成的。可是,人们普遍却看不到这种恐怖,因而麻木不仁。

这个"我"特别选了什么时刻去写祥林嫂的死亡呢？旧历年关,一年中最为隆重的节日。为什么这个题目叫《祝福》呢？所有的人,过年都敬神,祈求来年更大的幸福。祥林嫂死了,在鲁迅看来,其特别悲惨之处在于,表面上没有刽子手,实际上刽子手就在每一个人的脑袋里。因而,鲁迅花了很多篇幅,正面描写了鲁镇人把她的悲剧当做谈资,当做笑料,当做自己优越的显示,没有一个人意识到这是对祥林嫂的生命的摧残。从这个意义上来说,每一个人对于她的死都有责任。可是整个鲁镇没有一个人感到痛苦,大家都沉浸在过年祝福的欢乐之中。鲁迅特别写道:女人忙着在水里洗东西,手都浸泡红了;还可以闻到放炮仗的火药香,但是听来这炮仗的声音是"钝响"。既然是火药的香,又是欢乐的氛围,如果"我"和大家一样欢乐,听节日的炮竹,应该是"脆响"啊,怎么是"钝响"呢？这说明,"我"内心很沉重、沉闷,节日的炮仗声在我的感觉中才是"闷"的;同样的道理,天上的云是"灰白色"的。《祝福》开头这一段,是很有匠心的,许多论者分析祥林嫂的命运,对于"我"和开头、结尾的大段文章占了近五分之一的篇幅视而不见。要知道,这里的艺术感觉是多么精深啊！一方面是非常欢乐的祝福的氛围,一方面又是非常沉重的悲痛。我这里念一段:

我乘她不再紧接的问,迈开步便走,匆匆的逃回四叔的家中,心里很觉得不安逸。自己想,我这答话(按:灵魂的有无,也许有也许没有,"我"说不清)怕于她有些危险。她大约因为在别人的祝福时候,感到自身的寂寞了,然而会不会含有别的什么意思的呢?——或者是有了什么豫感了?倘有别的意思,又因此发生别的事,则我的答话委实该负若干的责任……

所有的人,都不感到悲痛,只有这个和祥林嫂的悲剧毫不相干的人,内心怀着不可排解的负疚感。要知道,鲁迅的深邃就在这里,祥林嫂死亡,如果有一个具体的凶手,那就比较好办,比较容易解气了,像《白毛女》,有一个黄世仁,可以拿来把他毙掉。但是,人们脑子里的封建观念,是不能枪毙的呀!思想观念、国民性,是不会这么轻易地消亡的。鲁迅的艺术,是要启示读者反思,对寡妇的成见,看不见摸不着,但是是可以吃人的。这种观念,每个人都有,当然每个人都可能身受其害,然而看着他人受害的时候,却又怡然自得。因而鲁迅对于祥林嫂的诸多情节,采取幕后虚写的办法,却把主要篇幅用来描写祥林嫂所遭遇的冷嘲,那么痛苦,可得不到一丝同情,相反,招来的毫无例外是摧残。鲁迅花了那么大的篇幅,写她反复讲述阿毛被狼吃掉的自我谴责,她的期待是很卑微的,哪怕是一点同情,只要有人愿意听一下她的悲痛,她的精神焦虑就减轻了。她反复陈说,引来的却是上上下下普遍的冷漠和以她的痛苦取乐。

这里我想到了俄国作家契诃夫的《苦恼》,五四时期胡适从英文翻译了,登在《新青年》上。写一个马车夫姚纳,老了,希望让儿子来接班。可是他儿子却突然死了。小说开始时,这个姚纳在彼得堡夜晚的街上,任雪花落在肩头。他在等待客人。他内心最迫切的需求不是得到车资,而是客人听他诉说失去儿子的痛苦。来了一个客人,他就开始诉说,可是客人没有兴趣,不听。又来了一些客人,他又开始诉说,客人不但不听,而且兴高采烈,打他的脖儿拐。但是,他并不感到太痛苦,只要有人听他诉说,哪怕打他,他的痛苦就减轻了。一旦这些人消失了,他反而感到,痛苦就像大海一样,把他淹没。他只好回到大车店。看到一个人,从床上爬起来。他以为又可以找到一个倾听的对象了。可是那人喝了一点水,倒头便睡。他的痛苦实在无法解脱,只好到马圈里去,把自己的痛苦讲给小马听。小马安静地听着,还用舌头舔着他的手。契诃夫的艺术震撼力在于:第一,人与人之间的隔膜一至于此,连马都不如;第二,小人物的心灵需求很卑微,仅仅是倾听,这对他人并无损失,对主人公于事无补。但是,就是这一点点同情,人间也极其匮乏。鲁迅显然受到这种美学原则的启发,强调的是祥林嫂在精神上孤立到没法活的程度。当然,鲁迅把原因归结为封建礼教,而契诃夫却并不在乎社会文化的原因,而关注人性本身。人与人之间,竟有这样的隔膜,这样的自私,这样的悲哀,这样的冷漠,我甚至感到,有一点黑色幽默的性质,是不是呢?

鲁迅的艺术匠心就在于,人们对于这样的惨剧,不但没有恐惧,相反整个鲁镇都沉浸在欢乐的氛围之中,连众神都在享受香宴以后醉醺醺的:这一点也是许多论者忽略了的。为了把问题说得比较清楚,我不得不作些引述:

> 我给那些因为在近旁而极响的爆竹声惊醒,看见豆一般大的黄色的灯火光,接着又听得毕毕剥剥的鞭炮,是四叔家正在"祝福"了;知道已是五更将近的时候。我在蒙胧中,又隐约听到远处的爆竹声联绵不断,似乎合成一天音响的浓云,夹着团团飞舞的雪花,拥抱了全市镇。我在这繁响的拥抱中,也懒散而且舒适,从白天以至初夜的疑虑,全给祝福的空气一扫而空了。只觉得天地众圣歆享了牲醴和香烟,都醉醺醺的在空中蹒跚,豫备给鲁镇的人们以无限的幸福。

作品中的我,可以算是鲁迅,那意思是,在某种意义上,又不完全是鲁迅。什么地方不是鲁迅呢? 这里,"在这繁响的拥抱中,也懒散而且舒适","我"是真的懒散而舒适地不再苦恼,摆脱了沉重的、不可解脱的负疚感了吗? 当然不是,这是反话,这说明,他愤激到甚至很悲观的地步。更明显的则是,连神、天地众圣,也在享受了福礼之后,一个个"醉醺醺的在空中蹒跚,豫备给鲁镇的人们以无限的幸福"。

鲁迅通过"我"的目光,看到祥林嫂面临的悲惨、绝望、暗无天日的境地:夫权不讲理,族权不讲理,神权不讲理,连同命运的寡妇也不讲理,连自己也不懂为自己讲理,所有的人都感觉不到需要讲理,连最后一个想讲讲理的局外人,对这种不讲理的世道,也无能为力,也绝望了,也痛苦得难以忍受了,也觉得干脆不讲理,是一条轻松之道了。这当然也是反语,恰好说明这个唯一的清醒者无可奈何的情绪。

鲁迅的深刻之处就在于,他批判的不是一个鲁四老爷,像鲁四老爷这种人,1949 年以后"镇压反革命"或者"清理阶级队伍",都轮不到他头上。因为,鲁四老爷对祥林嫂,皱了皱眉头,这不算犯罪;最后,祥林嫂死了,他说,死在过年祝福期间,不是时候,可见是个"谬种",这是意识形态问题,谈不上人身侵犯。就是"无产阶级专政的铁拳头",也拿他无可奈何。他写的是一种可怖的观念,习以为常、没有人感到的悲剧,才是最大的悲剧。

鲁迅写死亡的悲剧,最重要的成就不在写死亡本身,而在死亡的原因和死亡在人们心目中引起的感受。所以,祥林嫂的故事中有好多情节,逃出来的情节,被抢亲的情节,孩子、丈夫死的情节,"捐门槛"的情节,等等,鲁迅都放到幕后去了,只让人物间接叙述。鲁迅正面写的是这些情节的后果,尤其是在人们心目中引起的思绪和感觉,这是关键。鲁迅的艺术原则,是不是可以这样讲,事情不重要,情节链可以打碎,可以省略,可以留下空白,可以一笔带过,重要的是周围的人们怎样感觉,或者用叙事学、结构主义的话来说,关键在于人物怎么"看",感觉如何"错位"。

六　情节链锁性淡出和人物多元感知错位的强化

这里就引出了我要讲的第四个问题,就是鲁迅给中国小说带来了什么新的突破? 他的作品中,显示了一种什么样的美学原则?

我说,他带来一个突破。在这以前,我们的小说是以情节性为主、直接写人物为主的,叫一环套一环,环环紧扣,都是人物本身的动作和对话的连续性。这种方法,鲁迅是不是继承了? 是,如鲁迅提倡过的白描等等。但不可忽略,鲁迅并不照搬,而是加以改造,大大地丰富了。大量本来可以白描的情节、转折的关节,在传统小说中重点描写的,在鲁迅写得最好的小说中,常常被放到幕后去叙述一下,或者省略了,或者变成了在场人物的交代。刚才讲到祥林嫂的主要遭遇都是间接叙述的。又如,夏瑜在狱中的表现,孔乙己的挨打,子君之归去,七斤之辫子被剪,等等。这些情节,都是决定人物命运的,却以间接叙述而不是正面描写的形式表现,被虚写了、略写了。着重写的是什么呢? 事情发生了以后,人们的纷纭的感受。这些,对于事件来说,本来是所谓"余绪"、"花边",但是,在鲁迅的小说艺术中,人们多元的反应,成了重点用墨之所在。换句话说,鲁迅的小说,当然是短篇小说,情节变得不重要,情节可以不作完整的交代,情节的连续性可以处理成断断续续,这些都不重要,最重要的是,哪些环节能够引起人物各自错位的感知,这正是鲁迅为中国现代小说带来的新的艺术天地。

说起《狂人日记》,我的评价是,它基本上是小说。首先,它具有鲁迅小说最根本的艺术特征。它写的不是狂人的系统遭遇,而是他的系统感受,他的感受与具体遭遇是有距离的,是"错位"的。在人物感受和遭遇的"错位"中,营造人物的内心结构,这正是鲁迅所带来的新的美学原则。譬如,祥林嫂是怎么死的?"还不是穷死的",这是茶坊的感受;死得不是时候,可见是个"谬种",这是鲁四老爷的感受。这里,有一种错位的现象,错位包含着多个层次。如,感受与事实是"错位"的;又如,各人的感受之间又是错位的。对改嫁寡妇的看法:死了在阎王面前要一劈为二,因而要捐门槛赎罪。这个观念和事实之间是"错位"的幅度是很大的,这是一。在祥林嫂、柳妈和鲁四奶奶之间的错位就更大,这是二。而一般人又忙着欢乐地祝福,这是三。一个外来的人士,却背负着沉重的负疚感苦苦挣扎,这是四。又如,《风波》中,对七斤辫子的有无,展开了多元的感知错位:1.七斤的感觉:丧气、自卑。2.七斤嫂的感觉:由于丈夫没了辫子而自卑,反复用恶毒的语言辱骂丈夫,绝望、迁怒于女儿。3.九斤老太的感觉:得出哲学性的结论:一代不如一代。4.赵七爷的感觉:幸灾乐祸、自豪,穿上长衫的象征性。5.村民:畅快,后来又恢复对七斤的尊敬。这一切纷扰由皇帝复辟引起,但皇帝是不是真复辟并不重要,得知皇帝没有复辟,一切照旧。鲁迅所要表现的,不是皇帝复辟,而是人们因为皇帝复辟引起的感知多元错位的喜剧。又如,革命烈士夏瑜的死,其鲜血被当成治肺病的药方,而他还在牢中鼓动革命。在华老栓的茶馆里,分化为驼背五少爷、花白胡子等人的自以为清醒的感觉,其中包括"疯了"、"疯了"的感觉。又如,《白光》的故事本身并不特殊,鲁迅写它就是为了用主人公陈士成落榜的感觉、幻觉和疯痴的行为,来揭示人的心灵奥秘,感觉从片断性、层次性到意识连贯、推断,从幻视到幻听,最后沉湖。这里的幻觉可以说淋漓,但可惜的是,只有一个人的幻觉,没有人物之间的错位,因而比较单薄。① 小说的多元感知错位,有利于从多方面冲击读者原来

---

① 当然,还有一些感觉世界错位得比较单调,缺乏思想深度的,如《端午节》方玄绰的矛盾,感觉只有他和妻子的不同,矛盾只是索薪参与与否;至于《一件小事》等,就更加单薄了。

稳定的、自动化的感知结构,让读者感到"惊异"。海德格尔说:"哲学本质上就是令人惊异的东西,而且哲学越成为哲学,它就越是令人惊异。"同时,这种惊异,又不仅仅是理念的,而且是感性的。

《狂人日记》中的"吃人"以及主人公那种害怕、呐喊救救孩子等等,都是他的感受,是幻觉,是错觉。譬如写他怕,怕什么呢? 第一,怕所有的人会吃他;第二,对生命中不相干的细节的恐怖性曲解,如对赵贵翁的眼色,妇女骂孩子也怕,小孩子也怕;第三,对关切他的大哥也怕,对给他治病的医生也怕。他生活在自己的怕里面,每种怕都和生活拉开了错位的距离,每种怕互相贯通为一个整体。狂人的被吃之怕,读者显然明白,不在真的被吃,"吃人"是幻觉、扭曲的错觉。所以说,鲁迅所带来的就是情节、事件、人物实际遭遇的淡隐,人物感受的多元错位。一种小说形式美学,在他的作品中逐渐形成,不仅仅是写人,而且是写不同人的错位感知,情节的感染力不在一环套一环的悬念,而是推动感知发生错位的机制。

鲁迅作为现代艺术家,他所理解的人和古典小说家是不太相同的。人不仅仅会行动,会思想,会说话,人之成为人,有一个特别的方面,就是同样的事情,不同的人会有不太相同的感知,不同的感知发生错位。人跟人的感觉好像是相通的,也确有相通的一面,但是,从根本上又是很难相通的。就是讲话,具体语句(能指)好像是听懂了,但是,其实际的意思(所指)往往是另外一回事,是误解的。哪怕关系再好,我救你,你是感激的,结果却是害了你,譬如柳妈那样的人——一心一意想救祥林嫂,却把她推向精神的火坑。鲁四奶奶很含蓄地不让祥林嫂端福礼,她并没有想到祥林嫂就活不成了,直到祥林嫂死了,她也没有感觉到。

从鲁迅的小说中归纳,什么样的人物能够使读者感动? 这样的问题,不能以单独一个人物来回答,应该从人物相互之间感知的多元错位来回答。

就《狂人日记》而言,一方面,它有感知错位;所以它是小说。但为什么又说它基本上是小说呢? 有一个问题,《狂人日记》里面有很多不属于小说的东西。那是什么? 最明显的一点,就是最著名的那段话:"我翻开历史一查,这历史没有年代,歪歪斜斜的每叶上都写着'仁义道德'几个字。我横竖睡不着,仔细看了半夜,才从字缝里看出字来,满本都写着两个字是'吃人'!"这不是小说,这是抽象概念的错位,不是人物的感知错位;这是鲁迅的思想,这是社会文化批评,把思想直接讲出来,讲得清清楚楚,很深刻,这是杂文。为什么不属于小说呢？因为这种思想，在小说里找不到充分的根据。狂人讲的"吃人"，都是错觉——远方村子里有吃人的传说，古典文献中有吃人的记录以及医生要他好好养病，还有他妹妹死了，说是大哥把她杀了吃的，还有他周围的人要吃他，一个女人对她的儿子大喊一声"老子呀！我要咬你几口才出气！"，使他感到马上就要被吃掉的恐怖，所有这一切都是错觉。这一系列的错觉跟鲁迅的结论——中国历史所写的都是"吃人"，而且还说自己"有了四千年吃人履历"，逻辑上并不合理。狂人的感受，不可能得出这样普遍的结论，得出结论的主要不是狂人，而是作者的代言人。所以鲁迅自己对《狂人日记》不满意，觉得它"太逼促"，"很幼稚"。写祥林嫂就不逼促、不幼稚，就很艺术。为什么呢？祥林嫂是被礼教观念害死了，但这是艺术形象显示的，作者没有一个字写到礼教杀人或者"吃人"，没有说就是封建礼教把祥林嫂吃了，却让人感到，祥林嫂在包围着她的罗网里走投无路，不得不死。你叫它杀人也好，吃人也好，反正是极其恐怖，令人毛骨悚然，然而人们却觉得平安无事。这叫艺术。

当然，鲁迅讲抽象的观念，如中国历史满篇仁义道德，实际上是吃人、吃人，这也是很精彩的。这种精彩不是小说的精彩，是杂文的精彩。这在《狂人日记》里比比皆是。如果诸位同意的话，我能不能这样说：在鲁迅的心灵深处，有两种才华，都是非常强大的。一种是小说家的才华，以他独特的感知错位为特点；一种是杂文家的才华，以深刻和犀利为特点。两者之间有统一的一面，水乳交融；也有矛盾的一面，互相干扰。例如在《狂人日记》里，统一的时候，有些片断写狂人的幻觉，特别是写到医生说"不要乱想。静静的养几天，就好了"，他就想"养肥了，他们是自然可以多吃"，这是一种幻觉，这是小说，因为这是一个人物的错位感受；但是说到中国的历史，翻开来全部是仁义道德，实际上都是"吃人"，这是杂文，因为这里的"吃人"，与小说中的"吃人"，在感性系统上、在理念上，不是错位了，而是脱节了。

两种强大的才能，有时统一，有时不统一；有时是太不统一了，就分裂了。《狂人日记》里杂文的力量更为强大，以至许多论者甚至学者只记得中国历史全部都是"吃人"这个杂文式的辉煌结论。而作为小说，《狂人日记》是试验性、探索性、未完成的，是留下了遗憾的。这句话我讲得很大胆，我到现在不敢写成论文，为什么？因为现在研究鲁迅的权威太多了，他们把鲁迅的小说艺术看成是完美无缺的，像我这样一个至今还没有写过什么关于鲁迅论文的人,如果写出来,前途堪忧呀! (笑声)他们会从四面八方来咬我,咬破我的鼻子啊!如果从我的文章里找不出硬伤,就把我说成一个疯子,或者是专门找名人来骂的投机分子。我可能也会像狂人那样,怕起来,疑神见鬼起来,怕被他们吃了,甚至见你们在笑,也可能像狂人那样发生感知变异,觉得是冷笑,是笑里藏刀。(大笑声)但是,可是,像赵本山说的那样,"可但是"(大笑声),我为什么敢在这里讲,不怕你们传出去呢?因为我有根据呀。什么根据?鲁迅自己讲的。

《狂人日记》写出来以后,异口同声认为好极了。傅斯年,五四运动的领导者之一、北京大学的学生会主席,写信给鲁迅赞扬《狂人日记》说:"文化的进步都由于有若干狂人……去辟不经人迹的路。最初大家笑他,厌他,恨他,一会儿便要惊怪他,佩服他,终结还是要爱他,象神明一般的待他。"①鲁迅却告诉傅斯年说:

《狂人日记》很幼稚,而且太逼促,照艺术说,是不应该的。②

按我的理解,不成熟,就在于杂文的、抽象的、直接的、正面的结论。作为杂文家,五四时期鲁迅已经成熟了;可作为小说家,虽然已经写出《阿Q正传》这样的经典之作,鲁迅自己却觉得远没有成熟。

---

① 《新潮》第1卷第4期,1919年4月。
② 《对于〈新潮〉一部分的意见》,《新潮》第1卷第4期,1919年4月。

第六讲

《孔乙己》：鲁迅为什么最偏爱？[①]

那么，鲁迅认为自己的小说艺术到什么时候才成熟呢？到《孔乙己》才成熟。鲁迅的学生孙伏园，在《鲁迅先生二三事》中有这样一段话：

> 我曾问过鲁迅先生，其（按：指《呐喊》）中，哪一篇最好。他说他最喜欢《孔乙己》，所以才译了外国文。我问他的好处，他说能于寥寥数页之中，将社会对于苦人的冷淡，不慌不忙地描写出来，讽刺又不很明显，有大家风度。[②]

鲁迅为什么最喜欢《孔乙己》呢？因为孔乙己是活在、死在多元的、错位的感受世界之中。

我们来欣赏一下这个标准的短篇。

《孔乙己》所写几乎涉及了孔乙己的一生，但是，全文只有两千八百字不到。这么短的小说，怎么能写得这么震撼人心？

一　为什么让与情节无关的小店员来叙述？

鲁迅在孔乙己的故事之外，安排了一个看来是一个多余的人物，就是那个小店员。他本来与孔乙己的命运八竿子打不着，不管是孔乙己考试还是挨打，都和他没有关系，他只是在孔乙己喝酒的时候能够看到孔乙己而已。和孔乙己命运有关的人物很多，如那个打他致残的丁举人老爷，还有请他抄书的人家，一定和孔乙己有更多的接触，有更多的冲突，相比起来，这个小店员就所知甚少。然而，鲁迅却偏偏选中了这个小店员作为叙述者。这是为什么呢？

---

① 据在东南大学讲座的录音整理。
② 曾秋士（孙伏园）：《关于鲁迅先生》，《京报副刊》1924 年 1 月 12 日。

第一,鲁迅的立意是让孔乙己的命运只在小店员有限的视角里展开。孔乙己的落第,他的偷书,甚至挨打致残,都让它发生在幕后,鲁迅省略的气魄很大,那些决定孔乙己命运的事件,使得孔乙己成为孔乙己的那些情景,一件也没有写。这样就省略了许多场景的直接、正面的描写。

第二,对事变作在场的观看,只能以对受虐者的痛苦和屈辱的感同身受为主。而事后的追叙,作为局外人,则可能做有趣的谈资。受辱者与叙述者(非当事人)的情感就不是对立而是错位,其间的情致就丰富复杂得多了。

小店员视角的功能就在于自由的省略和营造复杂的错位的情致。

遵循小店员的视角,小说只选取了三个场面,而孔乙己本人在咸亨酒店只出场了两次。从某种意义上来说,这两个场面,和孔乙己的命运关系并不大。第一个场面,是他偷书以后,已经被打过了,来买酒,被嘲笑了;第二个场面,他被打残了,又来买酒,又被嘲笑了。如果要揭示孔乙己潦倒的根源,批判科举制度把人弄成废物,这两个场面不可能是重点。如果要表达对于孔乙己的同情,那完全可以正面写他遭到毒打的场面,像范进中举那样,正面描写(白描)发生在主人公身上的事件、在场人物的反应等等。但是,鲁迅明显是回避了"在场"的写法。这是不是舍本逐末呢?

关键不在于是否舍本逐末,而在于鲁迅衡量"本"和"末"的准则。

三个正面描写的场面,写作的焦点,是人们如何看待这个人。对于这个完全是局外人的小店员,鲁迅很舍得花笔墨,一开头就花了两大段。动人之处在于,小店员的眼睛带着不以为意的观感,和孔乙己拉开情绪的错位的幅度。小说的全部内容就是这个小店员与孔乙己错位的观感。在他观感以内的,就大加描述,在他观感以外的,通通省略。从这个意义上来说,小说写的并不仅仅是孔乙己。其实,这正是鲁迅的匠心,也就是创作的原则,或者可以说是鲁迅小说的美学原则,重要的不是人物遭遇,而是这种人物在他人的、多元的眼光中的错位的观感。鲁迅之所以弃医从文,就是因为他看到日俄战争时期,中国人为俄国人当间谍,在被执行枪决之前示众,中国同胞却麻木地当看客。在鲁迅看来,为他国做间谍送死固然是悲剧,但是,对同胞之悲剧漠然地观看,更是悲剧。

人物的感知错位,是相对于人物的动作和对话而言的。我国古典小说以行动和对话见长。我们前面讲过的曹操、武松、宋江,都是从自身的对话和动作中,显示其艺术生命。当然,也有周围人物的感知,如武松打完老虎以后,从化装成老虎的猎户眼中看武松,但是,那是同质的,几个猎户,并没有各有所感的错位,而且其功能是进入新情节的过渡。又如,三顾茅庐,刘备见了一系列的人,许多人眼中的诸葛亮是一元的,都是把诸葛亮当做隐居的高士。就是《红楼梦》中林黛玉初次进入荣国府,见王熙凤、贾宝玉,主观感知很独特,但并未与其他人物不同的感知交错。特别不该忽略的是,这些主观的、一元的感知,并不是小说的主要成分,而是情节的补充成分。而鲁迅的小说,情节却是被压缩到幕后去,成了次要成分,而人物的感知,不但是多元的,而且是互动的,形成了某种错综的网络式的动态结构。

为了便于感知错位,他常常通过一个与情节不相干的人物,以第一人称的感知来展开人物和场景。当然,我们古代文言小说已经有第一人称的传统。但其功能是以证其实。如《狂人日记》开头的文言小记,好像是真有过这样的事情似的,言之凿凿,此人病愈,已经到某地当官。而鲁迅这篇小说中的第一人物,身处局外,其感知与情节中人物的感知,自然而然地拉开了距离,或者用我在《论变异》中所提出的,是某种"变异"了的感知,与事件本身错开。一切人物都是其他人物感觉中的人物,就是平常的,也因为感觉的特异,变成独特的、陌生的,用俄国形式主义的话来说,就是陌生化的。① 融多元感知错位于一炉,才造成了海德格尔所说的"惊异"。应该补充的是,小说作为一种文体、文类,并不是一般变异了的感知,而是变异感知的错位结构。所谓错位感知,就是既非简单同一,又非绝对对立:拉开距离,远离真相,然而又部分重合。所感大抵是似是而非,似近而远,似离而合,欲盖弥彰,无理而妙。

二 "笑"的多重意味的错位

叶圣陶说,《孔乙己》突出了人生的"寂寞"、冷漠、麻木②,但是,作为一个小店员,他的漠然麻木,又有不同的错位感受。这个不同的出发点就是"无聊"、"单调",所看到的都是"凶面孔","教人活泼不得","只有孔乙己

---

① 参阅孙绍振:《论变异》,花城出版社,1987 年。
② 叶圣陶:《未厌居文谈·〈孔乙己〉中的一句话》,见夏丏尊、叶圣陶:《文心》,三联书店,1999 年,第 274—275 页。

到店,才可以笑几声"。这里的笑声,不是一般的描述,而是整篇小说情绪的逻辑起点和情绪错位结构的支点。孔乙己按说非常不幸,命运是很悲惨的。然而,恰恰是这样一个人,又给小店带来欢乐,为这个小店员打破沉闷无聊之感,感受世界与人物遭遇之间、人物与人物之间的错位,就聚焦在悲惨与欢乐之间。惜墨如金的鲁迅,在渲染孔乙己带来的欢乐氛围时,很舍得花笔墨:"所有喝酒人便都看着他笑",甚至"哄笑起来:店内店外充满了快活的空气"。小说错位结构的焦点,显然就在这种"笑"上:对弱者的连续性的无情嘲弄;不放松的调侃,使得弱者狼狈,越是狼狈越是笑得欢乐,而弱者却笑不出来。错位的幅度越是大,越是可笑,也越是残酷。残酷在对人的自尊的摧残。孔乙己虽然潦倒、沦落,却仍然在维护着残存的自尊。更为深刻的是,发出残酷笑声的人和孔乙己,并不是尖锐的二元对立,并没有太明显的恶意,其中还有知其理屈予以原谅的意味。这就是情感错位的特点。这种错位,不仅仅在情绪上,而且在价值上。在鲁迅看来,他要揭示的不是孔乙己偷书的恶,而是周围人对他冷漠的丑。特别是,传说孔乙己可能死了的时候,说话的和听话的都没有震惊。"掌柜也不再问,仍然慢慢算他的账。"对于一个给酒店带来欢笑的人的厄运,居然一点反应也没有。这里,错位的潜在量很大。那些个没有偷窃的人,比这个有过偷窃行为的人可恶多了。孔乙己最后一次出场,已被打折了腿,不能走路,只能盘着两腿,臀下垫着一个蒲包,用手撑着地面"走"。躯体残废到这种程度,在与平常这么不同的情况下,掌柜的"仍然同平常一样,笑着对他说":

> 孔乙己,你又偷了东西了!

对很悲惨的事,本该有惊讶,有同情,至少是礼貌性的沉默,可是,掌柜的却不但当面揭短,而且还"笑着"。错位到如此大的幅度说明,精神上的残酷的伤害,已经是够可怕的了;更可怕的是,他并没有感到严酷,也没有想到其中包含的伤害性,相反,倒感觉到并无恶意,很亲切地开玩笑似的。错位的美学功能,特别有利于揭示微妙的精神反差。所有的人,似乎都没有敌意,都没有恶意,甚至在说话中还多多少少包含着某种玩笑的、友好的性质,但是,却是对孔乙己残余自尊的最后摧残。从一开始,他的全部努力就是讳言偷,就是为了维护最后的自尊,哪怕是无效的抵抗,也要挣扎的。这是他最后的精神底线。但是,众人,无恶意的人们,却偏偏反复打击他最后残余的自尊。这是很恶毒的,但又是没有明确的主观恶意的。这种含着笑意的恶毒,这种貌似友好的笑中,包含着冷酷。这个场景的感染力来自其中的多重错位,第一,是孔乙己的话语与被打断腿的错位,不过是幅度更大了,连"跌断"这样的掩饰性的口语,都没有信心说下去了;第二,酒店里的人,却都"笑了"。这种"笑"的错位很不简单。一方面当然有不予追究的宽容,另一方面,又有心照不宣地识破孔乙己的理屈词穷,获得胜利的意思。明明是鲁迅式的深邃的洞察,但是在文字上,鲁迅却没有任何形容和渲染,只是很平淡地叙述,"仍然同平常一样,笑着对他说",连一点描写都没有,更不要说抒情了。但是,惟其平静、平常、平淡,才显得诸如此类的残酷无情,由于司空见惯而没有感觉,没有痛苦,寓虐杀性的残酷于嬉笑之间。

> 不一会,他喝完酒,便又在旁人的说笑声中,坐着用这手慢慢走去了。

孔乙己如此痛苦,如此狼狈地用手撑着地面离去,酒店里的众人居然一个个都沉浸在自己欢乐的"说笑声"中。人性麻木一至于此,错位的感觉何等惨烈。更有甚者,孔乙己在粉板上留下了欠十九个铜钱的记录,年关没有再来,第二年端午也没有来。人们记得的只是"孔乙己还欠十九个铜钱呢!"过了中秋,又到年关,仍然没有再来。小说的最后一句是:

> 我到现在终于没有见——大约孔乙己的确死了。

一个人死了,留在人们心里的,就只是十九个铜钱的欠账;这笔账,是写在水粉板上的,是一抹就消失的。生命既不宝贵,死亡也不悲哀,这样的世道人心啊。在世的时候,人们拿他作为笑料;去世了,人们居然既没有同情,也没有悲哀,甚至连一点感觉也没有。这里不但有鲁迅对于人生的严峻讽喻,而且有鲁迅在艺术上的创造性探索。

从鲁迅的追求看来,小说美学就是人物的多元感知变幻学。鲁迅的伟大就在于,发现了人物的生命不仅仅在行为和语言、思想的冲突之中,而且在人与人感受部分重合/部分偏离的结构之中。各人的感知,是各不相同、各不相通的,但是,并不仅仅是直线对立的,而是多元交错(错位)的。在鲁迅的错位感知美学中,他人的感知和自我的感知形成一个有机的结构,变异了自我感知的功能,一元化的自我独立感知失去了自主性。人物对自己的感觉往往没有感觉,对他人的感觉却视为性命攸关。人物的自我感觉取决于他人,主要是周围人的感知,好像是为了他人的感知而活的;最极端就是,人家不让她端福礼,她的精神就崩溃了,就活不成了。

三 平静叙述中的"大家风度"

《孔乙己》之所以受宠爱,主要的原因之一,就是人物感受错位的多元而幅度巨大。原因之二,在形式风格上,鲁迅为孔乙己的悲剧营造了一种多元错位的氛围。是悲剧,但是,没有任何人物有悲哀的感觉,所有的人物都充满了欢乐,有轻喜剧风格,但是,读者却不能会心而笑。既没有《祝福》那样沉重的抒情,也没有《阿Q正传》和《药》中的严峻反讽,更没有《孤独者》死亡后那种对各种虚假反应的讽刺。有的只是三言两语,精简到无以复加的叙述。这种叙述的境界,就是鲁迅所说的"不慌不忙",也就是不像《狂人日记》那样"逼促","讽刺"而"不很显露",这就是鲁迅追求的"大家风度"。反过来说,不这样写的,把主观思想过分直接地暴露出来,那就是"逼促",讽刺"很显露",在鲁迅看来,就不是"大家风度"。拿这个标准去衡量《狂人日记》、《阿Q正传》,鲁迅就可能觉得不够理想,不够"大家风度"。这不仅仅是对自己的苛刻,而是对艺术的执著和追求。

四 杂文成分对小说构成干扰吗?

鲁迅的第一人称故事从多元感知中展开,构成包括幻觉、错觉和扭曲的感觉。鲁迅的《狂人日记》并不像果戈理的《狂人日记》那样有情节,全文由扭曲的感觉组合而成。这个扭曲的感知世界,是鲁迅为中国现代小说开拓的新的艺术世界:如第一段,对赵家的狗,"怕得有理",其实,读者感到的是"怕得无理"。如果以文言小说的笔法,只能如开头小引所写:"语颇错杂无伦次,又多荒唐之言。"但是,无伦次的荒唐之言,却成了小说的主要成分。因为,其中有人物感知的错位。

这样可能帮助我们更深刻地理解《孔乙己》和《狂人日记》,但是,还不能直接帮助我们理解鲁迅为什么不喜欢《狂人日记》。鲁迅也许是有点偏爱吧,那是可能的。但是,为什么会偏爱呢?值得思考。一种可能是,《孔乙己》不像《狂人日记》有那么多杂文的成分。那为什么不说最喜欢《阿Q正传》呢？我猜想一下，可能是他感觉到《阿Q正传》里面杂文的成分也不少。

在鲁迅心中有小说艺术和杂文艺术两根弦，两根弦有的时候构成和弦，有时就互相打架。

至于《阿Q正传》的伟大，我跟所有研究《阿Q正传》的人没有分歧。但是《阿Q正传》里面有没有"太逼促"的东西，例如漫画的、杂文的成分，这是可以讨论的。有些人认为伟大的经典的就是没有缺点的。其实，这个世界上所有伟大的作品都是有缺点的。

为了预防误解，我概括一下《阿Q正传》的成就。

阿Q处在社会的下层，也就是精神等级的下层，这是严峻的现实。但是如果安于现实，就没有阿Q了。阿Q不安于现实，但是，追求现实的改变，哪怕是鸡毛蒜皮的，他只有失败，头破血流。于是就另寻门路，争取精神上的优越。精神优越在现实中也不能实现，就在幻想中，也就是在"变异的感知"中，达到"假定的优越"。在"假定"中从弱势变成强势，把失败从感知中排除，在受辱中享受荣誉，在排斥异端中自慰，在欺凌弱者中自我陶醉，在惨败中追求精神的胜利，当然是虚幻的胜利。这是因为，和任何一个小人物（如孔乙己）一样，他有最后的自尊。所以，他的"精神胜利法"，以虚幻的自尊来摆脱屈辱，麻痹自己。有意识地"变异感知"、歪曲现实，这就成为他精神存活的条件。

这是鲁迅所发现的中国国民性的劣根性，是很深刻的，我就不去细讲了。我要特别讲讲的是，在写这个现实中的悲剧的时候，鲁迅是用喜剧的手法来写的，夸张其荒谬性，不和谐，不统一，用喜剧的手法来写悲剧，其间有深邃的思想批判，鲁迅杂文家的才能就不由自主地入侵到了小说当中。有时，两种文体并不总是达到水乳交融的和谐。为什么呢？因为杂文是可以直接讲出深邃的思想的，而且可以相当夸张地讲，以导致荒谬的逻辑，讲得痛快淋漓。但是，小说，特别是鲁迅的小说，其强大之处则是从人物感知世界的错位中展开，结论是不能直接表述的。稍稍超越人物的感知系统，就变成了作者的思想表达，两种文体就可能分裂了，不统一了，不和谐了。比如，在写阿Q精神胜利了以后，鲁迅这样写："他永远是得意的。这或许是中国文明冠于全球的一个证据。"这是清朝末期普遍存在于官僚、文人中的精神的自我麻醉。这样反讽的概括,不是阿Q的感知范围所能及的,而是鲁迅的杂文句式。有时候就产生了争议:这在杂文中是深刻而警策的,在艺术上却冲击了感知错位,就像在《狂人日记》里讲整个中国历史上写的都是"吃人"一样。五四时期,就产生了两种意见,不像现在只有一种意见。一种意见,在《狂人日记》发表八个月之后有人说:"唐俟君的《狂人日记》用写实笔法,达寄托的(Symbolism)旨趣,诚然是中国第一篇好小说。"①另一种意见认为他行文"过火",就是说直接发表言论。第一个提出他行文过火的人是谁呢? 不是评论家,而是诗人朱湘,一个非常有才华、后来自杀了的诗人。②后来有一个评论家叫张定璜,这个人对鲁迅无限崇拜,他认为鲁迅写得"不过火"③。这就形成了两种不同的意见。张定璜这个人说鲁迅的特点是三个方面:第一冷静,第二冷静,第三还是冷静。这个后来被李敖学去了,李敖说:"五百年来,写文章写得好的有三个人,第一李敖,第二李敖,第三还是李敖。"(大笑声)

那么,鲁迅写得到底过火不过火呢? 是非自有公论。阿Q受了许多侮辱后碰到小尼姑,不由自主地去把人家的脸摸一下,被小尼姑骂了一顿。阿Q就说:"和尚动得,我动不得?"他是完全没有根据的,怎么知道和尚动了她? 尼姑就骂他:"断子绝孙的阿Q!"阿Q想,不错,应该有个女人。断子绝孙是个问题呀! 我想这是阿Q感知系统之内的。断子绝孙有什么坏处呢? 这是鲁迅的原文:

> 断子绝孙便没有人供一碗饭,……应该有一个女人。夫"不孝有三无后为大"。

我认为"不孝有三无后为大"这是很有文化的人才知道的经典语录,鲁迅用来讽刺阿Q,是鲁迅式的反语,不是变异,不是错位,而是脱位了,脱离了阿Q感觉了,阿Q没有这么文雅。下面就更严重了,用了《左传》的一个典故,这句话你们念起来都很困难:

> 若敖之鬼馁而,也是一件人生的大哀,所以他那思想,其实是样样

① 《书报介绍》,《新青年》1919年2月1日。
② 朱湘:《呐喊——桌话之六》,转引自张梦阳:《中国鲁迅学通史》(上),广东教育出版社,第53页。
③ 张定璜:《鲁迅先生》,《现代评论》1925年第1卷第7期。

合于圣经贤传的,只可惜后来有些"不能收其放心"了。

"若敖之鬼馁而",是《左传》里的典故,就是说,人死了,没有人供饭呀,就像若敖一样做鬼也饿死了。这句今天连我要彻底弄懂都要查注释,"'若敖之鬼馁而',也是一件人生的大哀",阿Q会有这样文雅的语言吗?至于"样样合于圣经贤传的","不能收其放心",这绝对是在阿Q想象之外的。这种杂文的反语,要对中国古典文献相当熟悉才能说得出的。而且由此,鲁迅还代阿Q想下去,"即此一端,我们便可以知道女人是害人的东西"。下面原文是:

> 中国的男人,本来大半都可以做圣贤,可惜全被女人毁掉了。商是妲己闹亡的;周是褒姒弄坏的;秦……虽然史无明文,我们也假定他因为女人,大约未必十分错;而董卓可是的确给貂蝉害死了。

这是杂文,这不是小说呀!阿Q的感觉,再变异,再错位,也不至于错到这种程度,这就是过火地放纵了杂文的议论,破坏了小说的感知结构了。

从阿Q之死来讲,鲁迅写阿Q的画押,画了个圆圈,因为他不会写字,那是用喜剧的手法来写悲剧。"阿Q要画圆圈了,那手捏着笔却只是抖。于是那人替他将纸铺在地上,阿Q伏下去,使尽了平生的力气画圆圈。他生怕被人笑话,立志要画得圆,但这可恶的笔不但很沉重,并且不听话,刚刚一抖一抖的几乎要合缝,却又向外一耸,画成瓜子模样了。"阿Q不知道这画了圆圈就算招供,招供了就被定罪,就要被枪毙的"干活";而阿Q却为画不圆而羞愧:这种感知变异,这里有错位,的的确确是小说,没有直接用鲁迅思想的风格来代替人物。接着,阿Q发现人家并不计较他画得圆不圆,把他推进了监牢的栏杆里边。这是鲁迅写的,到此为止,用这个喜剧性的写法,其中带着一种杂文的讽刺和幽默,来写阿Q的麻木,二者还是和谐的,不算过火。下面的你们再听听,就知道怎么样了。阿Q进了监牢,他的感觉是:

> 倒也并不十分懊恼。他以为人生天地之间,大约本来有时要抓进抓出,有时要在纸上画圆圈。

这写得是不是有点过火了?怎么过火?讽刺、夸张过火,杂文风格过火。因为杂文的作者是鲁迅,而画圆圈的感觉却只能是阿Q:

惟有圈而不圆,却是他"行状"上的一个污点。

即使麻木,即使变异、错位,也不能错到这么有文化的程度,对自己的人生有这样的反思能力,就没有阿Q的麻木了。下面就写,他感觉到要杀头了,"他突然觉到了:这岂不是去杀头么?他一急,两眼发黑,耳朵里喤的一声,似乎发昏了。然而他又没有全发昏,有时虽然着急,有时却也泰然",这是阿Q的感觉。但是:

> 他意思之间,似乎觉得人生天地间,大约本来有时也未免要杀头的。

这是明显的过火,一个人到这个时候,知道自己要杀头,居然能有这样的感觉,"人生天地间,大约本来有时也未免要杀头的",对于死亡,这么无所谓呀!怎么可能?我说杂文家的反讽和小说家心理探索的矛盾,就在这里。杂文家的才能一贯强大,而小说家的才能时强时弱,一不小心就失去了平衡。看来这个"人生天地间",鲁迅非常喜欢,第二次写了,还不过瘾,过不久又来了:

> 他不知道这是在游街,在示众。但即使知道也一样,他不过便以为人生天地间,大约本来有时也未免要游街要示众罢了。

鲁迅作为一个伟大的艺术家完全有自由,写悲剧命运而用喜剧的荒谬来展示人的麻木、民众的劣根性。但是作为小说,其人物的可信度是要受到质疑的。第一个质疑这个的不是我,而是何其芳先生。当时在1956年,他写过一篇《论阿Q》,在那种情况下他真有勇气,表示了他的怀疑,不过没这么展开,只是点了一句:在阿Q上刑场时,写阿Q的麻木,把"文人的玩世不恭、游戏人间"写到了阿Q的头上。他说,自己读来感到"不安"。[①] 这几句话,大概被许多人都忽略了,就是我这个醉心于艺术的人把它死死地记住了。1956年到现在共计五十年呀!这句话让我受益匪浅。真正有艺术感的评论家,一句话够你享用一辈子。当然,我不属于那一类,我讲了那么多话,可能你们过不了几天就忘光了。

---

① 何其芳:《论阿Q》,《人民日报》1956年10月16日。又见《何其芳文集》第5卷,人民文学出版社,1982年,第181—182页。

从这里,我是不是可以作这样一个假定,那就是,《阿Q正传》不受鲁迅特别青睐,原因可能是,有些局部写得太游戏化、太杂文化了。我刚才讲了,鲁迅强调的不是事情本身,不是情节本身,重要的不是阿Q的死,而是死了以后人们的感觉,各不相通的错位的感觉。可是鲁迅写阿Q的死亡是比较讨巧的,说得不客气一点是比较滑头的。阿Q死的时候是什么感觉?他写:"耳朵里嗡的一声,觉得全身仿佛微尘似的迸散了。"本来灰尘就很小,"微尘"就更轻飘了,还要加上"迸散",这太轻松了,是不是?不过反正是"死无对证",不知道他写的是真的还是假的。但是,毕竟是死到临头,鲁迅也写了阿Q的恐惧——四年前记忆中饿狼的眼睛:"又凶又怯……似乎远远的来穿透了他的皮肉,而这回他又看见从来没有见过的更可怕的眼睛了。又钝又锋利,不但已经咀嚼了他的话,并且还要咀嚼他皮肉以外的东西,永是不远不近的跟着他走。这些眼睛们似乎连成一气,已经在那里咬他的灵魂。救命……"

饿狼眼睛的感觉,就是对死亡的恐怖感觉。应该说,有一定水平,但是在世界文学史上,不一定是高水平。托尔斯泰在《塞瓦斯托波尔故事》中写死亡,一个军官,叫布拉斯辛库,在走路,前面一颗炸弹的引信正在燃烧,发出紫色的光,炸弹在旋转,他听到"嘣"的一声,慢慢又有了感觉,"谢天谢地,我还没有死"。他的感觉变异是什么样的?首先是导火线燃烧的紫色,然后联想到与他相好的女人帽子上紫色的羽毛,然后想到遗憾,他大概是要死了,可是,赌钱的时候还输了一笔钱,这笔钱还没还,真是件很糟糕的事情。然后就感觉到身体很沉重,许多士兵向他身体旁走过来,好像那些士兵把那个墙推倒了往他身上压,压得他好沉重,以至于他呻吟的声音他自己都听到了,一直到停止为止。这是托尔斯泰写死亡时的系统错位感觉。很丰富的,是不是?他不是写痛苦、疼痛,而是写一连串的联想、变异了的感知,就是疼痛,也变得像一堵墙往身上压。自己的呻吟声音,当然也是疼痛的效果,但又好像不是自己发出的——虽然声音大得他自己都听到了,但还没有感觉到疼痛。

和托尔斯泰的天才比起来,鲁迅写得很讨巧,"仿佛微尘似的迸散了"。但是鲁迅也有写得比较精彩的,是什么呢?阿Q死了之后人们的反应。孔乙己死了之后没人哭,祥林嫂死了以后没人哭,但阿Q死了以后有人哭了,当然不是吴妈哭,是举人老爷全家号啕大哭,但不是为阿Q。为什么呢?因为他们家被偷了,把阿Q枪毙了,没处追赃呀,金钱损失无法弥补呀! 赵府上也全家号啕大哭,为什么呀? 秀才因为上城去报官,被革命党剪了辫子,又破费了二十千的赏钱。阿Q枪毙了,辫子并不能因而长出来,赏钱也不能赚回来呀!

这是小说人物感知变异的错位和杂文笔法的统一。

更精彩的是未庄的舆论。阿Q死了以后人们怎么评论呀? 鲁迅写道:

> 舆论,在未庄是无异议,自然都说阿Q坏,被枪毙便是他的坏的证据;不坏又何至于被枪毙呢? 而城里的舆论却不佳,他们多半不满足,以为枪毙并无杀头这般好看;而且那是怎样的一个可笑的死囚呵,游了那么久的街,竟没有唱一句戏:他们白跟一趟了。

这是具有荒谬的喜剧性的,带有杂文的讽刺性,但又是多元错位的感知变异。这是鲁迅伟大的杂文才能和伟大的小说才能的结合,表现的是悲剧性的可笑啊、喜剧性的悲凉呀! 我们说契诃夫写小人物的悲剧是含泪的微笑,鲁迅的阿Q是叫你痛苦地笑,笑得好痛苦。

所以说,我感觉到鲁迅作为一个杂文家和小说家都是很了不得的,以至于我们现在还找不到这样一个人。但两种才华的发展(成熟)速度不一样:杂文家的才华发展速度非常快,一下子就成熟了,在五四运动初期就成熟了;而小说家的艺术才华成熟得慢,经过探索,经过突破,经过变革,经过挫折,成熟得慢,非常曲折。

鲁迅的小说,《狂人日记》并不是第一篇,第一篇是在1911年写的,叫《怀旧》。用文言写的,写一个小孩子在私塾里念书,非常沉闷。老师非常野蛮,非常愚蠢,除了逼迫孩子们念书,就没有别的名堂,实在让人讨厌;长的也不好看,秃头。有一天来了个乡绅,叫金耀宗,说,不得了,长毛要过境了,大难临头了。秃头先生说没关系,他自有办法对付。什么办法? 把他的熟人请来跟他大吃大喝一顿,给一点钱,买通了,问题就解决了。就在秃头先生非常非常忙乱,不可开交的时候,"我"却开心极了。为什么呀? 因为没人管了,"我"可以捉一只苍蝇来弄死,放到蚂蚁窝边上,蚂蚁出来了,一脚把它踩死。对于蚂蚁窝,"我"去弄点水来灌它,蚂蚁都出来了,把它们弄死掉,感觉到好开心呀! 由此"我"想,长毛来了,秃头先生害怕了,证明长毛是好人。家里的一个看门人叫王翁的告诉"我",长毛有什么好怕的,他见过,好得很。很可惜,小说的结尾说,传说中要来的,不是长毛,而是饥民,而饥民也没有来,小说就这样结束了。

这就是鲁迅式的新小说呀!长毛来不来无所谓,但是这消息却引起人们感知的分化/错位——金耀宗、看门的老王、秃头先生,还有他的学生,每个人都生活在自己的感知里,互相是错位的。这才是人生的奇观!从这个意义上说,这在艺术上是一篇典型的现代小说,虽然是用文言文写的,这没有多大影响。从艺术构思来说,它比《狂人日记》更像是一篇小说,事情并不重要——长毛来或没有来,那不重要。小说的生命,不是情节如何,而是写在这样一个不实的传闻中,人们的感觉如何错位,就像祥林嫂、孔乙己、阿Q 的死引起的反应一样。

鲁迅带来的这样一种现代性小说艺术,跟古典小说那种重人物外部行动和对话的艺术,那种悬念性强,借助于延宕强化读者无意识的、情节环环相扣的小说相比,这是另一片天地。

鲁迅在他最后的十年,绝大部分的精力都用来写杂文,当做匕首和投枪,来回应社会生活的急迫需要。但是他时时感觉到压力,时时辩解说,不在乎托尔斯泰和连环画的区别,宁愿就写小小的杂文,哪怕是"速朽",也无所谓;然而他这样说的时候,内心还是不甘愿,还是认真计划着写小说,而且要写大小说、长篇小说。

第七讲

古典诗歌：比喻、意象、意脉、意境和直接抒情①

一　比喻和诗的比喻

中国古典诗歌是讲究比兴的，其实，这种说法很肤浅。很明显，就比喻来说，只是一种修辞，是诗歌、戏剧、小说都少不得要运用的一种修辞手段，并不包含诗的特点。我们的任务是把诗的比喻的特殊性揭示出来。从概念到概念的演绎是不解决问题的，请允许我从一个最简单的例子开始。《世说新语·言语》载：

> 谢太傅寒雪日内集，与儿女讲论文义。俄而雪骤，公欣然曰："白雪纷纷何所似？"兄子胡儿曰："撒盐空中差可拟。"兄女曰："未若柳絮因风起。"公大笑乐。

这个问题，光凭印象就可以简单解答，谢道韫的比喻比较好，但是，光有个感觉式的答案是不够的。因为第一，感觉到的，可能有错；第二，即使没有错，感觉也是比较肤浅的。感觉到的，不一定能够理解；理解了的，才能更好地感觉。我们的责任就是要把其中的道理讲清楚，这就涉及对比喻内部特殊矛盾的分析。

通常的比喻有三种：第一种是抓住两个不同事物或概念之间的共同点，这比较常见，如"燕山雪花大如席"、"问君能有几多愁，恰似一江春水向东流"；第二种是抓住事物之间的相异点，如"桃花潭水深千尺，不及汪伦送我情"；第三种，把相同与相异点统一起来的就更特殊，如"遥知不是雪，为有暗香来"。第二和第三种，是比喻中的特殊类型，比较少见。最基本、最大

---

①　据在香港教育学院的讲座录音整理补充。

量的是第一种,从不同事物或概念之间的共同点出发。谢安家族咏雪故事属于这一种。

构成比喻,有两个基本的要素:首先是,从客体上说,二者必须在根本上、整体上,有质的不同;其次是,在局部上,有共同之处。黄侃在《文心雕龙札记》中说:"但有一端之相似,即可取以为兴。"这里说的是兴,实际上也包含了比的规律。《诗经》"出其东门,有女如云",首先是,女人和云,在根本性质上是不可混同的,然后才是,在数量的众多给人的印象上,有某种一致之处。撇开显而易见的不同,突出隐蔽的暂时的联系,比喻的力量正是在这里。比喻不嫌弃这种暂时的、局部的一致性,它感动我们的正是这种局部的,似乎是忽明忽灭、摇摇欲坠的一致性。二者之间的相异性,是我们熟知的,熟知的,就是感觉麻木的、没有感觉的,但是二者之间的共同点却是被淹没的,一旦呈现,就变成新知,在旧的感觉中发现了新的,就可能对感觉有冲击力。比喻的功能,就是没有感觉、感觉麻木的地方,开拓出新鲜的感觉。我们说"有女如云",明知云和女性的区别是根本的,仍然能体悟到某种纷纭的感觉。如果你觉得这不够准确,要追求高度的精确,使二者融洽无间,像两个相等半径的同心圆一样重合,没有别的选择,只能说"有女如女",而这在逻辑上就犯了同语反复的错误,比喻的感觉冲击功能也就落空了。在日常生活中,我们说牙齿雪白,因为牙齿不是雪,牙齿和雪根本不一样,牙齿像雪一样白,才有形象感,如果硬要完全一样,就只好说,牙齿像牙齿一样白,这等于百分之百的蠢话。所以纪昀(晓岚)说比喻"亦有太切,转成滞相者"。

比喻不能绝对地追求精确,比喻的生命就是在不精确中求精确。

朱熹给比喻下的定义是:"以彼物譬喻此物也。"(《四库全书·晦庵集·致林熙之》)这只接触到了矛盾的一个侧面。王逸在《楚辞章句·离骚序》中说:"'离骚'之文,依诗取兴,引类譬喻,故善鸟香草,以配忠贞;恶禽臭物,以比谗佞;灵修美人,以媲于君;宓妃佚女,以譬贤臣;虬龙鸾凤,以托君子;飘风云霓,以喻小人。"《楚辞》在比喻上较之《诗经》更为大胆,它更加勇敢地突破了以物比物、托物比事的模式,在有形的自然事物与无形的精神之间发现相通之点,在自然与心灵之间架设了独异的想象桥梁。

关键在于,不拘泥于事物本身,超脱事物本身,放心大胆地到事物以外去,才能激发出新异的感觉,执著粘滞于事物本身只能停留在感觉的麻木上。亚里士多德在《修辞学》中说得更具体、更彻底：

> 当诗人用"枯萎的树干"来比喻老年,他使用了"失去了青春"这样一个两方面都共有的概念,来给我们表达了一种新的思想,新的事实。①

在一般人的印象中,枯树与老年之间的相异占着绝对优势,诗人的才能就在于在一个暂时性的比喻中把占劣势的二者相同之点在瞬间突出出来,使新异的感觉占据压倒的优势。对于诗人来说,正是拥有了这种"翻云覆雨"、"推陈出新"的想象魄力,比喻才能令人耳目一新。

自然,这并不是说,任何不相干的事物只要任意凑合一番,便能构成新颖的让人心灵振奋的比喻。如果二者的共同之处没有得到充分的突出,或是根本不相契合,则会不伦不类,给人生硬之感。比喻不但要求有一点相通,而且要求在这一点上尽可能地准确、和谐。所以《文心雕龙·比兴》中说:"比类虽繁,以切至为贵。"不准确、不精密的比喻,在阅读中,可能引发抗拒感。亚里士多德批评过古希腊悲剧诗人克里奥封,他的作品中有一个句子:

> 啊,皇后一样的无花果树。

亚里士多德认为,这造成了滑稽的效果。② 因为无花果树太朴素了,而皇后则很堂皇,二者在通常意义上缺乏显而易见的相通之处。这说明,比喻有两种,一种是一般的比喻,一种是好的比喻,好的比喻不但要符合一般比喻的规律,而且要精致,不但词语表层显性意义相通,而且在深层的、隐性的、暗示的、联想的意义上也要相切近。这就是《文心雕龙》所说的"以切至为贵"。

有了这样的理论基础,就可以正面来回答谢安侄儿谢朗的"撒盐空中"和侄女谢道韫的"柳絮因风"哪一个比较好的问题了。

以空中撒盐比喻降雪,符合本质不同、一点相通的规律,盐的形状、颜色与雪相通,可以构成比喻。但以盐下落比喻雪花,引起的联想却不及柳絮因风那么"切至"。首先,因为盐粒是有硬度的,而雪花则没有,盐粒的质量

---

① 伍蠡甫主编:《西方文论选》(上),上海译文出版社,1979 年,第 94 页。
② 同上书,第 92 页。

大,决定了下落有两个特点,一是直线的,二是速度比较快。而柳絮质量是很小的,下落不是直线的,而是方向不定的,飘飘荡荡,很轻盈的,速度是比较慢的。其次,柳絮飘飞是大自然常见的现象,容易引起经验的回忆,而撒盐空中并不是自然现象,撒的动作和手联系在一起,空间是有限的,和满天雪花纷纷扬扬之间的联想是不够"切至"的。再次,柳絮纷飞,在当时的诗文中,早已和春日景象联系在一起,引起的联想是诗意的。从这个意义上来说,谢道韫的比喻,不但恰当切至,而且富于诗意的联想,而谢朗的比喻则是比较粗糙的。

比喻的"切至"与否,不能仅仅从比喻本身看,还要从作家主体来看,和作者追求的风格有关,谢道韫的比喻之所以好,还因为与她的女性身份相"切至",如果换一个人,关西大汉,这样的比喻就可能不够"切至"。有古代咏雪诗曰"战罢玉龙三百万,残麟败甲满天飞",就含着男性雄浑气质的联想,读者从这个比喻中,可以感受到叱咤风云的将军气度。

比喻的暗示和联想的精致性,还与形式和风格不可分割。

"未若柳絮因风起",是七言的古诗(不讲平仄的),是诗的比喻,充满了雅致高贵的风格。但这并不是唯一的写法。同样是写雪的,李白有"燕山雪花大如席"(《北风行》),就是另一种豪迈的风格了。李白的豪迈与他对雪花的夸张修辞有关。如此大幅度的夸张,似乎有点离谱,故鲁迅为之辩护曰:

> "燕山雪花大如席",是夸张,但燕山究竟有雪花,就含着一点诚实在里面,使我们立刻知道燕山原来有这么冷。如果说"广州雪花大如席",那可就变成笑话了。①

鲁迅的这个解释,仅仅从客观对象的特点来看问题,有一定的道理,却把问题简单化了。其实,全面看问题,至少应该从三个方面:第一,本体与喻体的客体特征的相似性,鲁迅所说,正是这个意思,因为是在北国燕山,雪花特别大。但是,特征的相似性是很丰富的,有时,北方的雪花并不仅仅是雪片之大,如岑参的"忽如一夜春风来,千树万树梨花开",就以雪片之多、铺天盖地之美取胜。为什么有不同的选择呢? 这就有了第二个原因,那就是主体

---

① 《且介亭杂文二集》,《鲁迅全集》第 6 卷,人民文学出版社,2005 年,第 241 页。

特征,也就是情感的、风格的选择和同化。从这个意义上来说似乎情感是绝对自由的,但是情感还要受到另一个维度的约束,那就是文学形式,"燕山雪花大如席"之所以精彩,还因为它是诗。诗的虚拟性,决定了它的想象要自由得多。如果是写游记性质的散文,说是站在轩辕台上,看到雪花一片一片像席子一样地落下来,那就可能成为鲁迅所担忧的"笑话"了。但是,诗意的情趣,并不是文学唯一的旨归,除情趣以外,笑话也是有趣味的,文雅地说,就是所谓谐趣。这时的比喻,就不是以切至为贵,相反,越是不"切至",越是不伦不类,越有效果,这种效果叫做幽默。同样是咏雪,有打油诗把雪比作"天公大吐痰",固然没有诗意,但是,有某种不伦不类的怪异感、不和谐感,在西方文论中,这叫做"incongruity",在一定的上下文中,也可能成为某种带有喜剧性的趣味。如果说,诗意的比喻表现的是情趣的话,幽默的比喻传达的就是另外一种趣味,那就是谐趣。举一个更为明显的例子,如"这孩子的脸红得像苹果,不过比苹果多了两个酒窝",这是带着诗意的比喻。如果不追求情趣,而是谐趣,就可以这样说:"这孩子的脸红得像红烧牛肉。"这是没有抒情意味、缺乏诗的情趣的,但是,却可能在一定的语境中显得很幽默风趣,这叫做谐趣。要知道,诗歌的趣味并不只限于情趣,而且还有谐趣。这在诗歌中也是一格。相传苏东坡的脸很长而且多须,其妹苏小妹额头相当突出,眼窝深陷,苏东坡以诗非常夸张地强调了他妹妹的深眼窝:"数次拭脸深难到,留却汪汪两道泉。"妹妹反过来讥讽哥哥的络腮胡子:"口角几回无觅处,忽闻须内有声传。"哥哥又回过来嘲笑妹妹的"奔儿头":"迈出房门将半步,额头已然至前庭。"妹妹又戏谑性地嘲笑哥哥的长脸:"去年一滴相思泪,今朝方流到腮边。"虽然是极度夸张双方长相的某一特点,甚至达到怪诞化的程度,但却没有丑化,至多是让人感到可笑,这就叫做谐趣或者幽默感。除此以外,诗歌的比喻还有既不是情趣也不是谐趣的,叫做"智趣"。最有名的例子,就是朱熹的《观书有感》:

> 半亩方塘一鉴开,天光云影共徘徊。
> 问渠那得清如许,为有源头活水来。

整首诗都是一个暗喻,把自己的心灵比作水田,为什么永远清净如镜地照出天光云影呢? 因为有源头活水。联系到诗的题目"观书",说明观书就是活水。这不是抒情的情趣,也不是幽默的谐趣,而是智慧的"智趣"。

什么问题都不能简单化,简单化就是思考线性化,线性化就是把系统的、多层次的环节完全掩盖起来,只以一个原因直接阐释一个结果。比喻的内在结构也一样有相当系统丰富的层次,细究下去,还有近取譬、远取譬,还有抽象的喻体和具体的喻体等的讲究。[①] 把复杂的问题简单化,是常见的偏颇,就是鲁迅也未能免俗,把客体的特征作为唯一的解释。

我想,他的失误,最根本的是,他提出问题,是从一般修辞学的角度,而不是从诗的角度。如果从诗的角度,柳絮因风、撒盐空中,就不仅仅是修辞的问题,修辞本身不能决定自己的价值,要看第一,传达情志起了什么作用,第二,什么样的作用又要看运用了什么样的文学形式。同样的比喻,在不同的文学形式中,效果是不同的。

二 审美规范形式强迫内容就范

这里有一个基本的理论前提要澄清,在文学中,不能笼统地说内容决定形式。文学形式不是一般的原生形式,而是审美规范形式,它不像原生形式那样是无限的,而是有限的(就文学而言,其规范形式不超过十个),是在长期的千百年的重复使用中,从草创到成熟,成为审美经验积淀的载体,长期熏陶了读者的预期,产生喜闻乐见的效果。当然,这种规范功能是在历史的发展过程中不断发展变化的。与内容相比,变化是相当缓慢的。因而,有相对的稳定性,对内容有一定的预期、征服和强迫就范作用。用席勒的话来说,还可能"消灭"内容。[②]

从某种意义上说,不研究诗的形式审美规范特征,就不可能真正懂得诗。

诗的审美规范特征是什么呢?

我们讲过文学的普遍性是想象的、虚拟的,为什么要虚拟、想象呢?因为诗,尤其是古典诗歌,是抒情言志的。在心为志,发言为诗,这是权威的

---

① 读者如有兴趣,可以参阅拙著《文学创作论》,海峡文艺出版社,2004 年,第 329—331 页;《文学性讲演录》,广西师大出版社,2006 年,第 131 页。

② 席勒的原话是:"艺术大师的独特艺术秘密就是在于,他要通过形式消灭素材。"见《美育书简》,中国文联出版公司,1984 年,第 114 页。

《诗大序》里说的,后来陆机在《文赋》里说得更明确一点,叫做"诗缘情",诗是抒情的。关键在于,直接把感情抒发出来,是不是诗呢? 也就是说,是不是在心有情、有志,发出来就是诗呢? 是不是说出来,感到不足的话,就手之舞之,足之蹈之,就成好诗了呢? 显然,不行。就算你是舞蹈家,也根本和诗是两回事呀。这个问题,从《诗经》时代到现在,两千多年了,还是搞不清楚。弄到现在还有一种更简单的说法,叫做"真情实感",只要不说假话,就能写成好诗了。如果那样的话,诗就太简单,楼肇明先生说,那样的话流氓斗殴、泼妇骂街就都是诗了。要把原生的情感变成合乎审美规范形式的诗,是要经过多层次的提炼和探险的,需要许多因素的协同,只要其中一个因素、一个层次不协同,就不成其为诗了。

三 诗的意象:意决定象

探索从原生的情感升华为诗,有个方法自觉的问题。

首先,从最简单、最普通、最常见、最小单位(细胞形态)开始研究。其次,怎么研究? 分析其内在矛盾。比如说,柳絮因风、撒盐空中,表面上是客观的景色,但是,一个好,一个不好,原因却不仅仅取决于客观景色是不是准确,而且取决于内在的主观情感是不是契合。可见,这个最小单位,不能仅仅是一个修辞现象,而是一个诗的细胞。这个细胞是由主体某一特征和客体某一特征两个方面猝然遇合的,目的并不是要表现客体,而是要表现主体的情志。情感特征不能直接表达,就以渗入客体的方式表达。《周易·系辞上》说"立象以尽意",主体特征就是"意",客体特征就是"象"。这就是"意象"的词源。

面对一个诗歌文本个案,应该从"意象"开始,在最简单、平常的意象背后往往有最为深邃奥秘的情意。意象,就是意和象的矛盾统一体。象是看得见的,意是看不见的,意在象中,意为象主。枯藤、老树、昏鸦、古道、西风、瘦马一系列的意象,都是带着后面点出的"断肠人"的情绪色彩的。中国文论讲究情景交融,在中国古典诗话中也有许多智慧的表述,后来被王国维总结为"一切景语皆情语"。

文本分析不下去,原因是什么呢?

第一,没有把诗当成诗,把诗和散文混为一谈,其表现就是把意象和细节混为一谈。

诗的意象是概括的,不是特指的,是没有时间地点和条件的限定性的。而一般散文叙事的细节则是具体的特指的。请看托尔斯泰在《复活》的第一章里描写春天:

> 尽管煤炭和石油燃烧得烟雾弥漫,尽管树木伐光,鸟兽赶尽,可是甚至在这样的城市里,春天也仍然是春天。太阳照暖大地,青草在一切没有锄绝的地方死而复生,不但在林阴路的草地上,甚至在石板的夹缝里长出来,绿油油的。

因为小说是叙事文学,所以他写得非常具体。比如小草很茂盛,从石板路的缝隙长出来,显得生机勃勃。

> 桦树,杨树,野樱树,长出发粘的清香的树叶,椴树上鼓起一个快要绽裂的花蕾。寒鸦、麻雀、鸽子,像每年春天那样,已经在欢乐地搭巢。被阳光照暖的苍蝇,沿着墙边嗡嗡地飞。植物也罢,鸟雀也罢,昆虫也罢,儿童也罢,一律兴高采烈,唯独成年的大人却无休无止地欺骗自己,而且欺骗别人,折磨自己,而且折磨别人。

这里对大自然的描写,一方面非常具体,有这么多的细节,另一方面表现了独特的感情。所有这么多的细节,都统一在托尔斯泰独特的感情——人跟大自然不一样,大自然美好、生机蓬勃,给人带来欢乐,但人在互相欺骗、互相折磨,精神丑恶。

如果是写诗,表现春天就不能有这么多名堂了,不可能容纳这么多的细节。李白写春天来了,"寒雪梅中尽,春风柳上归"。春天非常美,美在哪里呢?雪花在梅花里融化了,至于雪花在大地上、在屋脊上融化,就当它不存在了。春天刚到,冬天还没有完全过去,可是花已经开了。这里的意象充满了情感的选择和排除的魄力,所以在散文作品中可以叫细节,而在诗歌中则叫意象。因为其中不但有极其精炼的"象",而且有极其独特的"意"。这个意象,客体是概括的,主体的情致是特殊的,是二者的统一。春天从柳条上归来了,时间、地点是不需要点明的,点明了,例如,是辰时三刻,在未央宫,在某宫墙深处,就不是诗,而是散文了。这个意象的概括性,实际上是一种想象性,是诗人的情感和客观对象之间的一种假定性的契合。这里,诗人对早春之美的惊叹之情,正好与梅花和柳条的特点猝然遇合了。从客观对象来说,这是一种发现,更主要的是排除,省略了梅花和柳枝以外的无限多样的细节;从主观情感来说,这是一种体验、顿悟;从意象符号的创造来说,这是一种更新。

艺术创作不仅要有客观的特征,要有主观情感的特征,要有形式特征规范,更要有所更新,这就不能不通过想象、假定、虚拟。物象循诗的想象,由情感冲击,就发生了变异。在贺知章《咏柳》中,柳树明明不是碧玉,偏要说它是"碧玉妆成",春风明明没有剪刀的功能,偏要说它能精工裁剪精致的柳芽。李白的《劳劳亭》也是一样是写春天的:

> 天下伤心处,劳劳送客亭。
> 春风知别苦,不遣柳条青。

唐朝习俗,送别折柳相赠,柳与留谐音,表示恋恋不舍,同时暗示,来年柳绿,就该想起归来了,想起朋友的感情。劳劳亭的春天,柳树还没有发青。这是一个自然现象,但在诗人的假定性想象中:春风知道离别之苦,故意不让柳条发青;柳条不发青了,就不能折柳相送,这样就可以免去离别之苦了。这种折柳的"象"是普遍的,甚至可以说公用的,但赋予它这样的"意",把不发青的原因解释为不让朋友送别,是独一无二的。而这个意象符号,就更新了。

辛弃疾在另外一个地方发现了春的意象符号:"城中桃李愁风雨,春在溪头荠菜花。"风雨一来春天就要过去,桃李花经不起考验,但米粒一样大的白白的荠菜花非常朴素,却经得起风雨的考验。这种对春天的感觉,与那种"千里莺啼绿映红"的感觉是不一样的。这就是意象符号的更新。首先是"象"的更新,其次是"意"的更新。荠菜花是非常朴素的,却比鲜艳的桃李花更经得起时间考验。作者把美好的感情寄托于朴素的荠菜花,而不是城市中艳丽的桃李花上,这种假定性的契合点的发现、更新,是意象的生命。

文本分析不下去,第二个原因是得象忘意,也就是把景语仅仅当做景语,忘记了为景语定性的情语,忘记了外在景观是由内在情志选择、定性的。在这一点上,就连一些唐诗宋词的权威,也往往犯起码的错误。例如,把苏轼的《赤壁怀古》第一句,"大江东去,浪淘尽千古风流人物",简单地当成

"即景写实"①。这很经不起推敲,你站在长江边上,就算能看到辽远的空间实景,但怎么可能看到千古的英雄人物呢?千古,是时间啊,英雄人物早就消亡了,是看不见的、不可能写实的。光从客观的景观来看,是看不出名堂的。因为主导这样的意象群落的是苏轼的豪杰风流之气,正是意象深层的情致才能感动人。再来看一首更单纯的:

> 天街小雨润如酥,草色遥看近却无。
>
> 最是一年春好处,绝胜烟柳满皇都。

"天街小雨",这是首都的雨,下出什么效果呢?"草色遥看近却无",这句诗非常非常有名,好在哪里啊?用还原的办法。通常都是远看不清楚,近看很清楚,远看一朵花,近看一个疤。但是这里草色遥看隐隐有绿意,近看却没有了,这是很有特点的。但是,光分析到这里,还是在"象"的表层,更深的是诗人内心的"意"。一般人看到草色、看到远远的绿意,近看却没有了,没了就没了吧,但是韩愈却感到很重要、很欣喜,为内心这个发现而心动,觉得精彩。这就是"意",这就是诗意。这不仅仅是景色的特点,而且是心灵的非常微妙的感触,韩愈难得有这样的精细。后面的两句说,隐约的草色比之满眼的翠柳还要美,这就是体悟触动感知的效果放大了,当然有点直白了,没有超越前面两句的艺术效果,但是,为前面微妙的感知效果作了注解。

文本分析不下去,第三个原因在于,对于诗人五官感知的特点和其间的转换缺乏精致的辨析能力。例如,王维的《鸟鸣涧》:

> 人闲桂花落,夜静春山空。
>
> 月出惊山鸟,时鸣春涧中。

表层高度统一于"夜静",没有什么明显的意脉的发展和变化。但是,这种变化存在于视觉与听觉的感知精微的统一和变化之中。首先是桂花之落是无声的,而能为人所感知,可见其"闲"。这是意脉的起点。其次,月出本为光影之变幻,是无声的,却能惊醒山鸟使之鸣,可见夜之"静"。鸟之鸣是有声的,这是意之变(我把它叫做意脉,下文详述)。再次,本来明确点出"春山"是"空"的,有鸟、有鸣声则不空。而一鸟之鸣,却能闻于大山之中,一如

---

① 此系唐圭璋在《唐宋词选释》中所言,吴熊和主编《唐宋词汇评》两宋卷第一册,浙江教育出版社,2004年,第426页。

"鸟鸣山更幽"的反衬效果。最后,如此一变,再变,从客体观之,统一于山之"静"、山之"幽"、山之"空",从主体观之,是统一于人心境之"闲"、之"空",以微妙的感知表现了意和境的高度统一而丰富。

要学会欣赏古典诗歌,首先就要学会从意象中分析出显性的感知和隐性的情绪,看出外部感知正是内在情致冲击造成的,感知是由感情决定的。千古风流,草色胜于柳色的美,正是内心感情的美。文艺美学的任务是什么?首先就是揭示感情冲击感觉发生变异的一种学问。变异的感知是结果,所提示的是情感的原因。

四 意脉的三种形态和意境

不可忽略的是,在诗歌中出现的意象并不是单独的,而是群落性的、整体性的。意象的整体之美,并不是意象的总和,而是意象群落之间的有机结构。上述"桂花"、"春山"、"月出"、"山鸟"、"时鸣"、"春涧"本来是分散的,之所以能够统一为有机的整体,就是因为其中有一种意的脉络。在古典抒情经典中,意就是情,情的特点就是动。故汉语有动情、感动、触动、心动之说,情就不是静止的,而是变动的,故《诗大序》曰"情动于衷",相反,则是无动于衷。正是因为情感要动,而且要在动中把意象贯穿起来,统一为有机的结构(这就是意境,下文详述),我把它叫做"意脉"。古典诗歌分析,言不及义而滔滔者天下皆有,原因在于得象忘意,即使偶尔得意,也是片断之意,而非贯穿整体之意脉。

得象忘意的毛病,很普遍,原因在于,象是表层、显性、一望而知的,而意是深层、隐性的,在文学上是不直接连贯的,潜在于空白之中,对一般读者来说,是可意会不可言传的。在中国古典诗歌中,表层意象往往是很华彩的,一望而知,故深层的意很容易被掩盖,被忽略,被遮蔽。而意脉则比意象更为隐秘,故更不容易全面梳理。例如白居易的《钱塘湖春行》:

> 孤山寺北贾亭西,水面初平云脚低。
>
> 几处早莺争暖树,谁家新燕啄春泥。
>
> 乱花渐欲迷人眼,浅草才能没马蹄。
>
> 最爱湖东行不足,绿杨阴里白沙堤。

人们往往把注意力仅仅聚焦在"几处早莺争暖树,谁家新燕啄春泥。乱花渐欲迷人眼,浅草才能没马蹄"的美好景观上。如此美好的春色,如此华彩的语言,感染力太强。尤其是"乱花渐欲迷人眼",并不需要太高的修养,就能感到视觉形象的冲击力。但是,满足于此,就是满足于象而失其意。其实,这里更精彩的应该是下面"浅草才能没马蹄"。用我提倡的还原法揭示矛盾:本来,春天来了,一般先是"江南草长",然后才是"杂花生树",通常是草先茂盛,然后才是花开,然而这里却是花已经开得"迷人眼"了,而草才仅仅淹没马蹄。分析到这里,固然进入比较深层了,但还仅仅限于象。在象的更深处的"意",是骑在马上的人对浅草的瞬间的发现、微妙的惊喜。分析到这里,还只是意象的部分,还不是整体,还不是贯穿首尾的意脉,还不能解释最后两句"最爱湖东行不足,绿杨阴里白沙堤"的好处。论者的任务是在象的空白中,把贯穿首尾的意脉的动态之变动脉络梳理出来。其关键就在发现"浅草"的惊喜到如此程度,以至把它看得比乱花迷人更精彩,以至这个骑在马上的人,宁愿不骑马,在白沙堤上行走,和大地、浅草相亲。这个贯穿首尾的意脉完整性出来了,草比花更可爱的情感特殊性也就一目了然了。

意象与意象之间,从字面上看有联系,但是,联系是表面的,有如水中之岛,存在于若隐若现的空白之中。就在这些空白中,象断意连,潜藏着情致的脉络,我把它叫做"意脉"。"意脉"贯通,达到某种整体性,首尾贯通,使整首诗达到有机统一的程度,远近相对、息息相通,不可句摘,增一字则太多,减一字则太少,构成中国古典诗论所津津乐道的"意境"。

意境美的特点就是:第一,整体的美,第二,意象群落的空白中有意脉潜在之美,意在境中,情景交融,融情入景,"不着一字,尽得风流",如司空图所言:"诗家之景,如蓝田日暖,良玉生烟,可望而不可置于眉睫之前也。象外之象,景外之景,岂容易可谈哉。"①"象外之象"、"景外之景"就是潜在的隐性的言外之意,意境的精彩往往在语言不可穷尽的空白中。

意脉是隐性的,意境是潜在的,风格常常是婉约的,直接抒发出来的豪情壮志不属于意境。不管《离骚》那样的直接抒情还是政治抒情,抑或王昌龄的"黄沙百战穿金甲,不破楼兰誓不还",还有唐诗中的歌行体,以及西方

---

① 这个比喻很有名,后来反复为诗家所引。语出司空图《与极浦书》。

浪漫主义诗歌"强烈的感情的自然流泻",全是显性的,和意境相比,虽然同为诗歌艺术,但在艺术方法和风格上属于不同范畴,有如同为物,有阴与阳之别,同为人,有男性与女性之分。

意境的表现形态是多样的,在中国古典诗歌中,至少可以分为三类。

第一类是最常见的,有统一的意脉贯穿其间。有了统一的意脉,意脉贯穿首尾,意象与意象具有某种线性的相关性,在性质和量度上精密地相应,以开合、正反、因果的逻辑构成完整的统一体。

这种意脉,有时是转折性的。绝句最擅长表现诗人情绪的瞬间转换,如杜牧的《山行》:

> 远上寒山石径斜,白云生处有人家。
> 停车坐爱枫林晚,霜叶红于二月花。

凭直觉判断,一望而知,最后一句"霜叶红于二月花"最精彩。因为这个比喻出奇制胜,属于朱自清先生所提出的"远取譬"。远取,相对于近取,这里是双重的远。第一,是叶子比花红,第二,是秋叶比春花艳,都不仅仅是时间上的远,而且是心理上的远,越远越新颖,双重的远取构成双重的新异,触动读者的审美惊异。但是,光是分析至此,还只是意象之美。分析的难度在于以局部为索引,透视整体。如果没有前面三句的铺垫,则此诗还是构不成统一的意脉。开头两句:"远上寒山"、"白云生处",意象都是大远景,情感随目光向远处延伸,越是遥远,越是有凝神观照之美。而后面两句恰恰相反,转折点在第三句,本来是一边行车一边从容观赏,突然车子停了下来,也就是停止了远方白云深处的凝神,转向近处,车边、身边的枫林。视线的转移,也就是意脉的变化,显示枫林之美超过了远方白云深处之美,心灵中触发了一种震惊,震惊的原因又是枫叶色彩之鲜艳胜过春花。意象的前后对比、意脉的前后转换,完成于一瞬间。"霜叶红于二月花",正是这个意脉的高潮,使得意境在前后对比中完成了统一。

在唐诗绝句中,关键就是这种瞬间的情致转换的潜隐性。在情致转换上不够潜隐,就会影响意境的圆融。孤立地分析,有时难以深入,这时就用得上比较。有比较才能有鉴别,清代叶绍翁的《游园不值》因为有前承的诗作,提供了现成的可比性,有利于分析的深化。

> 应怜屐齿印苍苔,小扣柴扉久不开。

满园春色关不住，一枝红杏出墙来。

还原一下：第一，苍苔说明没有什么人来，可以说是幽径；第二，诗人很细心，怜惜苍苔，就是怜惜这种宁静的环境的心情。"小扣柴扉久不开"，"小扣"，轻扣，"久不开"，不仅仅很有耐心，而且很文雅，非常有修养。表面意象下面隐藏着的情意，第一个层次是宁静的心情的持续性。接下去，"满园春色关不住，一枝红杏出墙来"，突然这种持续性被打破了，发现一枝红杏，这是一个惊喜。这是情意的第二个层次。这个层次的精彩在于，那久扣的门，开不开，全忘记了，这是一枝红杏的美的效果。第三个层次，惊喜还在于"满园春色"，激动诗人的不仅是一枝红杏的色彩，更在于想象中，满院比眼前这一枝要精彩得多。这个"一枝"，乃是对诗人想象的触动，引发了情致的转换。最后，精彩还在于"关"字。"一枝"是说少，"满园"是说多，"春色"是说丰富，"关"是说隐藏。但是，光凭这一枝，一刹那间，就让诗人的感知变化了：少变成了多，隐藏变成了丰富，那就是说，由一朵红杏这个意象的刺激，满园春色已经藏不住了，朋友在不在无所谓了。情致的转折，瞬间的意脉的转折，也完成了意境的圆融。

这么高级的艺术品，很可惜，却有盗版的嫌疑，盗了宋代一个很有名的诗人陆游的诗：

平桥小陌雨初收，淡日穿云翠霭浮。

杨柳不遮春色断，一枝红杏出墙头。

这诗明显偷了陆游的"一枝红杏出墙头"。是盗版的比较好还是原版的比较好？盗版的比较好。当时因为没有版权的法律，也有它的好处，可以修改别人的作品，越改越好。陆游的"平桥小陌"、"淡日穿云"，好像挺漂亮，但是，好像又不是很漂亮。因为第一，这样的意象群落在宋朝诗人那里是一般水准，作为一幅山水田园图画也缺乏特色，内含的情绪也同样缺乏个性。如果就这么写下去，难免显得平庸。但是接下去两句，就有点不同了。"杨柳不遮春色断，一枝红杏出墙头"，平桥小陌、淡日穿云、翠霭碧柳，美景本来是主体，一下子变成了背景，红杏一枝变成了主体，好处是，杨柳再茂密、再美，挡不住一枝红杏，红杏更美。精彩在于一枝红杏，而不是数枝。数枝跟一枝有什么区别？一枝是刚刚有这么一点点，有更大的冲击性，一枝红杏比满眼杨柳更动人。但是有一个缺点，问题是它本来就有茂密的杨柳，本身就是"春色"了,这在内在逻辑也就是意脉上有些问题,本来春天你已经感觉到了,只是红杏一出墙,就觉得这个才是春色,杨柳再茂密也遮挡不住。这里当然有诗人的心情的变化,但是,只是某种量的比较。少量的红,比满眼的绿更动人。

叶绍翁的改作,比陆游的原作好在意脉有三个层次的反差:第一,开头没有杨柳,没有平桥小陌,没有浮云翠霭,没有春天的任何信息,只有地上的苍苔,发现红杏,是突然发现的春色信息;第二,这个信息,只是一个看得见的有限信号,冲击出想象中较之丰富得多的"满园"的"春色";第三,更重要的是,敲门良久,门还不开,突然发现一枝红杏,惊喜之情转移了关注的焦点,情绪反差更强烈,朋友的在与不在、门的开与不开,被遗忘了;第四,"关"门的"关"有了双关的意义,增添了遮挡不住的意味,比陆游的"遮不住"仅仅限于视觉内涵要丰富、精致得多。

有时人们虽然意识到象背后的意,但是往往只注意到单个意象背后的意,就忽略了意脉整体的微妙转换。

举一个稍微复杂点的例子,好吧?杜甫的《春夜喜雨》。都是常用语词,一个生字都没有,靠生字过日子的老师就没饭吃了。"好雨知时节,当春乃发生",大白话,不像诗啊,雨真好啊,一到春天就来了。记住,这是表层结构,看下去才可能知道它的好处。"随风潜入夜,润物细无声",题目不要忘掉,"春夜喜雨",四个字都有用,春、夜、喜、雨都有用,一个字都没浪费掉。分析什么呢?雨的特点。一般第一个层次,表层的,雨是夜里的。特点在于,第一,是看不见的雨。看不见的雨怎么写?"随风潜入夜",看不见怎么样感觉?"潜入",偷偷地来了。那你怎么知道?虽然看不见,我能感觉得到。"润物细无声",雨的第二个特点是什么呢?"无声",没有声音啊。人们对雨的感知无非是眼睛和耳朵,眼睛看得见,耳朵听得到。夜里的细雨,既看不见,又听不到。但是看不见的雨我也是感觉到它默默地来了;听不见的,我感觉到它渗入地下根须,无声之声。你看这个杜甫,他心灵多么精致啊。那么关心那个雨细细地、从容地下,这时回过头来看他的第一句,"好雨知时节",大白话,这个雨真是好啊,才能体悟到它的情绪的分量。时间到了,春天来了,它就来了,为什么?农业社会,加上兵荒马乱,"戎马关山北",烽火连天啊,春雨乃是国计民生所系,春雨不来就饿死人的呀。所以,杜甫对这个雨,表层是雨的特点,看不见听不见,深层是看不见听不见我的心感觉到了,一种默默的、无声无息的欣慰。雨来了,一个人独自欣慰。注意,一个人,默默的,看不见,闭着眼睛我也感到安慰。这雨真是美,春雨如油啊。读懂这两句,"随风潜入夜,润物细无声",就全懂了。然后"野径云俱黑,江船火独明",这个雨下得很浓很密,一眼看下去整个田野上都是黑的,黑到田野上都有云啊。这写的成都啊,平原啊。平原上才看得到云,云在地上。如果是山区,云在山上了。"白云生处有人家",是吧?满眼漆黑,有什么美?有什么好看?因为,雨下得浓密,下个不停。本来在汉语里黑和暗是联系在一起的,写一片满眼乌黑的美,杜甫是很大胆的,因为越是黑,越是下得绵密。但是,杜甫有匠心,黑而不暗,就让它黑得再漂亮一点,"江船火独明",有一点渔火,反衬着那个满眼皆黑的、浓密的雨,让它生动起来。一片漆黑,是大自然的恩赐,有一点渔火照耀,显得有生气,更令人安慰,这是景观的明亮,也是独自享受的心情的明亮。这就把春夜喜雨的"喜"的特点,点得相当有特点了。古典诗话上说,全文无一个喜字,可是喜却渗透在通篇之中。这是一种黑暗中默默的欣慰、无声的独享,不是那种"千里莺啼绿映红,水村山郭酒旗风"的喜,也不是"满园春色关不住,一枝红杏出墙来"的喜,而是无声无色的喜。但是,光是分析到这里,好像是意脉没有变化、没有曲折了。但是,接下来,"晓看红湿处,花重锦官城"。杜甫是懂得一点绘画的,写了许多关于绘画的诗,他懂得暗色和亮色的对比。你不是看不见听不见吗?早上起来看,没有雨了,黑暗一扫而空,满眼是鲜艳的色彩,这是视觉的转折。光说花的色彩非常鲜艳,是不到位的。花的特点是湿漉漉的。用油画的语言来说,不仅是鲜艳,而且有水淋淋的质感。其次,"花重锦官城",不但有质感,而且给它一种量感。杜甫写花的量感,也是拿手的:"黄四娘家花满蹊,千朵万朵压枝低。"这样的花的质和量只有杜甫才能写得出。但是光是花写得好,还不算好,好在它在意脉中的突转。它和昨夜的雨有什么关系呢?恰恰是那看不见听不见的雨的结果。昨天晚上什么也看不见听不见,今天突然一个对比。这是景观的对比、感知的对比,更是心情的内在的转换。喜的意境尽在这样的双重转换之中。

王昌龄《出塞》有两首,第一首("秦时明月汉时关")备受称道,但是有争议,这一点下面细讲。第二首在意境上不但大大高出这一首,就是拿到历代诗评家推崇的"压卷"之作中去,也有过之而无不及,令人不解的是,千年来诗话家却从未论及。这不能不给人以咄咄怪事之感。因而,特别有必要提出来探究一下。原诗是这样的：

> 骝马新跨白玉鞍,战罢沙场月色寒。
>
> 城头铁鼓声犹振,匣里金刀血未干。

此首诗以四句之短而能正面着笔写战事,红马、玉鞍,沙场、月寒,金刀、鲜血,城头、鼓声,不过是八个意象,写浴血的英雄豪情,却以无声微妙之意脉,构成统一的意境。其功力在于:

第一,情绪上高度集中,虽然正面写战争,但把焦点放在血战将结束又尚未完全结束之际。先写战前的准备:不直接写心情,写备马的意象。骝马,黑鬃黑尾的红马,配上的鞍,质地是玉的。战争是血腥的,但是,毫无血腥的预期,一味醉心于战马之美,潜在的意味是表现壮心之雄。接下去如果写战争过程,剩下的三行是不够用的。诗人巧妙地跳过正面搏击过程,把焦点放在火热的搏斗以后,写战后的回味。为什么呢?

第二,与血腥的战事必须拉开距离,把情致放在回味中,一如王翰放在醉卧沙场的预想之中,都是为了拉开时间的距离,拉开空间的距离,拉开人身的距离(如放在妻子的梦中),都有利于超越实用价值(如死亡、伤痛),进入审美的想象,让情感获得自由,这是唐代诗人惯用的法门。但是,王昌龄的精致还在于,虽然把血腥的搏斗放在回忆之中,但不拉开太大的距离,而是把血腥放在战事基本结束而又未完全结束之际。意脉聚焦在战罢而突然发现未罢的一念之中,立意的关键是猝然回味,在一刹那间凝聚多重体验。

第三,从视觉来说,月色照耀沙场,不但提示从白天到夜晚战事持续之长,而且暗示战情之酣,酣到忘记了时间,战罢方才猛省。而这种省悟,又不仅仅因月之光,而且因月之"寒",因触觉之寒而注意到视觉之光,触觉感突然变为时间感:近身搏斗的酣热,转化为空旷寒冷。这就是元人杨载所谓的"反接",这意味着,精神高度集中,忘记了生死,忽略了战场血腥的感知甚至自我的感知,这种"忘我"的境界,就是诗人用"寒"字暗示出来的。这个"寒"字的好处还在于,这是意脉的突然变化,战斗方殷,生死存亡无暇顾及,战事结束方才发现,既是一种刹那的自我召回,是瞬间的享受,也是意脉的转折。

第四,在意脉的节奏上,与凶险的紧张相对照,这是轻松的缓和,隐含着胜利者的欣慰和自得。全诗的诗眼,就是"战罢"两个字上。从情绪上讲,战罢沙场的缓和,不同于通常的缓和,是一种尚未完全缓和的缓和。以听觉提示,战鼓之声未绝,说明总体是"战罢"了,但是局部战鼓还在激响。这种战事尾声之感,并不限于远方的城头,而且还能贴近到身边来:"匣里金刀血未干。"意脉进入回忆的唤醒,血腥就在瞬息之前。谁的血?当然是敌人的。对于胜利者,这是一种享受。内心的享受是无声的、默默体悟的。当然城头的鼓是有声的,正是激发享受的原因,有声与无声,喜悦是双重的,但是,都是独自的,甚至是秘密的。金刀在匣里,刚刚放进去,只有自己知道。喜悦只有自己知道才精彩,大喊大叫地欢呼、感叹,或者如"黄沙百战穿金甲,不破楼兰誓不还"、"但使龙城飞将在,不教胡马度阴山"的豪壮,就不属于意境的范畴了。

第五,诗人所用的意象,可谓精雕细刻。骝马饰以白玉,红黑色马,配以白色,显其豪华壮美。但是,一般战马,大都是铁马,所谓铁马金戈,这里可是玉马。是不是太贵重了?这正是盛唐气象。立意之奇,还在于接下来是"铁鼓"。这个字炼得惊人。通常诗化的战场上大都是"金鼓"。金鼓齐鸣,以金玉之质,表精神高贵。而铁鼓与玉鞍相配,则另有一番意味:超越了金鼓,意气风发中,带一点粗犷甚至野性,与战事的凶险相关。更出奇的,是金刀。金,贵金属,代表荣华富贵,却让它带上鲜血。这些超越常规的意象组合,并不是俄国形式主义者所说的单个词语的陌生化效果,而是潜在于一系列词语之间的错位。这种层层叠加的错位,构成豪迈意气的某种意脉,表现出刹那间的英雄心态。

第六,诗人的全部意脉,集中在一个转折点:就外部世界来说,从不觉月寒到突感月寒,从以为战罢到感到尚未战罢;就内部感受来说,从忘我到唤醒自我,从胜利的自豪到血腥的体悟,这些情感活动都是隐秘的、微妙的、刹那交错的。而表现这种瞬间的心灵状态,正是绝句的特殊优长。表现刹那间的心灵震颤,恰恰是绝句不同于古风的地方。

中国古典诗歌意境的微妙,是多样的。意脉贯穿以情绪转换取胜,也丰富多彩,有时其妙处恰恰不在情致从静态向动态的迅速转换,而是相反,在从动态向静态的转换。如王昌龄的:

> 琵琶起舞换新声,总是关山离别情。
> 缭乱边愁听不尽,高高秋月挂长城。

意象群落的感性方面是有变化的,从琵琶乐曲的听觉意象,转换到月亮的视觉意象。但是,精彩不仅仅在视觉转换,而且在转换是从听觉动态(心烦意乱)变成了一幅静态的图画:高高秋月提示有一双目光在持续注视、凝神。反复翻新关山离别的音乐,听得心烦,突然变成了对月亮看得发呆,提示其思乡情愫的取代,从心灵的动态到静态的转换。这种转换,有一种持续感,是一种不结束的结束,正是这首诗意境所在。

这就是古典诗歌意境的第二种形态:不是以情绪的瞬间转换取胜,而是相反,以情绪的潜在持续性见长。李白的《送孟浩然之广陵》也是这样:

> 故人西辞黄鹤楼,烟花三月下扬州。
> 孤帆远影碧空尽,唯见长江天际流。

诗中的意脉是一贯的,写的是目送友人远去。离别之情不但没有结束,没有转换,恰恰相反,是仍然没有改变。这里关键的几个字,第一是"孤帆",这是目送的选择性,盛唐之时,长江上可能千帆竞发,并不只有友人之帆,但是诗人只看见友人的,其他的似乎都不存在;第二是"远影",写目送的持续性,从近的选择到远的不变,表现目光的凝聚;第三是"碧空尽",友人之帆,本在水上,却说碧空尽,说明已经在水天交接之水平线,不可复睹,但是目光仍然凝聚;第四是"天际流",明明友人之帆已经消失了,目光仍然不变,看着向远方流去的江水,这说明诗人看呆了。这有点像如今的电影,空镜头不空,主观性更强。以镜头之空,表现目光之呆,在这方面,唐诗似乎是拿手好戏。岑参的"山回路转不见君,雪上空留马行处",也是这样的空镜头。

意境的第三种形态则更为空灵。同为婉约的、潜隐的、和谐的、蕴藉的,王维的《辛夷坞》就有所不同:

> 木末芙蓉花,山中发红萼。
> 涧户寂无人,纷纷开且落。

这里当然可以感到意境,感到意象之下的主观意味的微妙,却似乎没有线性的意脉,诗中点明"无人",意脉应该是人的。但这里的意象群落是高度统一的,红萼是鲜艳的,开在山中,本该有欣赏的目光赋予它情志价值,却没有。然而,红萼并不受"无人"的影响,兀自花开花落,生命自然运行,与人的喜怒哀乐的情致毫无关系。这里的精粹在于表面上"无人"的感知,实际上还是有一种目光,坦然的、淡定的目光,看着生命的生长和消逝的过程,心境似乎微波不起。

这也是一种意境,它并不以线性的情感变动为特点,而是相反,以情感的不变为特点。但是,这种情感的不变,却有更深的意味,那就是某种带着禅意的哲学。万物皆自然,人的情志只有遵循大自然的时序,才是自然的、自由的,这本身超越了世俗的观念,进入了人生更高的哲理境界。王维《辋川集》的《白石滩》与这一首有异曲同工之妙:

> 清浅白石滩,绿蒲向堪把。
>
> 家住水东西,浣纱明月下。

清浅白石滩,说明水是清净的、透明的,因为看得见白石。与白石相对的是绿蒲,刚刚生长,并不强调其茂盛。色彩净而不丽,人物动而平静。晚上出来浣纱,这一笔,似乎不是写水和月。但是,如果不是这样透明的水、透明的月光,而是黑暗的,女孩晚上就不可能出来浣纱。有了水的透明,再加上月光,境界就更统一于透明了。在这平凡的透明的世界中,浣纱女和诗人一样有着平静的心情,在这一点上,外景与内心高度统一,构成宁而净的意境。

总结起来说,中国诗歌的意境大致有三种:第一种以意脉或强或弱的变化转折取胜,情感处于一种动态,其意脉为线性的曲折状态。第二种,意脉不是处于动态,而是处于持续性凝神状态。从视觉来说,是目光的静止;从听觉来说,是听觉处于静止状态(此时无声胜有声)。第三种,以意味的渗透、扩散为特点。情感不但是静态,而且有虚态,意象则自在、自为,不加修饰。这透露出某种理念,弱化、虚化的情感之所以动人,原因在于感知越过情感直达理念,水乳交融,表现人与自然的和谐、心与物的融合、意与境的高度统一。从某种意义上说,这应该更符合"不着一字,尽得风流"的理念。这里往往有中国古典诗歌中的神品,也许是中国特有的,与西欧的"强烈的情感的自然流泻"相比,并不因情感不强烈而降低其品位,也不像西欧玄学派和浪漫主义诗歌那样直接诉诸理念,但是,理在无情有感之中。这种境界是最中国的,但在理论上往往被忽视。

五　推敲典故的片断意脉和整体意境的矛盾

如果不是这样,光是意象有某种优长,意脉不能贯穿首尾,则很难构成和谐的意境。就连著名的"推敲"典故所涉及的那首诗《题李凝幽居》,虽然在意象有成功,但在意境上则是破碎的。

此事最早见于唐代刘禹锡(772—842)《刘宾客嘉话录》:

> 岛初赴举京师,一日于驴上得句云:"鸟宿池边树,僧敲月下门。"始欲着"推"字,又欲着"敲"字,练之未定,遂于驴上吟哦,时时引手作推敲之势。时韩愈吏部权京兆,岛不觉冲至第三节,左右拥之尹前,岛具对所得诗句云云。韩立马良久,谓岛曰:"作'敲'字佳矣!"遂与并辔而归,留连论诗,与为布衣之交。自此名著。

一千多年来,"推敲"的典故脍炙人口。韩愈当时是京兆尹,也就是首都的行政长官,他又是大诗人、大散文家,他的说法很权威,日后几乎成了定论。但是为什么"敲"字就一定比"推"字好呢? 至今却没有人从理论上加以说明。朱光潜在《谈文学·咬文嚼字》中提出异议,认为从宁静的意境的和谐统一上看,倒是"推"字比较好一点:

> 古今人也都赞赏"敲"字比"推"字下得好。其实这不仅是文字上的分别,同时也是意境上的分别。"推"固然显得鲁莽一点,但是它表示孤僧步月归寺,门原来是他自己掩的,于今他"推"。他须自掩自推,足见寺里只有他孤零零的一个和尚。在这冷寂的场合,他有兴致出来步月,兴尽而返,独往独来,自在无碍,他也自有一副胸襟气度。"敲"就显得他拘礼些,也就显得寺里有人应门。他仿佛是乘月夜访友,他自己不甘寂寞,那寺里如果不是热闹场合,至少也有一些温暖的人情。比较起来,"敲"的空气没有"推"的那么冷寂。就上句"鸟宿池边树"看来,"推"似乎比"敲"要调和些。"推"可以无声,"敲"就不免剥啄有声,惊起了宿鸟,打破了岑寂,也似乎平添了搅扰。所以我很怀疑韩愈的修改是否真如古今所称赏的那么妥当。

朱氏仍用传统的批评方法,虽然在观点上有新见,但在方法上仍然是估测性强于分析性。其实以感觉要素的结构功能来解释,应该是"敲"字比较好。因为"鸟宿池边树,僧推月下门",二者都属于视觉,而改成"僧敲月下门",后者就成为视觉和听觉要素的结构。一般地说,在感觉的构成中,如果其他条件相同,异类的要素结构产生更大的功能。从实际鉴赏过程中来看,如果是"推"字,可能是本寺和尚归来,与鸟宿树上的暗示大体契合;如果是"敲"则肯定是外来的行脚僧,于意境上也是契合的。"敲"字胜过"推"字在于它强调了一种听觉信息,由视觉信息和听觉信息形成的结构功能更大。这两句诗所营造的氛围,是无声的、静寂的,如果是"推",则宁静到极点,可能有点单调;"敲"字的好处在于在这个静寂的境界里敲出了一点声音,用精致的听觉(轻轻地敲,而不是擂)打破了一点静寂,反衬出这个境界更静。①

诗中本来就有敲字的音响效果,反衬出幽居的宁静,在艺术上,与王维的《鸟鸣涧》:

> 月出惊山鸟,时鸣春涧中。

有相近之处。但是,王维的诗句由于高度和谐,构成了高度纯粹的意境:整个大山,一片寂静,寂静到只有一只鸟在山谷里鸣叫,都听得很真切。而且这只鸟之所以叫起来,通常应该是被声音惊醒的,而在这里却不是,是被月光的变化惊醒的。月光的变化是没有声音的,光和影的变化居然能把鸟惊醒,说明是多么的宁静。而且这无声的宁静又统一了视觉和听觉的整体有机感,把视觉和听觉水乳交融地结合起来成为和谐的整体。在意境的构成中,每一个元素都相互补充,相互渗透,相互不可缺少。一如前面的"人闲桂花落",桂花落下来,这是心闲的视觉,同时也是静的听觉。因为,桂花很小,心灵不宁静,是不会感觉得到的。这里的静就不仅仅是听觉的表层的静,而且是心理的深层的宁。只有这样宁静的内心,才能感受到月光变化和小鸟惊叫的因果关系。在表面上,写的是客观景物的特点,实质上,表现的是内心的宁静统一了外部世界的宁静,这样内外统一,就是意境的表现。与"推敲"故事中的视觉和听觉渗透构成交融不同,这里是视觉和听觉的交替,形成了一种新的效果,同样是有机的、水乳交融、不可分割的两种感觉的结构,或者叫做视觉和听觉的"场"。如果这一点能够得到认可,那么仍然

---

① 参见拙著《文学创作论》,海峡文艺出版社,2004 年,第 270 页。

潜藏着矛盾。用来说明"敲"字好的理论,是整体的有机性。但是,这里的"整体"却仅仅是一首诗中的两句,把它当做一个独立的单位,从整体中分离出来,是可以的,但是,只是一个亚整体。从整首诗来说,这两句只是一个局部,它的结构、它的意脉,是不是能够全篇贯通呢?如果不是,则只是局部的句子精彩而已,还不能构成意境。贾岛的原诗是这样的:

> 闲居少邻并,草径入荒村。
>
> 鸟宿池边树,僧敲月下门。
>
> 过桥分野色,移石动云根。
>
> 暂去还来此,出期不负言。

诗题为"幽居",作为动词就是隐居,作为名词就是隐居之所。第一联,从视觉上写幽居的特点,没有邻居,似乎不算精彩。全诗没有点到幽字上去,但是,在第一联中,有两点值得注意:第一个是"闲"。一般写幽(居),从视觉着眼,写其远(幽远);从听觉上来说,是静(幽静)。这些都是五官可感的,比较容易构成意象。但是,这里的第 句却用了 个五官不可感的字:"闲"(幽闲,悠闲)。这个"闲"字和"幽"字的关系,不可放过。因为它和后面的意境、感觉的场有关系。第二句就把"幽"和"闲"的特点感觉化了:"草径入荒村"。这大致提供了一种荒草于路的意象。这既是"幽",又是"闲"的结果。因为"幽",故少人迹;因为"闲",故幽居者并不在意邻并之少、草径之荒。如果把这个"幽"中之"闲"作为全诗意境的核心,则对于"推"、"敲"二字的优劣可以进入更深层次的分析。"僧敲月下门",可能是外来的和尚,敲门的确衬托出了幽静,但是不见得"闲"。若是本寺的和尚,当然可能是"推"。还有个不可忽略的字眼:"月下"。回来晚了,也不着急,没有猛擂,说明是很"闲"的心情。僧"敲"月下门,可能就没有这么"闲"了。僧"推"月下门,则比较符合诗人要形容的幽居之"幽"的境界和心情。以"闲"的意脉而论,把前后两联统一起来看,而不是单单从两句来看,韩愈的"敲字佳矣",似乎不一定是定论,还有讨论的余地。

关键是,下面还有四句。"过桥分野色,移石动云根",《唐诗鉴赏词典》说:"是写回归路上所见。过桥是色彩斑斓的原野。"但是,从原诗("分野色")似乎看不出任何"斑斓"的色彩。问题出在"分野"这两个字究竟怎么解释。光是从字面上来抠,是比较费解的。从上下文来看,应该是描述地形地物的,现代辞书上说是"江河分水岭位于同一水系的两条河流之间的较高的陆地区域",简单说,就是两河之间的地区。从上下文中来看"分野"和"过桥"联系在一起,像是河之间的意思。"过桥分野色"当是过了桥就更显出不同的山野之色。这好像没有写出什么特别的精彩来。至于"移石动云根",云为石之根,尽显其幽居之幽,但是"移"字没有来由,为什么为一个朋友的别墅题诗要写到移动石头上去,殊不可解。

这里的"分野"是星象学上的名词。郑康成《周礼·保章氏注》:"古谓王者分国,上应列宿之位。九州诸国之分域,于星有分。"即有国界的意思。联系上下文,当是过了桥,或者是桥那边,就是另一种分野,另一种星宿君临之境界了。接下去"移石动云根","云根"两字,很是险僻,显示出"苦吟派"诗人炼字的功夫。石头成了云的"根",则云当为石的枝叶。但是,整句却有点费解,可能说的是,云雾溟漫飘移,好像石头的根部都浮动起来似的。这是极写视野之辽阔、环境之幽远空灵。

从全诗统一的意境来看,"分野"写辽阔,在天空覆盖之下,像天空一样辽阔;"云根"写辽远,云和石成为根和枝叶的关系,肯定不是近景,而是远景。二者是比较和谐的。但是,与"推敲"句中的"月下门"和"鸟宿"暗含的夜深光暗,有矛盾之处。既然是月下,何来辽远之视野?就是时间和空间转换了,也和前面宁静、幽静的意境不能交融。用古典诗话的话语来说,则是与上一联缺乏"照应"。再加上,"移石"与"动云根"之间的关系显得生硬。"苦吟派"诗人专注于炼字:"两句三年得,一吟双泪流"(《题诗后》)。另一个诗人卢廷让形容自己《苦吟》:"吟安一个字,捻断数茎须。"其失在于,专注于炼字工夫,却不善于营造整体意境。故此两句,"幽"则"幽"矣,"活"则未必。

最后两句"暂去还来此,幽期不负言",则是直接抒情,极言幽居的吸引力:自家只是暂时离去,改日当重来。诗的题目是《题李凝幽居》,应该不是一般的诗作,也许是应主人之请而作,也许是题写在幽居的墙壁上的。说自己还要来的,把自己的意图说得这么清楚,一览无余,不管是不是场面上的客套话,把话说得这样直白,乃意境之大忌,甚至可以说是意境的破坏。

如果这个论断没有太大的错误,那么,韩愈的说法只是限于在两句之间,一旦拿到整首诗歌中去,可靠性就很有限。朱光潜先生在上述同篇文章中注意到"问题不在'推'字和'敲'字哪一个比较恰当,而在哪一种境界是他当时所要说的而且与全诗调和的",但是,朱先生在具体分析中,恰恰忽略了全诗各句之间是否"调和",他似乎忽略了这首诗歌本身的缺点就是没有能够构成统一的、贯穿全篇的意境。

王昌龄的绝句,后代评论甚高,胡应麟在《诗薮》中说:"七言绝以太白、江宁为主。"①明代诗人李攀龙曾经推崇其《出塞》("秦时明月汉时关,万里长征人未还。但使龙城飞将在,不教胡马度阴山。")为唐诗七绝的"压卷"之作。赞成此说的评点著作不在少数,但是也有人"不服"。说出道理来的是胡震亨《唐音癸签》:"发端虽奇,而后劲尚属中驷。"意思是后面两句是发议论,不如前面两句圆融,只能算中等水平。② 明代孙鑛《唐诗品》也说:"后二句不太直乎?……'但使'、'不教'四字,既露且率,无高致。"批评王昌龄这两句集中在直露上,直露与意境的蕴藉、含蓄不相容。前面两句还是比较蕴藉的,意味是婉约的,而后面两句则太过直白。直白的豪迈很难与意境潜隐相容。这些批评是很道理的。同时也提醒我们,中国古典诗歌艺术并不是像一些学者想象的那样,只有意境这样一种好处。与之相对的、与之相反的,不是把感情藏在景观之后,类似西方诗人的直接抒情,是不是也达到了极高的艺术水平呢?

六　意境的"情景交融"和直接抒情的"无理而妙"

意境之美,这并不是中国古典诗歌的全部精华所在。王昌龄《出塞》之一,之所以引起争议,就是因为它的后面两句,把豪情直截了当地抒发出来了。王昌龄的绝句,被赞为唐人第一,其实是需要分析的。他有时直抒豪情的诗句,其实不是绝句之所长。如《从军行》:

> 青海长云暗雪山,孤城遥望玉门关。
> 黄沙百战穿金甲,不破楼兰终不还!

这样的英雄语,固然充满了盛唐气象,但是,以绝句这样短小的形式,作这样直接的抒情,是不能不显得单薄的,至少不够含蓄,一览无余,缺乏铺垫。最

---

① 胡应麟:《诗薮》内编卷六《近体·绝句》,上海古籍出版社,1979 年,第 115 页。
② 胡震亨:《唐音癸签》,周维德点校:《全唐诗话》第五册,齐鲁书社,2005 年,第 3564 页。

主要的是,缺乏绝句擅长的微妙情绪的瞬间转换。想想李白的"人生在世不称意,明朝散发弄扁舟"(《宣州谢朓楼饯别校书叔云》),前前后后有多少铺垫,有多少跳跃,有多少矛盾,有多少曲折。这种直接抒情,以大起大落为宏大气魄,不是绝句这样精致的形式所能容纳的,意境艺术最忌直接抒发,一旦直接抒发出来,把话说明了,意境就消解了,或者转化为另一种境界了。

这是我国古典诗歌的另一种艺术境界,至今我国的诗学还没有给它一个命名,使之成为一种范畴。它不以意境的含蓄隽永、"不着一字,尽得风流"为特点,它所抒发的不是意境式的温情,而是激情,近似于鲍照所说的"泻水置平地,各自东西南北流",和华兹华斯的"强烈的情感的自然流泻"亦有息息相通之处。其想象如天马行空,不可羁勒。关键在于其直接抒发的情感与理性拉开了距离,17世纪的诗话家将之总结为"无理而妙"。

但是,直接抒发容易流于直白,也就是流于"议论"。王昌龄"但使龙城飞将在,不教胡马度阴山"之所以引起争议,就是因为其多少有点抽象。但是,并不是所有类似议论的诗句都是命中注定流于抽象的。如李白的"弃我去者昨日之日不可留,乱我心者今日之日多烦忧",又如白居易的"在天愿作比翼鸟,在地愿为连理枝。天长地久有时尽,此恨绵绵无绝期",等等,皆是千年来脍炙人口的。我国古典诗话曾经把这个问题提调到理论上来总结,最早是清代贺裳在(约1681年前后在世)《载酒园诗话》卷一中说:

> 诗又有以无理而妙者,如李益"早知潮有信,嫁与弄潮儿",此可以理求乎?然自是妙语。至如义山"八骏日行三万里,穆王何事不重来"(李商隐《瑶池》),则又无理之理,更进一层。总之诗不可执一而论。

他的朋友吴乔(1611—1695)在《围炉诗话》卷一中发挥说:

> 余友贺黄公(按,贺裳字)曰:"严沧浪谓'诗有别趣,非关理也',而理实未尝碍诗之妙。……理岂可废乎?其无理而妙者,如'早知潮有信,嫁与弄潮儿',但是于理多一曲折耳。"乔谓唐诗有理,而非宋人诗话所谓理。

这里所说的"无理而妙","理"是与人情对立的,与王维形而上的天人合一的物理、事理之"理",有根本的不同,主要是指与情相对立的"实用理性"。

最初是宋代《陈辅之诗话》提出来的,说是王安石特别欣赏王建(生于767年)《宫词》中的:

> 树头树底觅残红,一片西飞一片东。
>
> 自是桃花贪结子,错教人恨五更风。

"谓其意味深婉而悠长"。这种说法太过感性,于理论似乎不着边际。过了五百多年,明代钟惺(1574—1624)、谭元春(1586—1637)在《唐诗归》中联系到唐李益《江南词》:"嫁得瞿塘贾,朝朝误妾期。早知潮有信,嫁与弄潮儿。"以为其好处是:"荒唐之想,写怨情却真切","翻得奇,又是至理"。这就隐约提出了理论上的"情"与"理"的关系:于情"真切",乃为"至理",但是,又是"荒唐"之想。"无理而妙",超越通常的"理"("此可以理求乎?"),才是"妙语"。结论是"无理之理"。在思想方法上,他由此总结出一条,那就是"诗不可执一而论":不要以为道理并只有一种,从一方面来看,是"荒唐"的,是"无理"的,而从另一方面来看,又是有理的,不但有理,而且是"妙理",很生动的。吴乔在《围炉诗话》卷一中指出"尤埋而妙",并不是绝对无理,"但是于理多一曲折耳"。关键是这里的"理"是唐诗的"理",和宋人诗话所谓"理"不是一回事。宋人的理,是抽象教条之理,而这里的"理"是人情,和一般的理性不同,只是"于理多一曲折"。这就是说,这不是直接的"理",而是一种间接的"理"。直接就是从理到理,而间接是通过一种什么东西达到理的呢?吴乔没有回答。徐增(1612—?)在《而庵说唐诗》卷九中尝试作出回答:"此诗只作得一个'信'字。……要知此不是悔嫁瞿唐贾,也不是悔不嫁弄潮儿,是恨'朝朝误妾期'耳。"意思是不是真正要嫁给船夫,而是表达一个"恨"字,恨什么呢?无"信",就是没有一个准确的期限,造成了"朝朝误妾期",一天又一天,误了青春。这就是说,这里讲的并不完全是"理",而是一种"情"。从"情"来说,这个"恨",也是有一定道理的。不过这不是通常的理,可以说是"情理"。其境界不是一般的"意境",而是"情理境"。

　　通常的理,简而言之,是一种逻辑上的因果关系:因为商人归期无定,所以悔不该误了青春;因为船夫归期有信,所以还不如嫁给船夫。但是,这仅仅是表面的原因。在这原因背后,还有原因的原因。为什么发出这样极端的幽怨呢?因为期盼之切。而这种期盼之切、之深,只是一种激愤。从字面上讲,不如嫁给船夫,是直接的实用因果关系;而期盼之深,其性质是爱,是隐含在这个直接的原因深处的。这就造成了因果层次的转折,也就是所谓"于理多一曲折耳"。沈雄(约 1653 前后在世)《古今词话·词辨》上卷说,王士禛(1634—1711)欣赏彭羡门的:"落花一夜嫁东风,无情蜂蝶轻相许。"同样可以用贺裳的"无理而入妙"、"愈无理则愈入妙"来解释。

从艺术方法上说,意境的内蕴与直接抒发是两条道路,也可以说是一对矛盾,意境回避直白,直白可能破坏意境。要使直白式的抒发变成诗,有一个条件就是要与理拉开距离。可惜这样深刻的道理,古典诗话家往往满足于用篇幅短小的古体诗或者绝句来阐释,因而显得捉襟见肘。其实,这种"无理而妙"的气魄,在古风歌行中,其无理、其妙处,才得到充分表现。请允许我以李白《宣州谢朓楼饯别校书叔云》作微观的分析:

> 弃我去者,昨日之日不可留;
> 乱我心者,今日之日多烦忧。
> 长风万里送秋雁,对此可以酣高楼。
> 蓬莱文章建安骨,中间小谢又清发。
> 俱怀逸兴壮思飞,欲上青天揽明月。
> 抽刀断水水更流,举杯销愁愁更愁。
> 人生在世不称意,明朝散发弄扁舟。

李白的这首诗之所以成为艺术经典,关键在于逻辑上的也就是情绪上的"乱"。李白的"乱",也就是"无理":"弃我去者,昨日之日不可留;乱我心者,今日之日多烦忧。"本来,时间是自然流逝的,不可能留的,这是常识理性,但是,李白的情感却为不能留住而烦忧。这个烦忧还没有下文,却突然变成:

> 长风万里送秋雁,对此可以酣高楼。

这种不合逻辑,之所以成为诗,就是因为表现了"乱我心者"的"乱"。表面上是无理,而在深层却并不乱,因为"送秋雁",就是送人(李云),把送人直接写出来,笔不乱了,意也连了,那就变成了散文,只写雁不写人,让它有一点"乱",才是诗。

从意脉的运行来说,这是第一层次的"乱",呈现的就是感情激昂时思绪的跳跃。这种跳跃性,这种"乱",正是情感与理性,也是诗歌和散文不同的地方。越是跳跃,就越是有抒情的美。越是逻辑严密,越是不"乱",就越是缺乏诗意。这一次跳跃的幅度还不是很大的。接下去,是第二层次的"乱":

> 蓬莱文章建安骨,中间小谢又清发。
> 俱怀逸兴壮思飞,欲上青天揽明月。

这里跳跃的幅度就更大了,《王闿运手批唐诗》说:"中四句不贯,以其无愁也。"①前面明明说"烦忧"不可排解,可这里却没有了一点影子,一下子变得相当欢快。"蓬莱文章",是对李云职务和文章的赞美,"小谢"、"清发"是自比才华不凡。至于壮兴思飞、青天揽月,则更是豪情满怀。从开头的烦忧不可解脱到这里的欢快,如此矛盾竟是毫无过渡,逻辑上可以说"乱"得可以了。但是,这里的"乱",却不是绝对的,而是有着精致的分寸感的。首先,前面有"对此可以酣高楼"的"酣"字,提示酒喝到"酣"的程度,烦忧就消解了,心情就大不一样了。其次,人而思飞,这不是一般人的想象,而是带着孩子气的天真,这种天真与年已五旬的李白似乎并不相称,但是句前有"小谢"自称,联想就不难契合了。

比思飞的率真更动人的是揽月想象。月亮早在《诗经》中就是很好的意象,以其客体、环境的清净构成精神环境的美好。经过了千百年的积淀,到唐代,月亮意象的符号意味在思乡的亲情和友情方面趋于稳定,这个意象具备了公共性。李白的贡献就在于突破了这种想象的有限性。在李白现存诗作中,不算篇中出现的月亮意象,光是以月为题的就达二十余首,令人惊叹的是,从月亮意象衍生出来的群落,其丰富程度超过了从初唐到盛唐的诗人。李白的生命赋予月亮以生命,李白生命的外延成了月亮意象的外延。"举头望明月,低头思故乡",固然是乡愁的共同载体,但却是潜意识微妙的触发。"明月出天山,沧茫云海间,长风几万里,吹度玉门关。"秀丽的月亮带上了边塞军旅苍凉而悲壮的色调。"长安一片月,万户捣衣声。秋风吹不断,总是玉关情。"思妇闺房的幽怨弥漫在万里长空之中,优美带上了壮美色质。李白使月亮焕发出生机,改变了它作为观赏对象的潜在成规,静态

---

① 陈伯海主编:《唐诗汇评》(上),浙江教育出版社,1992年,第682页。

的联想机制被突破了，月亮和李白不可羁勒的情感一样运动起来，随着李白的情感变幻万千。当他童稚未开，月亮就是"白玉盘"、"瑶台镜"（"小时不识月，呼作白玉盘。又疑瑶台镜，飞在青云端"）；当友人远谪边地，月光就化为他的感情形影不离地追随（"我寄愁心与明月，随君直到夜郎西"）；月亮可以带上他孤高的气质（"万里浮云卷碧山，青天中道流孤月"）；也可以成为豪情的载体在功成名就时供他赏玩（"一振高名满帝都，归时还弄峨嵋月"）；清夜望月可以作屈原式的质疑（"白兔捣药秋复春，嫦娥孤栖与谁邻"）；金樽对月意味着及时享受生命的欢乐（"人生得意须尽欢，莫使金樽空对月"）；有月可比可赋，无月亦可起兴（"独漉水中泥，水浊不见月。不见月尚可，水深行人没"）；把酒问月可以激发生命苦短的沉思（"今人不见古时月，今月曾经照古人"）；抱琴弄月，可借无弦之琴进入陶渊明的境界；月不但可以醉想，视之为超越生命大限的人间（"浩歌待明月，曲尽已忘情"）；而且可以邀，视之为自己孤独中的朋友（"举杯邀明月，对影成三人"）。月之可人，在于其遥，不论是"问"是"邀"，均为心理距离的缩短。月可以俯来就人，人的空间位置不变；而在这里"欲上青天揽明月"，月竟然可以"揽"，是人飞起来去接近月亮，月的空间位置不变。揽月的精彩不但在想象，而且在于月带着理想的冰清玉洁，有"青天"的空灵，有"明"的纯净，还在率真的情致中交织着"逸"兴和"壮"思。这个结合着清和净、逸和壮的精神境界，被月光统一在透明宇宙之中，完全是李白精心结构的艺术净界，在他以前，甚至他以后，没有一个诗人有这样的才力营造这样统一而又丰富的意境。虽然皎然也曾模仿过，写出"吾将揽明月，照尔生死流"（《杂寓兴》），但只是借用月光的物理性质，而不见其丰富情志。千年以后，毛泽东"可上九天揽月，可下五洋捉鳖"（《水调歌头·重上井冈山》），艺术上亦嫌粗放，不能望其项背。

到此为止，李白已经借助月亮，从郁闷的极端转向了欢乐的极端。从情绪的律动来说，显示出李白式激情的跌宕起伏。在李白这里，激情的特点，首先就是极端之情；其次就是大幅度的转折；再次就是大幅度的转折不是一次性的，而是多次性的。接下去，又一次转折开始了：

　　抽刀断水水更流，举杯销愁愁更愁。

极端的欢乐，一下子变成了极端的忧愁。不但程度上极端，而且在不可排解上也是极端。这是千古名句。原因在于多重的"无理"。第一,"抽刀断水"是不现实的,明显是不理性的动作,是"无理"的虚拟,但是,"妙"在以外部的极端姿态表现内心的愤激,更"妙"在"水更流",极端的姿态恰恰又造成了极端相反的效果。第二,有了这个精致的类比,"举杯销愁愁更愁",走向自身愿望的反面,就被雄辩地肯定下来,从无理变成有理,也就变得很妙了。这个妙不仅仅是在这个句子里,而且在于和前面"对此可以酣高楼"的呼应。"酣"高楼,就是为了消愁,酣就是醉,醉为了忘忧,然而还是忘不了忧愁。可见在这大幅度的跳跃中,内在情致意脉之绵密。

最后,还有一点,就是独特的节奏。这个"抽刀断水水更流"、"举杯销愁愁更愁"的节奏本来不是五七言诗歌的节奏,而是从早期楚辞体的《越人歌》那里化用的:

> 山有木兮木有枝,心悦君兮君不知。①

李白一方面把楚辞体停顿性的语气词"兮"省略了,使这个本质上是六言的诗句变成了七言;另一方面,把诗句的内涵深化了,本来是两句构成矛盾("有枝"和"不知")变成两句各有一个矛盾,也就是四重的矛盾(断水水更流,销愁愁更愁)。意念的丰厚和节奏的丰富就这样达到了高度的和谐。

在李白的诗作中,借酒消愁,解脱精神压力,表现出情感获得自由之美是反复重构的母题。这方面有"会须一饮三百杯"、"与尔同销万古愁"的豪迈,也有"清风朗月不用一钱买,玉山自倒非人推。舒州杓,力士铛,李白与尔同死生"的不羁,更有"云间连下榻,天上接行杯"的飘逸,都是借酒成功地消解了忧愁。但是,这里却是借酒加剧了忧愁。

全诗情绪悲欢起落的性质不同,但是,不管是起还是落,都有一个共同点,那就是情绪都很紧张。以这样紧张的最强音作为结尾,似乎不能排斥也是一种选择。但是,李白却不是这样:

> 人生在世不称意,明朝散发弄扁舟。

愤激的最高潮突然进入第三次转折,从极端郁闷转入极端潇洒,从极端紧张转入极端放松。连用词也极端轻松,"人生在世不称意",轻描淡写得很,只

---

① 见刘向《说苑》,全文是:"今夕何夕兮?搴舟中流。今日何日兮?得与王子同舟。蒙羞被好兮,不訾诟耻。心几烦而不绝兮,得知王子。山有木兮木有枝,心悦君兮君不知。"

是"不称意"而已,"昨日"的"不可留"、"今日"的"多烦忧"、眼下的"愁更愁",一下子变得不那么严重了,不过是人生难免的,小事一桩。轻松的日子就在"明朝"。这里的"散发",和束发相对。遵循入世的礼仪,就要束发,"散发"就是不用管它那一套了。光是"散发"还不够潇洒,还要"弄扁舟"。扁舟就是小舟,已经是比较随意了。最为传神的是"弄",这个"弄",意味非常丰富,并不仅仅是玩弄,而且有玩赏(如弄月)的意思,还有弹奏的意味(弄琴、梅花三弄),不乏吟咏的意涵(吟风弄月)、自得的心态(云破月来花弄影),蕴含着无忧无虑的姿态。前面所强调的郁闷,一下子都给消解掉了。这不是无理吗?然而,却是很妙的。这样的结尾不论在意念上还是在节奏上都要完整得多。李白不把最强音放在结尾,其匠心显然在避免结尾的一泻无余,在意念和节奏上再一次放松,在结束处留下不结束感,好处就是留下余韵,延长读者的思绪,让读者在无言中享受回味。

统观本诗的情绪,开头是极度苦闷,突然跳跃式地变成极度欢乐,又从极度的欢乐转向极端的苦闷,从一种激情连续两次转化为相反的激情,当中没有任何过渡,把逻辑上的"无理"发挥到极致,可以把这样极端的忧——乐——忧情绪画出一条起落的曲线。情绪节奏大幅度的起起落落,再加上关键词上的有意重复,造成了节奏迭迭荡荡的特点。然而这种起落、这种跌宕却没有导致意象的破碎。这是因为,在意象群落的空白间有严密的意脉贯通,也就是:多烦忧之愁到揽明月之欢,矛盾转化的条件是一个"酣"字,而到举杯不能销愁,也就是不"酣"了,清醒了,就只能从紧张起落回到现实,只能"弄扁舟"潇洒地放松了。有了这个贯通的意脉,又把"无理而妙"的"妙"处也发挥到了极致。

说到这里,回过头来,再看王昌龄的"但使龙城飞将在,不教胡马度阴山"、"黄沙百战穿金甲,不破楼兰誓不还",就不难明白其不足了。后世诗人往往对于文学形式的优越与局限共生没有明确的自觉,往往难免盲目,其结果是把形式的优越性变成了局限,如"中华儿女多奇志,不爱红妆爱武装"之类。

第八讲

从李白《下江陵》看绝句的结构

一　为什么杜甫的绝句评价甚低？

在品评唐诗艺术的最高成就时,李白、杜甫并称,举世公认,但是,在具体形式方面,二者的评价却很悬殊。历代评家倾向于认为,在绝句方面,尤其是七言绝句,成就最高者为李白,高棅在《唐诗品汇》中说:"盛唐绝句,太白高于诸人,王少伯次之。"①胡应麟在《诗薮》中也说:"七言绝以太白、江宁为主,参以王维之俊雅,岑参之浓丽,高适之浑雄,韩翃之高华,李益之神秀,益以弘、正之骨力,嘉、隆之气运,集长舍短,足为大家。"②连韩翃、李益都数到了,却没有提到杜甫。不但如此,《诗薮》还这样说:"自少陵以绝句对结,诗家率以半律讥之。"③许学夷《诗源辨体》引用王元美的话说:"子美七言绝变体,间为之可耳,不足多法也。"④当然,对于杜甫绝句,不乏为其辩护者,如说杜甫的七绝是一种"变体","变巧为拙","拙中有巧",对孟郊、江西派有影响等等。但是,对李白在绝句方面成就最高,则是众口一词。这不但没有争议,而且在品评绝句"压卷"之作时,李白也很自然地榜上有名。沈德潜在《唐诗别裁》中说:"必求压卷,王维之'渭城',李白之'白帝',王昌龄之'奉帚平明',王之涣之'黄河远上',其庶几乎!终唐之世,绝句无出四章之右者矣。"⑤当然,究竟是哪些篇目能够获得"压卷"的荣誉,诸家看法不免有所出入,但是,杜甫的绝句从来不被列入则似乎是不约而同的。

---

① 　高棅:《唐诗品汇·七言绝句叙目》第二卷,上海古籍出版社,1981 年据明汪宗尼校订本影印,第 427 页。

② 　胡应麟:《诗薮》内编卷六《近体·绝句》,上海古籍出版社,1979 年,第 115 页。

③ 　同上。

④ 　许学夷:《诗源辨体》卷十九,人民文学出版社,1987 年,第 220 页。

⑤ 　沈德潜:《唐诗别裁集》卷十九,中华书局,1975 年,第 262 页。

李白的绝句,尤其是七绝,其艺术成就为什么高于杜甫的绝句,高在何处,前人只是反复申述观感,并未严密地展开分析和论证。本文拟采取个案(亦即所谓"细胞形态")的细读方法,尝试从感觉与情感的互动以及句式、语法结构方面作出解释,以期取得从一粒沙看世界、从一滴水看大海之效。

这个"细胞"就是被列入压卷之作的《下江陵》。

二 唐人绝句的"压卷"之作和感知变异

《下江陵》虽然只有四行,但其中包含着李白复杂的生命体验和艺术创造的种种奥秘:"朝辞白帝彩云间,千里江陵一日还。两岸猿声啼不住,轻舟已过万重山。"第一句,彩云间,说的是高;第二句,一日还,说的是快。如此平常的句子,感染力却不太平常。因为,表面上朝辞暮达只是时间上的连贯,实质上却有逻辑上的因果。不过这种因果是隐性的。因为白帝河床高,所以速度快,如果仅仅是这样,李白只写出了一种地理现象。而且,这种因果还是可疑的。事实上有没有那么快呢? 没有。不一定非得做实地调查不可,光凭推理也可知一二。古人形容马跑得快"日行千里,夜行八百",已经是夸张了;小木船,能赶得上千里马吗? 没有那么快,偏偏要说那么快。因为这是一首抒情诗,而不是散文的游记,诗人抒发的是情感上的归心似箭。

但是,归心似箭的情感,是很难直接传达的,越是微妙的感情,越是只可意会不可言传,用语言直接表述是读者无从感受的。

从心理学角度说,感情是一种内在的肌体觉,是一种"黑暗的感觉",与大脑语言区的联系不像感觉那么确定,所以直接抒发感情很有难度。西方古典诗歌多用直接抒情,其缺陷在感性不足,易于抽象,但妙在情理交融,故思想容量大。而中国古典诗歌大多通过对景物和人物的感觉来抒情,故多情景交融,但是缺乏像西方那样的大规模的叙事诗、史诗。经过几千年的平行发展,到了 20 世纪初,美国人倒是比较谦虚,承认直接抒情容易导致抽象,就出现了学习中国通过五官可感的"意象"来表现诗意的流派,叫做"意象派"。其间的道理,从心理学上可以得到一些解释。因为人类与外部世界的交流只有一个渠道,那就是感觉,此外无他。感觉有一个特点,就是带有相当大的主观性,受到情感的冲击则尤能发生"变异",所以科学家宁愿相信仪表上的刻度,也不敢相信自己的耳朵、眼睛和躯体;"眼见为实"这一

"定律",在他们那里是幼稚的,眼见不一定为实才是科学真理。日常感觉的主观性与科学性相矛盾;而艺术感觉却以主体情感为生命。汉语中的"情感"一词,透露了一点秘密:把"感"与"情"联系在一起,叫做感情,或者情感,都一样,感与情不可分。一旦有了感情,特别是比较强烈的感情,感觉就受到冲击,就会发生"变异",如"情人眼里出西施"、"月是故乡明"之类。不是白发真有"三千丈",而是因为忧愁造成了这么长的感觉。这是人类感觉的局限,也是人类生命的精彩。古典抒情诗人是多情善感的,不是一般的善感,而是善于"变感",通过"变异"了的感觉来抒发感情,这就是中国古典文论所说的"立象以尽意"。

如果拘泥于科学理性,把李白的日行千里的感觉改为日行数百里,可能比较实事求是,但是,读者的感觉受不到冲击,就难以受到诗人感情的感染,也就谈不上艺术了。但是,就算是差不多有这么快了,又产生一个问题,越是快,越是不安全。当年三峡有礁石,尤其瞿塘峡,那里的礁石相当凶险。关于三峡航行凶险的文献真是太多了,如杜甫晚年的《秋兴》:"白帝高为三峡镇,瞿塘险过白牢关。"此外,还有古代歌谣:"滟滪大如马,瞿塘不可下;滟滪大如猴,瞿塘不可游;滟滪大如龟,瞿塘不可回;滟滪大如象,瞿塘不可上。"郦道元的《水经注》中提到三峡的黄牛滩曰:"江水又东,径黄牛,山下有滩名曰'黄牛滩'。两岸重岭叠起,最外高崖间有石色,如人负刀牵牛,人黑牛黄,成就分明;既人迹所绝,莫得究焉。此山既高,加以江湍纡回,虽途径信宿,犹望见此物。故行者谣曰:'朝发黄牛,暮宿黄牛,三朝三暮,黄牛如故。'言水路纡深,回望如一矣。"据对《水经注》有研究的陈庆元先生相告,所述均为顺流,因为有"又东"二字,东,就是向下游之确证。"信宿",是两夜之意,两夜犹望见此物,言船在江上纡徐回转。"三朝三暮"犹见"黄牛",有些夸饰,但是可以想见黄牛滩的迂回曲折。

刘白羽在1950年代写的《长江三日》里说:"这滟滪堆指的是一堆黑色巨礁。它对准峡口,万水奔腾一冲进峡口,直奔巨礁而来。你可想象得到那真是雷霆万钧,船如离弦之箭,稍差分厘,便撞得个粉碎。"①

由此可见,当时船行三峡并不是那么直线式乘流而下的,而是迂回曲折

---

① 《刘白羽散文选》,人民文学出版社,1978年,第224页。

的,更严重的是相当险恶;可是在将近六十高龄的李白心目中,不但快捷,而且安全,一切凶险居然不在眼下。这种感觉,更说明李白当时是如何地归心似箭了。

为什么会归心似箭到不顾安危呢? 安史之乱中,李白犯了一个相当严重的政治错误,在"充军"的途中得到赦书,政治上的压力消失,一种获得解脱的情感通过轻快安全的感觉得到淋漓尽致的表达。在被俘以前,李白没有意识到他兴奋无比地参加的永王璘集团的政治性质,永王战败,李白成了罪犯。这种罪名,属于大逆不道,连李璘都死于非命了。对于李白来说,这不但是个政治问题,而且是个人尊严的问题。李白没有想到他要付出的政治和道义上的代价,是这么沉重。不管他感到多么冤屈,还是判了个流放夜郎(今贵州桐梓一带)。天才诗人早期自夸的"颇涉霸王略"、"将期轩冕荣",此时完全成了反讽。这是李白一辈子最惨的时候,声名狼藉,应该是相当孤立的。对于这一点,后世的读者可能感觉比较淡漠,但是,他的朋友杜甫在《不见(近无李白消息)》中说得极其真切:"世人皆欲杀,吾意独怜才。"这样破帽遮颜的狼狈,可能为时不太长。一些学者考证,就在李白到达白帝城(或者附近)的时候,赦书到了,这就是李白自己所说的"中道遇赦"。此时再看"世人皆欲杀"的处境,可能就有一点后怕的感觉了。这时的李白,顿然会感到轻松无比的:不但政治压力没有了,而且可以和家人团聚了。李白毕竟是李白,年近花甲,居然青春焕发的感觉油然而生,不把三峡航道的凶险放在心上。

一个从政治灾难中走出来的老诗人,居然能有这样轻松的感觉,甚至让后世一些研究他的学者狐疑,认为不可思议:如此充满青春朝气的诗作,竟然出自一个历尽政治坎坷的垂暮老人之手。但是,李白的可爱、可敬、可笑、可恨,全在这里了。

兜了这么大一个圈子,我们只是阐释了:归心似箭的情感如此这般地转化为迅速安全的感觉。

三 为什么不能说轻"心"已过,而要说轻"舟"已过?

但是,问题仍然不可回避,明明是他的心里感觉到轻松,为什么不说"轻心已过万重山",而说"轻舟已过万重山"? 有人说,李白这首诗的诗眼是一个"轻"字,似乎还不太恰切,因为忽略了"轻舟"与"轻心"之间微妙的差异。

一字之异,诗人的感觉和俗人的感觉划出了分水岭。这里,起作用的不仅仅是他的心情,还有他那永不衰退的艺术想象。

轻心,是一种感情,这种感情直接传达是吃力不讨好的;一旦把它转化为感觉,在船上的诗人的感觉,由心轻变成舟轻,读者就不难被感染了。艺术就是这样奇妙,明明是心轻,却不能说。三峡潮水奔流,舟越是轻,就越是不安全,但是在诗歌里,偏偏要说轻舟才有安全感。

李白的诗歌艺术之所以达到他人难以到达的境界,当然得力于他的艺术想象力。但是,作为诗人,哪个不是长于想象的呢?李白的想象,无疑是杰出的。他的名句,如"蜀道之难难于上青天"(《蜀道难》)、"燕山雪花大如席"(《北风行》)、"狂风吹我心,西挂咸阳树"(《金乡送韦八之西京》)、"举杯邀明月,对影成三人"(《月下独酌》)等等,都是想落天外,笔参造化。这个特点,用西方浪漫主义诗人雪莱的话来说,就是"诗使它能触及的一切变形"(英国浪漫主义诗歌理论家赫斯列特也持类似的观念)①。这种想象变形的理论,和司空图的"遗形得似"相通,但是,用来解释"轻舟已过万重山",还是有些困难。因为这里的"轻舟",似乎没有什么变形的痕迹。而且"狂风吹我心,西挂咸阳树",变的也不仅仅是"形",其功能、其质地都变化了。

四 吴乔:"诗酒文饭"之说

在这一点上,倒是中国的吴乔的理论更经得起经典文本的检验:

> 又问:"诗与文之辨?"答曰:"二者意岂有异,唯是体制辞语不同耳。意喻之米,文喻之炊而为饭,诗喻之酿而为酒;饭不变米形,酒形质尽变。"(《答万季埜诗问》)②

这个"文饭诗酒"的学说、"形质俱变"的理论,较之西方浪漫主义的想象变

---

① 参阅孙绍振:《文学创作论》,海峡文艺出版社,2004年,第313页。
② 王夫之:《清诗话》(上),上海古籍出版社,1978年,第27页。

形理论,应该说更有阐释的有效性。事实上,"举杯邀明月,对影成三人",变的不仅仅是形,而是月和影都变成了人;孤独的人,变成了在朋友的包围之中,二者都发生了质变。"文饭诗酒","形质俱变",语言的"陌生化"很显著,可以顺利解读中外更大量的经典诗歌文本,但是,并不能解读一切。具体来说,就是李白这里的"轻舟已过万重山",还是不能得到顺利的解释。因为这里的轻舟,并没有发生形变或者质变。

可见,形质之变只是诗歌艺术想象之一类,其特点是变异的幅度相当显著,如果要命名的话,可以暂且名之为"显性"艺术想象。

但是,在诗歌中,除此之外,还有一种现象,表面看来,与客观对象之间是没有明显的差异的。就月亮而言,不但有李白式变异幅度很大的,还有变异幅度不明显的。远的如陶渊明的"晨兴理荒秽,带月荷锄归";近的如"月出惊山鸟,时鸣春涧中"(王维《鸟鸣涧》),"撩乱边愁听不尽,高高秋月照长城"(王昌龄《从军行》)。就舟而言,王湾就有"客路青山外,行舟绿水前"(《次北固山下》)。这里的"行舟"正如李白的"轻舟"一样,表面上没有大幅度的变形和变质,但是隐性的变异却是巨大的。在李白那里,是从主观情感的轻松转化为船的轻快之感。在王湾这里也一样,光是从开头这两句看不出来,同样要从诗歌上下文中去追寻:"潮平两岸阔,风正一帆悬。"表面上似乎是客观的描述,没有什么明显的变异似的。这里的潮的状态(平而稳)和风的方向(正而微),明显有一种"顺心"的感觉,水的开阔、帆的平稳,是被心的平静安宁同化了的。这种平静安宁的情感,不仅仅在字面上,而且在字里行间构成一种情感的"场"。诗里的"场",是想象的世界,从字面上到字里行间,都是被主体感情同化了的。不过有时这种同化是显性的形变或者质变,而有时则是隐性的。王湾的主观情感对行舟的同化,和李白"轻心"对"轻舟"的同化一样,都是"隐性"的。隐性变异的特点,第一,就是潜在的、默默的、渗透式的;第二,就是它的整体性,也就是"场",从局部来看,没有变异的迹象,但是,从整体来看,在意象的有机组合关系中有一种和谐的情绪境界。这就是中国古典诗歌的"意境",正因为是整体性的"场",所以才"不着一字,尽得风流"。

正是因为这样,要把绝句的奥秘揭示出来,孤立地分析一个意象(如轻舟、明月、行舟等等)是不够的。既然这种想象是渗透在整体的"场"中的,就应该从整体的有机联系中,也就是从结构中、从句子与句子的内在关联中去进行微观的分析。

这种分析方法对于绝句尤为重要,因为绝句较之律诗和古风来说篇幅更短小,只有四句,结构整体性的功能对这种形式来说有更深邃的奥秘。

五 杨载:绝句第三、四句的"婉转变化"工夫

光有"轻舟"的感觉,还不能穷尽这首诗艺术的全部奥秘。如果没有第三句"两岸猿声啼不住"作为铺垫,二者构成饱含张力的机理,肯定大为逊色。古典诗话论及绝句,非常强调第三句的重要。元人杨载在《诗法家数·绝句》中谈到诗的起承转合的"转"时说:"绝句之法,要……句绝意不绝,多以第三句为主,而第四句发之……承接之间,开与合相关,反与正相依,顺与逆相应……大抵起承二句固难,然不过平直叙起为佳,从容承之为是。至如宛转变化工夫,全在第三句,若于此转变得好,则第四句如顺流之舟矣。"①对于李白这首诗的第三句,古典诗话家自然不会放过,如清人桂馥在《札朴》中说此诗:"……妙在第三句,能使通首精神飞越。若无此句,将不得为才人之作矣。"②清人施补华《岘佣说诗》也有同样的意思:"'千里江陵一日还',如此迅捷,则轻舟之过万山不待言矣,中间却用'两岸猿声啼不住'一句垫之;无此句,则直而无味,有此句,走处仍留,急语仍缓。可悟用笔之妙。"③

第三句很好,是众多诗话家的共识,但是好在哪里,却不容易阐释到位。清人沈德潜《唐诗别裁集》曰:"写出瞬息千里,若有神助,入'猿声'一句,文势不伤于直,画家布景设色,每于此处用意。"④说此句有神助,是一种赞叹,是一种直觉;说到"画家布景设色"倒是有了作者的观点,诗中有画,布景设色,都是视觉形象。这个观点很有代表性。但是,细读第三句,"两岸猿声啼不住",只是听觉感受,并没有视觉画面,也谈不上"设色"和"布景"。

事实上,在这首诗里,李白的天才并不表现在景色的描摹上,而是在:第

① 何文焕:《历代诗话》(下),中华书局,1981 年,第 732 页。
② 桂馥:《札朴》卷六,中华书局,1992 年,第 233 页。
③ 王夫之:《清诗话》,上海古籍出版社,1978 年,第 998 页。
④ 沈德潜:《唐诗别裁集》卷二十,中华书局,1975 年,第 265 页下。

一，他虽然袭用了郦道元的"朝发白帝，暮到江陵"，但是，偏偏就没有追随他去描绘三峡景色，"两岸猿声"与"布景设色"根本扯不上边。诗话家们不约而同地受"诗中有画，画中有诗"霸权话语的束缚（关于这一点，下文将全面论述），完全无视于李白此时恰恰是把视觉关闭起来，让听觉独享猿声之美。第二，本来，民歌"巴东三峡巫峡长，猿鸣三声泪沾裳"，悲凉意味已经成为典故，相当稳定，一般诗人都以猿啼寄悲凉之情，就是杜甫，也遵循着典故的原意写"听猿实下三声泪"（《秋兴》），但是，李白却反其意而用之，悲凉的猿声在他的感觉中也变异为轻快、安全、欢欣交融的感觉。化悲声中见乐感，显出了艺术家的魄力。第三，以上讲的还是从内涵上分析的，但是杨载所说"婉转变化工夫全在第三句"，讲的是结构的"开与合相关，反与正相依，顺与逆相应"。看来不从结构内部的对立和转化去阐释，还是囫囵吞枣。

绝句的第三句要"变化"，所谓变化，就是和前面两句有所不同。究竟如何不同，前人直觉很精彩，却没有把直觉概括为观念。

绝句第三句的变化，有几种形式。第一种是在句法上，如果前两句是陈述性的肯定句，第三句（或者是第四句）若仍然是陈述性的肯定句，单纯而不丰富，难免单调，因而相当少见。诗人往往在第三句转换为疑问、否定、感叹等句式。如王之涣的《凉州词》："黄河远上白云间，一片孤城万仞山。羌笛何须怨杨柳，春风不度玉门关。"前两句是陈述的肯定句，第三句是感叹语气，第四句是否定语气。又如贺知章的《咏柳》："碧玉妆成一树高，万条垂下绿丝绦。不知细叶谁裁出，二月春风似剪刀。"杜牧的《泊秦淮》："烟笼寒水月笼纱，夜泊秦淮近酒家。商女不知亡国恨，隔江犹唱后庭花。"两首的前两句都是肯定的陈述，第三句是否定句。沈德潜在《唐诗别裁》中所提到的另外两首"压卷"之作，王维之"渭城"，王昌龄之"奉帚平明"，在句法上、语气上的转换，皆类此。

六　流水句的功能

但是，细读李白这首诗的第三句，在句法上并没有上述变化，四句都是陈述性的肯定句（"啼不住"是持续的意思，不是句意的否定）。这是因为，句式的变化还有另一种形式：如果前面两句是相对独立的单句，则后面两句为相互串联的"流水"句式。例如,上面所举的例子,第三句都是不能独立的,"不知细叶谁裁出"离开了"二月春风似剪刀","商女不知亡国恨"离开了"隔江犹唱后庭花",句意是不能完足的;"羌笛何须怨杨柳"离开了"春风不度玉门关",是没有诗意的。"流水"句式的变化,既是技巧的变化,也是诗人心灵的活跃。前面两句,如果是描绘性的画面的话,后面两句如果再描绘,可能显得平板。而"流水"句式使得诗人的主体更有超越客观景象的能量,更有利于表现诗人的感动、感慨、感叹、感喟。李白的绝句之所以比杜甫的得到更高的历史评价,就是因为他善于在第三、第四句上转换为"流水"句式。如李白的《客中作》:"兰陵美酒郁金香,玉碗盛来琥珀光。但使主人能醉客,不知何处是他乡。"其好处在于:首先,第三句是假设语气,第四句是否定句式、感叹语气;其次,这两句构成"流水"句式,自然、自由地从第一、二句对客体的描绘中解脱出来,转化为主观的抒情。《下江陵》这一首,第三句和第四句也有这样的特点。"两岸猿声啼不住"和"轻舟已过万重山"结合为"流水"句式,就使得句式不但有变化,而且更加流畅。这也就是杨载所说的"宛转"的"变化工夫"。

"宛转变化"的句法结构,为李白的心理婉转地向纵深层次潜入提供了基础。

前面两句,"白帝"、"彩云"、"千里江陵"都是画面,都是视觉形象;第三句超越了视觉形象,转化为听觉。这种变化是感觉的交替。此为第一层次。听觉中之猿声,由悲转变为美,显示出高度凝神,以至因听之声而忽略视之景,由五官感觉深化为凝神观照的美感。此为第二层次。第三句的听觉凝神,特点是持续性("啼不住",啼不停),到第四句转化为突然终结,美妙的听觉变为发现已到江陵的欣喜,转入感情深处获得解脱的安宁,安宁中有欢欣。此为第三层次。猿啼是有声的,而欣喜是默默的;舟行是动的,视听是应接不暇的,安宁是静的,欢欣是持续不断的,到达江陵是突然发现的:构成的张力是多重的。此为第四层次。这才深入到李白此时感情纵深的最底层。古典诗话注意到了李白此诗写舟之迅捷,但是忽略了感觉和情感层次的深化。迅捷、安全只是表层感觉,其深层中隐藏着无声的喜悦。这种无声的喜悦是从诗人对有声的凝神中反衬出来的。通篇无一喜字,喜悦之情却尽在字里行间,在句组的"场"之中。

七 "诗中有画"的片面性

如果以上的分析没有大错的话,那么,现在可能有条件来回答文章开头提出来的问题,也就是杜甫的绝句,尤其是七言绝句为什么在历代诗话中得不到像李白七绝这样高的评价。在杜甫的全部诗作中,绝句的比例不大,比起他的律诗和古风来说,可以说是很少的。但是,他和李白一首一首写不一样,似乎写得很顺手,常常同一个题目一写就是好几首。如《绝句漫兴九首》、《江畔独步寻花七绝句》、《夔州歌十绝句》、《戏为六绝句》、《绝句四首》水准参差不齐,当然也不乏相当精致的作品。如《江畔独步》之一:"黄四娘家花满蹊,千朵万朵压枝低。留连戏蝶时时舞,自在娇莺恰恰啼。"最后两句属对之工,从声韵到意味,得到历代不少诗评的赞赏。这是因为杜甫长于对偶,甚至在律诗《登高》中,四联都对而不见雕凿痕迹,把他的优长发挥得淋漓尽致,甚至可以说登峰造极。但是,有时,他似乎对自己这方面的才华缺乏节制,过分地放任了,就产生了《绝句四首》中的:

> 两个黄鹂鸣翠柳,一行白鹭上青天。
> 窗含西岭千秋雪,门泊东吴万里船。

最显著的特点是:四句皆对,好像是把律诗当中的两联搬进了绝句。这当然也是一体,其数词相对、色彩相衬、动静相映,诗中有画,堪称精致。但是,许多诗评家仍然表示不满,甚至不屑,"率以半律讥之"。

为什么把律诗的一半转移到绝句中来,就要受到讥笑呢?这在理论上有什么根据?胡氏没有说。杨慎说这四句"不相连属"①,胡应麟则说"断锦裂缯"②。但是,就现有的绝句的理论积累来衡量,杜甫可能是疏忽了"宛转变化工夫,全在第三句",第三句要求在第一、二句的基础上承转。那么杜甫有没有意识到第三句的承转功能呢?似乎是意识到了的。第一、二句,从"鸣翠柳"到"上青天",视野越来越开阔,这里的视觉形象是没有边框的;而

---

① 《升庵诗话》卷十一《绝句四句皆对》:"绝句四句皆对,杜工部'两个黄鹂'是也,然不相连属。"见丁福保辑:《历代诗话续编》,中华书局,1983年,第853页。

② 《诗薮》内编卷六《近体下·绝句》:"杜以律为绝,如'窗含西岭千秋雪,门泊东吴万里船'等句,本七言壮语,而以为绝句,则断锦裂缯类也。"上海古籍出版社,1979年,第121页。

到了第三句,则把它放在窗子的框架之中,使之真正地变成了一幅诗中之画;而由于对仗的规格,第四句仍然是一幅框架中的图画,不过是以门框为边界。这两幅图画,承接则有之,变化也不能说没有,如门框里泊着是"东吴万里船",这就有一点主体的意向了,但是,这个意向只是潜在的意向,还没有能够"动"起来,固然和鸣翠柳、上青天和千秋雪构成了画幅,但是,联系到"东吴万里"的意向,是此间美景的留恋呢,还是东吴生活之向往呢?心灵似乎没有为之受到冲击。与唐诗压卷之作那样"开与合相关,反与正相依,顺与逆相应"相比,则不能不说缺乏性灵的动感了。第一,这里,没有句法上的变化,四句全是陈述的肯定语气,两联都是对仗,结构上只有统一而缺乏变化,显得呆板;第二,全诗限于视觉景观,缺乏感觉和情感之间的互动,因而性情不能充分地激活。

杜甫的这首诗,好在诗中有画,缺失也在诗中有画。诗中有画,为什么又是缺点呢?因为诗中之画,不同于画中之画。画中之画,是静态的、刹那的,而诗以语言为媒介,是历时的、持续的。自古中外都有"画是无声诗,诗是有声画"的说法,苏东坡在《书摩诘〈蓝田烟雨图〉》中也说:"味摩诘之诗,诗中有画。观摩诘之画,画中有诗。诗曰:'蓝溪白石出,玉川红叶稀。山路元无雨,空翠湿人衣。'"①这里突出强调的是诗与画的共同性。本来这作为一种感情色彩很浓的赞美,很精辟,有其相对的正确性,但是作为一种理论,无疑有其片面性,因为其中忽略了不可忽略的差别。特别是这一段话经过长期传诵,抽去了具体所指的特殊对象,就变得越来越肤浅了。诗和画由于借助的工具不同,它们之间的区别是这样大,又这样容易被人忽视,很值得思考。绝对地用画的优越来赞美诗的优越是一种盲从。明朝人张岱直接对苏东坡的这个议论提出异议:"若以有诗句之画作画,画不能佳;以画意之诗为诗,诗必不妙。如李青莲《静夜思》:'举头望明月,低头思故乡',有何可画?王摩诘《山路》诗:'蓝田白石出,玉川红叶稀',尚可入画;'山路原无雨,空翠湿人衣',则如何入画?"②张岱的观点接触到了艺术形式之间的矛盾,却未充分引起后人的注意。不同艺术形式间不同规范在西方也同样受到漠视,以至莱辛认为有必要写一本专门的理论著作《拉奥孔》来

---

① 《苏轼全集》文集卷七十,上海古籍出版社,2000 年,第 2189 页。
② 张岱:《琅嬛文集·与包严介》,岳麓书社,1985 年,第 152 页。

阐明诗与画的界限。莱辛发现同样以拉奥孔父子被毒蟒缠死为题材,古希腊雕像与古罗马维吉尔的史诗所表现的有很大不同。在维吉尔的史诗中,拉奥孔发出"可怕的哀号","象一头公牛受了伤","放声狂叫",而在雕像中身体的痛苦冲淡了,"哀号化为轻微的叹息"。这是"因为哀号会使面孔扭曲,令人恶心",而且远看如一个黑洞,"激烈的形体扭曲与高度的美是不相容的"。而在史诗中,"维吉尔写拉奥孔放声号哭,读者谁会想到号哭会张开大口,而张开大口就会显得丑呢?""写拉奥孔放声号哭那行诗只要听起来好听就够了,看起来是否好看,就不用管。"①应该说,莱辛比张岱更进了一步,即使肉眼可以感知的形体(而不是画中不能表现的视觉以外的东西)在诗中和在画中也有不同的艺术标准。不同艺术形式的优越性是如此地不同,是值得花一点工夫弄清的。

八　诗中之画应该是动画

在我看来,关键还在于画中之画是静止的,而诗中之画的优越性在:第一,超越视觉的刹那,成为一种"动画",有了动感,才便于抒情。感情的本性,就是和"动"分不开的,故曰感动,曰触动,曰动心,曰动情,曰情动于衷,反之则曰无动于衷。连英语的感动都是从"动"(move)引申出 to stir the emotions的意味,甚至 moved to tears, to arouse, to excite, or provoke to the expressions of an emotion。从心理学来说,感情就是一种激动,激而不动,就是没有感情。仍以李白的月亮意象为例,"举杯邀明月,对影成三人"(《月下独酌》),"暮从碧山下,山月随人归"(《下终南山过斛斯山人宿置酒》),画面的持续性克服了刹那瞬间才显出情的动态。第二,诗中的画,不但是"动画",而且往往是"声画",其妙处全在声音。"月出惊山鸟,时鸣春涧中。"(王维《鸟鸣涧》)这是岑寂和鸣叫反衬的效果,听觉激起的微妙心动,视觉是无能为力的。第三,最主要的是,诗中的画,不管是动画还是声画,最根本的还是"情画",情不能在动画之上直接表现,必然隐蔽在画面之外。即使出现了静态的画面,也不仅仅是视觉在起作用,而是心在被感"动"。

---

① 《拉奥孔》,朱光潜译,人民文学出版社,1979 年,第 16、22 页。

如王昌龄《从军行》：

> 琵琶起舞换新声，总是关山旧别情。
>
> 撩乱边愁听不尽，高高秋月照长城。

第一、二句是听觉，妙处在第三句，断然转折，为第四句从听觉转入视觉提供铺垫：听了一曲又一曲，心烦意乱，这是内心的"声画"。突然转换为一幅宁静的画面——秋月高照长城，暗示着，听得心烦变成了看得发呆。诗中之画妙在以外在的视觉暗示内心的、通常被忽略了的微妙的微波。愁绪本为远隔关山而起，月亮虽在眼前之长城，又能跨越关山，远达天涯。（试想此前有张九龄《望月怀远》的"天涯共此时"之感，此后又有苏东坡《水调歌头》"千里共婵娟"之叹。）在画面的静态中有心灵的动态。而杜甫的那首，恰恰是四幅静态的画面，诗中有画不假，但是有画而心不动。诗中有画，全诗都是画，并不是问题，问题在于静中有动。拿它和韦应物的《滁州西涧》比较一下可能更说明问题：

> 独怜幽草涧边生，上有黄鹂深树鸣。
>
> 春潮带雨晚来急，野渡无人舟自横。

这也是一幅画，但是其中内心的动势很丰富。先是"幽"，也就是无声、荒僻，打破"幽"的是有声的"鸣"。第三句加强了"鸣"是紧张的春潮和急雨，第四句转化了紧张的是"舟自横"。一个"横"字，在这里，有三重内心感应暗示：1.横是和"急"对应的，雨不管多急，舟悠闲地横在那里，是为无人、自在、自如。2.无人之舟，又是有特别的人欣赏（"独怜"）的结果。3.有人而不在的暗示和长久无人的空寂构成内在张力：幽而不幽，不幽而幽。无人而有人怜，有人而无人景。内心和外物之间的多重互动，构成了情感的"场"，无声地升华为意境。

杜甫之失在于，第一过分沉醉于视觉的美，而忽略了情感纵深的活跃。为什么"诗圣"会有这样的失误呢？杨慎讲到七绝时，这样批评杜甫："少陵虽号大家，不能兼善，一则拘于对偶，二则泊于典故。拘则未成之律诗而非绝体，泊则儒生之书袋而乏性情。"①说杜甫"乏性情"，是冤枉的。杜甫岂是

---

① 杨文生：《杨慎诗话校笺·诗话续补遗》卷二《少陵绝句不能兼善》，四川人民出版社，1990 年，第 425 页。

乏性情之人？至于说他"拘于对偶"，却是一语中的。杜甫的对偶工夫太强大了，技巧太熟练了，太得心应手了，写起绝句来，有时给人以批量生产的感觉。当他得心应手地、不假思索地对偶的时候，第三句的转折、第三四句的流水句式，就和他的情怀一起受到严重的抑制。

当然，杜甫写七绝并不一味只用这种句式，毕竟他是大家。有时，他也在第三、四句运用流水句式。如《江南逢李龟年》："岐王宅里寻常见，崔九堂前几度闻。正是江南好风景，落花时节又逢君。"这似乎是应酬之作。但是，他真正感奋起来的时候，也是很深沉的。如《绝句三首》之一：

> 殿前兵马虽骁雄，纵暴略与羌浑同。
> 闻道杀人汉水上，妇女多在官军中。

写这样的诗时，杜甫在悲愤中，似乎忘记了他最拿手的技巧，居然没有对仗句，全是流水句式，第三句还有一个委婉的转折，比之"压卷"之作，情采不亚，只是意脉不如"压卷"之作中显示出来的那样曲折有致。这是在七绝中写出了他律诗的水准。可惜的是，杜甫的好诗太多，当他的七绝写得出色的时候，理所当然；当他写得不够水准的时候，诗评家就有文章可做，议论纷纷了。

当然李白的绝句也并不是十全十美，就以《下江陵》而言，虽然才气横溢，但是也不是没有一点儿缺点。最明显的瑕疵就是第二句"千里江陵一日还"的"还"字。这个字可能给读者两种误解：第一，好像朝辞白帝城，晚上又可以回来的样子。第二，好像李白的家就在江陵，一天就回到家了。事实是，李白并不是想说一天就能到江陵，他的家也并不在江陵。他这样用字，一来囿于"朝发白帝，暮到江陵"的成说。诗中的数字，是不能以数学观念看待的。除了"两岸"也许是写实以外，"千里"、"一日"、"万重"，正如"白发三千丈"一样，都是诗人想象中感觉变异之词，拘泥不得。二来诗人为了与"间"和"山"押韵。从这个角度来说，天才诗人毕竟还有凡俗的一面，虽然诗歌不俗，但是还是不能绝对完全地超越世俗文字之累。我这样说，好像是对于伟大诗人有点不敬：李白当年写这首诗，也许是乘兴之作，笔落惊风，不可羁勒，字句并不一定推敲得很细，这并不是没有可能的。

第九讲

《念奴娇·赤壁怀古》:苏轼的赤壁豪杰风流和智者风流之梦

一 上片并不是"即景写实"

苏轼这首词被历来的词评家们称誉为"真千古绝唱"[①]、"乐府绝唱"[②],被奉为词艺的最高峰,千百年来几乎没有任何争议。但是,其艺术上究竟如何"绝",却很少得到深切的阐明。历代词评家们论述的水准,与东坡达到的水准极不相称。就连 20 世纪词学权威唐圭璋的解读也很不到位。唐先生在《唐宋词选释》中这样说:"上片即景写实,下片因景生情。"[③]由于唐先生的权威,这种说法遮蔽性甚大,在一般读者中造成成见,好像上片只写实,不抒情,下片则只抒情,不写景。这在理论上是讲不通的。首先,"即景写实",与抒情完全游离,不要说是在诗词中,就是在散文中也很难成立。王国维在《人间词话》中早就指出:"昔人论诗词,有景语、情语之别,不知一切景语皆情语也。"[④]当然,论者完全有权拒绝这样的共识,然而,笔者对必要

---

① 胡仔:《苕溪渔隐丛话·前集》,人民文学出版社,1962 年,第 411 页。

② 元好问:《题闲闲书赤壁赋后》,姚奠中、李正民主编:《元好问全集》(增订本下),山西古籍出版社,2004 年,第 843 页。

③ 吴熊和主编:《唐宋词汇评》两宋卷第一册,浙江教育出版社,2004 年,426 页。这个说法影响很大,至今一线教师仍然奉为圭臬。网上一篇赏析文章,一开头就是这样的论调:"《念奴娇·赤壁怀古》上阕集中写景。开头一句'大江东去'写出了长江水浩浩荡荡,滔滔不绝,东奔大海。场面宏大,气势奔放。接着集中写赤壁古战场之景。先写乱石,突兀参差,陡峭奇拔,气势飞动,高耸入云——仰视所见;次写惊涛,水势激荡,撞击江岸,声若惊雷,势若奔马——俯视所睹;再写浪花,由远而近,层层叠叠,如玉似雪,奔涌而来——极目远眺。作者大笔似椽,浓墨似泼,关景摹物,气势宏大,境界壮阔,飞动豪迈,雄奇壮丽,尽显豪放派的风格。为下文英雄人物周瑜的出场作了铺垫,起了极好的渲染衬托作用。"

④ 王国维:《人间词话》,上海古籍出版社,1998 年,第 34 页。

论证的期待却落了空。其次,这样的论断与事实不符。苏东坡于黄州游赤壁曾四为诗文,第一次见《东坡志林·赤壁洞穴》卷四,其文曰:

> 黄州守居之数百步为赤壁,或言即周瑜破曹公处,不知果是否。断崖壁立,江水深碧,二鹊巢其上,有二蛇或见之。遇风浪静,辄乘小艇其下,舍舟登岸,入徐公洞,非有洞穴也,但山崦深邃耳。①

什么叫做"即景写实",这就是"即景写实"。而《赤壁怀古》一开头 "大江东去,浪淘尽千古风流人物",与其说是实写,不如说是虚写。第一,在古典诗歌话语中,大江不等于长江。把"大江东去"当做即景写实,从字面上理解成"长江滚滚向东流去",就不但遮蔽了视觉高度,而且抹杀了话语的深长意味。这种东望大江,隐含着登高望远,观长江一览无余的雄姿。李白诗曰:"登高壮观天地间,大江茫茫去不还。" 只有身处天地之间的高大,才有大江茫茫不还的视野。而《东坡志林·赤壁洞穴》所记:"断崖壁立,江水深碧,二鹊巢其上,有二蛇或见之。"则是由平视转仰视的景观。至于"遇风浪静,辄乘小艇其下,舍舟登岸,入徐公洞,非有洞穴也,但山崦深邃耳",则从平视到探身寻视。按《赤壁洞穴》所记,苏轼并没有上到"断崖壁立"的顶峰。"大江东去",一望无余的眼界,显然是心界,是虚拟性的想象,主观精神性的、抒情性的。这种艺术想象把《东坡志林·赤壁洞穴》中写实的自我,提升到精神制高点上去。第二,光从生理性的视觉去看,不管如何也不可能看到"千古风流人物"。台湾诗人喜欢把审美想象视角叫做"灵视",其艺术奥秘就在于超越了即景写实,把空间的遥远转化为时间的无限。第三,把无数的英雄尽收眼底,使之纷纷消逝于脚下,就是为了反衬出抒情主人公的精神高度。正是因为这样,"大江东去"为后世反复借用,先后出现在张孝祥("平楚南来,大江东去,处处风波恶")、文天祥("大江东去日夜白")、刘辰翁("看取大江东去,把酒凄然北望")、黄升("大江东去日西坠")、张可久("懒唱大江东去"),甚至出现在青年周恩来的诗作中("大江歌罢掉头东")。以空间之高向时间之远自然拓展,使之成为精神宏大的载体,这从盛唐以来,就是诗家想象的重要法门。陈子昂登上幽州台,看到的如果只是遥远的空间,那就没有"前不见古人,后不见来者"那样视隐千载的悲怆

---

① 曾永庄、舒大刚主编:《三苏全书》第五册,语文出版社,2001 年,第 149 页。

了。恰恰是因为看不到时间的邈远,激发出"念天地之悠悠",情怀深沉就在无限的时间之中。不可忽略的是,悲哀不仅仅是因为看不见燕昭王的黄金台,而且因为"后不见来者",悲怆来自时间无限与生命渺小的反差。"故垒西边,人道是三国周郎赤壁",更不是写实。苏东坡在《东坡志林》中明明说:"或言即周瑜破曹公处,不知果是否。"而后人也证明黄州赤壁乃当地"赤鼻"之误(张侃《拙轩词话》)①。"乱石崩云,惊涛拍岸,卷起千堆雪。"也是想象之词。据比作者晚出不到一百年的范成大纪实,赤壁不过是座"小赤土山也"。前《赤壁赋》具纪游性质,有接近于写实的描述:

> 苏子与客泛舟,游于赤壁之下。清风徐来,水波不兴……白露横江,水光接天。

根本就没有一点"乱石崩云,惊涛拍岸,卷起千堆雪"的影子。更为关键的是,苏轼所说"风流"人物,聚焦于周瑜。时人对周瑜的形象概括完全是一个雄武勇毅的将军:"衔命出征,身当矢石,尽节用命,视死如归。"②而苏轼用"风流"来概括这个将军,不但是话语的创新,而且理解也是独特的。

二 风流:名士风流和豪杰风流

"风流"本来有稳定且丰富的内涵:或指文采风流(词采华茂、婉丽风流),或指艺术效果(不着一字,尽得风流),或指才智超凡、品格卓尔不群(魏晋风流),或指高雅正派、风格温文(风流儒雅、风流蕴藉),或与潇洒对称(风流谢安石,潇洒陶渊明),实际是互文见义,合二而一。所指虽然丰富,但大体是指称才华出众,不拘礼法,我行我素,放诞不羁,当然也包括在与异性的情感方面不受世俗约束,可以用"是真名士自风流"来概括。风流总是和名士,也就是落拓不羁的文化精英互为表里。"风流"作为一个范畴,是中国古代精英知识分子特有的理想精神范畴。西方美学的崇高与优美两个方面都可以纳入其中,但又不同,那就是把深邃和从容、艰巨和轻松、高雅和放任结合在一起。在西方只有骑士精神可能与之相称,但骑士献身

---

① 张侃:《张氏拙轩集》卷五,影印本《文渊阁四库全书》第 1181 册,第 429 页。
② 陈寿:《三国志》(下),中华书局,2005 年,第 937 页。

国王和美女,缺乏智性的深邃,更无名士的高雅。这个范畴本来就相当复杂,而到了苏轼这里,又对固定的内涵进行了突围:主要是风流从根本上说是在野的风格,而《赤壁怀古》所怀的却是在朝的建功立业。

"赤壁怀古",怀的并不是没有任何社会责任的名士,而是当权的、创造历史的豪杰,是叱咤风云的英雄。苏东坡把"风流"用于"豪杰",其妙处不但在于使这个已经有点僵化的词语焕发了新的生命,而且在于用在野的向往去同化了周瑜,一开头的"千古风流人物"就为后半片周瑜的儒雅化埋下了伏笔。这个词语的内涵的更新如此成功,以至近千年后,毛泽东在《沁园春·咏雪》中禁不住用"风流人物"来概括他理想的革命英雄。"风流人物"的内涵这样大幅度的更新,层次是十分细致的。在开头还是一种暗示,一种在联想上的潜隐性的准备。

在苏轼的心中,有两个赤壁,两种"风流":一个是《念奴娇·赤壁怀古》中的壮丽的、豪杰的赤壁,一个是前《赤壁赋》中,"清风徐来,水波不兴"、"白露横江,水光接天"、婉约优雅的、智者的赤壁。两种境界都可以用"风流"来概括,但是,是两种不同的"风流",这种不同并不完全由自然景观决定,而且是诗人不同心态的选择。时在元丰五年(1082),苏轼先作了《赤壁赋》,又作《赤壁怀古》①,显然是表现了一种风流意犹未尽,要让自己灵魂深处的豪杰"风流"得到正面的表现。不再采用赋体,而用词这种形式,无非是因为它更具超越写实的、想象的自由。

在前《赤壁赋》中,写到曹操,是"一世之雄",但是,诗人借一个朋友(客)之口提出了一个否定性的质疑:

> 客曰:"'月明星稀,乌鹊南飞。'此非曹孟德之诗乎?西望夏口,东望武昌。山川相缪,郁乎苍苍,此非孟德之困于周郎者乎?方其破荆州,下江陵,顺流而东也,酾酒临江,横槊赋诗,固一世之雄也,而今安在哉?"

"舳舻千里,旌旗蔽空"的霸气、"酾酒临江,横槊赋诗"的豪情,固然豪迈,但是只能是"一世之雄",在智者眼中,终究逃不脱生命的大限,这个生命苦短的母题,早在《古诗十九首》中就形成了。曹操在《短歌行》中把《古诗十九

---

① 按:关于《赤壁怀古》作于《赤壁赋》之后的考证,见孔凡礼《苏轼年谱》(中),中华书局,1998年,第545页。

首》的及时行乐提升到政治上、道德上"天下归心"的理想境界。但是,这个母题在苏东坡这里,还有质疑的余地,也就是不够"风流"。他借朋友①之口提出来,随即在自答中把这个母题提升到哲学层面:

> 苏子曰:"客亦知夫水与月乎?逝者如斯,而未尝往也。盈虚者如彼,而卒莫消长也。盖将自其变者而观之,则天地曾不能以一瞬。自其不变者而观之,则物与我皆无尽也,而又何羡乎?且夫天地之间,物各有主。苟非吾之所有,虽一毫而莫取。惟江上之清风,与山间之明月。耳得之而为声,目遇之而成色。取之无禁,用之不竭,是造物者之无尽藏也,而吾与子之所共适。"

这里有庄子的相对论,宇宙可以是一瞬的事,生命也可以是无穷的,其间的转化条件,是思辨方法是否灵活到从绝对矛盾中看到其间的转化和统一。自其变者而观之,则生命是暂短的;自其不变者而观之,则生命与物质世界皆是不朽的。这里还有佛家的哲学,七情六欲随缘生色,"耳得之而为声,目遇之而成色。取之无禁,用之不竭"。宇宙空间和时间的无限,就变成生命的无限,这就是苏轼此时向往的通脱豁达的自由境界。在苏轼那里,这个境界是可以列入"风流"(潇洒)范畴的。

这种随缘自得哲学之所以被青睐,和苏轼当时的生存状态有关。在"乌台诗案"中,他遭到的迫害是严酷的,这个不乏少年狂气的壮年人,不但受到政治的打击,而且受到精神的摧残,在被拘之初,曾经和妻子诀别,安排后事,"自期必死"②,心情是很绝望的。在牢狱中,死亡的恐惧又折磨了他好几个月。而亲朋远避,更使他感到世态炎凉、人情之浇薄。贬到黄州以后,物质生活向来优裕的诗人遭遇贫困,有时竟到饿肚子的程度。他在《晚香堂书帖》中,借书写陶渊明的诗述及自己的窘境:"流寓黄州二年,适值艰岁,往往乏食,无田可耕,盖欲为陶彭泽而不可得者。"③这一切使这个生性豪放、激情和温情俱富的诗人遭受严重的精神创伤。在如此严酷的逆境中,

---

① 按:这个"客"实有其人,是一个道士,叫杨世昌,是苏轼的朋友,曾经在苏轼黄州府上住过一年。见孔凡礼:《苏轼年谱》(中),中华书局,1998年,第543、545页。

② 《杭州召还乞郡状》,孔凡礼点校:《苏轼文集》(中华书局,1966年)卷三十二;孔凡礼:《苏轼年谱》(上),中华书局,1998年,第451页。

③ 孔凡礼:《苏轼年谱》(中),中华书局,1998年,第537页。

以诗获罪的诗人不得不寻求自我保护,表现出对贬谪无怨无尤、随遇而安的样子,但是他又岂能满足于庸庸碌碌苟且偷生? 因而,在生活态度上,创造出一种超越礼法,对人生世事豁达淡定、放浪形骸的姿态。《东坡乐府》卷上《西江月》自序说:"春夜行蕲州水中,过酒家,饮酒醉,乘月到一溪桥上,解鞍,曲肱醉卧少休,及觉已晓,乱山攒拥,流水锵然,疑非尘世也,书此语桥柱上。"①这样的姿态,和他的朋友柳永的"今宵酒醒何处? 杨柳岸,晓风残月",有一脉相通之处。醉卧溪桥的自由浪迹、从容豁达,就成为此时期词作中名士"风流"的主题。

这个主题,从根本上来说,是一种出世的想象。这种出世的想象,并不完全是僧侣式的苦行。从正面说,就是从大自然中寻求安慰;从反面说,就是对自己精英身份的漫不经心。宛委山堂刻本《说郛》言苏轼初谪黄州"布衣芒履,出入阡陌,多挟弹击江水,与客为娱乐。每数日必一泛舟江上,听其所往,乘兴或入旁郡界,经宿不返"②。贬官的第三年,苏轼在《定风波》前言中这样自叙:"沙湖道中遇雨。雨具先去,同行皆狼狈,余独不觉。已而遂晴,故作此。"他把这种姿态诗化为一种平民的潇洒:"竹杖芒鞋轻胜马,谁怕? 一蓑烟雨任平生。料峭春风吹酒醒,微冷,山头斜照却相迎。"

但是,这种不拘礼法,这种放浪,毕竟和柳永有所不同,其一,这里有他的哲学和美学基础,因而,他的风流不仅仅是名士之风流,而且是智者之风流。正是因为这样,在前《赤壁赋》中,不但诗化了江山之美,而且将之纳入宇宙无限和生命有涯的矛盾之中,把立意提升到生命和伟业的矛盾的高度。其二,正因为是智者,他的不拘礼法是很自然、很平静、很通脱的。因而,长江在他笔下,宁静而且清净:"清风徐来,水波不兴","白露横江,水光接天",体现的正是他坦然脱俗的心境。在这种心境的感性境界中,融入了形而上的思索,就成了《赤壁赋》中苏轼的心灵图景。

如果这一切就是苏东坡内心的全部,那他就没有必要接着又写《念奴娇·赤壁怀古》了。张侃《拙轩词话》说:"苏文忠'赤壁赋'不尽语,裁成'大江东去'词。"③"不尽语",是什么语呢? 《赤壁赋》中的心灵图景虽然深

① 孔凡礼:《苏轼年谱》(中),中华书局,1998 年,第 537 页。
② 孔凡礼:《苏轼年谱》(上),中华书局,1998 年,第 496 页。
③ 张侃:《张氏拙轩集》卷五,影印本《文渊阁四库全书》第 1181 册,第 429 页。

邃,然而毕竟是以智者的通脱宁静为基调,而苏东坡并不仅仅是个智者,他内心还有一股英气豪情,不能不探寻另一种风流。

正是因为这样,在《念奴娇·赤壁怀古》中,读者看到的是另一个赤壁,《赤壁赋》中天光水色纤尘不染的长江,到了《念奴娇·赤壁怀古》中变成了波澜壮阔、撼山动岳、激情不可羁勒的怒潮,这当然不仅仅是自然景观的特点,其间涌动着苏东坡压抑不住的豪情。但是,光有豪情,还算不上风流。《赤壁怀古》的任务,就是要把豪情和风流结合起来。

"江山如画,一时多少豪杰!""如画",这是上半片的结语。但是,这"画",并不仅仅是长江的自然景观,而且是"千古风流"的人文景观,有"一时多少豪杰"为之作注。自然景观的雄奇伟绩,正是他内心深处的政治和人格理想的意象。作为上片和下片之间意脉的纽结,这里是一个极其精致的转折,"千古风流"转换成"一时豪杰"。意脉的密合就从英雄的多数凝聚到唯一的英雄周瑜身上。

此句承上启下,功力非凡,以至近千年后的毛泽东在《沁园春·雪》中,从上片转向下片,从咏自然景观的雪转向咏无数历代英雄人物,几乎是用了同样的句法:"江山如此多娇,引无数英雄竞折腰。"

前《赤壁赋》中主角是曹操,而《赤壁怀古》则是周瑜。曹操从"一世之雄"变成了"灰飞烟灭"。很显然,为了衬托周瑜,在成败生灭的矛盾中,周瑜成为颂歌的最强音。当然,这并不完全是歌颂周瑜,同时也有苏东坡的自我期许在内,元好问说:"东坡赤壁词,殆戏以周郎自况也。"①

可惜的是,元好问对自己的论点没有切实的论证。其实,苏东坡在词的下半片对历史上的周瑜进行了升华。表面上,越是把周瑜理想化,就越是远离苏轼,实质上,按照自己的气质重塑周郎,越是理想化,就越是接近苏轼的灵魂,越是带上苏东坡的情志色彩。

首先是把以弱搏强、充满了凶险和血腥的赤壁之战,诗化为周瑜"谈笑间"便使"樯橹灰飞烟灭"。"谈笑间",应该是从李白《永王东巡歌》"但用东山谢安石,与君谈笑净胡沙"中脱胎而来,表现取胜之自如而轻松。这种指挥若定、决胜千里、轻松潇洒的形象,正是从苏轼一开头的"千古风流"的

---

① 元好问:《题闲闲书赤壁赋后》,姚奠中、李正民主编:《元好问全集》(增订本下),第843页。

基调中演绎出来的。

其次,这种理想化的"风流"还蕴涵在"雄姿英发"的命意之中。苏轼对曹操的想象是"一世之雄",定位在一个"雄"字上。而对于周瑜,如果要在"雄"字上做文章,笔墨驰骋的余地是很大的。那个"破荆州,下江陵"、"酾酒临江,横槊赋诗"的曹操就是被周瑜打得"灰飞烟灭"的。但是,如果一味在"雄"的方面发挥才思,那就可能远离"风流"了,苏轼的思路陡然一转,向"英发"的方面驰骋笔力,让周瑜在豪气中渗透着秀气。"羽扇纶巾",完全是苏东坡自我期许的同化,把一个"衔命出征,身当矢石,尽节用命,视死如归"的英雄变成手拿羽毛扇的军师、头戴纶巾的儒生智者。从诗意的营造上看,光是斩将拔旗的武夫,是谈不上"风流"的,带上儒生智者的从容甚至漫不经心,才具备"风流"的属性。从中不但可以看出苏东坡的政治理想,而且可以感受苏东坡的人生美学。一方面,在正史传记中,谋士的价值是远远高于猛士的。汉灭项羽后,论功行赏。萧何位列第一,而曹参虽然攻城夺寨,论武功第一,但是位列萧何之后。刘邦这样解释:"夫猎,追杀兽兔者狗也,而发踪指示兽处者人也。今诸君徒能得走兽耳,功狗也。至如萧何,发踪指示,功人也。"①(《史记·萧相国世家》)故张良的军功被司马迁总结为"运筹帷幄之中,决胜千里之外"。另一方面,苏东坡不是范仲淹,他没有亲率铁骑克敌制胜的实践,他理想中的英雄,只能是充满谋士、军师气质的英才。故黄苏《蓼园词评》说:"题是怀古,意谓自己消磨壮心殆尽也。总而言之,题是赤壁,心实为己而发。周郎是宾,自己是主。借宾定主,寓主于宾,是主是宾,离奇变幻。"②不可忽略的是,苏东坡举重若轻,笔走龙蛇,仅仅用了四五个意象(羽扇、纶巾、谈笑、灰飞烟灭),把豪杰风流和智者风流统一了起来。

当然,也有论者提出这里的"羽扇纶巾",不是周瑜,而是诸葛亮。俞陛云《唐五代两宋词选释》说:"题为'赤壁怀古',故下阕追怀瑜亮英姿,笑谈摧敌。"③刘永济在《唐五代两宋词简析》中说:"后半阕更从'多少豪杰'中,独提出最典型之周瑜及诸葛亮二人,而以强虏包括曹操。"④此说似无根据。

---

① 司马迁:《史记·萧相国世家》,中华书局,1982 年,第 2015 页。
② 黄苏:《蓼园词评》,唐圭璋:《词话丛编》第四册,中华书局,1986 年,第 3077 页。
③ 俞陛云:《唐五代两宋词选释》,上海古籍出版社,1985 年,第 196 页。
④ 刘永济:《唐五代两宋词简析》,上海古籍出版社,1981 年,第 48 页。

从历史事实来看,赤壁之战的主力是孙吴,刘备只是配角而已。北魏郦道元的《水经注》中,赤壁战场的主角还是周瑜,"江水左径百人山南右径赤壁山北,昔周瑜与黄盖诈魏武大军处所也"①。因而,在唐诗中,赤壁只与周郎联系在一起。李白《赤壁歌送别》中有"二龙争战决雌雄,赤壁楼船扫地空。烈火张天照云海,周瑜于此破曹公"之句。杜牧《赤壁》:"东风不与周郎便,铜雀春深锁二乔。"唐人胡曾《咏史诗·赤壁》:"烈火西焚魏帝旗,周郎开国虎争时。交兵不假挥长剑,已挫英雄百万师。"洪迈在《容斋随笔》中说《赤壁怀古》有苏东坡的朋友黄鲁直(庭坚)的手写稿,并不是"周郎赤壁",而是"孙吴赤壁"。② 就是"人道是三国周郎赤壁",也有人指出,"三国",后来的版本中苏东坡已经改成了"当日"。③ 这更说明,在苏轼同时代人心目中,赤壁主战场和诸葛亮几乎没有关系。鲁迅在《古小说钩沉》中引晋裴启《裴子语林》中"诸葛武侯"条:

> 诸葛武侯与宣王在渭滨,将战,宣王戎服莅事;使人观武侯。乘素舆,着葛巾,持白羽扇,指麾三军。众军皆随其进止,宣王闻而叹曰:"可谓名士矣。"④

诸葛亮"乘素舆,着葛巾,持白羽扇,指麾三军"的形象见于裴启以后、苏东坡以前许多书籍⑤,可见是某种共识。其实,苏东坡是明知这一点的,他把原来属于诸葛亮的形象,转嫁给了周瑜,这是很有气魄的。这可能与苏轼对诸葛亮的评价有保留有关。他在《诸葛亮论》中这样说:"取之以仁义,守之以仁义者,周也。取之以诈力,守以诈力者,秦也。以秦之所以取取之,以

① 《四库全书·史部·地理类·河渠之属·水经注》卷三十五。

② 洪迈:《容斋随笔·续笔·诗词改字》,昆仑出版社,2001年,第513页。

③ 曾季貍:《艇斋诗话》,吴熊和主编:《唐宋词汇评》两宋卷第一册,浙江教育出版社,2004年,第424页。

④ 鲁迅:《古小说钩沉》,人民文学出版社,1955年,第7页。这段佚文有小字注曰:"《书钞》一百八十,又一百三十四,又一百四十;《类聚》六十七;《御览》三百七,又七百二,又七百七十四。"可知这段文字出自《北堂书钞》《艺文类聚》《太平御览》等书。而且"持白羽扇"后还有小字注"亦见《初学记》二十五、《六帖》十四、《事类赋注》十五"。按,《裴子语林》为东晋裴启作,《世说新语》多取材于此。

⑤ 《北堂书钞》,唐初虞世南辑;《艺文类聚》,欧阳询主编,武德七年(624)成书;《初学记》,徐坚撰,徐为唐玄宗时人;《六帖》,白居易撰;《太平御览》,宋太宗命李昉等编,成于太平兴国八年(983);《事类赋注》,宋初吴淑撰。这些书,都在苏东坡以前,可以看出,诸葛亮这样的形象几乎可以说是某种共识。

周之所以守守之,汉也。仁义诈力杂用以取天下者,此孔明之所以失也……刘璋以好逆之,至蜀不数月,扼其吭,拊其背,而夺之国,此其与曹操异者几希矣。"①把诸葛亮看成和曹操差不多,当然就不用"着葛巾,持白羽扇,指麾三军"来美化他,而在赤壁这个具体场景,最方便的转移就是周瑜了。把赤壁之战和诸葛亮的主导作用固定下来的应该是《三国演义》。罗贯中把理想化的周瑜"羽扇纶巾"的风流造型转化为诸葛亮的形象,完全是出于刘家王朝正统观念。②

再次,周瑜形象的理想化,还带上了苏东坡式的"风流"。在一开头,苏轼把"千古"英雄人物用"风流"来概括,渐渐演化为把"豪杰风流"和"智者风流"结合起来。但是,苏轼意犹未尽,进一步按自己的生命理想去同化周瑜。在这位毫不掩饰对异性爱好的坦荡诗人感觉中(甚至敢于带着妓女去见和尚),光有政治上的雄才大略,兴致还不够淋漓,还要加上红袖添香才过瘾。正是因为这样,"小乔初嫁"才被他推迟了十年,放在赤壁之战的前夕。其实,这个"小乔初嫁",从历史上来说,并没有多少浪漫色彩。孙策指挥周瑜攻下了皖城,大乔、小乔不过是两个战利品,孙策和周瑜平分,一人一个。《三国志·吴书》这样说:"策欲取荆州,以瑜为中军,领江夏太守,从攻皖,拔之,时得乔公两女,皆国色也。策自纳大乔,瑜纳小乔。《江表传》曰:'策从容戏瑜曰:乔公二女虽流离,得吾二人作婿亦足为欢。'"③苏东坡把身处"流离"的小乔转化为周瑜的红颜知己,英雄灭敌,红袖添香。在豪杰风流、智者风流之中,再渗入一点名士风流的意味,就把严峻的政治军事与智慧诗情和人生幸福结合起来。从这里,读者不难看到苏轼与他的朋友柳永的相通之处,而且可以看到苏轼比柳永高明之处。这不仅是个人的相通,也是宋词豪放与婉约的交叉。

这种交叉的深刻性在于,苏东坡的赤壁诗赋中不但出现了两个赤壁,而

---

① 《东坡应诏策》卷十,《四库全书·集部·别集类·北宋建隆至靖康·东坡全集》卷四十三。

② 按,《三国演义》中,这种理想化的艺术掉包现象很多,例如,把孙权在须濡口视察曹操军营,船一侧被射倾歪,乃命以另一侧迎之而脱险的故事,也改头换面转移到诸葛亮的草船借箭中去。

③ 按,周瑜娶小乔是建安三年攻取皖城胜利之时,十年后才有赤壁之战。见陈寿:《三国志》(下),中华书局,2005年,第932页。

且出现了两个苏东坡:一个是出世的智者,在逆境中放浪山水,作宇宙人生的哲学思考,享受生命的欢乐;一个是入世的英才,明知生命短暂,仍然珍惜建功立业的豪情。两个苏东坡,在他内心轮流值班,似乎相安无事,但又不无矛盾,就是把这两个灵魂分别安置在两篇作品中,矛盾仍然不能回避。

英才的业绩是如此轻松地建立,阵前的残敌和帐后的佳人都是成功的陪衬,在"故国神游"之际,英雄气概迅速达到高潮,所有的矛盾都似乎悄然隐退,但是,有一点无法回避,那就是短暂的生命。"早生华发",周瑜三十四岁就建功立业了,而自己已四十八岁,却滞留贬所,远离中央王朝。这就引发了"多情应笑我"。这是生命对理想的嘲弄,英雄伟业不管多么精彩,自己也是遥不可及。这是很难达到潇洒"风流"的境界的。不管苏轼多么豁达,也不能不发出"哀吾生之须臾,羡长江之无穷"的喟叹。但是,苏轼的魄力在于,就是在这种局限中,也能进入潇洒"风流"的境界。

三 智者风流之梦

关键在"一樽还酹江月"。虽然自己是年华虚度,但是古人的英雄业绩还是值得赞美、值得神往的。不能和周瑜一样谈笑灭敌,却可以和曹操一样"酾酒临江",这也是一种"风流",虽然达不到智者的最高层次。从结构上讲,"一樽还酹江月",酾酒奠古,和题目"赤壁怀古"是首尾呼应。但如果仅仅是这样,只是散文式的呼应。从诗的意脉来说,这里还潜藏着更为深邃丰富的联系。诗眼在"江月",特别是"江"字,在结构上,是意脉的深邃纽结。

第一,开头是"大江东去",结尾回到"江"字上来,不但是意象的呼应,而且是字眼的密合。第二,所要祭奠的古人,开头已经表明,不管是曹操还是周瑜,都被大江的浪花"淘尽"了,看不见了,看得见的只有月亮。但是,光是月亮,没有时间感。一定要是江中的月亮,大江是时间的"江",把英雄淘尽的浪花是历史的浪花,"江"是在不断消逝的,可是月亮——"江"中的"月",却是不变的,当年的"月"超越了时间,今天仍然可见。"江"之变与"月"之不变,是消逝与永恒的统一。在这里,苏东坡有是意为之的。《赤壁赋》有言:"客亦知夫水与月乎? 逝者如斯,而未尝往也。盈虚者如彼,而卒莫消长也。"时间不可见,流水可见;逝者已逝,月亮未逝。所以才有"挟飞仙以遨游,抱明月而长终"。明月是"长终"——不朽的象征。但是,这一切,并不能解决"哀吾生之须臾,羡长江之无穷"的矛盾。水中的月亮,虽然是可见的、不变的,但是,毕竟不同于直接可触摸的实体。就是照佛家的六根随缘生灭说,江上的明月、山间的清风虽然是无穷的,仍然要有耳和目去得它。但是,耳和目却不是永恒的,如果耳和目不存在了,这个无穷就变成有限了。所以人生的局限一如耳目之暂短。这就仍然不能不产生"人间如梦"(一作"如寄")的感叹。但如果一味悲叹,就"风流"潇洒不起来了。苏东坡的"梦"并不悲哀。他是一个入世的人,他的"梦"不是佛家所说梦幻泡影,妄执无明。他说"人间如梦",不过是强调人生是短暂的,但并不如佛家那样要求六根清净,相反,他倒是强调五官开放,尽情享受大自然和历史文化的美好、艺术的美好。这种美好的信念使苏轼得到了如此之藉慰,主人与客人乃率性享乐:"洗盏更酌。肴核既尽,杯盘狼藉。相与枕藉乎舟中,不知东方之既白。"就是在人生如梦的阴影下,也还是可以潇洒风流起来的。

就算是"梦"吧,在世俗生活中,并不一定是美好的,"乌台诗案"就是一场噩梦,但是,尽管如此,噩梦毕竟过去了,就是在厄运中,人生之"梦"还是美好的。究竟美到何种程度,至少在《念奴娇·赤壁怀古》中还是比较抽象的。也许这样复杂的思想、这样自由的境界,短小的词章实在容纳不了。于是就在几个月以后的《后赤壁赋》中出现正面描写的美梦:

> 时夜将半,四顾寂寥。适有孤鹤,横江东来。翅如车轮,玄裳缟衣,夏然长鸣,掠予舟而西也。须臾客去,予亦就睡。梦一道士,羽衣蹁跹,过临皋之下,揖予而言曰:"赤壁之游乐乎?"问其姓名,俯而不答。"呜呼!噫嘻!我知之矣。畴昔之夜,飞鸣而过我者,非子也邪?"道士顾笑,予亦惊寤。开户视之,不见其处。

这个"梦"比现实要美好得多了。为什么美好?因为自由得多了,也就是"风流"潇洒得多了。这里是出世的境界、诗的境界、神秘的境界,是孤鹤、道士的世界,究竟是孤鹤化为道士,还是道士化为孤鹤,类似的命题,连庄子都没有细究,但不管如何,同样美妙。贬谪的现实的严酷是不能改变的,忘却却能显示精神超越的魄力,只有美好地忘却,才有超越现实的自由。只有风流潇洒的名士,才能享受这样似真似幻的"梦"。

这里出现了第三个苏东坡,把豪杰风流的豪放与名士风流和智者风流的婉约结合起来的苏东坡。

传统词评对于词风常常作豪放、婉约的机械划分,知其区分而忘却其联系,唯具体分析能破除此弊。

南宋俞文豹《吹剑录》载:"东坡在玉堂,有幕士善讴,因问:'我词比柳词何如?'对曰:'柳郎中词,只合十七八女孩儿,执红牙拍板,唱"杨柳岸、晓风残月";学士词,须关西大汉,执铁板,唱"大江东去"。'"①这个说法,由于把豪放和婉约两派的风格说得很感性、很生动,因而影响很大,由此而生的遮蔽也很大。本来,豪放和婉约都是相对的。任何区分都不可能绝对,划分界限是问题的一个方面,而相互之间的联系和转化则是另一方面。从词人的全部作品来说,豪放和婉约的交叉和错位则更是常见。《赤壁怀古》中的"大江东去",以妙龄女郎吟哦,不能曲尽其妙;东坡词中的自由浪迹、醉卧溪桥,由关西大汉来吟唱,也可能不伦不类。这一点之所以值得一提,是因为,苏氏词赋中的旷世杰作,还有既难以列入豪放,亦难以划归婉约的风格,赤壁二赋就似乎既不适合关西大汉慷慨高歌,又不适合妙龄女郎浅斟低唱。诗人为之设计的是:清风徐来,水波不兴,白露横江,水光接天。扁舟一叶,顺流而下,纵一苇之所如,凌万顷之茫然,洞箫婉转,如泣如诉,如慕如怨,与客作宇宙无限生命有限之答问。这个洞箫遗响无穷中的"梦",正是从赤壁怀古中衍生而来的,可以说,是对赤壁怀古"人间如梦"的准确演绎。这个"梦"正是苏轼的人生之"梦",是诗人的哲学之"梦",也是智者的诗性之"梦"。在这个"梦"中融化了豪放的英气、婉约的柔情和智者的深邃,英才的、情人的、智者的风范在这里得到高度的统一。这个"梦"不是虚无的,而是理想化的、艺术化的,是值得尽情地、率性地、放浪形骸地享受的。也许在苏轼看来,能够进入这个境界的,才是最深邃的潇洒、最高层次的"风流"。

---

① 曾枣庄:《苏词汇评》,四川文艺出版社,2000年,第43页。

第十讲

《再别康桥》：无声独享的记忆是
最美好的音乐

一 是分析文本还是主观强加？

20世纪一波又一波地从西方引进了大量的文艺和文化理论，成就绝对不可低估，但是有一个缺点，就是很少有具备相当水平的理论家，用西方的理论成功地分析中国的经典文本，特别是单个经典文本。这就产生了两个后果，一是西方的理论的可信度没有得到论证，其必然存在的缺点和不足也就很难被真正发现，因而我们的理论也就很难有超越西方的突破，二是，这造成了理论突飞猛进，而文本分析水准则十分落伍的状态。理论除了为理论而理论的价值以外，更重要的是不是取决于阐释文本，特别是阐释微观文本的有效性？应该说，这个问题在五六十年代是很受关注的，只是1950年代苏联式的理论本身的狭隘性，使得举国的努力遭受一次又一次的挫折。到了1980年代，新一轮西方文论的引进，声势浩大。由于流派更迭过速，宏观上尚且未能达于自洽，微观阐释和分析更始终是极薄弱的环节。以至于前卫的理论日新月异，尖兵已经到达西方文论的前哨，而文本分析却停滞不前。在大学讲堂尚且如此，在中学语文课堂上，陈旧的、机械唯物主义的和狭隘的社会功利主义仍然占有优势，就是理所当然的了。任何西方文论，要和中国的经典文本经过磨合，才能生根开花。这个磨合，首先，从根本上来说，是很"繁琐"的，几乎每一个经典文本都有一个不轻松的过程。其次，有出息的评论家，应该从成功和失败的经验中总结出一系列具体的、可操作的方法来，构成一种新的学科，也许可以叫做"文本解读方法论"。从这个意义上来说，"名作欣赏"目前还处在一个相当幼稚的阶段。这是一个永不完结的课题，是一个需要一代以上人才能见效果的历史任务。

前几年,《再别康桥》入选了中学语文课本。这给中学语文教育界出了一个难题,流行的机械反映论和狭隘的社会功利论在这个文本中遭遇到难以逾越的挑战。网站上纷纷讨论如何分析这首现代新诗史的名作。扰攘一番之后,居然是这样的意见占据了上风:还是让学生在朗诵中去体悟诗中的情致罢。这说明,目前一些大而化之的所谓赏析文章并不具有可信性,甚至连可讲性都很缺乏。

正是在这种形势下,《名作欣赏》2003 年第 10 期上同时发了三篇关于《再别康桥》的评论文章,每一篇都在力求突破机械反映论和狭隘的社会功利主义,力求从诗人心理方面寻求有效阐释。但是,在我看来,许多方面,尤其是方法方面,并没有多大的提高。

长期以来,我们的文本细读之所以水平不高,除了机械唯物主义的美学观念和狭隘功利论的局限以外,就是在方法论上落伍和不自觉,口头上大家都在喊具体分析,可是一到具体文本,却还是印象和感想泛滥。所谓分析本来就是针对原本统一的对象,揭出其与外部的矛盾和差异,而传统的社会学批评方法习惯于寻求形象和表现对象之间的统一性,《名作欣赏》上的文章也没有多大差异。任何统一都只能是现象,而且还可能是表层现象;而深刻的奥秘,则肯定在统一性之下的深层。如果满足于统一性,就只能在表现上滑行,就等于放弃了分析。而要进入作品深层,加以分析,就要从天衣无缝的作品中,找出差异,揭示出矛盾,从而提出问题来。提不出问题,就不能摆脱被动的解释。没有矛盾,就不能提出问题,也就不能摆脱被动。被动则无话可说,而文章又非写不可,就产生一种很不好的文风,即把肤浅的赞叹当成分析。这在所谓"诗歌赏析"中尤为严重。大量所谓赏析文章,有效的分析非常稀缺,无效信息被空洞的赞叹、华丽辞藻的渲染所掩盖。这种赏析其实是把经典的诗歌翻译成散文,再加上任意性的拔高。在分析《再别康桥》时这样说:"这首诗以自我形象入诗,以挥手与康桥作别起笔,直接道出对康桥的款款情意。"所有的信息都是原作中显而易见的,读者一望而知,这样的分析以信息的重复为特点。接下去:"'轻轻的我走了'(不是我轻轻的走了)",括弧中的一句倒是没有重复,可惜的是没有阐释,因而也就失去了价值。而下面重复性的信息又在继续:"极具情境的再现性,接下去又用两个'轻轻的'的重复描摹无语作别的情境。"这里的"情境的再现性"倒是没有重复,但是,又是没有任何阐释,结果又成了独断,而且是空洞的独断。什么叫做情境的"再现性"？在一首诗中,情境是全部得以"再现",还是仅仅将其中最有特殊性的一种感情"再现"(表现?)出来？退一步说,就是把情境都"再现"出来了,是不是就会动人？会不会杂乱无章？在这里,作者如果真有见解,真懂诗,至少应该"分析"一下:这种情境的再现和浪漫的抒情,有没有矛盾？如果有矛盾,徐志摩是如何处理这种矛盾,使二者达到和谐的？如果真要使论点有说服力,对读者的理解和感情有启发,还应该考虑另一种可能:要是有人说,这根本不是"情境的再现",而是一种直接的抒情,如何回答？文章接下来又是一番赞叹:"可谓情韵俱现地传达出诗人的袅袅情思,与感伤沉默的哀伤情态。"读者期待的是:情的特点是什么,韵的好处是什么,二者是如何俱现的。评论家知道的应该比读者多,比读者深刻,写出文章来才有价值。然而读者的期待又一次落空了,接下去是:"'作别西天的云彩'这一行点题式的诗句,它开启了情感的闸门,让诗人涌动的感情缓缓流出。""点题",是指题目还是主题？如果是题目,似乎也不准确。题目是和康桥告别,可是这里却是和云彩告别。这叫做点题吗？"开启感情的闸门",如果更严密一些,就应该说明,在这以前,轻轻的、悄悄的,为什么不能算"开启"？"让诗人涌动的感情缓缓流出",你从什么地方能看出,是"缓缓"地流出,而不是汹涌地冲击？这样说对于理解诗中最关键的语言("挥一挥手,作别西天的云彩")的精彩几乎没有什么帮助,所有这样的话语都显得空洞。这是因为,作者并没有读懂这首诗艺术上的妙处,似乎读诗时所知所感并不比读者多。正是因为这样,才不厌其烦地把诗翻译成不着边际的散文,如"把我们一同带入他深深依恋的康桥理想国。康桥的美,诗人对康桥的爱,可以说无处不在。而诗人对康桥的最爱是'康河'……自然康河成了诗人抒写恋情与别情的载体"(以上引文见《名作欣赏》2003年第10期《在梦的轻波里依洄》)。

二　哪里来的"离愁"？

这样的文风,在当今的文本分析中,可以说是最为流行的。就在同一期上,另一篇分析《再别康桥》的文章,几乎如出一辙:作者在引用了轻轻、悄悄那四行诗以后说:"这种景象,让我们想到一个轻手轻脚的人来了,又走了,生怕惊醒一个熟睡中的人,我想这正是作者要表达的情感;他来了,来到这一所他所喜爱的学校;他又要走了,离开这一所他衷心喜爱的学校。不忍心惊扰这学校的安静,他甘愿一个人去承担那愈来愈凝重的离愁。"(见《名作欣赏》2003 年第 10 期《仅仅面对作品》)和上述引文一样,这里充满了重复性的无效信息。当然,也不能否认,其中也有一些非重复的,例如把他所喜爱的学校当做一个熟睡的人,又如"愈来愈凝重的离愁"。读者从下文中可以看出,徐志摩并没有把康桥当做一个熟睡的人,要不然,"夕阳中的新娘"怎么解释? 也没有绝对沉默,要不然"载一船星辉,我要放歌"怎么解释? 再说,说这首诗是写"离愁"的,特别是,说这种离愁是愈来愈凝重的,都没有根据。这种"愁"的感觉,不是从这首诗里来的,而是从评论者的阅读经验里冒出来的。一般来说,我国古典诗歌中,离别的主题大抵是与忧愁有关的,但是古典诗歌的主题到了现代有了变化,五四以后,从最早的康白情的《送别黄浦》,到后来殷夫的《别了,哥哥》就一点都没有离愁了。现代的交通和交往方式与古代已经有根本不同,送别时的感情肯定比古代多样化,徐志摩自己的名作《沙扬娜拉》虽然写到离别的忧愁,但也是一种"甜蜜的忧愁"。怎能设想,当代的诗人告别任何人物和景物,一定要惆怅,而且还要有另一处行文中所说的"千种愁绪",命里注定只能有沉重之感,而没有甜蜜之感呢? 其实不要多高的欣赏水平,光是凭直观就可以看出,这首诗的风格特点是潇洒、轻松,还有一点儿甜蜜,找不到一个字可以说明是"感伤沉默的哀伤情态",特别不能证明是"愈来愈凝重的"。(这个论断,如果我光是这么说一下,就是独断了。我是要论证的,但是为了文章结构更合理,我把论证放到文章的后面去。)这种阐释,不是重复信息,不是空洞无物,而是属于另一个倾向,叫做"过度阐释",其结果就是肆意强加。这些东西并不是从文本中分析出来的,而是从作者的阅读经验、优势记忆中跑出来的。因为告别(送别)主题的哀伤惆怅在古代经典诗歌中太普遍了,而作者不能从文本抽象出真正深层的奥秘来,就只好听任自己现成的观念自然流泻出来了。从方法论上来说,这就不仅仅是机械论所能包含的,而是带上一点儿主观主义的色彩了。

问题的要害在于,从文本直接揭示出矛盾,然后加以分析,是有相当难度的,因为一切艺术形象都是以高度和谐统一为特点的,矛盾自然是有的,但是往往潜藏在深层。难度就在于,从表层到深层,不能突破表层,心里现成的东西就冒出来了,因为这一点儿难度也没有,轻而易举,但是也就成讲空话了。

三 从语词还原入手揭示内在矛盾

这种难度、深度不仅对于中学语文老师,对于大学教师也同样是挑战。把这样的诗歌拿给中文系讲授现代文学史和文艺理论的教授去分析,不见得就能讲出更多到位的真知灼见来。从 1980 年代以来,我们从西方引进了众多流派的文学理论,但还没有来得及作经典文本的系统分析。西方的理论大多数是宏观的,文学性的微观分析相对比较薄弱。美国的新批评倒是强调微观分析,可惜我们引进的时候它又被认为"过时"了,成为一种浮光掠影。因而我们在分析方面至今还没有多少共识,更没有一套可操作的范式或者系统方法。当然这也与新批评本身的缺点有关。其实就是新批评没有缺点,由于英语文学与汉语文学的不同,我们也不能指望一旦搬用,不加任何(哪怕是部分的)证伪,就能取得完美的成效。再加上 1990 年代以来引进的西方文学理论,其中一个很大的流派是对于"文学性"持怀疑态度的,把艺术分析不当一回事。我们的文学批评从 1950 年代以来,就被一种公式化、概念化的教条主义霸权话语所垄断,艺术分析本来水平就不高。改革开放二十多年来,许多方面都有了长足的进步,就是艺术和微观分析方面还在原地徘徊。我们等不到人家现成的东西,又没有建构自己的理论和操作系统,就只能靠低水平的靠不住的感想了。当然,感想并不是一种很差劲的东西,只要有一点儿艺术水准,又有一点儿科学的抽象能力,还是有可能通过感受进入真正的分析的。

其实,不论是根据辩证法还是现象学,我们都不应该把对象和艺术形象的一致性作为方法的出发点。相反,应该从艺术形象中,把作家创造的、想象的成分分析出来,只有这样才能从被动的赞美中解放出来。解放出来的办法就是"还原"(这与现象的还原在精神上一致,但更具形而下的操作性),也就是想象出未经作者处理的原生的状态、原生的语义,然后将之与艺术形象加以对比,揭示出差异/矛盾来,就可以分析了。

我们就从这首诗的题目开始。再别,是一种告别,从原生的语义来说,应该是和人告别,但是这里并没有和人告别,这是第一层次的矛盾。在这里的语境中,用的是引申义——和母校的校园告别。前引第二篇文章说,是为了不惊动校园,可能有道理。如果不作细致的语义分析,大概到此就可以满

足了。但是下面的诗句明明说并不是和校园告别,而是:

> 我挥一挥手,作别西天的云彩。

更深刻的矛盾摆在面前了。在现实生活中,有和云彩告别的吗？由此可见,前引第一篇文章说"极具情境的再现性",是一句大而化之的空话。关键是和云彩告别还要轻轻的、悄悄的。用还原法:既然是和云彩告别,步子再大,再有声响,也不可能惊动它。这说明,和云彩告别不过是一个诗化的想象,通过这种想象,回味自己美妙的记忆。前引第二篇文章分析这一段诗说:"轻轻的来,再悄悄的去,在淡淡的神形描写(按,这是描写吗?)中,蕴含了千种愁绪,万般凄楚。""马上就要离开康桥了,一想起离别,诗人的心情就变得分外沉痛……离别时的沉重压得诗人发不出任何声音。"在开头这四句中,潇洒地来,悄悄地回味,哪里来的愁绪和凄楚呢？和云彩告别,就是和自己的记忆告别。为什么是轻轻的呢？就是因为和自己的内心、自己的回忆在对话。这里所写的不是一般的回忆,而是一种隐藏在心头的秘密。大声喧哗是不适宜的,只有把脚步放轻、声音放低,才能进入回忆的氛围,融入自我陶醉的境界。

四　为什么不能放歌而只能沉默？

这是一个什么样的境界呢？是一种梦的境界。诗中说得很明白,他说是到康桥的河边来"寻梦"的:"揉碎在浮藻间,沉淀着彩虹似的梦"。"沉淀",说明是过去的,不是未来的;是记忆深处的,不是在表面的。所以要向"青草更深处"去追寻。梦是美好的、充满了诗意的,而不是一般的,当然更不是闻一多式的"噩梦"。诗中一系列美妙的词语可以作为证明(清泉为虹、碧水为柔波、杨柳为新娘),那梦美好到他要唱歌的程度。

当他写到"载一船星辉",要唱出歌来的时候,好像激动得不能控制自己似的;但是,他又说,歌是不能唱出来的。这里出现了一个理解这首诗的关键性的矛盾:既是美好的、值得大声歌唱的,但是,又是不能唱的,"沉默是今晚的康桥",因为,这是个人独享的。这雄辩地表明了这是诗人的默默回味、自我陶醉、自我欣赏。这种自我欣赏有个重大的特点,它是秘密的,不能和任何人共享的。连夏虫都为他这种秘密的美好的记忆而沉默了。从这里也可以看出，他的轻轻、悄悄，不是为了不惊动校园，而是相反，他强调的是，校园的一切都是为了成全他悄悄地回忆自己的秘密。"悄悄是别离的笙箫"，这种悄悄的独享也是美好的、充满诗意的，无声是一种美妙的、幸福的音乐。

懂得了这一点，才能更好地理解、体验最后一段：

> 悄悄地我走了，正如我悄悄地来，我挥一挥手，不带走一片云彩。

主张这首诗中有沉重的痛苦的文章说："诗歌最后一句好像很潇洒，其实很沉重。康桥如此美好，作者怎么不想带走呢？……不带走，其实是带不走，就像诗人只想做康桥的水草，而不得不离开一样。"（2003 年第 10 期《名作欣赏》，第 52 页）。在我看来，这是写在默默的回味中离开了，"不带走一片云彩"说的是从客观世界没有带走什么东西，带走的是美好的回忆，这些东西是不能和别人共享的，是自己私有的。带走这样的记忆，是精彩的、轻松的、潇洒的。一个评论者却说："在记梦的情感高潮后，情感转入低潮。诗人从沉醉的梦幻中觉醒，从昔日的美好忆念中回到寂寞的忧伤的现实。都已成过去，只在梦中，只有'沉默是今晚的康桥'，'夏虫也为我沉默'。可谓人哀景也哀，渲染的是一种凄清冷落的离愁别绪。""这种愁绪，是与彩虹般的理想作别的沉痛与忧伤。"（同上，第 45 页）

作者分析这种哀伤的性质，说是诗人"执着而徒劳地追寻单纯信仰（爱、美、自由）的歌吟"。这自然可备一说，但根据上述分析，这里并没有什么明显的"沉痛和忧伤"，退一步就是有一些为单纯信仰失落而哀伤的成分，诗人也绝对没有必要反复强调轻轻和悄悄，一个人秘密地自我陶醉。当然，一定要说离别总不能没有一点忧愁的话，就说有吧，但那也是像《沙扬娜拉》那样的"甜蜜的忧愁"，甚至是甜蜜多于忧愁。

五　从强烈的感情到潇洒的感情

前述引文的作者都提到了徐志摩的《我所知道的康桥》，但是却没有能还原出原生的状态，恰恰是因为他们忽略了一段，这一段对于还原徐志摩的心态有不可忽视的价值。徐志摩在这篇文章中特别强调，欣赏风景，单独的自我陶醉是"第一个条件"：

> "单独"是一个耐人寻味的现象。我有时想它是任何发现的第一

个条件。你要发现你的朋友的"真",你得有与他单独的机会。你要发现你自己的真,你得给你自己一个单独的机会。你要发现一个地方(地方一样有灵性),你也得有单独玩的机会。我们这一辈子,认真说,能认识几个人?能认识几个地方?我们都是太匆忙,太没有单独的机会。说实话,我连我的本乡都没有什么了解。康桥我要算有相当交情的,再次许只有新认识的翡冷翠了。啊,那些清晨,那些黄昏,我一个人发痴似的在康桥! 绝对的单独。

隔了几段,又重复了几次对于"单独"的赞美:

> 在康河边上过一个黄昏是一服灵魂的补剂。啊! 我那时蜜甜的单独,那时蜜甜的闲暇。

请注意,这里强调的不但是"单独",而且是"甜蜜的单独",正是这种单独的、一个人的、无声的"甜蜜",才决定了这首诗"轻轻"和"悄悄"的基调。理解了这一点,才能辨别清楚,为什么徐志摩式的潇洒和沉重、沉痛、哀伤不能相容。这种单独的无声美,不仅是情感上的,而且是有理性和深度的:

> 我那时有的是闲暇,有的是自由,有的是绝对单独的机会。说也奇怪,竟像是第一次,我辨认了星月的光明,草的青,花的香,流水的殷勤。①

看不懂《再别康桥》的论者往往忽略了这里的"单独"的美是和"自由"联系在一起的。

如果还要再深入还原的话,这里可能有一个徐志摩不能明言的真正的秘密。这首诗写于 1928 年 11 月,刊于同年 12 月《新月》(据卞之琳《徐志摩诗选集》)。1920 年 10 月上旬,徐志摩在伦敦结识林长民、林徽因父女。徐志摩和林徽因二人"曾结伴在剑桥漫步"(据张清平《林徽因》)。1921 年林徽因随父归国。1928 年 3 月,林徽因与梁思成在加拿大结婚,游历欧亚至 8 月归国。1928 年 6 月赴美国、英国、印度游历(据韩石山《徐志摩传》)。徐志摩此诗作于当年 11 月,当为获悉林梁成婚之后。据此,似可推断,徐志

---

① 此处及以上两处引文见《中国现代散文选(1918—1949)》第二卷,人民文学出版社,1982年,第 300、303、305 页。

摩此诗当与他和林结伴漫步剑桥有关。为什么轻轻、悄悄？就是因为，过去的浪漫的回味已经不便公开了，不像他和陆小曼的关系，可以从《这是一个怯懦的世界》中觉察，而且他们已经在一场轰轰烈烈的恋爱以后结婚了。值得注意的是，徐志摩这首诗写得很优雅、很潇洒，在他的精神世界里，没有一点世俗的失落之感，更不要说痛苦了。这种潇洒正是徐志摩所特有的，他只把过去的美好情感珍存在记忆里，一个人独享。蓝棣之先生对此有过中肯的分析："'不带走一片云彩'一方面是说诗人的洒脱，他不是见美好的东西就要据为己有的人，另一方面，是说一片云彩也不要带走，让康桥这个梦绕魂牵的感情世界以最完整的面貌保存下来，让昔日的梦、昔日的感情完好无缺。"①这个解释本来已经接近了诗作的真谛，却被斥为"隔"。其实只要在蓝先生的基础上对《再别康桥》作更细致的分析，就不难阐释"轻轻"、"悄悄"实际上也就是一个人偷偷地来重温旧梦。若能如此，也就不难揭示全诗的精神密码了。

六　从全过程到凝聚在一个焦点上

如果还要深入一点作艺术分析的话，从中国新诗的艺术发展中还可以作些历史的比较：在新诗草创时期郭沫若片面地理解了华兹华斯在《抒情歌谣集·序言》中所说的"一切的好诗都是强烈的感情的自然流露"（"powerful emotions spontaneously overflow"）。这是一种浪漫主义的诗歌美学纲领。受到这种诗风影响的郭沫若早期的诗歌往往以"暴躁凌厉"著称。但是，华兹华斯又强调说，这种感情是要经过沉思（contemplation）的提纯的。郭沫若还只能比较自如地表现诗人的激情，而到徐志摩则进了一步，不但可以表现激情，而且可以表现潇洒的温情了。这在中国新诗上是一个巨大的历史飞跃。如果对于新诗的艺术发展具有比较好的修养，还可以从《徐志摩诗全集》中找到他在四年前写过一首《康桥再会吧》，那首诗就写得比较粗糙、芜杂。徐志摩把自己在康桥的生活罗列得太多，从四年前开始写，告别家园、先到美国、母亲临别的泪痕、在美国学习的情况，花去了近三十行以

---

①　林志浩主编：《中国现代文学作品选讲》（下），高等教育出版社，1987年，第57页。

后,才写到和康桥告别。可是又先写自己一年中"心灵革命的怒潮",再写明年燕子归来怀念自己,然后想象自己身距万里,梦魂常绕康桥:

> 任地中海疾风东指/我亦必纡道西回,瞻望颜色/归家母若问海外交好/我必首数康桥,在温清冬夜/蜡梅前,再细辨此日相与况味/设如我星明有福,素愿竟酬/则来春花香时节,当复西航/重来此地,再捡起诗针诗线/绣我理想生命的鲜花,实现/年来梦境缠绵的销魂足迹……

接着就是一连写了六个"难忘",给人一种流水账的感觉。连自己在乘船归国的过程中如何舍不得,甚至连归国以后如何怀念母校,都写到了。这样的写法,虽然表现了相当强烈的感情,却被芜杂的过程和细节淹没了。应该说,述及离别时的感情,倒是有一点痛苦的:

> 昨宵明月照林,我已倾吐/心胸的蕴积,今晨雨色凄清/小鸟无欢,难道也为是怅别/情深,累藤长草茂,涕泪交零。

很明显,这样诗句,还没有完全脱出古典诗词的窠臼,感情仍然在离愁别绪的模式之中,所用语言,如"小鸟无欢"、"心胸的蕴积"、"怅别情深"、"涕泪交零",都比较陈旧,这说明,徐志摩还不能摆脱旧诗词情调和语言的拖累。到了《再别康桥》,不但情感脱出了古典诗词的窠臼,语言也从纯粹的接近口语的白话中提炼出来。但是,片面地摆脱旧诗词的拖累,又可能落入散文的圈套,停留在早期的俞平伯、康白情、胡适、郑振铎、叶圣陶乃至周作人等人幼稚的大白话的低水平上。但是徐志摩毕竟是才子,他很快就学会轻松地驾驭西方浪漫主义抒情诗歌的构思方法,把意象和情绪集中在一个心灵的焦点上。这个焦点,不是一般事物意象的焦点,而是一个动作的焦点。没有这个焦点,他就不能摆脱从散文向诗歌升华的第二个拖累。摆脱这两个拖累,不但是徐志摩的任务,而且是新诗的历史任务。不过五六年的工夫,徐志摩就学会了提炼,学会了精思,把感情集中在"轻轻"、"悄悄"、无声地和"云彩"作别的有机构思中。本来花一百五十多行都说不清的感情,用了三十几行就很精致地表现出来了。从这里可以看出,诗的构思集中到"轻轻"、"悄悄"上来,这种凝聚式的构思模式,正是新诗从旧诗和散文的束缚中解放出来的历史里程碑。这不但是徐志摩的,而且是整个新诗的。不作这种历史的还原,是不可能将这首新诗经典的艺术价值充分阐释清楚的。

《死水》:"以丑为美"的艺术奥秘

《死水》是一首很经典的抒情诗,与一般的抒情诗有根本的不同。一般的抒情诗歌大抵是写美好的感情和美好的事物,而这首诗恰恰相反,是写丑恶的事物,而且是从丑恶的事物中写出美来。这是一首象征主义的诗。象征主义诗歌的特点是什么? 不弄懂这一点,就不能算是在艺术上读懂了它。这是一个比较复杂的问题,不是直接分析这首诗就能说清楚的,要从它的来龙去脉说起。

一 象征派和浪漫派的不同

闻一多本来是个浪漫主义的抒情诗人,大都是写浪漫的感情。什么叫做浪漫的感情? 第一,在性质上,美好的对象甚至不美好的对象都能激起美好的感情。第二,在程度上,这种感情不是一般的,而是强烈的,是"强烈的感情的自然流露"。这个说法,是五四时期郭沫若从英国诗人华兹华斯的《抒情歌谣集·序言》里引来的。其关键词是"强烈",powerful,而不仅仅是 strong,二者都可能是强壮的,但 powerful 含有威力,也就是作用力、感染力的意思。如 The wine is powerful,这酒是烈性的,强烈的味道。第三,因为感情强烈,就不是理性的,也不能以写实性的语言来描述,而是上升到想象的、假定的境界去表达。郭沫若早期的代表作《凤凰涅槃》,本来是表现他对那时的现实和自我的厌恶和决绝的,但是,他没有这样说,而是说他要把这个旧世界烧毁,这样感情是强烈了,但是太直白了,还不够浪漫。浪漫就要在想象、假定、虚拟中美化,让古埃及的不死鸟、中国古老的凤凰和印度佛学的涅槃境界结合起来:在想象中,凤凰自觉地把自我烧掉,同时也烧毁了旧世界,其结果却是自我不但没有毁灭,反而变成了在烈火中永生的凤凰;世界不但没有毁灭,而且得到更生,构成一种新的自我和新的世界达到"常、乐、我、净"的永恒的没有矛盾的和谐境界。这就既有情感的强烈,又有想象的奇特,二者结合,就是美了。这就叫做浪漫。

闻一多大量的诗作在性质上和程度上都是足够浪漫的,既是强烈的,也是美好的。如他的《发现》:"我来了,我喊一声,进着血泪,/这不是我的中华,不对,不对!"写的是回到了自己的祖国,却发现这不是在国外时想象的祖国。如果就这样老老实实把话说出来,就不是诗了,因为太理性、没有感情了;偏要说"这不是我的中华"从感情出发,再加上两个"不对",感情强烈到既好像是在和别人,又好像是在和自己的眼睛争论。而且,喊着"不对,不对!"的时候,是进着血泪的。这当然不是写实,这是想象。其动人之处在于不但有非常强烈的感情,而且是非常独特的想象。有了这种想象,恰恰反衬了祖国在他心目中本应该是如何的美好,而现实却是如此令人失望。"我哭着叫你,拳头擂着大地的赤胸",因为更是想象的、超越现实的,感情就得到更加浪漫的表现了。

据说闻一多写《死水》前几天,在北京看见过一个死水潭,回来后写成了这首诗。用死水来渲染、批判现实的丑恶,也可以表现美好的感情,也可以展开奇特的想象,也可能写得很浪漫。但是,闻一多没有这样写,而是相反,写丑恶,不仅仅是丑恶,而是把它写得很美。这叫做"以丑为美"。这种"以丑为美"的创作原则,不属于浪漫派,属于另外一个流派,叫象征派。在19世纪末,在欧洲出现了对浪漫主义的反拨。有一个大诗人,他不写美好、善良的花,他写的是"恶之花",这个人叫波德莱尔。中国新诗的浪漫主义,来得比较晚,都20世纪初了,人家欧洲象征派已经把浪漫派取代了,我们才开始学习浪漫主义的美化。但是,也正是因为这样,徐志摩和闻一多浪漫得不可开交的时候,也就受到反浪漫的象征艺术的熏陶。1924年,徐志摩在《语丝》第3期上发表波德莱尔《恶之花》中《死尸》的翻译:这是一具美女的溃烂的死尸,发出恶腥粘味,苍蝇在飞舞,蛆虫在蠕动,野狗在等待撕咬烂肉。波德莱尔对他的所爱说,不管你现在多么纯洁温柔,将来都免不了要变成腐烂的肉体,为蛆虫所吞噬,发出腐臭。在这首译诗前面徐志摩还写了一则前言,认为这是《恶之花》中"最奇艳的花",它不是云雀,而是寄居在古希腊淫荡的皇后墓窟里的长着刺的东西:"他又是像赤带上的一种毒草,长条的叶瓣像鳄鱼的尾巴,大朵的花像满开着的绸伞,他的臭味是奇毒的,也是奇香的,你便是醉死了也忘不了他那异味。十九世纪下半期文学的欧洲全闻见了他的异臭,被他毒死了的不少,被他毒醉了的更多。现在死去的已经复活,醉的已经醒转,他们不但不怨恨他,并且还来钟爱他。"①欣赏是创作的前奏,他在创作中不由自主地披露着的美好情感中,也包含着可怕、丑恶、令人恶心的方面:《残春》本来写的是花瓶,插着桃花,但是,窗外的风雨在报丧,鲜花总是免不了变成"艳丽的尸体";《又一次试验》最为典型:上帝最后的结论是"哪个安琪儿身上不带蛆";《一个噩梦》所写的则是一个背盟的女郎在逼骨的阴森中举行婚礼,新郎竟是一具骷髅。②

这种追求并不是一时的好奇,这是一股潮流。中国新诗最早的象征派派诗人李金发《有感》中有一个名句:

> 如残叶溅
> 　　血在我们
> 　　　脚上,
> 生命便是
> 　　死神唇边
> 　　　的笑。

这在艺术上被认为是前驱。这是想象的解放,也是话语的开拓。当浪漫的美化的道路上挤满了太多的诗人,遮蔽了太广阔的空间的时候,超越美化、浪漫化,走向象征,哪怕丑化也好,就有必然性。美化可以成为艺术,为什么丑化就成不了艺术呢?艺术的本性就是与故步自封不相容的。艺术家需要探险、不怕牺牲的魄力。闻一多和徐志摩一样,受到象征主义"以丑为美"的美学原则的影响,即使在美化自我形象的时候,也往往有大胆的丑化。比如《口供》:

> 我不骗你,我不是什么诗人,
> 纵然我爱的是白石的坚贞
> 可是还有一个我,你怕不怕?
> 苍蝇似的思想,垃圾桶里爬。

象征派的另外一个特点是不是直接抒情,而是把感情寄托在一个客观

---

① 《徐志摩诗全编》,浙江文艺出版社,1990 年,第 441、562 页。
② 同上书,第 239、276、290、157、225 页。

对应物上,让读者有感觉。这是因为,欧美诗歌传统过分依赖直接抒情,一方面造成了把诗歌当做"感情的喷射器",带来滥情、矫情的潮流;另一方面又造成概念泛滥,后浪漫派的诗歌越写越陷于抽象。象征派在艺术就逃避直接抒情,感情不能直接讲出来,要有一个"客观对应物",让读者有感觉,"像闻到玫瑰花的香气一样闻到你的思想"。

前面已经说过,在写这首诗之前,闻一多的确看到过一个臭水沟,留下很深的印象。什么东西不好写,偏偏要把这个景象写到诗里去呢?因为死水符合了象征主义诗歌的两个要求:第一,它是丑的;第二,它是一个客观的对应物。这样一个丑恶的对象,可以展开奇特的想象,把它往美里写,这样表现自己对于现实的愤激感情,就不用像在《发现》等诗作中那样直接抒发出来,而是通过死水的意象,让读者看得见摸得着自己的感情。

当然,这是很严肃的艺术。审丑在艺术上是审美的一个崭新的阶段。本来,审美(esthetics),是感觉和情感的学问,并不一定就是美,是日本人把它翻译成了"美学"。这实现了理解的方便,但是也造成了狭隘,注定了迟早要从反面被突破。

二 "以丑为美"的难度的克服

说到这里,只是提供一个背景,有一种这样的潮流,世界性的,也是中国新诗史上一个重要的流派。但是,并不能保证以这样的原则写出来的诗,每一首都是好的,都会成为艺术的经典。相反,"以丑为美",较之"以美为美"的浪漫主义,要有更大的难度,至少在中国新诗的早期,投身这一流派的,失败者多于成功者。而闻一多这一首却可以说是中国象征派新诗中最为精美的作品。它面临一种创新的难度,但好像漫不经心地就克服了这个难度。

丑和美在对立的两极上,以丑为美的最大难度,就是丑从一极转化到另一极(美)的想象,要达到诗歌的自然顺畅,是需要语言驾驭的精致技巧的,稍有粗糙,难免生硬,这正是我们要深入考究的。且看《死水》第一节:

> 这是一沟绝望的死水,
>
> 清风吹不起半点漪沦。
>
> 不如多扔些破铜烂铁,

爽性泼你的剩菜残羹。

这四句,是丑的四个层次的强化:第一,已经是"绝望"的"死水"了;第二,还要说就是清风也吹不动,这可真是死定了;第三,可是还不够,还要让它更加丑恶,多扔些破铜烂铁;第四,破铜烂铁已经是够糟的了,泼上剩菜残羹,就更加令人恶心了。这种层层递进的强化,并不仅仅是对象的,而且是情感的强化、极化,坏到透顶了,还要再坏,绝望到极点了,还要更加绝望,从手法上来说,是意象的叠加,多重的叠加。整个第一节,联想很自然、很顺畅,因为在联想中,属于相似、相近这一类。第二节则在联想上发生了微妙的变化:

也许铜的要绿成翡翠,

铁罐上绣出几瓣桃花。

再让油腻织一层罗绮,

霉菌给他蒸出些云霞。

从铜绿到翡翠,从铁锈之红到桃花之红,色彩上是相近联想,油腻变成罗绮、霉菌变成云霞,在视觉上,联想还是相近的。但是,这只是问题的一个方面。从性质上说,这四行又包含着相反的联想:极丑的变成了极美的。铜绿是铜腐蚀了的表现,是丑的,而翡翠却是珍贵的;铁锈和桃花、油腻和罗绮、霉菌和云霞,价值上是两个极端。相反联想,是可能引起突兀感的,但是有了前面的视觉相似的联想渠道,可能就比较自然了。这就构成了这首诗想象的一种特色,是反向和同向的联想的交织:双重联想,正反交织,既十分奇特,又十分畅通。

不可忽略的是这种畅通,不仅仅取决于联想的心理机制,而且得力于语言的精致。从极丑到极美,有一个中介性的词语过渡。第一句中的"绿",过渡功能是很严密的,既是铜绿的绿,又是翡翠的绿;第二句的"绣"则是谐音,既是铁锈的锈,又是绣花的绣;第三句的"织",从油腻浮在水上的花纹,自然地过渡到罗绮;第四句的"蒸",自然是要(蒸)发的,把它放大为云霞就可以不言而喻了。下面一节的"让死水酵成一沟绿酒"中的"酵",用得也很有功力,从死水的发臭变成了绿酒的酵香。

让死水酵成一沟绿酒,

飘满了珍珠似的白沫;

那么一沟绝望的死水，
也就夸得上几分鲜明。

这是一沟绝望的死水，
这里断不是美的所在；
不如让给恶魔去开垦，
看他造出个什么世界。

本来，以丑为美，从丑转化为美，比从美直接通向诗意要困难得多，但由于相近、相似和相反的想象的互补，就变得很自然而且独特了。妙在一系列中介性词语在功能上的双关性，既是相近的，又是相反的，化解了联想可能产生的阻隔。最难联系的、最具矛盾性的意象"死水"和"绿酒"、"白沫"和"珍珠"、"绝望"和"鲜明"、"美的所在"和"恶魔"，就变得既遥遥相对，又息息相通。

最后，归结出这不是美的所在，不如让给恶魔去开垦，也就是丑上加丑、恶上加恶，但是，负负得正，绝望就向希望方面转化了。不过闻一多颇有分寸，只是说看他造出个什么世界。

《死水》的好处，还在于把对于整个中国现实的感受集中到死水这样一个核心意象上。如果光有这样一个主体就单调了，闻一多的杰出之处就在于，第一，由这个主体意象又派生出一系列的意象来，这个派生意象系列互相联系又互相补充，不可或缺，形成有机的统一体。死水——破铜烂铁——剩菜残羹，不是随意的叠加，而是由核心意象的性质决定的，因为是臭水沟，才有可能扔破铜烂铁、剩菜残羹。第二，这些极丑的派生意象突然走向反面，变得极其美好、贵重：铜绿化成翡翠，铁锈变成桃花，发臭的水转化为酒，泡沫成了珍珠，也是与核心意象——死水有着紧密的逻辑的关联。这是一种双重联想的关联，既有浪漫的、美化的，又有象征的、丑化转化为美化的，这样在艺术想象上就不是一般的平面的、单向的统一，而是双向的、相互绷紧的，也就是新批评说的张力结构。构造出这样的结构是很有语言功力的。相比起来，早期的一些追求象征主义艺术的诗人，在语言功力上稍逊，就难免貌合神离，"失之毫厘，谬以千里"了。姚蓬子的象征诗作《在你面上》，在当时算是比较优秀的了，他如此写爱情的亲密：

在你面上我嗅到霉叶的气味

倒塌的瓦棺的泥砖气味

死蛇和腐烂的池沼的气味

以及雨天的黄昏的气味

在你猩红的唇儿的每个吻里，

我尝到威士忌酒的苦味，

多刺的玫瑰的香味，糖砒的甜味

以及残缺的爱情的滋味。

把传统的爱情主题集中在嗅觉这一点上，以丑为美，这明显是象征派的追求，但从艺术想象和联想的机制上来说，相当不平衡。有些地方，可以说是比较有机地衍生，如"在你猩红的唇儿的每个吻里，/我尝到威士忌酒的苦味，/多刺的玫瑰的香味，糖砒的甜味/以及残缺的爱情的滋味"，其中有相近与相反、甜与苦、美与丑的交织；而前面的"在你面上我嗅到霉叶的气味/倒塌的瓦棺的泥砖气味/死蛇和腐烂的池沼的气味/以及雨天的黄昏的气味"，则给人以没来由、缺乏想象根据、为丑而丑的感觉。从结构上讲，前半部分和后半部分也是分裂的。这说明艺术流派的创新是艰巨的，并不是每一个人都有闻一多这样的才气，能这样得心应手地取得成功。

三　闻一多的爱国与反共

要对这首诗的思想有准确的理解，有一点背景要交代：闻一多当然是爱国的，但是这一时期他的思想并不是共产主义，他的爱国主义和当时的"国家主义"有一点联系。他那时有点天真的愤激，只要对民族有利，什么恶魔都可以接受。倾向革命，支持共产党，是后来的事，是抗战后期，特别是抗战胜利以后。一些读者把闻一多提前"革命化"了，这一点是要具体分析的。闻一多在美国就参加了国家主义的团体，回国以后又是国家主义团体的中坚分子。1926 年 1 月 23 日他在致梁实秋的信中这样说："国内赤祸猖獗，我辈国家主义者际此责任尤其重大，进行益加困难。国家主义与共产主义势将在最近时期内有剧烈的战斗。……我辈已与醒狮诸团体携手组织了一个北京国家主义团体联合会，声势一天浩大一天。"1 月 29 日又在致梁实秋、熊佛西的信中说："前者国家主义团体联合会发起反日俄进兵东省大会,开会时有多数赤魔混入,大肆其捣乱之伎俩,提议案件竟一无成立者。结果国家主义者与伪共产主义者隔案相骂,如两军对垒然。骂至夜深,遂椅凳交加,短兵相接。"①

四 闻一多的现代格律诗追求

在诗歌的形式上,闻一多这首诗也有明显的特点,那就是非常整齐,每行都有相同的字数。闻一多是五四新诗的前驱,他较早期的作品是以打破旧体诗词僵化的格律为能事的。但是,后来他感到,完全不讲格律,带来了诗的艺术在内在和外在节奏上的混乱,于是勇敢地提出为新诗创造一种格律。在《诗的格律》中,他不但提倡诗的"音乐的美",而且还主张"诗的建筑美,诗的绘画美",他宣布,不讲格律的诗,就是诗的"安拉基主义"(按,anarchism,无政府主义)。诗歌创作就是"戴着脚铐跳舞"的理论就这样提出来了,闻氏以他特有的挑战姿态把话说得很绝:"越有魄力的作家,越是要戴着脚镣跳舞才跳得痛快,跳得好。只有不会跳舞的才怪脚镣碍事,只有不会做诗的才感觉得格律的缚束。"

每当历史前进的时候,为历史的前进做出过贡献的人总要受到后来者的质疑和挑战。五四新诗的先驱郭沫若说,要打破形式的枷锁,追求形式的绝对自由,诗是自然流泻出来的,而不是做出来的。闻一多唱反调说,诗就是"做"出来的,自然流露的"自我表现",被其斥为"伪浪漫派"。② 因为他看到,诗歌的形式枷锁被打碎了,但日子并不十分好过。事情很快走向了反面。当年打破形式枷锁的诗人,提出要创造新的格律(枷锁),闻一多认为新诗缺乏节奏,是由于句法的凌乱不整齐。根据英语诗歌轻重交替的 feet,他提出了"音尺"的观念,有人把它叫做"音步",反正在英语里是同一个字。这较之五四时期诗人们老是在用韵、音节上纠缠不清,无疑是一个进步。闻一多提出,每一行诗要尽可能在字数上相等,如果不能在字数上相等,也应

---

① 柯黎明、何菊坤编,闻立鹤审定:《闻一多年谱》,湖北人民出版社,1994 年,第 303、307 页。

② 闻一多:《诗的格律》,王钟陵主编:《二十世纪中国文学史文论精华·诗论卷》,河北教育出版社,2000 年,第 100—102 页。

该在音尺(每尺三音或者二音节)上相等。这样,诗行排列起来,就像房子一样整齐,这就是闻一多所说的诗的"建筑美"。"方块诗"、"豆腐干体",不但音尺一致,而且字数相等,不过是建筑美的极端做法。

这不是闻一多一个人的孤军奋战,把诗写得整齐一点、节奏上讲究一点,是当时共同的倾向。当然,真正能做到"豆腐干"一样整齐的,只有闻一多这一首。"豆腐干体"只是表面现象,实际上,闻一多追求的并不完全在字数,而在一种更为潜在的节奏感,那就是后来被何其芳总结出来的叫做自然的"停顿"的东西,争取每一句的顿数相等,如三音尺就是三个顿,四音尺就是四个顿。如果用这个理论来分析,《死水》就是每行四个顿:

> 这是——一沟——绝望的——死水,
> 清风——吹不起——半点——漪沦。
> 不如——多扔些——破铜——烂铁,
> 爽性——泼你的——剩菜——残羹。

最后一节也是一样:

> 这是——一沟——绝望的——死水,
> 这里——断不是——美的——所在;
> 不如——让给——恶魔去——开垦,
> 看他——造出个——什么——世界。

当然这是闻一多努力追求的一种建筑美,就是他自己也并不是每一首都能做到的。但是,就这一首而言,他对于现代汉语多音词能控制和驾驭到这样一种程度,无疑是前无古人,甚至也可以说是后无来者的。

第十二讲

散文:从审美、(亚)审丑到审智

一 "真情实感"论的贫乏和僵化

中国传统散文相当发达,与诗并驾齐驱;但是,奇怪的是,现代和当代散文缺乏系统的理论,不像小说诗歌那样,有着与西方文学对应的流派更迭。现代散文没有现实主义、浪漫主义、象征主义、现代主义、后现代主义。散文作家也没有流派的自觉,主义和流派好像与散文无关。当然,要绝对地说散文没有理论也不够客观,散文理论界影响最大的是"真情实感论"。其著名论述是:"散文创作是一种表达内心体验和抒发内心情感的文学样式。""它主要是用内心深处迸发出来的真情实感打动读者。"不难看出,这事实上把散文的特殊性定位在"真情实感",也就是抒情性上。当然,论者也看到了抒情性的狭隘:"狭义散文以抒情性为侧重,融合形象的叙事与精辟的议论。"①他很有分寸感地用一个"侧重"带出了"议论"。不过,议论当然是为抒情服务的。这种"真情实感论",在相当一个时期中拥有相当的权威,至今仍然得到学界并不敏感的人士的广泛认同。

但这样的理论是极其粗陋的。首先,楼肇明早就指出了,真情实感并不是散文的特点,而是一切文学共同的性质。其次,真情实感的强调并非永恒现象,而是一种历史现象,最初出现在五四时期,是对"瞒和骗"的文学传统的反拨;后来是在新时期,是对"假大空"的政治图解的颠覆。把这种理念从具体的历史语境中抽象出来,作为散文的永恒性质,实质上是以抒情为半径为散文画地为牢。首先,中国散文史乃至西方散文史上,并不全以抒情为务,不以抒情见长的散文杰作比比皆是。不管是蒙田还是培根,不管是博尔

① 林非:《关于当前散文研究的理论建设问题》,《散文论》,华中师范大学出版社,1992年,第5页。

赫斯的《沙之书》还是罗兰·巴特的《埃菲尔铁塔》，甚至是苏东坡的《赤壁赋》、诸葛亮的《出师表》，都不仅仅是以情动人的，其中的理性、智性，恰恰是文章的纲领和生命。

这样的散文理论之所以独步一时，最根本的原因在于话语霸权遮蔽了思维方法上的漏洞。第一个疏漏是把一种历史条件下的散文观念当做永恒不变的规律。追求某种超越历史的、放之四海而皆准的宏观理论时，对于否定超越历史的、统一的、普遍的文学性、散文性的西方文论并无任何批判，这就使得理论处于后防空虚的危机之中。第二个疏漏比第一个漏洞更加严重，那就是，真情实感，和巴金讲真话一样，并不是文学的规律，而是对作家的道德要求。第三个疏漏，就散文而言，在表现情感时，并不一定局限于真和实，作为文学创作，最根本的规律乃是想象，更全面的说法应该是真假互补虚实相生。

正是因为没有西方现成的理论资源，也没有自己的像样的理论，散文不得不从历史和现状中直接进行概括。这就用得上逻辑的方法和历史的方法了。逻辑的方法和历史的方法在马克思和恩格斯那里，是相对而又互补的。逻辑方法是把历史的偶然性和繁复性（包括历时的和共时的特殊性）加以纯粹化，这正是社会科学研究所要求的纯粹的抽象。正像在《资本论》中，马克思并没有研究资本主义的历史发展过程中的种种事变，没有论述资本主义的海盗、贩卖奴隶、侵略、腐败、暴力、革命、复辟等等，而是提出了一个高度抽象的逻辑范畴：商品。简单的商品生产，正是资本主义的逻辑的起点，也是资本主义的历史的起点。这个范畴不是静止的，而是有着内部矛盾的、运动的。其中使用价值、交换价值、等价交换、劳动力、不等价、剩余价值、生产过剩、经济危机等等系列范畴，都是商品范畴的内部矛盾转化和衍生的。这一切不但是逻辑的演化，而且是历史的转化，自由资本主义由此走向反面。故商品既是逻辑的起点，又是历史的起点；既是历史的终点，又是逻辑的终点。这说明，逻辑的和历史的方法不是绝对矛盾的，相反，是可以达到逻辑的和历史的统一的。问题在于，流行的"真情实感论"既没有逻辑的系统性，又没有历史的衍生性。它之所以成为一种没有衍生功能的范畴，就是因为，它是一种抽象混沌，没有内部矛盾和转化；而实际上，情和感并不是统一的，而是在矛盾中转化消长的。情的特点是动，所以叫做"动情"、"动心"。但是，情是一种"黑暗的感觉"，情之动是看不见、摸不着的，它要借助感觉才能传达,所以叫做"感动"。感有一个特点,就是它是在情感冲击下发生"变异"的。① 情人眼里出西施,月是故乡明,贾宝玉第一眼看到林黛玉就说这个姑娘见过的,王维在散文中感到深巷寒犬"吠声如豹",余秋雨觉得三峡潮水声中有两大主题,一个是对大自然的朝谨,一个是对山河主宰权的争逐,那日日夜夜奔流的江涛就是这两主题在日夜不停地争辩,这些在真情冲击下变异了的感觉,明显不是"实感",而是"虚感"。通过这种"虚感"传达出来的感情是真情还是假情呢? 任何一个研究对这样的矛盾事实视而不见,还能成为理论吗?

看不到内在矛盾,也就看不到运动发展、变化,从而对情与感的历史消长视而不见。在散文历史的最初阶段,实用理性占有绝对的优势,情在散文中是被排斥的,周诰殷盘全是政治布告、首长讲话,充满教训甚至是恐吓。至少到了魏晋以后,抒情才从实用理性中独立出来。真正从理论上把个性化的感情当做散文的生命,还要等上一千多年。晚明小品中提出独抒性灵,五四散文继承了这个传统,鲁迅甚至认为散文取得了比小说和诗歌更高的成就。散文的抒情主潮,其深层的矛盾,其实不仅在于感,而且在于理。主情的极端就是用变异的感觉来抑制理性,走向极端就是情感的泛滥,变成了滥情、矫情、煽情。所以到了 20 世纪中叶,西方产生了抑制抒情的潮流,在诗歌中干脆就提出"放逐抒情"。Sentimentlism,五四以降,一直翻译为感伤主义,近来变成了滥情主义。在中国在先锋诗人和小说家中,跳过情感,直接从感觉向审智方面深化,追求冷峻的智性成为主流,而散文却停留在真情实感的抒情中。就在这个时候,余秋雨出现了,他把诗的激情和文化的智性水乳交融地结合在一起,迈向了散文的新阶段,也就是从主情到主智的历史过渡。一批年青的甚至并不年青的散文作家成了他的追随者。可是就在这个时候,余秋雨却引发了空前的争论。除开某些人事因素以外,主要还在于,余秋雨的散文,是从审美情感到审智散文之间的一座"断桥"②。从真情实感,也就是审美情感论来看,他的文章有过多的文化智性;而从先锋的、审智的眼光来看,又有太多的感情渲染,被视为滥情。

---

① 参阅孙绍振:《论变异》,花城出版社,1987 年,第 71—98 页。
② 孙绍振:《余秋雨:从审美到审智的"断桥"》,《当代作家评论》1997 年第 6 期;《审智散文的审美突破》,《当代作家评论》2000 年第 3 期。

"真情实感"论,如果真要成为一种严密的学科理论基础,起码要把情与感之间的虚和实、情与理之间的消和长作逻辑的同时又是历史的展开。但"真情实感"论的代表人物缺乏这种学科建设的自觉,所以这一概论难以成为学科逻辑的起点。如果"真情实感"论的缺失仅限于此,那还只是缺乏上升为学科理论的前景,可惜的是,它最大的缺失在于号称散文理论,却并未接触散文本身的特殊矛盾。就算马马虎虎以真情实感为逻辑起点吧,那么摆在面前的首要任务是,揭示散文的真情实感与诗歌、小说的不同。

而按照逻辑与历史统一的学术规范,这种不同不应该是脱离了情与感、情与理、虚与实、真与假的现存范畴,而是从这些范畴中衍生出来的。同样的"真情实感",在诗歌里和散文里有什么重大的区别? 其实,这并不神秘,只要抓住情与感彻底分析,就不难显出端倪。真情实感,事实上就是内情与外感的结合,不管是内情还是外感,都得是有特点的,一般化、普遍性、老一套的情感是缺乏审美价值的。情感作为文学形象胚胎结构,只是艺术形象的一种可能性,要真正成为艺术形象,内情和外感的特点还有待于形式规范。在诗歌中,内情具有特殊性,不成问题,但其外感是不是也同样要特殊呢? 无数诗歌经典文本显示,在诗歌中外物的感受可以是普遍的,没有具体时间、地点条件的规定。舒婷笔下的橡树、艾青笔下的乞丐、雪莱笔下的西风、普希金笔下的大海、里尔克笔下的豹,都是概括的,并不交代是早晨的还是晚上的,是城市的还是农村的。这是一种普遍的类的概括。外感越是概括,诗歌的想象空间越是广阔,情感越是自由。如果盲目追求具体特殊,追问艾青笔下的乞丐究竟是男是女、究竟是老是少,越是具体特殊,越是缺乏诗意;越是缺乏诗意,也就越是向散文转化。这也就是说,散文的艺术奥秘在于,同样是特殊的情感,它的外感越特殊越好。① 从这里,我们可以看到杨朔把"每一篇散文都当做诗来写",之所以造成模式化、概念化,当时的历史条件只是外部原因,混淆了文学形式的审美规范则是其内在原因。这种区别本来应该是常识性的,但是,竟弄得连高考试卷上都出错,说明问题严重到什么程度。林肯总统被刺,惠特曼写过《船长啊,我的船长》,只写一艘航船到达口岸,船长突然倒下的场景。这个场景,没有具体的时间,没有地

① 参阅孙绍振:《文学创作论》,海峡文艺出版社,2005 年,第 236—242 页;《评陈剑晖〈中国当代散文的诗学建构〉》,《文学评论》2006 年第 6 期。

点,连船长倒在什么人身上都没有交代。然而只有这样才有诗的想象的单纯集中,也才有在单纯集中中展开丰富想象的难度,这才是诗。但惠特曼在同样题材的散文中写林肯被刺,就明确写出了具体的时间——1865 年 4 月 14 日晚间,地点在华盛顿的一家剧院;当时的气氛是:观众都沉浸在欢乐之中,凶手突然出现在舞台上,观众来不及反应,沉默;凶手向后台逃走;群众震惊、愤激、疯狂,几乎要把一个无辜的人打死。这一切都说明,诗的真情实感和散文的真情实感,遵循着的形式规范是多么的不同。

不是矛盾的普遍性,而是矛盾的特殊性,才是学科研究的对象。

二 直接归纳:诗的形而上和散文的形而下

既然现成的理论不能成为建构散文理论的基础,唯一的出路就是直接归纳。归纳的难点在于:第一,要有一定的原创性;第二,阅读经验的有限性、狭隘性,因而要求最大限度地掌握经验材料。可是生也有涯,经验也无涯,以有涯求无涯,是生命本身的悲剧。但如果不是一味追求理论的全面性,从片面的经验开始,像邓小平所说的那样,摸着石头过河,像胡适所主张的那样,在有限的经验中进行"大胆的假设",又像波普尔所提倡的那样,不断地"试错",反复排除经验狭隘性的局限,进行"小心的求证",可能比演绎法,从普遍的概念到特殊的概念,成功的概率要高得多。归纳法还有一种特殊的形态,那就是个案分析,也就是所谓的从一粒沙子中看世界、从一滴水中看大海,不一定要把全世界所有的水都收集到自己的实验室里。在笔者看来,把归纳和比较结合起来更是一个讨巧的办法,就是把既是诗人又是散文家的作品拿来加以比较,因为其中有现成的可比性。

在诗歌中李白是反抗权贵的,不能忍受向权贵摧眉折腰;而在散文中,尤其是那些"自荐表"中,李白向权贵发出祈求哀怜是一点也不害臊的。在《与韩荆州书》中,李白以夸耀的口吻说自己从 15 岁起就"遍干诸侯"。阅读李白的全部作品,会发现有两个李白:一个是在诗里,是颇为纯洁而且清高的;一个是在散文里,是非常世俗的。在舒婷的散文和诗歌中也可以见到同样的分化:在诗歌中,她是形而上的,好像在精神的象牙塔里,为人与人之间的难以沟通而感到哀伤、失落,为美好的人情和爱情而欢欣,好像是不食人间烟火的;而在散文中,她又作为妻子、母亲,为婆婆妈妈的家务事操劳,发出"做女人真难,但又乐在其中"的感叹。在余光中的诗和散文中,他的乡愁也是不尽相同的。在诗中,是超越了现实的、虚拟的,展示了单纯的精神境界,只需几个意象(邮票、船票、坟墓、海峡)就足以凝聚起大半生的生命乡愁体验。在这种象征的、空灵的、纯粹的情感境界的升华中,抒情主人公的经历不是他一个人的,而是许多类似的居住在台湾的人的概括。而在散文《听听那冷雨》中,乡愁贴近了他具体的、特殊的、唯一的经历:他从金门街到厦门街,长巷短巷,基隆的港湾雨湿的天线,台北的日式瓦顶,在多山的科罗拉多对大陆的想望,甚至还有一点"亡宋的哀痛"的政治失落感,以及青春时代和爱人共穿雨衣的浪漫。散文中的余光中显然是现实中的余光中。理解了这一点就不难理解散文家柳宗元和诗人柳宗元的重大分化了。他在《小石潭记》中把他所发现的那个自然境界描写得那么空灵,那么美好。虽然是很"幽邃"的,远离尘世、超凡脱俗的,但是"其境过清",太冷清,太寒冷了,欣赏则可,却不适"久居",只能弃之而去。尽管如此,还是要记录在案,把同游之人的名字都罗列了一番。而在诗歌里则充满了不食人间烟火的境界,如《江雪》:

> 千山鸟飞绝,万径人踪灭。
>
> 孤舟蓑笠翁,独钓寒江雪。

开头两句,强调的是生命的"绝"和"灭",与这形成对比的是,一个孤独的渔翁,在寒冷、冰封的江上,是"钓雪",而不是钓鱼,也就是不计任何功利,是一点也不怕冷、不怕孤独的,相反,孤独本身就是一种享受。这和散文中"寂寥无人,凄神寒骨,悄怆幽邃""其境过清,不可久居"的境界大不相同。散文中的柳宗元,还是不能忘情现实环境、居住条件,小而至于买了一块便宜地,大而至于国计民生乃至朝廷政治;而诗歌则可以尽情发挥超现实的形而上的空寂理想,以无目的、无心的境界,超越一切功利,体悟大自然和人达到的高度和谐和统一。这是诗的意境,而在散文中,作者可以欣赏,却是受不了的。

两种文学形式的微妙而重大的区别,归纳起来说,诗是形而上的,而散文是形而下的。从文本中归纳出来是并不太困难的,但是,要从西方、东方任何宏观的理论中演绎出来却是不可能的。

三 审美、审丑和幽默的亚审丑

事实上不管是拘守于僵化的"真情实感",还是从西方生命哲学、文化哲学中去演绎,都超不出普遍大前提已知的属性,还不如回到散文浩如烟海的文本中来,一旦发现现成理论所不能解决的问题,就死抓住不放,对之进行直接归纳,上升为理论。"真情实感"论把散文归结为"美文",顾名思义,美文就应该是美化、诗化的,既美化环境,又美化主体精神。这种普遍得到认同的理论,遇到并不追求美化和诗化的文章,就捉襟见肘了。例如,对于三峡风光,我们已经见过许多美化、诗化的经典诗文了,但楼肇明从三峡的自然景观中看到了什么呢?

> 不成规划的球形、椭圆形、圆锥形、圆柱形,你挤我压,交叠黏合,隆起上升,沉落倾斜,那经过生命和死亡的大轮回、大劫难的一堆堆岩石的云团、岩石的羊群和牛群,被排闼而来的长江水挤开,在两边站立……岩石被送上旋风的绞刑架,从地质年代的墓坑里被挖到阳光下,让苍天去冷漠地阅读……①

如果"真情实感"论的"美文"是放之四海而皆准的统一规律,那么,我们能把这样的散文列入"美文"之列吗? 这里,三峡不是壮丽的河山,而是很丑陋,而作者的真情是什么呢? 冷漠——整个苍天对这一切无动于衷,他自己也无动于衷。这里有什么真情实感呢? "真情实感"论所描述的情感是什么样的呢?

> 古今中外,多少优秀的散文,都充分地流露和倾泻着自己的情感,有的像炽热耀眼的阳光,有的像奔腾呼啸的大海,有的像壮怀激烈的咏叹,有的像伤痛欲绝的悲歌,有的又像欢天喜地的赞颂。当然也有与此很不相同的情形,那就是异常含蓄地蕴藉地表达自己的感情,从表面看来似乎并不强劲猛烈,但在欲说还休的抑扬顿挫之中,可以让读者感受

---

① 楼肇明:《三峡石》,《第十三位使徒》,中国对外翻译公司出版社,1995年,第213页。

到这股情感潜流的曲折回旋,因而产生更多的回味,值得更充分的咀嚼。①

"真情实感"论者笔下所描述的感情,实质上就是两种,一是强烈的、浪漫的激情,二是婉约柔和的温情。抒发这两种感情的,无疑都属于诗化、美化的散文之列。但是,我们却碰到楼肇明式的冷漠,他既没有热情,也没有温情,整个就以无情为务。这时候,如果我们迷信演绎法,只能是成全他,说这也是一种真情实感("佯情""隐情"?),但这显然强词夺理,因为这里没有美文的诗化和美化。这样的思路,显然会进入死胡同。这条路走不通,就只能走相反的道路,就是从有限的经验材料、从有限的文本进行直接归纳,这明明不是美文,不是美化,不是诗化,那么是不是可以大胆地假设——"丑化"? 李斯特威尔在《近代美学史述评》中这样说道:"广义的美的对立面,或者反面,不是丑,而是审美上的冷漠,那种太单调、太平常、太陈腐或者太令人厌恶的东西。"是不是可以把这种散文列为和审美散文相对的、在情感价值上相反的散文? 是不是可以把它叫做"审丑"的散文? 这种"审丑",不但是逻辑的划分,而且是历史的发展。抒情、美化、诗化,长期以来一直是流行的潮流,成了普及的套路,达到可以批量生产的程度,抒情就滥了,为文而造情,变成矫情、虚情假意了。抒情变成俗套,也就引起了厌倦,就走向反面,干脆不动感情。不动感情也可以写成别具一格的散文。台湾有一个散文家叫林彧,他的一篇散文《成人童话》,创造出了一个荒谬而无情的境界:

——我的甲期爱情到期了吗?

——你的爱情签账卡来了吧?

——爱情可以零存整付。

——幸福可以分期付款!

——真理换季三折跳楼大拍卖!②

把爱情变成一种交易,变成银行的账户,变成单据,变成程序性的金钱来往。真理也不是什么精神追求的高尚境界,而是商店里的生意经。真理怎么能

---

① 林非:《关于当前散文研究的理论建设问题》,《散文论》,华中师范大学出版社,1992年,第5页。

② 郑明娳:《现代散文现象论》,台湾大安出版社,1992年,第63—64页。

换季呢? 跟衣服一样,这个真理不流行了,要换一个新的真理,那还能称为真理吗? 这就是一种冷漠。幸福不是一种情感的共享和体验,而是非常商业化的,完全没有了情感的价值,有的是一种交换的实用价值。这是对浪漫爱情的温情的一种反讽,否定、不抒情、反抒情,没有感情就不能说是美文,而是美文的反面。我们直接把这种散文归纳为"审丑"散文。

审丑,不一定是对象丑,而是情感非常冷,接近零度。冷漠是最根本意义上的丑。爱情、友情、亲情、热情、滥情的反面不是仇恨,而是冷漠,因为仇恨还不失为感情,而且是强烈的感情,哪怕是丑的。在美学领域,"丑"不"丑"无所谓,只有无情才是"丑",外物的"丑"所激起的,如果还是强烈的、浪漫的感觉,那还算是审美。审丑和对象的关系并不太大,不管对象是美是丑,只要有强烈、丰富、独特的感情,就仍然是审美的。因为英语的 aesthetics,美学,讲的本来就是与理性相对的情感和感觉学。表现强烈的感情、婉约的感情,叫做审美,那么表现冷漠、无情呢? 应该叫做审丑。

从总体上说,严格意义上的审丑散文,在我国散文领域,作为一个流派或作为一种思潮,还没有成熟起来,没有一个完整的作家群体。有的是不成熟的探索,如得到某些评论家赞赏的刘春的散文:

> 农村的厕所其实就是公用的化粪池,人类猪牛粪便都混在一块儿,不结块,反而显得挺稀的,这归功于蛆虫。粪便经过发酵,稀释,浇到园子里,即使不怎么长了的菜株也晃着脑袋蹿一蹿。沼气发出致命的气味,只有最强壮的苍蝇才可以呆得住,它们图的是随时享受"美味"。踏板彻底地朽掉了,黑漆漆的,如炭烤。野地里的茅房偶尔会有死婴浸泡在屎中,他们无分男女,五官精细,体积小的出奇,比妈妈从城里给我买的第一只布娃娃还要小,骨殖如一副筷子,脸上和四肢挂着抑扬过的痕迹。我低头看他们,感到童年的无力和头晕。有一只死婴都瘦成了皮包骨,可是他依然保留着人的样貌,我记得他正好挂在树枝上,就好像一脚踏在生命的子午线上,那树显然是人们有意为之的,位置那么恰好。①

这里描绘的景象,显然很丑陋、很肮脏、很悲惨。在诗化、美化的"真情实

---

① 陈剑晖:《新散文往哪里革命》,《文艺争鸣》2005 年第 5 期。

感"论的散文家笔下,这种可能引起生理的嫌恶的现象,肯定是要回避的,但作家却津津有味地详加展示,目的就是要刺激读者产生恶心的情绪。作者的笔墨给人一种炫耀之感,炫耀什么呢?在丑恶面前无动于衷,丑之极致,不觉其丑,转化为无情之丑,转化为艺术的"丑"。这就是审丑散文家所追求的。

当然,这种审丑散文还是比较幼稚的、不成熟的,因为审丑虽然无情,但在丑的深层还有理念。林或的"爱情是零存整付",其中有深邃的讽喻。刘春突破审美的"真情实感"的勇气引起了一些评论家的欢呼(如祝勇),但他的不成熟、浮浅、精神性欠缺,也引起了另一些散文专家的愤慨,被斥为"恶劣的个性"①。

审丑是艺术发展的普遍思潮,中国散文的审丑,相对于小说、戏剧而言,相对于绘画、雕塑而言,是有点落后了。最早的象征派诗歌,代表性诗人如李金发的审丑几乎和郭沫若的创作同步开始的。连浪漫主义的闻一多都不乏审丑的作品,如上一讲讲过的《死水》。奇怪的是,在诗歌、小说突飞猛进地更新流派的时候,散文却一直沿着抒情审美的轨道滑行近八十年。审丑的散文,到目前为止,还不能说已经成了气候。

但是,毕竟也有大量与审丑相接近的散文,那就是幽默散文。它们不追求诗意、美化,把表现对象写得很煞风景,甚至令人恶心,有某种不怕丑的倾向;你说他审丑吧,它又并不冷漠,有感情,不过不是诗意的感情,而是一种调侃的感情。所以,不能笼统叫"审丑",只是接近于审丑,叫它"亚审丑"可能比较合适。

鲁迅的《阿长与山海经》写一个保姆,晚上睡觉,她本该照顾孩子,却占领全床,摆上一个"大"字,鲁迅的母亲给了她暗示,以后更加糟糕,不但摆上"大"字,而且把手放在鲁迅的脖子上。她还会讲非常恐怖、荒唐、迷信的故事,说像她这样的妇女要被太平军掳去,敌人来进攻的时候,就让她们脱下裤子,站在城墙上,外面的大炮就炸了。这是非常荒谬的,按理说,鲁迅批评一下她的迷信、胡说,是可以的,但那就太正经了,鲁迅并不正面揭露,而是采取一种将错就错、将谬就谬的办法,说她有"伟大的神力"。幽默感就

---

① 陈剑晖:《新散文往哪里革命》,《文艺争鸣》2005 年第 5 期。

从这里产生了。幽默恰恰是在这些不美的、有点丑怪的事情中。显而易见的荒谬和十分庄重的词语之间产生一种叔本华所说的不和谐、不统一，用我的话来说，就是"逻辑错位"①，长妈妈越是显出丑相，鲁迅越是平心静气，越是显示出宽广的胸襟、悲天悯人的精神境界。

幽默致力于"丑"化，"丑"加上引号，是表面的丑而不是真的丑，因为长妈妈并不怀自私的、卑劣的目的，不是有意恐吓小孩子，自己是非常虔诚地相信这一切的。她很愚昧，但心地善良。鲁迅的内心状态并不是冷漠的，也不是无动于衷的，而是表面上沉静、内心感情丰富的：一方面"哀其不幸"，另一方面"怒其不争"。当她为鲁迅做了一件好事，为他带来他向往的《山海经》的时候，他又感到真有"伟大的神力"，这里的大词小用就不但是幽默的，而且渗透着抒情的赞美，鲁迅对她就不简单是"哀其不幸，怒其不争"，而应该是赞美其善良。从结构层次上分析，表层是愚昧的、丑的，深层的情感是深厚的、美的，这就是幽默在美学上的"以丑为美"，也就是我们所说的"亚审丑"。

张洁在一篇散文中这样写：在一条清洁的街道，看到一个孩子，随便吐甘蔗皮。她告诉孩子，不可以这样的。孩子看了好久，吐了一口甘蔗皮来回答。张洁后来发现所有的大人都买了一根甘蔗，两尺来长的，一边咬一边走，以致城市的街道都是软软的。再看，这个城市没有果皮箱，环保部门也没有尽到责任。这种正面批评，不是幽默的，而是抒情的。用幽默风格来写怎么写呢？梁实秋的散文："烈日下，行道上，口燥舌干，忽见路边有卖甘蔗者，急忙买得两根，才咬了一口，渐入佳境，随走随嚼，旁若无人，随嚼随吐，人生贵适意，兼可为'你丢我拣'者制造工作机会，潇洒自如，不亦快哉！"②完全是破坏环境卫生，却心安理得，还要说出两条堂堂正正的理由：一是人生贵适意，上升到世界观的高度；二是为清洁工人创造就业机会。这完全是逻辑颠倒，正话反说，因而好笑。表面上是贬低自己，实质上是批评一种普遍存在的恶习。不以居高临下的姿态批评世人，却把这些毛病写成是自己的，这是荒谬的，又显而易见是艺术的假定。读者不会真的以为这是梁实秋

---

① 孙绍振：《论幽默逻辑的二重错位律》，《文学评论》1996 年第 4 期；《论幽默逻辑》，《文艺理论研究》1998 年第 5 期，《新华文摘》1999 年第 1 期转载。
② 梁实秋：《雅舍小品》，香港雅文出版社，第 53 页。

缺乏公德心,在会心一笑时,就与梁实秋的心灵猝然遇合了。李敖惯于以玩世的姿态写愤世之情:

> 得天下之蠢材而骂之,不亦快哉!
>
> 仇家不分生死,不辨大小,不论首从,从国民党的老蒋到民进党的小政客、小瘪三,都聚而歼之,不亦快哉!
>
> 在浴盆里泡热水,不用手指而用脚趾开水龙头,不亦快哉!
>
> 逗小狗玩,它咬你一口,你按住它,也咬它一口,不亦快哉!
>
> 看淫书入迷,看债主入土,看丑八怪入选,看通缉犯入境,不亦快哉![①]

李敖故意把自己写得很不堪(看淫书)、很顽劣(以快速和慢速放影碟)、很无聊(和小狗咬来咬去)、很散漫(用脚趾开水龙头),但就是在这种无聊和顽皮中,显示了他在政治上和学术上的原则性和坚定性,并为自己极其藐视世俗的姿态而自豪。他的幽默好就好在亦庄亦谐,以极庄反衬极谐。

贾平凹在散文《说话》里,说自己说不好普通话,这没什么了不起,普通话嘛就是普通人说的话,毛主席都说不好普通话,那我也不说了,好像有点阿Q。这种心态,在中国是常见的。他又说说不好普通话,就不去见领导、见女人:好像见领导就是为了去讨好领导,让领导留下好印象一样;和女人在一起,就是有什么不纯的动机。这些本来都是隐私,但作者公然袒露。这明显是虚构,不是写实,显而易见是自我贬抑来讽喻世人、世风。他说普通话说不好,但他会用家乡话骂人,骂得非常棒,很开心。表面看来,这是有点丑,有点恶劣,但从深层来说,他非常天真,非常淳朴。为什么没有一个读者会感到贾平凹品行不端? 因为在文学作品里,作者和读者有一种默契,那就是进入一种虚拟的、假定的境界。对幽默感而言,丑化是表层的,深层隐藏着感情的美化,自己很坦然、无所谓、不拘小节,表现宽广的心胸,并不是用虚荣心来掩盖自己的本性;同时,所写的缺点并不是个人的,往往是人类普遍的弱点。以丑为美就美在这里。

---

① 《李敖幽默散文赏析》,漓江出版社,1993 年。

四　审智的高度

中国现当代散文艺术积累最为丰厚的是抒情和幽默,作家进入散文的艺术天地最为方便的门径就是抒情和幽默。但不管抒情的审美还是幽默的"亚审丑",在逻辑上都存在着无可否认的局限。钱锺书把某些文学评论家讽刺为后宫的太监,只有机会而无能力,是很片面、偏激的;王小波对中国传统的消极平均意识的批评,以诸葛亮砍椰子树作类此,从严格理性的角度看,还失之粗浅,从逻辑上来说,类比推理是不能论证任何命题的。这就促使一些把思想、文化深度看得特别重要的散文作家,在抒情和幽默的逻辑之外寻求反抒情、反幽默的天地。

从美学上说,把情感和感觉的研究归结为"审美",是不够严谨的。比较深刻的文学作品,不光是情感和感觉的,而是都有着自己独特的理念。不论是屈原还是陶渊明,不论是古希腊悲剧还是安徒生的童话,都渗透着作家生命的甚至政治的理念。大作家都是思想家。应该把情感与理念结合起来。智慧理性的追求,在 1950 年代以后的西方现代派文学中形成潮流,加谬甚至宣称,他的小说就是他的哲学的图解。对这种倾向,我在《从西方文论的独白到中西文论的对话》中称为"审智"①。

把情感归结为审美价值,来源于康德。但是,1980 年代以来,人们片面理解了康德,把审美仅仅归结于情感,过分强调情感价值的美独立于实用理性的善和真,而忽略了康德同时也强调三者的互相渗透,特别是美向理性的善提升这一点,是康德审美价值观念的一个重要支点。康德的"美",实际上是一种"美的理想",存在于心灵中,较之现实中的具体事物,它具有一种"范型"的意味、"圆满"的意蕴,催促祈向的主体向着最高目标不断逼近,又令祈向着的主体"时时处于不进则退的自我警策之中"②。美的超越性,超越感官,使美向善的理念提升。康德虽然把美与善当做不同的价值观念,但他强调在更高的层次上,美与善可以达到统一,甚至最后归结到"美是道德

---

① 孙绍振:《从西方文论的独白到中西文论的对话》,《文学评论》2001 年第 1 期。
② 陈峰蓉:《祈向至善之美》,《东南学术》第 3 期,第 147 页。

的象征"①。从这个意义上讲,康德的审美价值论兼具"审善"和"审智"的双重取向。这自然会产生一种"零缺陷的,最具审美效果的极致状态下的事物",有一种"祈向至善之美"的"最高范本"。而这种范本,在康德看来,"只是一个观念","观念本来就意味着一个理性概念,而理想本来就意味着符合观念的个体的表象"。② 从这个意义上说,康德的学说和黑格尔的"美是理念的感性显现"殊途同归。

在这个意义上,康德的审美价值论表面上是强调感性的审美,但其深层兼具"审善"和"审智"的双重取向。这一点被我们长期忽略了,我们对于大量的智性文章往往以审美的"真情实感"论去演绎,其结果是窒息了审智,散文理论长期处于跛足的落伍状态。其实只要不拘于演绎,用经验材料来归纳,既不抒情又不幽默的散文大量存在,除了直接抽象为审智散文以外,别无出路。

20世纪八九十年代,在中国,学者散文成了气候,产生了一种以智取胜的倾向。这是历史的必然,也是逻辑的自然。抒情太滥,幽默太油,走向极端,走向反面,必然要逼出反审美、反抒情、反幽默的审智散文来。余秋雨之所以重要,就是因为他成了这一历史关键的桥梁,他在抒情散文中水乳交融地渗入了文化人格的思考,达到了情智交融的境界。但他并没有完成从审美向审智美学的过渡,他只是突破了审美抒情,并没有完全到达审智的彼岸。具有鲜明的智性倾向的散文,周国平可以作为代表之一。他在《自我二重奏·有与无》中这样写道:

> 庄周梦蝶,醒来自问:"不知周之梦为蝴蝶与,蝴蝶之梦为周与?"这一问成为千古迷惑。问题在于,你如何知道你现在不是在做梦?……这是个哲学命题,现实世界是不是虚幻的?就像我在这里教了几十年的书,是不是另外一个人做了几十年的梦?我的存在不是一个自明的事实,而是需要加以证明的,于是有笛卡儿的命题:"我思故我在"。……但我听见佛教教导说:"诸法无我,一切众生都只是随缘而起的幻相。"……从佛教的角度来讲,周国平也是一种虚幻,当他在

---

① 黄克剑:《心蕴——一种对西方哲学的读解》,中国青年出版社,1999年,第111—112页。

② 陈峰蓉:《祈向至善之美》,《东南学术》第3期,第147页。

为他的存在苦苦思索的时候,电话铃响了,电话里叫着他的名字,他不假思索地应道:"是我。"

从抽象的意义上来讲,"我"的存在与否是个大问题;但从感性世界来说,"我"的一声回答就把这个问题解决了。周国平的《自我二重奏》,从哲学上来说,是很深刻的智者的散文。但读周国平的散文,有时觉得它不像散文,也不像审智的散文。这有两个原因。首先,审智散文虽然排斥抒情,但并不排斥感性,感性太薄弱,就显得很抽象,与艺术无缘。在这里,感觉是感性的关键。现代派诗歌也排斥感情,但紧紧抓住了感觉,从感觉直接通往理念。而周国平几乎完全忽略了感觉。因而,从理性到理性,是纯粹的哲学思考,而不是完全审智的散文。其次,智性形成观念直截了当、尽情直率,缺乏审视心灵变幻的层次,不足以把读者带到观念和话语的生成和衍生的过程中去。只有在过程中,智性由于"审"而延长了,"视"的感觉也强化了,向审美作某种程度的接近也就有了可能。关键在于,把智性观念、话语形成、产生、变异、转化、倒错乃至颠覆的过程,在读者的想象中展示出来。① 一般作家没有意识到这一点,也缺乏这样的才力,因而造成了有智而不审的现象。这就失去了从抽象到具象、从智性到感性、从审智到审美渗透的机遇。李庆西引宋周密《齐东野语》曰:

> 一道人于山间结庵修炼。一日,坐秘室入静。道人叮嘱童子:"我去后十日即归返,千万别动我屋子。"数日后,忽有叩门者,童子告知师父出门未还。其人诈称:"我知道,你师父已死数日,早被阎王请去,不会回来了。尸身不日即腐臭,你当及早处理。"童子愚憨,不辨其诈,见师父果真毫无气息,便将其投入炉火中焚化。旋即,道人游魂归来,已无肉身寄附。其魂环绕道庵呼号:"我在何处?"喊声凄厉,月余不绝,村邻为之不安。一老僧游经此地,闻空中泣喊,大声诘道:"你说寻'我',你却是谁?"一问之下,其声乃绝。②

这是个悖论,既然"我"没有了,那么谁来问"我在哪里"?这就提出了一个相当深奥的问题:"我是不是我?""真我究竟在哪儿?"李庆西引用的文章显

---

① 参阅孙绍振:《文学性讲演录》,广西师范大学出版社,2006年,第379页。
② 李庆西:《我在何处》,《禅外禅》,人民文学出版社,2005年,第126—127页。

然比周国平的文章更富有感性,更具有审视的过程性。他把"我"这个抽象的观念,与老和尚的尸体联系在一起,这就有了感性(当然,没有抒情),把思索过程用故事的形式展开,智性的观念就有了一个从容审视的过程,也就有了审智散文的特点。而周国平的文章,除了最后电话来了,他不由自主地答"是我"以外,其余都是抽象的演绎、哲学家式的阐释。智性散文不同于纯粹的智性抽象。它必须有感性,就是讲思想活动,也要有感觉、感受的过程,要有智性被审视的过程。它往往要从纷纭的感觉世界中作原生性的命名,衍生出多层次的纷纭的内涵,作感觉的颠覆,在逻辑上作无理而有理的转化,激活读者为习惯所钝化了的感受和思绪;在几近遗忘了的感觉的深层,揭示出人类文化历史的和精神的流程。

中国当代最早集中出现的系列审智散文,是南帆的《文明七巧板》①。它们既不幽默也不抒情,既不审美也不"审丑",南帆所追求的是智性和感知的深化,还有话语内涵的"颠覆"。在他最好的散文中,他层层演化、派生出的观念,超越了现成理性话语的无形钳制,对智性话语的内涵加以重构,使得智性话语带上审美感性逻辑。在此基础上,他创造了一种"南帆式"的话语,在审智向审美的转化中,使本来熟悉到丧失感觉的词语发出陌生的光彩。光是描述"枪"这样一个普通的器械,他就让许多被用得像磨光了的铜币一样的词语焕发出新异的感觉:"拉动枪栓的咔哒声如同一个漂亮的句号","一支枪的扳机在食指轻轻勾动之中击发,一个取缔生命的简洁形式宣告完成","躯体与机器(指枪)的较量分出了胜负,这是工业时代的真理","枪就是如今的神话"。他还非常严肃地将枪和男性的生殖器相类比:"两者都隐藏着强烈的侵略性、进攻性;射击的快感与射精的快感十分类似","男性的性器官制造了生命……枪的唯一目的是毁灭生命……是对于男性器官的嘲弄"。② 他的关键词语基本上是普通的书面语,如句号、取缔、真理、神话、快感、嘲弄等,他并没有像余光中那样广博地采用从古代书面雅言到日常口语乃至现代诗歌的复杂的修辞话语,但这些普普通通的词语不但获得了新异的感觉,而且有新异的智性深度。

他在论述了躯体是自我的载体和个人私有的界限以后,接着说,传统文

---

① 南帆:《文明七巧板》,上海文艺出版社,1994 年。
② 南帆:《叩访感觉·枪》,东方出版社,1999 年,第 291 页。

化总是贬低肉体而抬高灵魂。在审智话语的逻辑自然演绎中,他做着翻案文章:肉体是比灵魂更加个人化的。肉体只能个人独享,不能忍受他人的目光和手指的触摸;而精神可以敞开在文字中,坦然承受异己的目光的入侵。从这个意义上说,"躯体比精神更为神圣"。只有爱人的躯体才互相分享,互相进入。他得出结论说,"爱情确属无私之举"。"私有"、"神圣"、"无私"原本的智性意义大部分被颠覆、解构的同时,新的智性就带着新的感性渗透进来了,这是一种智性和感性解构和建构的同步过程。

这还只是他的话语成为一种智性话语结构的表面层次。更为深刻的层次是:在感性和智性的重新建构中,他完成了从审智到审美的接近。他在重新建构话语的时候,常常摆脱智性的全面和严密,引申出任性的话语。例如,从纯粹智性来说,爱人、情人允许对方共享肉体是无私的、神圣的,这种说法并不是客观、全面的,而是相当片面的,甚至可以说是"不智"的。不言而喻,肉体的共享还有绝对自私和不神圣的一面。这一切被南帆略而不计了(也就是颠覆了);由于颠覆的隐蔽性,读者和他达成了一种临时的默契。这种默契就是以"不智"为特点。这种"不智"意味着一种"南帆式"的潜藏的审美感性,也就是审美的理趣。他接着说:一旦爱情受到挫折,躯体就毫不犹豫地恢复私有观念,"他们不在乎对方触碰自己的书籍、手提包或者服装",而在争吵时尖叫起来:"不要碰我!"如果没有情感,却仍然开放躯体,就是娼妓行为。其实,没有感情仍然开放肉体,有着许许多多的可能性,例如,许多没有爱情的家庭,性生活并没有停止,没有爱情的偷情乃至美国式的性开放,也相当普遍地存在。但南帆的"不要碰我"和"娼妓"的话语阐释,具有智性的启示性和感性的召唤性,读者与其和他斤斤计较,不如欣赏他难得的任性。从审智到审美感知也就完成了其转化的任务。

学者散文、智性散文、审智散文、审智/审美散文,这是一个多层次转化的过程,在中国当代学者散文中,这样的转化才刚刚开始。就是在世界散文史上,一系列的理论问题(如罗兰·巴特提出的"文体突围")也还有待研究。

人的精神主体实在太丰富、太复杂了,任何文学形式都无法穷尽。任何一种文学形式都是中介。文学之所以有不同形式或者中介,就是因为它们在不同的层面表现人,综合起来,才庶几接近人的整体。语言作为一种符号,就决定了很难全面表现人的自我。正是因为这样,才让拉康伤透了脑筋。人的自我是多层次、多侧面的,文学形式又是多样化的,二者相互作用,就使人分化为多种艺术的形态,每一种形态都是人的一个层次、一个侧面,同时又是一种假定、一种虚拟、一种想象。散文的多种风格加起来,也只能表现其于万一。如果这一点没有错,那么"真情实感"式的散文,充其量不过是散文森林中之一叶,把这一叶当成森林,其遮蔽何其深也。

第十三讲

古典审美散文赏析原则和方法①

　　拿到一个经典的文本,不管是在中学还是大学,都会碰到一个极大的问题,就是经典文本,经过千百年的考验,仍然有鲜活的生命。那么学生呢?读者呢? 拿到这个文本,读起来没多大困难,只有极个别的文本,里边有一些比较生僻的词,要解决这个问题也很简单,查查字典,现在有电脑,网络上一查就清楚了。作为一个教师他干什么呢? 必须在课堂上提出问题,来讲学生自己觉得是一望而知的东西,实际里面包含着他一无所知的东西。如果教师不能提出问题,有助于学生深层解密,那堂课就浪费了。教师自己生命的一种付出,就没有价值。为什么不感到痛惜呢? 有一个误区,就是把文本看成一个平面的结构,满足于一望而知。在我们内地的中学,老师非常重视语基。什么叫语基呢? 就是语法和修辞。比如语词结构啊、语法结构啊、修辞手法啊,这个当然很重要。如果字都不认识,起码的语法修辞知识都没有,不可能进入文本。但是这些属于知识性的东西,都是浮在表层的东西,是很容易解决的。然而我们在内地发现一种情况:老师把极大部分的生命花在不需要多强的理解力、才智,不能发挥学生的聪明、想象力和创造力的这个部分,所以就有了一种让人丧气的说法:语文课上与不上一个样,或者说得客气一些,上与不上差别不大。原因在哪里? 就是把文本理解为就是表面的东西,实际上这个文本包含着非常深层的结构。

一　文本是三个层次的立体结构

　　一个文本结构是一个深层的、立体的结构,我们先提出一个表层的结构,然后比表层稍微深入一点的是它内在的深度、深层的结构。

　　表层感觉、知觉和空间、时间的推移,主要是感知结构,我把它叫做意

---

　　① 据在香港教育学院的演讲录音整理。

象,意象的群落。决定艺术的表层意象群落是否动人的,是它的深层意脉。你们念中文系的都知道,这个意象和意脉是两个东西。意象是非常感性的、生动的,意脉是非常奥妙的。刚才白教授提到,一个经典文本,"床前明月光,疑是地上霜。举头望明月,低头思故乡",讲这里面的意象的话,就是月亮。我们内地的许多专家教授,在解读这个文本的时候,遇到了极大的困难。我都懂了你还讲什么东西呢?你课堂上必须让学生有更深入的理解。有些专家就发现有东西可讲了,什么?"床前明月光",这个"床"不是床啊。有的人说这个床是个椅子,原来我们中国椅子是没有靠背的,后来从胡人那里学来了有靠背的椅子,那么这是坐在椅子上看月光。或者更有人说这根本不是椅子,是个小马扎,几根棍子撑起来用几根麻绳连起来的。这是有根据的。后来就进一步考证也不是这个,是平平的方方的蛮好的一个墩子。考证来考证去学问做得很大,但对"床前明月光"还是没有解决,这好在哪里?我用我的意脉这个结构来分析,就可能不用像这些专家那样白费劲。"床前明月光",在床前看见,不管是凳子还是椅子,看见月光很亮很白,那么就"疑似",好像不是月光啊,好像是霜啊,这两句提出一个问题。第三、第四句就回答这个"疑似",是霜呢,还是月光呢?"举头望明月",看看月亮,结果"低头思故乡"。原来提出的问题是是不是霜,究竟是霜还是月亮?这个问题扔掉了,这个问题忘掉了,一看月亮,想起自己家乡来。这是第一。第二,产生一个后果,头低下来了。有一种忧愁,是不是?发生一个转折。这个意脉的转折,一个感情的曲线,动人的原因在于乡愁是这样敏感,哪怕你无意去触动,它也会冒出来。至于他是坐在床上、椅子上还是小板凳上,这个没有关系。有一个专门研究家具的专家还说一定是小板凳上,不可能是坐在床上,因为唐朝的窗户很小,他不可能在里面朝上看到月光——胡扯淡。这都是睁着眼睛说瞎话,后来被一些学者驳得一塌糊涂。关键是你要懂诗。因为诗是写人的心理的,这心理很微妙,一刹那就过去了。这里有一个价值观念的问题。

我们面对一个文学作品,为什么不会分析呢?因为作品的表层是天衣无缝,带着很强的封闭性的。而意脉是深层的、隐性的,其连续性是在语言的空白处,我们的任务就是突破它的表层进入深层的情感的意脉,这是一。什么样的情感意脉是好的呢?必须是独特的。艺术家找到自己独特的,跟别人一样的就没价值。分析它的时候,要把它独特的情感脉络分析出来。

所以我们看春天的时候,最可贵的是写出来不一样。春天带来欢乐是好的,再讲就不好了。然后,有春天带来忧愁的,"是他春带愁来,春归何处？却不解带将愁去"：你春天把忧愁带过来,因为我年华易逝,壮志未酬,年龄一天天老,春天来了我忧愁；春天走了,我还在忧愁,可春天却不把忧愁带走。这是辛弃疾的诗。因为它很独特,又很深刻,而且还有非常奇特的想象。这是我们上次讲的,就是找到它意脉里边独特的东西,自己不可重复的东西。我上次这样写过了,这次可不能这样写。再强调一下,同样一个春天,可以产生各式各样的诗歌,古典诗歌我们讲了很多了。我给你看一首现代诗歌,艾青写过《春》,他写的是上海龙华的桃花。龙华是上海什么地方呢？国民党警备司令部。那里关了好多共产党人,好多人牺牲在那里。艾青就想到龙华的桃花为什么这样红呢？艾青自己也被关在外国人的监牢里过,他的可贵就是他的感觉跟别人不一样。他写的龙华的桃花是夜里开的,然后他问了一句："春来自何处？"春天那么艳丽,哪里来的啊？他回答了："春来自郊外的墓窟。"郊外是龙华,墓窟是坟墓,春天来自郊外的坟墓。为什么？烈士的鲜血流在地里,使得桃花红了。今天不细讲了。

二 突破表层意象揭示中层意脉的起伏

今天讲什么呢？同样是春天,就是你们点名要我分析的朱自清的《春天》。我们要分析,第一,朱自清的自我跟别人有什么不同？第二,今天增加一个内容,人的感情决定了人的感觉的变异,我们讲过了,这个感觉的变异,除了和人的感情有关系以外,还和一个东西有关系:形式或者文体。诗歌里的春天、柳树、花,同样一个作者和同样一种感情,跟散文里是不一样的。比如说,我们之前讲的《咏柳》："碧玉妆成一树高,万条垂下绿丝绦。不知细叶谁裁出,二月春风似剪刀",你们感到,它不是散文,是诗。为什么？这个柳是普遍的、概括的柳。它没有时间,没有地点,没有点明它是宫中的柳还是农村的柳,是早晨的柳还是黄昏的柳,不交代了。因为它是诗,诗就可以这样的。你们念过闻一多的《死水》吧,他没说这个死水是北京的死水还是上海的死水。你们念过许多诗,念过舒婷的《致大海》,你们并不知道它是渤海、黄海还是黑海,甚至也不知道她是早上去的还是晚上去的那个地方。如果有了早上、晚上、地点,那就是散文了。比如,在宫廷里边,早上八点钟，春风吹着，我看见一棵柳树，碧绿碧绿的，像玉琢成的一样。它的叶子像丝织品的飘带一样，是如此的精致，枝条非常茂密，但是它的叶子非常精细，好像是有人设计的一样，这就是散文了。有了具体的、个别的、特殊的，而不是概括的，那就是散文了。

朱自清的《春》，表面上也不像散文。"盼望着，盼望着，东风来了，春天的脚步近了"，如果一般的老师，他会满足于春天的脚步是个什么呢？是个隐喻。当然是对的，但光有这个好像不够。"一切都像刚刚睡醒的样子，欣欣然张开了眼。山朗润起来了，水涨起来了，太阳的脸红起来了。小草偷偷地从土地里钻出来，嫩嫩的，绿绿的。园子里，田野里，瞧去，一大片一大片满是的。坐着，躺着，打两个滚，踢几脚球，赛几趟跑，捉几回迷藏。风轻悄悄的，草软绵绵的。"分析什么？表层的感觉是春意盎然，深层的感情是朱自清特有的感情，但是又不像朱自清啊。这里有个什么感觉？小孩儿的感觉，有没有？同意不同意？这才是这篇文章的特点。这是一个孩子气的感觉，一切都像刚睡醒的样子，嫩嫩的，绿绿的。朱自清的形容词是非常丰富的，你们念过他的《荷塘月色》，他用起比喻来一连 14 个都不会重的。但这里写的非常简单，"嫩嫩的，绿绿的"，"一大片"，"坐着，躺着，打两个滚，踢几脚球，赛几趟跑，捉几回迷藏"，这是谁干的？这是孩子干的。这说明人朱自清找到的自己还不是自己啊，他当时写的时候四十多岁。由此可见，我想找到自己，这个"自己"是多元的，这里实际上包含着他童年的记忆，他追求的是孩子气的感觉，孩子气的、儿童的、天真的心灵的经验，表现他对春天的感觉，为什么？这是他为了编中学语文课本特别写的一篇课文，就是给初中孩子看的，他调动了自己童年的记忆来唤醒孩子们对春天美好的诗意的感觉，因而这里写的明明是江南、江浙这一带的春天，他没有点明，因为没有点明，这就更增加了它的诗意，非常概括。所以说我们在分析一个作品的时候，表层的如果你就这么念下去，很容易陷入被动，被动就是跟着它转，叫被动地追随，教语文最怕就是跟着它转，非常被动地跟着它转，他写的都是好的。要化被动为主动，你要反过来跟他对话，怎么对话呢？上次我讲了，你想象你不是一个读者，你是一个作者。拿到《春天》这个题目，我写什么？他写什么？他是一个作者，四十多岁了，这怎么是小孩的感觉？什么原因？这是它的特点，这是文章的目标。第二，这是他为编初中语文课本写的散文，他故意模拟一个孩子的感觉，把春天写得非常单纯、美好。再看下去，

"'吹面不寒杨柳风',不错的,像母亲的手抚摸着你",就更加写出孩子气了。孩子的天真、孩子的纯洁、孩子的好奇、孩子的经验的有限,一切都是新鲜的,而且目不暇接,非常热闹。这就是文章的意脉,很有特点。

但是,这篇文章它的写法非常冒险,为什么呢?因为他首先写草,然后写花、树、风,这样的写法是最危险的,写得不好就像流水账了。将来你教学生写作文,先写花,再写草,这绝对是一件很糟糕的事情。朱自清的这篇文章为什么不是流水账呢?因为它的意脉有特点。朱自清写得还不错。虽然这样的文章,在中学课本里不属上等,连中等都算不上,但是很适合小孩念。为什么?草、树、花、蝴蝶、蜜蜂、风、雨,他都用一个小孩子的感觉把它统一为意脉了。表面是分散排列的,内在的感情、价值观念是统一的。所以说,你看,最后写到雨,写雨这一段我们可以分析一下。雨是最寻常的,他没写出什么特点吗?一下就两三天,特别好看,"像牛毛,像花针,像细丝,密密地斜织着,人家屋顶上全笼着一层薄烟。树叶儿却绿得发亮。小草儿也青得逼你的眼。傍晚时候,上灯了,一点点黄晕的光,烘托出一片安静而和平的夜。在乡下,小路上,石桥边,有撑着伞慢慢走着的人;地里还有工作的农民,披着蓑戴着笠。他们的房屋,稀稀疏疏的,在雨里静默着。"你看,这雨下得安宁,这里情绪有没有变化?前面是目不暇接,很热闹,很兴奋,现在是很安宁,这叫意脉的节奏。老是一个劲地开心、兴奋下去,到最后会疲倦的,让它稍微安宁一下,然后走向结束。最后他总结了一下。"'一年之计在于春',刚起头儿,有的是工夫,有的是希望。"他是歌颂春天的,所以这篇散文有点像散文诗,"春天像刚落地的娃娃,从头到脚都是新的,它生长着。春天像小姑娘,花枝招展的,笑着,走着。春天像健壮的青年,有铁一般的胳膊和腰脚,他领着我们上前去。"其实最后一句,什么"铁一样的胳膊"是多余的,前面没有提这个感觉。前面就是小孩的稚嫩的感觉嘛。可能他觉得这样老是软绵绵的对小孩影响不好,来一点鼓动。

分析一个文学作品,要看到情绪的变化、意脉的曲折。情绪决定感觉,意脉决定构思。在我心里,春天就是这么美好的;在艾青心里,春天就是那样的;在孩子心里是这样的。你们老师点名要我讲一讲《一件小事》,这篇文章关键就是一个大一个小。一个车夫把一个老太婆弄倒了,也不知是谁的责任。车夫宁愿把顾客丢在一边,把老太婆送到警察局去了,因而感觉这个车夫人品很好,因而觉得自己渺小,因而觉得他背影高大。这是抒写自己的感情。但是,人和人要交流,感情是不能直接交流的,它直接表达出来,往往对方没有感觉。比如这个车夫的伟大、高尚,你没感觉,要让你有感觉,就强调一下自己感觉的效果:我觉得我自己变小了,我觉得他变高了,就是我被感动了。我不是写过一本叫《论变异》的书吗? 在描写的时候这里有一个关键,叫写感觉的效果。他很伟大、崇高,这样说,我没有感觉,我说,我感到他变高了,我变矮了,这就可能感动人了。我还记得在 1959 年的时候,那时北京的人民大会堂刚刚建好,我去看了一下,有很多感动,就是写不出来。冰心写了一句话我印象很深,至今一直记得,她说,走进人民大会堂,很辉煌,我像一滴水流进了大海,感到一滴水的渺小,但同时又感到一滴水在大海里的伟大。我觉得这样的写法很艺术,她就写一个心理的效果。你要写自己的感动,你要写这个辉煌,人家没感觉,你写心理一种变异的感觉的效果。我曾经跟美国的大学生讲过,中国人很浪漫。"记得绿萝裙,处处怜芳草",因为我爱人的裙子是绿的,和裙子一样的芳草我都很爱,这是感觉的效果。这个效果是一种变异的效果。我昨天讲的,"海内存知己,天涯若比邻",因为我们是知己,哪怕你住在海南岛,也像住在隔壁一样;如果不是这样,反过来,"结庐在人境,而无车马喧",哪怕我把房子建在中环吧,听不到任何车的声音。这是感觉的一种效果。"月是故乡明",因为我爱这个故乡,所以月亮比别的地方更明亮;"情人眼里出西施",因为我爱她,所以她特别美。这就是感觉的效果。如果你从正面写写不出来,从侧面写,有一个办法,写效果。《一件小事》主要是一个感觉的效果,可以这样武断地说,如果没有这个小和大的变异,鲁迅的《一件小事》可能就写不成了。

三 同类相比:现成的可比性

分析散文的特点,第一个办法,是用还原的办法,本来不是这样的,而你却这样写了,这就有了矛盾了,就可能加以分析了。分析的目的就是要理清贯穿于全文的意脉。还有一个办法是什么呢? 叫比较的办法。就是同一类散文,同样一个春天的题材,换一个人来写它就不一样了。我们来看看,有一个北京作家林斤澜。他也写春天,他写春天很有意思,他公然表示,不喜欢类似朱自清先生那种春天,他并不认为那种春天是美好的。他的春天这样讲:"如果我回到江南,老是乍暖还寒,最难将息,老是牛角淡淡的阳光,牛尾朦胧的阴雨,整天好比穿着湿布衫,墙角落里发霉,长蘑菇,有死耗子的味道。"可见同样是春天,在不同个性的作家的感觉里产生的变异有多大。这如果还不清楚的话,再看他写北方的春风来了,不是"吹面不寒杨柳风"了,而是"一夜之间,春风来了,忽然从塞外的苍苍草原,莽莽沙漠滚滚而来。从关外扑过山头,迈过山梁,插山沟,灌山口,呜呜吹号,哄哄呼啸,飞沙走石,扑在窗户上,撒拉撒拉,扑在人脸上,如无数的针",这个朱自清受不了,但是他觉得挺好。好在哪里呢?"轰的一声,是哪里的河冰开裂吧。噶的一声,是碗口大的病枝刮折了。有天夜里,我住的石头房子的木头架子,格拉拉、格拉拉响起来,晃起来,仿佛冬眠惊醒,伸懒腰,动弹胳膊腿,浑身关节挨个儿格拉拉、格拉拉地松动",他觉得这很生动,很过瘾。这是另外一种美,你看到了,跟江南的春风柔婉是不同的,是粗豪的。朱自清的美是温文尔雅的、天真的、孩子气的,而这里不是讲优雅,"河水开裂"、"树枝刮折"、"轰的一声"、"噶的一声",好像是很原始的,房子的木头架子都想起来,这在朱自清可能觉得是很可怕的,倒下来会死人的,但他觉得很美。美得可怕,但是是美好的,因为作者想到冬眠之后的伸懒腰、动弹胳膊、松动浑身的关节,这里面有一种痛快的感觉。这个感觉是属于田野里的体力劳动者的,不是文人的,这透露了美感的区别。前者是江南的、文人的,后者是北方的、劳动汉子的。

所以说作者要找到自己,读者要还原。还原什么?把人还原出来,这是两个不同的人,两种不同的美学追求和趣味,两种不同的个性,这是关键。

回到你们要求我讲的《爱莲说》,像这样的文章怎么分析?它是篇散文,很具体,但是很有诗意。关键是我分析作者如何找到自己,找到独特的对莲的感觉和情感。而这里,他给我们提供了方便,我们就要比较,同类的比较,他不像朱自清没跟别人比较,他自己也比较了。看周敦颐,"水陆草木之花,可爱者甚蕃",可爱的很多啊。"陶渊明爱菊",他本来是讲莲花,但不从莲花讲起,从菊花讲起,跟菊花比。为什么跟菊花比?菊花具有权威性。陶渊明的菊已经变成家喻户晓的文人清高的表现,"采菊东篱下,悠然见南山"已经脍炙人口了。我这个爱莲也很权威啊,我敢跟最权威的花比,陶渊明爱菊,这是唐朝以来大家都爱慕的,唐朝也是很权威的,但是我独爱莲,这里就是比较了。然后他跟菊花和牡丹相比,强调莲的一种特点,强调自己个人独特的寄寓,我的个性、我的情感。"莲之出淤泥而不染",这个现在已经家喻户晓,甚至已经进入口语了,这句话好厉害,"濯清涟而不妖,中通外直,不蔓不枝,香远益清,亭亭静植,可远观而不可亵玩焉",他讲为什么爱莲,其实这几句蛮难弄的。第一个,出淤泥而不染,写的是莲,从淤泥里长出来,它没有染成黑的,同时,由于它跟人联系在一起,写的就不完全是莲的特点,同时又是人格的特点。在那污浊的环境里面,不受污染,这句话是使这篇文章成为经典的关键。写的是对立面,淤泥和不染,里面有个哲理啊,那么污浊的环境里自己保持一种清高。"濯清涟而不妖","清涟"是非常清的水,在污泥里面,它没有染上污点,在清水里面也没有显得妖艳或是轻浮。在恶劣的环境里面,它没有同流合污;在比较清静的环境里,它也没有轻浮。然后,"中通外直",外面看着是直的,但里面有空相通;"不枝不蔓",很正直,没有斜枝逸出,是莲的特点,同时又是人品的特点,这里用的一个办法叫象征,象征也是一种变异啊。我看到莲花我就想到人在恶劣的环境里保持清高,在那么清静的环境里不与世沉浮,没有世俗的观念。外面是笔直的,但是并不是很僵化,是很通达的,非常直,没有斜枝逸出,表示一种正直的品质。"香远益清",这就是变异了,这个莲花越远香气越清,我对这一点表示怀疑,莲花的香气非常有限,稍远就没了,但是他有特别感觉,是因为他有特别的感情。他又强调了"亭亭静植",竖在外面,非常清静的。"可远观而不可亵玩也",这个好厉害,写的是人,你远远看着很漂亮,你接近它加以戏耍不行。你看这个文人啊很清高,跟周围的环境不怎么融洽,你可以跟我君子之交淡如水,保持距离,互相尊重,太近了不好,太近了就亵,就有损清高了。那么这个是他赋予莲花很多人格的特点,实际上写的是人格理想,但这个人格的理想又和莲花的特点紧密相联,我们联想起来不困难。

还原一下,本来知识分子的人格和莲花没有关系的,但他把它弄得水乳交融,靠他的想象啊,靠他对文字的驾驭,既是不同的东西,又是同一个东西。这完了以后,才进行真正的比较。"予谓菊,花之隐逸者也",陶渊明的菊花我也不想否定它,它是花之隐逸者。这个对了,因为陶渊明是隐士嘛,当官都不愿当了,当官当一半跑回家了。"牡丹,花之富贵者也",宫廷的、贵族的花,我也不特别赞美它。"莲,花之君子者也",这句话就点了题了,"花之君子",所以前面所写的"出淤泥而不染,濯清涟而不妖,中通外直,不蔓不枝,香远益清,亭亭静植,可远观而不可亵玩焉"。贯通起来,叫做意脉,归结为一点,这叫主题。

君子就是这样的。不完全是感情,还有他的志向,所以我讲情意脉,我也经常讲情志脉。因为我们讲诗言志,中国的"志"把"志"和"情"结合起来,志向比较多,人格比较多,人格理想。"菊之爱,陶后鲜有闻",对菊花的爱陶渊明之后没有了,这话不对。陶渊明之后就形成了传统,大家都喜欢菊花。这有一点造谣了,目的是为了强调对莲花的爱。"莲之爱,同予者何人?"爱莲的很少啊。"牡丹之爱,宜乎众矣",牡丹的爱很多,它太富贵、太世俗了,大家都是一样。把自己放在陶渊明同等的档次,而且说跟陶渊明同样是孤立的,没人喜欢,但是我很喜欢,强调这样一种精神境界。

分析这个文章的时候,这个作者先找到自己,那么你读者跟作者一起对话的时候,设想自己是作者,去跟他对话,要还原他自己,把人还原出来,不要满足于讲它的修辞手法、对仗,那个是需要的,但最关键的是人,人格的追求,这是第一。第二,他如何把人格追求这种主观的东西变成莲的特点?莲花本和君子一点关系都没有,你说是不是?莲花是跟农民有关系的,跟采莲的姑娘有关系的,跟你知识分子没有关系;但是,就是要把它写得有关系,凭他的想象、凭他对语言的控制,也凭他思想的追求,人格的一种自我完善的追求。所以说我们感觉到,拿到文本,一切都在文本里面,语言在那里,情感在那里,人格在那里,读的时候最初是看到语言,然后看到意脉,最后把他整个人还原出来。当然,这个人是不是真正这样,我不知道,我还没有研究过他,但是他的理想是这样,他希望自己成为这样。

当然上课的时候,有些字可以研究一下。《爱莲说》,这个"说"是一个文体,《陋室铭》,这个"铭"也是一个文体,这个稍微查一查就知道了,今天不是我们要讲的。我们讲的还是一个客观的对象摆在面前,它表面上写的是客观对象,实际上表达的是主观的情感和志向,二者水乳交融,我们要把它还原出来来揭示出作者的人品、人格和艺术的追求。《陋室铭》啊,这个"陋"字你们可以去追究一下,"陋"现在是丑陋,在古代汉语里面,它不是丑陋的意思,而是狭窄、偏远的意思。估计刘禹锡这个房子可能很小,但比香港的房子可能会大一些。"山不在高,有仙则名。水不在深,有龙则灵。斯是陋室,惟吾德馨",这是一个类比。前面是比较陶渊明的菊花,再比较牡丹,我喜欢莲花,是类比,这里也是一个类比。中国人立论,经常喜欢用类比,从先秦诸子以来就是这样,类比,寓言式的类比。山不高,只要有仙人就行了;水不深,只要有龙就行了。都是空的,最后归结为这个地儿偏僻,这个房间很小，但是"惟吾德馨"，我的品格和志向很高尚，这个地方就不是一个陋室了，而是一个非常好的地方。怎么好呢？"苔痕上阶绿，草色入帘青"，这是自然环境，但是自然环境的效果，外面的绿色到什么程度？在台阶上有青苔，那说明人来得不是很多；而且把台阶映绿了，我过去一直念成"苔痕上绿阶"，我觉得应该理解为"上绿阶"，就是绿色把它映得绿了，这个感觉就不一样了，绿得发亮了。"草色入帘青"，帘子里面本来没有什么颜色，房间里面，陋室嘛，草生在外面，能够映到我的房间里有草的颜色，说明这个人跟大自然的关系很亲密，很喜欢这个东西，他用这个大自然的环境来美化自己的陋室，同时来美化自己的情致，这是一方面。另一方面，"谈笑有鸿儒，往来无白丁"，我的房间那么小，那么偏僻，但为什么很精彩呢？因为来的客人了不得，来的是鸿儒，都是很有学问的，都是大知识分子。"往来无白丁"，没有普通的老百姓，今天看来他有点知识分子的傲气，瞧不起老百姓，是客观事实。"白丁"啊，就是没有任何功名，没有任何学位、文凭的人。来的都是高级知识分子。"可以调素琴，阅金经"，"素琴"就是没有经过油漆的那种琴，因为它是个陋室嘛。"金经"，我查了一下，是一种特殊的经，不管它，什么样的经我讲起来会一大堆。那么这个地方，要弹琴的话，它美啊，美在大自然的环境，美在来的朋友很精彩，美在我这里可以读书可以弹琴。"无丝竹之乱耳，无案牍之劳形"，这也是有点对比了：可以弹着素琴，没经过油漆的、没经过很多装潢包装的琴，跟"丝竹之乱耳"，"丝竹"我猜想可能是有点气派的乐队，那奏出的乐章会悦你的耳朵，会让你感到烦；"无案牍之劳形"，没有什么公文，没有什么表格要填，"劳形"和劳神是结合在一起的。那么这样的地方虽然陋，虽然小、偏僻，虽然没有世俗的大乐队，也没有来往的大公文，仅仅是有普通的这种乐器，这样的地方，"南阳诸葛庐，西蜀子云亭"，可比诸葛的草庐啊。《三顾茅庐》，意思是说这里的人跟诸葛差不多。"西蜀子云亭"，那是扬雄啊，也是大学问家。可以比那么远的大学问家，这个房间虽然小、偏僻，虽然不怎么豪华，但是"惟吾德馨"，那我的心胸、精神可以比得上诸葛亮、扬雄。"孔子云：'何陋之有？'"这是孔子称赞他门徒的话。虽然住在破房子里，一点不狭窄，一点不偏僻。

所以这里面有什么呢？你看他的感觉的变异。由于他的志向、情感，这么小的、破的、偏僻的房子，由于自然环境，苔痕草色，有一堆朋友都是鸿儒，由于他"调素琴，阅金经"，正是因为这样，这个陋室就不陋了，小房间就不小了,就变大了,大到可以和诸葛亮、杨雄的比,从这个意义上来讲,他用的方法跟鲁迅的是一样的。因为我喜欢这个人,这个人就变大了;因为我喜欢这个房子,房子就变得伟大了。为什么伟大?因为他朴素、自然,朋友高级,都是鸿儒。因而就可以写一篇文章,叫"铭"。这个铭原来是刻在钟鼎上的,用的是什么呢?用的是铭文。这里面有许多对仗的句子,有许多骈文的句法,有许多散文的交错,骈散结合,你们去查一查,估计有些水平不太高的赏析文都会提到。既有骈文:"山不在高,有仙则名。水不在深,有龙则灵。"这是个对仗,结构是对称的。"斯是陋室,惟吾德馨",这又不对称了。对称与不对称的统一,如果一直对称下去叫人烦死了,太单调了。但下面又对称了:"苔痕上阶绿,草色入帘青。谈笑有鸿儒,往来无白丁",又对称了,是很严格的对仗,而且平仄有个讲究的。然后,又不对称了,"可以调素琴,阅金经","可以"不对称,"调素琴,阅金经"是对称的。"无丝竹之乱耳,无案牍之劳形",这不叫对仗,对仗不能有两个"无",也不能有两个"之",这就是排比了。然后又对称了,"南阳诸葛楼,西蜀子云亭"。最后突然来了一个散文句:"孔子云:'何陋之有?'"孤零零一句,而且在结尾时用反问句,就不但显得活泼,而且显得自信。总体风格既是非常严格的对仗,又是非常自由的表达。你们可以想想,写一篇文章,你要做一个作者,去和他对话,他为什么不一直对称到底?

你还原的结果,还要想象,知道他为什么这么写,同时想象他为什么不那么写,要化被动为主动。这是鲁迅在一篇文章里写到的。他说所有的经典作家、大作家,他的文本都是告诉我们要这么写,但是他并没有告诉我们不应该那样写。要知道他为什么不那样写,有一个办法。那大作家废弃掉的稿纸,都说明不应该那样写。但这样废弃的稿纸很少,没了。尤其中国古代那些诗人也没有把原稿和后来的定稿一起出版。当然后来比如现代俄罗斯的托尔斯泰的《复活》写了十年,光玛丝洛娃的肖像就写了七八次,《托尔斯泰全集》92卷,如果没有一点生命的长度你念不完的;肖洛霍夫的《静静的顿河》,里面有一些残卷,有一些原来的手稿,都在,写一个配角女人的肖像,有好几个稿子,但是我们知道改来改去改到最后的确很精彩。如果你们手头有我那个《名作细读》的话,我分析过肖洛霍夫写的一个很次要的角色,就是格里高利的朋友叫利斯特尼茨基,跑到一个朋友家里,看到朋友的老婆,那个朋友的老婆已经徐娘半老了,但是他觉得她很漂亮。为什么?他在前线两三个月，除了伤兵和肮脏的女护士以外，没有见过女人。所以他一看到她就觉得，她的脸上有一种正在逝去的美——这是细细地看的结果——就被她吸引了，到什么程度呢？人家和他讲话，他答非所问。他盯着人家看，人家讲话他都没听见，这叫效果。所以说我不太赞成叫"肖像描写"，他不是写的肖像，而是写的这个人的心理。写景也是这样，不是讲"一切景语皆情语"吗？你要分析底下的情，《陋室铭》、《爱莲说》底下写的是感情和人格；同时，感情和人格都跟对象是不一样的。他如何把语言控制到水乳交融？这是我们要分析的。

四　《隆中对》和《三顾茅庐》：
文学规范形式的深层分析

　　文本分析到意脉，分析到人物的感情，把人还原出来，是不是就够了呢？不够。文本分析的第三个层次，是文体。过去我们囿于内容决定形式，把文学形式不当一回事。事实上，内容并不决定一切形式；形式，我说的是文学的规范形式，而不是原生的形式（包括生活形式和心灵形式），相反，有时会扼杀内容，强迫内容就范，预期内容，衍生内容。

　　为了讲得更清楚一点，请允许我从《隆中对》讲起。

　　我之所以要讲这篇，就是上一次你们一个老师在会上问了一句话："《隆中对》怎么讲？讲什么东西啊？"被动地顺着文本去领悟的话，的确没东西好讲。但是你主动地去想，这里表面上是历史这样一种在中国古代很特殊的文体，实际上是文学作品，是散文。为什么呢？《隆中对》发生的时候，刘备和诸葛亮，诸葛亮（181—234）当时是 27 岁，刘备（161—223）比他大 20 岁，47 岁，写的是两个人的密谈。"因屏人曰"，两个人关在密室里面谈心，秘密地问答，有没有人记录？没有。没有录音机也没有摄像，这个时候，陈寿——《三国志》的作者在哪里？还没出世。那么什么时候出世呢？二十六年以后。他不能一出世就写《三国志》啊，他还要等到长大了，有了文学、史学的修养。陈寿什么时候开始整理诸葛亮的遗文呢？41 岁。加上他出生以前的二十六年，就是这件事过了六十七年，陈寿才写《隆中对》。你想想看，也许他参考文献了，但是恰恰是诸葛亮当宰相，蜀国没有史官。中国的史官制度很严密啊，皇帝做了事都要记录下来的，叫《起居注》。陈寿在《三国志》里面批评诸葛亮没有设史官。由此可见,没有官方的文件。陈寿写六十七年前两个人的密谈,根据什么?根据口耳相传,根据片段的文献。这里面有多少的想象?有人就说了,六经皆史,甚至主张六经皆诗。这一方面是有道理的,免不了有虚构;但他虚构的是历史,而不是小说。为什么?他根据的是后来诸葛亮的历史实践和当时留下来的片段传闻。这篇散文跟抒情散文不一样,怎么不一样?限于记言和记事,史家笔法就是杜绝抒情,把褒贬藏在叙事之中。这叫做"春秋笔法"。

"亮躬耕陇亩,好为《梁父吟》。身长八尺",这个"八尺"要解释一下。八尺不得了,现在的两米六了,比姚明还高,世界上没有这么高的人。考证一下,当时的一尺呢相当于现在的七八寸左右,八尺也就是一米八左右。管仲、乐毅,都是名相。"时人莫之许也",有一个词要解释,"时人",当时的人,没有人同意。只有一个徐庶,号叫元直,两个人比较要好,所以非常推崇他。"徐庶见先主,先主器之,谓先主曰:'诸葛孔明者,卧龙也,将军岂愿见之乎?'"这里面寓有写文章的人的倾向。陈寿写《三国志》的时候,蜀国已经灭亡,陈寿随着刘家王朝一起投降了曹操。以后是司马氏掌权的晋国了,他成了晋国的文官。你看,这是历史性的散文体裁啊,跟抒情散文不一样。中国史官有一个很重要的原则,叫"实录",限于记言、记事,它不加形容,不流露自己的主观倾向,杜绝抒情。有批评有表扬也不能讲出来,要藏在字里行间,叫"寓褒贬",褒就是表扬,贬就是批判,这是孔夫子传下来的"春秋笔法"。有时,他的倾向就在一个字、一个句子当中。例如,他对一个人的提法不一样,就表示他的倾向不一样。写到刘备,还称他"先主",作为一个史家,还承认有过皇帝的地位,不过,史官有史官特殊的分寸,不像称曹操那样称他为(魏)"武帝"。刘备就说了,你跟他一起来。徐庶说:"此人可就见,不可屈致也。"就是你要去拜访他,叫他自己来对他就太不尊重了。"由是先主遂诣亮,凡三往,乃见。"这个刚才我讲了,去了三次才见到。"凡三往"从哪里来的呢?这有根据,诸葛亮在《出师表》里讲"三顾臣于草庐之中"。"因屏人曰",把其他人都赶走。下面刘备讲的话,就很难完全是实录了。刘备的话,完全是陈寿想象出来的,说得有鼻子有眼的。"汉室倾颓,奸臣窃命,主上蒙尘。孤不度德量力,欲信大义于天下;而智术浅短,遂用猖蹶,至于今日。然志犹未已,君谓计将安出?""汉室倾颓,奸臣窃命,主上蒙尘"这话是事实:大汉王朝已经要崩溃了;"奸臣窃命",曹操啊,"挟天子以令诸侯";"主上蒙尘",把皇帝当做傀儡一样,搬过来搬过去,中央王朝处于这样严重的危机之中。底下还有一句话,你们看出名堂来没有?"孤不度德量力,欲信大义于天下"这话有没有问题?陈寿在这里作为一个史官,他怎么设想刘备讲话,有没有表现出他的某种"春秋笔法"、他的"寓褒贬"?这里的关键是个"孤"字。你们当然知道是皇上的自称,如果不是皇上,是一方霸主,比如曹操、孙权,也可以称孤道寡。刘备这个时候,他不是皇上,皇上还没死嘛,他有没有像曹操、孙权那样拥有一方地盘,稳定地掌握着政权呢?没有。刘备这个时候很狼狈,打仗老失败,老是依附军阀,五易其主。先是依附公孙瓒,依附袁绍,然后又依附曹操、刘表,等等。"四失妻子",四次老婆孩子都丢了,连肝胆兄弟关羽都给人俘虏了。后来到了荆州,武汉那个地方,投靠一个同宗,一个地方军阀刘表,刘表觉得刘备这个人有野心啊,留在身边好危险,把他派到新野那个小地方练兵。这个时候他有多少兵马呢?大约两千左右吧。陈寿居然让他说"孤欲信大义于天下",好笑不好笑?县里的武装部长这样一个级别的人竟然称孤道寡,这就叫"春秋笔法"。读者可能有三种解释:第一,刘备想当皇帝,想疯了;第二,陈寿很同情他,让他称"孤"道寡;第三,陈寿讽刺他。当什么皇帝啊?一个小县长、小武装部长,两千人你想当皇帝啊?《三国演义》写到这一段,在《三顾茅庐》里,作者没有让刘备称孤,而是让他自称"备","备欲信大义于天下"。你看《三国志》的作者跟《三国演义》的作者对这个问题采取了两种态度:一种是让他称孤,有当皇帝的感觉;一种是把他当做有志向的人。你们去考虑,"春秋笔法"是微言大义的。然后,"欲信大义于天下",意思当然是想统一天下当皇帝,但是,陈寿不让他说我想当皇帝,而是让他说用我的"大义"——道德、政治的理想,获得天下百姓的拥护和支持,接受我的领导,说得多么委婉啊?陈寿除了让他这样说以外,还有一点要注意,那就是不让他说我要跟曹操去争夺政权,只让他前面说"汉室倾颓,奸臣窃命",可是不让他说我要用武装力量消灭奸臣。"信大义"而不是武装斗争,是儒家的理想政治哲学,用道德理念来赢得仁心,然后再来恢复刘姓王朝的统治。这里说得是很坚定的,但是,说到现实中的自我时,却又是很谦虚的,甚至可以说是很谦卑的。"智术浅短",没有本事;"遂用猖蹶",承认失败。"至于今日。然志犹未已,君谓计将安出",你说该怎么办?刘备的言外之意,针对的最主要是谁?是曹操,"奸臣窃命"嘛。诸葛亮怎么回答他:"自董卓已来,豪杰并起,跨州连郡者不可胜数。曹操比于袁绍,则名微而众寡",原来袁绍力量大,曹操出身又低,曹操的出身很差劲,祖父是个宦官,宦官是没有生育能力的,宦官弄了个养子,这就有了曹操,曹操在这方面,没有什么好夸耀的,出身很不好,他跟袁绍比,袁绍是四世三公,世袭的贵族,实在是不在一个档次上,但是,为什么能以弱胜强呢?"非为天时,亦人谋也",不是老天特别看重曹操,而是他经营得好。讲完了一般的道理,他并没有正面回答刘备的"奸臣窃命"问题,而是说曹操碰不得,"今操已拥百万之众,挟天子而令诸侯,此诚不可与争锋","奸臣"就是"窃命"了、不义了,你光凭那个正统的"大义",是奈何他不得的,根本不能和他硬碰。这就是诸葛亮的厉害了,这个人的眼光看得很远。你现在力量才这么一点点,曹操百万之众你怎么打,诸葛亮看出刘备思虑的焦点不对头,他要争夺政权,眼睛老盯着曹操的政治中心。刘备心里有个战略思想,诸葛亮看得明明白白,那就是"中原逐鹿",要取得政权,主要在中原这个地方。诸葛亮给他迎头一棒,那个地方不行的,人家一百万人,又加上中央王朝的合法性,脑袋不能往硬石头上碰。那么江东,也就是江南一带,那个地方也不能碰。姓孙的"据有江东,已历三世,国险而民附,贤能为之用,此可以为援而不可图也",孙权这个家伙,那个地方它隔了一个大江,地势很险要,老百姓拥护他,而且他建立这个独立王国已经三代了,先是父亲,再是哥哥,再加他,第三代,而且用人政策很对头。这个地方虽然不能碰,但是可以当做盟友。然后,他说有一个地方你需要注意,荆州、武汉这一带,"北据汉、沔,利尽南海,东连吴会,西通巴蜀",这个句子很漂亮啊,平常谈话,哪里有这么精致的对称结构啊。你看,"北据"、"利尽"、"东连"、"西通",节奏是统一的,词汇又避免了雷同。"此用武之国,而其主不能守,此殆天所以资将军,将军岂有意乎",他说这个地方就等于送给你的,你先在这里立住脚,然后向四川发展。这个地方,是天府之国,也就是在资源上、财富上,是可以自给自足的天堂,在军事上、政治上可以说是个空档。统治那里的刘璋又很"暗弱",就是不明大局,没有眼光,昏庸愚昧,应该到那里去建立根据地。有才能的知识分子希望一个好领导,那么你有什么优势呢?第一个优势,你姓刘,正统王朝,"信义重于四海"。这不是胡说八道吗?刘备屡败屡战,被打得落花流水,老婆被人家俘虏了,肝胆兄弟被人家俘虏了,儿子差一点没有了,"信义重于四海"会这样吗?这是诸葛亮说的,还是陈寿对旧主人刘备的感情的流露,你们自己去研究好了。这个根据地有个好处，地形比较险要，有利于"保其险阻"，然后"西和诸戎"，西边的少数民族你和他和好，"南抚夷越"，南面的少数民族你也和他结盟。你有了根据地，然后和孙权联盟，把这个独立王国搞好。

所以说诸葛亮的伟大在哪里呢？他把刘备脑袋里一个结给解开了，刘备老是想着中原。诸葛亮说，你不要老是想着中原，不要想曹操，甚至孙权那边你也不要去想，你想的都是空的。有了这个根据地以后，后方安定，自己治理好，外交你和孙权联盟。三国鼎立以后，你一国去对两国不合算，你联合孙权，两个打曹操一个最合算。然后你自己管理好国家。当然这还不能"信大义于天下"，统一国家，匡扶汉室，要等待时机，一旦"天下有变，则命一上将将荆州之军以向宛、洛"，你不是有部队已经占据了荆州吗，再向河南那一带前进，去打曹操的老巢。然后，另外一支"将军身率益州之众出于秦川"，你只要从四川往北打，就往陕西打，那里是长安旧都。你只要这样做，"百姓孰敢不箪食壶浆，以迎将军者乎"，你这样两支部队一出去，所有的老百姓马上给你送军粮，欢迎你来。"诚如是，则霸业可成，汉室可兴矣"，如果是这样的话，诸葛亮讲话讲漏嘴了，"霸业可成"，"霸业"，中国古代统一国家有两个道啊，一个是"信大义于天下"，是王道，凭的是儒家的理想政治、理想人格；霸道则是武力统一，枪杆子出政权，这就是所谓"霸业"。

你看看这两个人谈话，有的是真话，有的是假话，有的是人话，有的是鬼话，有的是胡话。诸葛亮固然很聪明，给刘备拨云见日。你不要进攻中原，但诸葛亮也说漏了嘴，起初还说"将军信义重于四海"，还用的是王道的语言，讲到最后讲漏嘴了，"霸业可成"，完全是霸道。霸道在中国古代政治理想里面是个坏东西啊。所以说，历史文体的特殊性集中在几个关键词上："大义"、"信大义于天下"、"孤"、"霸道"。这些要抓住不放，它一个字就代表一种倾向、一种讽喻、一种褒扬。还有一点更不可忽略，就是贬抑。这是在字面下的。诸葛亮固然有战略眼光，但是还是很天真。27岁的小伙子太天真了。天下有变，兵分两路，恢复统一。这在军事上是绝对错误的。蜀国有多少部队呢？后来十多万，还有说五万的。两路分兵，还打什么？所以毛泽东就说这个是错误的。毛泽东之所以能打胜仗，叫集中优势兵力来消灭敌人的有生力量。你那么一点点人马还不集中起来，不是去送死吗？这是胡扯。在军事上是冒险主义，从政治上是空想。哦，你部队一来，老百姓都来欢迎你，凭什么？就凭姓刘啊？陈寿写《三国志》的时候，诸葛亮的这种空想已经破产了。但是,陈寿还是把它堂而皇之地写进去。为什么?这就是贬抑嘛。这句话到了司马光编《资治通鉴》的时候就删掉了。所以说,这里虽然是一段历史,但是我们又看到文学家的想象,看到他几百字刻画了三个人。一个刘备,野心勃勃,本钱很小,但是有一条好处,他能礼贤下士,从新野到南阳去找诸葛亮,那么大老远。我考察了一下,南阳这个地方有个争论,湖北人说在湖北,河南人说在河南,甭管在哪里,至少一百多公里,有的说是两百公里。你想想,徐庶讲诸葛亮是卧龙啊,那刘备说你叫他来嘛。为什么?挺远的,一百多公里啊。我们印象里好像很近,都受了《三国演义》的骗。三顾茅庐,骑上马,人家还没起身就到了,当时的交通那么不便,又没有公路,这是不可能的。刘备的本钱小,野心大,用对了一个人,就建立了独立王国,也就创造了三国鼎立的历史。但毕竟这个诸葛亮是个书生啊,没经过实践,好多空想。我们的阅读,就是要通过文本,把人物还原出来,这个人死掉近千年了,我们要把当时他的情境、心态、强点和弱点,从讲出来的看出没讲出来的,从英明的看出空想的,从深邃的看出幼稚的,这样才能把人物还原出来,再用今天的眼光去看,这个人就活了。这些都在表面上是记事和记言的文字里面。这里面我们看到陈寿对刘备的同情,对诸葛亮——一个失败的国家的主要领导人——充满了赞扬之情。这是陈寿的心态。然后我们看诸葛亮的心态,真是生动极了。小青年,我不知道当时他那个信息哪里来的,他在河南或是湖北那个地方,怎么知道四川呢?当时又没报纸。他怎么知道西边的陇越?不知道怎么来的。反正也许陈寿把他理想化了。所以说,我们看到诸葛亮这个人真是被他写得活灵活现。如果你们再有兴趣的话,去拿《三国演义》的《三顾茅庐》的诸葛亮跟这儿的比,又有不一样。《隆中对》固然有对诸葛亮的歌颂,《三国演义》里的诸葛亮差不多,但是有一点要注意,充满了悲剧色彩。他还没出山,就有人反对,非常高明的人反对他,而且说他"不得其时",肯定不能成功的。但是诸葛亮还是出来了。因为《三国演义》写得比较晚,他知道诸葛亮后来失败了,所以民间传说里有一种神秘的、未卜先知的气氛,对诸葛亮的出山一方面是乐观的颂扬,一方面是悲剧的氛围,也非常精彩。

以上讲的是,规范形式对于形象的构成,不是完全被决定的,而是在某种意义上对内容起决定作用的。同样是《三顾茅庐》的题材,在不同的文体中,如在历史散文和小说中,就有迥然不同的表现。

五 《小石潭记》和《江雪》:形而下和形而上

现在我们来看,同一个作家,在不同文体中,表现出来的不同心态。我们先从柳宗元的《小石潭记》开始吧。对这篇文章,学生肯定觉得没多大困难,除了有几个字不认识,查查字典就解决了。可能他知道的东西是比较表面的,这是个经典了,很深刻的。我们到课堂上来,如果重复他们已经知道的,不是无异于催眠吗?一般的老师怎么讲呢?比如说,介绍柳宗元的生平。柳宗元为什么跑到柳州来?因为他贬官了,政治上失败了,而且非常倒霉,到这个荒凉的、很穷困的地方,连住处都没有,寄宿在庙里,而且妈妈还死掉了。从这个意义上来讲,对理解这个文本有没有帮助?有帮助。但是要注意,把这种痛苦的遭遇去硬套文本分析的话,那就有可能歪曲这篇文章的主旨:既然他贬官了,政治上失意了,生活上非常困顿,心情非常不好,那么肯定到这个美好的地方也是心情很糟。怎么会好得起来呢?因而有一个教授,很著名的教授,专门研究唐宋诗文的,学问肯定比我大。他写文章说,这个《小石潭记》的好处,第一,先从远处写起,然后写到近景,再从近景写到特写;第二,写出了痛苦的心情。即使是分析潭里的鱼:"怡然不动;俶尔远逝,往来翕忽。似与游者相乐",这里明明是鱼很快乐。是因为什么呢?看的人觉得快乐,是吧?而且呢,在开头就说,他到了小石潭前面,"心乐之",很喜欢这个地方,可是这位教授因为过多拘泥于柳宗元的传记,这个学问的压力太大了,以至于他觉得那么困难的情况下怎么会快乐呢?"似与游者相乐",他就硬套了,说不是快乐,而是感觉到"人不如鱼"啊。作者的生平、个性、思想是有助于解读文本的,知人论世嘛。但是人是很丰富的,人的个性、精神是很丰富的,也许他今天非常痛苦,主要是很痛苦,但到了一个地方突然发现自然的风景很美好,他觉得安慰,他的痛苦就解脱了,享受一下大自然的美好,轻松一下,这是很自然的。从这个意义上讲,作者跟文本的关系是很丰富的。黑格尔提出过"这一个",也就是个性不可重复的意思,但是,对于文本个案来说,这是不够的。一篇文章,哪怕是一部长篇小说,都不可能穷尽一个人的心灵世界。一个文本个案只能是一个人心灵的一个片断、一个侧面,甚至是一刹那。所以严格说,不能笼统说,"这一个",只能说"这一面"、"这一刻"。苛刻地说,就是这样说,也是不完全的,"这一面"不是平常的一面,"这一刻"也不是平常的一刻。在这方面,朱自清在《荷塘月色》中提出了一个非常深邃的观念:"超出平常的自己"。朱自清的确有同情共产党的一面,有不满国民党政治手腕的一面,的确有家里一家老小要养,自己不能参加革命的苦闷,但是他是不是从早上八点钟痛苦到晚上九点钟睡下呢? 那样活得也够累的,还写什么文章? 政治苦闷,只是平常的自己,而《荷塘月色》中明明写的是"超出平常的自己"。他就是为了暂时摆脱一下家庭的伦理的压力,到清华园的一角去散散心,什么都可以想,什么都可以不想,轻松一下而已;轻松还没有完结,却发现回到老婆孩子身边了,这就恢复了平常的自己。其实《小石潭记》写的就是柳宗元在这个美好的境界中如何超出了"平常的自己"。"小丘西行百二十步,隔篁竹,闻水声,如鸣佩环,心乐之",这里我们怎么分析呢? 学生都知道了。"篁竹",还需要解释吗? 不能停留在客体上,而应该分析客体意象背后主体的情和感。他写小石潭之美,写潭水之美,题目点明了的。但是一开始不写小石潭,不写看到小石潭之美,而是先写听到它的声音之美。所以说分析文本的时候有个技巧,不要被动追随,而是要主动,不是以读者的身份光是看到他写了什么,而是以作者的身份去想他没有写什么。被动地读啊,"隔篁竹,闻水声,如鸣佩环,心乐之",这没什么好讲的。你想,本来是写潭水之美,潭水之美是走近了看的,但是,他偏偏不写,他先听到水声,被它吸引了。小石潭很美,先是水声之美,美到什么程度呢? "隔篁竹",声音之美啊,还不是唯一的,还有环境之美,这个声音从竹子林里边传出来。篁竹是很美好的象征,你们去查一下典故。"闻水声,如鸣佩环",这个声音很好啊。环佩是玉,美人之所佩。这不仅仅是一种声音,而且蕴含一种文化品位。这个声音美到什么程度? 一个是环境美,在竹林里传出来;一个是声音美,是玉石之声。这个玉石不仅仅是石头的声音。还原一下,石头打石头,玉打玉,不一定好听。但是我们的文化传统里玉的声音是代表一种高贵的品质。"心乐之",觉得很好,被吸引了。这就"超出平常的自己"了。下面就产生了一个因果关系。什么关系呢? "伐竹取道,下见小潭,水尤清洌",表面上是我喜欢它,就把本来很美的篁竹砍掉。这写的是声音美的效果,美到什么程度呢? 我要把竹子砍掉。本来砍掉竹子,走进去很麻烦的,为什么还要去? 被吸引了嘛,水声之美啊。"下见小潭",看到了,"水尤清洌",不但是很透明,而且有一种寒气。你们用感觉,不但看得见,而且用皮肤感觉得到。然后写这个石潭之美。"全石以为底",如果我们被动地读,说这个石潭不像我们看到的普通的河床那样是乱石头一大堆,而是一个整石头像一个大盆子一样的。但是,这里写的不但是石头的河床,同时写水的清,水不清你怎么看到整个河床呢?"近岸,卷石底以出,为坻,为屿,为嵁,为岩",这个地方也很精彩。你们去查一查坻、屿、嵁、岩什么意思,这个不难的。但你光这样还是不懂。为什么?他写出了这个石头的特点。河床是整个一大块,河边上的石头和它不一样,是比较散乱的,而且各式各样,这是一。这写的是客观的特点。同时,写了作者的心情和语言的特点。前面写的是比较长的句子,后面突然来的这个句子非常短:"为坻,为屿,为嵁,为岩",你想想啊,他描写那个石头,居然每个句子只有一个字。一个字、一个名词,就是一句。这马上让我们想到,这可以形容一下嘛。柳宗元不是没有形容能力,柳宗元形容石头的能力是很厉害的。那么,我不得不引用一段。柳宗元在另外一篇散文《钴鉧潭西小丘记》(同为《永州八记》中的一记),他写的石头就不是那么简单的,对石头的描写就用了排比的句法:"其石之突怒偃蹇,负土而出,争为奇状者,殆不可数。其嵚然相累而下者,若牛马之饮于溪;其冲然角列而上者,若熊罴之登于山。"他不是没有形容石头形状的资本,他有充分的语言来形容,但是,他这边不用。就是一句,唯一相同的,一连四个"为",四个宾语都是一个字,没有形容词,却达到了描写的效果,表现了复杂的山石形态,而语词的句法是如此单纯。这不但是自然景色的奇观,而且是语言的奇观。前面是参差的长短句,后面是整齐并立、没有形容和夸张的短句,发挥了古文优于骈文的长处。因为作为"唐宋八大家"之一的他写的是古文,不是齐梁的骈文,四六对仗,而是节奏有张有弛,给人一种应接不暇的感觉。余光中先生强调,中国古典散文,包括他所追求的散文,除情感以外,就是节奏,节奏也是抒情。我觉得他说得有道理。至少在这里可以看出来,他故意来一个节奏短促并立的短句,强化一种历历在目、不暇迎接的感觉。柳宗元故意把语言控制得很紧,是一种特殊的追求。那么在这篇文章里是这种追求,在另外一篇文章里是另一种追求,可以说是"超出平常的追求"。但写到后面的树的时候,他还是有形容的,叫"青树翠蔓,蒙络遥坠,参差披拂",排比。这里就写出了青的颜色、翠的枝叶,而且呢,分别用了"蔓"、"蒙"、"遥"、"络"、"坠"、"参差披拂",写了枝叶茂盛,互相交错,突出了这个地方很原始。

写到这里还没有真正写到小石潭。最后写到小石潭那个水,刚才说,写石头,因为它水很清。下面写到鱼了。"潭中鱼可百许头,皆若空游无所依。日光下彻,影布石上,佁然不动;俶尔远逝,往来翕忽。似与游者相乐",这是这篇文章的生命。这里写的是鱼,实际上写的是什么?"皆若空游无所依",这是作者的智慧,作者的艺术感觉,作者艺术语言的精致。这个潭是空的吗?鱼会飞吗?空的就是透明,有水而看不出水来,以至于鱼像悬浮于空间,"无所依",没有水一样的,有水像没有水一样的,写的是水的透明。这还不够,再写。"日光下彻,影布石上",这写的是鱼的影子在河床上,实际上写的还是水。如果水不透明,鱼的影子你看得到吗?这就是作者的精致了,用鱼的影子来反映"日光下彻"、水的透明。这是一种技巧,也是作者心灵的精致。"似与游者相乐",实际上是这个作者心里在欣赏,感到安慰、快乐。他一直受压抑,被贬官,很贫困,自己住在庙里面,妈妈都死掉了,很痛苦。在这里他感到在大自然中得到了安慰,超脱了平常的苦闷,不可能产生"我都不如鱼那么快乐"的感觉。

我们作一个文本的分析还有一个办法来丰富它,什么?作历史的比较。写水的透明在中国古典散文里是很多的,我们联系一下,看看柳宗元继承了什么,发展了什么。原来南朝吴均的《与朱元思书》中就有写水的:"水皆缥碧,千丈见底。游鱼细石,直视无碍",水的透明,人家已经写得很精彩了。"千丈见底",这是很夸张的;非常绿,非常透明,鱼、石头,都能看得见。到了《水经注·洧水》里面:"渌水平潭,清洁澄深,俯视游鱼,类若乘空矣。"这都是写水的透明。郦道元是在正面描写水的颜色,在这个基础上,再用鱼的可视效果来强调水的清澈。如果说柳宗元抄了郦道元,那就没多大意思。它之所以成为一个经典名篇,肯定有它的创造。我来分析一下看你们同意不同意。到了柳宗元这里干脆不提水了。"潭中鱼可百许头,皆若空游无所依。日光下彻,影布石上",鱼还在,干脆正面不提水了,就看见鱼"空游无所依"。他用的方法是,不写正面,而侧面写效果,突出水的清净。正面写的是日光,日光照下来,鱼的影子落在石头上,更加有智慧。日光落到水里没有变暗,可见水之清澈,这是一。再一个,石头上居然有鱼的影子,影子之黑,是日光之强、水之透明的效果。吴均和郦道元的文章,都以鱼的可视来反衬水的清澈,柳宗元则进一步用鱼的影子、用黑来反衬水的清澈,用黑来写白,艺术感觉上的反差效果更为强烈。这可以说是柳宗元的一大进展或是一大发明。后来我推想影响了一个大家，有没有知道的？苏东坡的《记承天夜游》是你们中学语文课本里有的吧？好在哪里呢？

> 解衣欲睡，月色入户，欣然起行。念无与乐者，遂至承天寺寻张怀民。怀民亦未寝，相与步于中庭。庭下如积水空明。水中藻荇交横，盖竹柏影也。

这写的是月光的透明，像水一样。用什么来表明月光的清澈呢？用竹柏的影子来表明月光的清澈。这和柳宗元用鱼的影子来表现水的清澈一脉相承。很奇怪，这个办法好像是中国人的发明，可是我看西方人也了然这个道理。俄国作家契诃夫的弟弟也写小说。契诃夫写信给他弟弟说，你写月光照着大地，大地一片什么迷蒙，写得那么多干嘛啊？他说你写月光怎么写法呢，说"月光照在大地上，有一个破的玻璃瓶子像星星一样发光"，表面上写的不是月光，但玻璃瓶子上的光是来自月光的，再来一句，"有一只狗走过来，后面跟着狗的影子"，这就写出月光了，不要啰唆了。这跟苏东坡、柳宗元是殊途同归啊。写最亮的一点是玻璃瓶子，写最黑的一点是狗的影子，如果没有那么亮的月光，哪有狗的影子？所以说艺术它是很奇妙的，他的规律有时是超越国界的。

但是下面还有些地方，"犬牙差互"、"明灭可见"，我就不细讲了。最后讲，这个地方这么漂亮，但是有缺点。"寂寥无人，凄神寒骨"，但这个地方太冷了，又没有人，冷到骨头里去，"悄怆幽邃。以其境过清，不可久居"，这个地方漂亮是漂亮，但是不可久居，没有办法待下去，最后就走掉了。

这是散文，很现实的。我们说，柳宗元的心理是很丰富的，他在政治失意时失意，但是从大自然得到了安慰，超脱了平常的自己。可大自然安慰在这里还有一个缺陷，没有什么人，冷到骨头里去，待不住，我就走掉了。柳宗元写得很现实，喜欢这个地方但是很怕冷，而这个地方使他可以忘掉政治上的失意，这是不是柳宗元的全部心理呢，不一定。在这里是很怕冷的，柳宗元在另外一首诗里是一点也不怕冷的，那就是《江雪》："千山鸟飞绝，万径人踪灭。""绝"就是绝对没有了，飞光了。"万径人踪灭"，"人踪"——生命的踪迹完全消失。"孤舟蓑笠翁，独钓寒江雪。"整个世界一片空白，只有一个老头子在那儿干嘛？在那儿钓鱼，不是钓鱼啊，是钓雪。有一位教授，还是很权威的，解读这首诗说：

表面看来这不过是一首有画意的写景诗,在大雪迷漫之中,鸟飞绝,人踪灭,只有一个身披蓑衣的、头戴斗笠,在孤舟上,一竿在手,独钓于江雪之中。

请允许我讲一句真话,这样的解读,其实没有揭示出作品深层的什么奥秘,只是把人家很精致的诗翻译成很啰唆的散文。接下去作者似乎感到光这样翻译是不行,多少要讲出一点"深意"来:"但是,细细想来,却不只是写景,而另有深意。"什么"深意"呢?

在渔翁身上,作者寄托了他的理想人格。这渔翁对周围的变化毫不在意。鸟飞绝,人踪灭,大雪铺天盖地,这一切对他没有丝毫的影响,依然钓他的鱼。①

本来讲到"人格理想",似乎有点到位了。作者心目中,诗中的人格理想是什么呢?第一,大雪铺天盖地,对他没有任何影响,也就是他不怕冷。第二,他仍然专注于他的工作——钓鱼。概括地说,就是这是一位不管天气多么寒冷,也要坚持不懈的钓鱼者。可惜的是,就是这"钓鱼"二字,使得作者的误读漏了馅儿。第一,人家写的"钓雪",他却将之解释为"钓鱼"。"钓雪"和"钓鱼",一字之差,却是两种价值层次。"钓雪"是不计功利的审美价值层次,是天地与人生的高度统一,超越于外部环境的严酷,是人物内心的高度平衡,也解脱了内心的物欲压力。第二,钓雪的特殊性,还在于是"独钓",孤独地"钓",但是,这个人物却没有孤独感:对于不但没有人为伍,而且没有任何生命与共的孤独,既没有感到痛苦,也谈不上欢乐,一味守定宁静的内心。这有点像陶渊明的"云无心以出岫"中的"无心"境界。而"钓鱼"则是实用功利层次,绝对是"有心"的。有心,就是功利心。就功利而言,这位教授的阐释也明显不通,在这么寒冷的天气,即使不冻死,能够钓到鱼的可能性几乎等于零。

回过头来说柳宗元,这个地方不是更冷了吗?但是,这是诗,诗较之散文,是比较形而上的,寒冷也好,孤独也好,在诗里可以是享受,这和散文当中的"寂寥无人,凄神寒骨,悄怆幽邃","其境过清,不可久居"是两个境界。

文本不是一个平面,而是立体的结构,表层是感知的性质,包括行为的、

---

① 袁行霈:《清思录》,首都师范大学出版社,2008 年,第 474 页。

语言的过程的结构;深层是它的情感和情致,诗言志嘛,情致的意络;更深层一点,则是形式的结构。这对于文学解读来说,是最为关键的,是文学的内行和外行最根本的分界线。

要知道,散文里的人,是个现实的人,他怕冷、怕孤独,不管多么漂亮,也待不下去;但在诗里是理想的人,不怕冷,享受孤独,没有功利目的,那是一个无心的境界。

文本分析要分层揭示作者的个性、情感。是吧?这很重要。作者是很丰富的,他有政治遭遇、政治理念,但是他作为一个人是很丰富的,有些部分是有政治的,有些部分则没有政治。这篇散文就是柳宗元在大自然中超出了政治的自己,暂时把政治忘却。你们去看李白的诗和李白的散文。李白在诗里是非常清高的,"安能摧眉折腰事权贵,使我不得开心颜",可他的散文里有多少讨好权贵的作品。如果在诗里他讨好权贵,就是败笔了,比如李白写歌颂杨贵妃的诗,就是败笔。可散文有实用性,散文的那种吹捧自己、吹捧对方,很正常,应用文嘛。

为了分析刚才我们用了一个办法,就是还原。本来你写小石潭,应该就是看小石潭,结果不先看,先写听;本来你写水,但你写石头,石头底下很完整;本来写水很透明,阳光很强烈,你写石头有影子。这是还原。你设想自己作为一个作者,从已经这么写的中间看出他没有那样写,这样写有什么好处?当然也可能有什么坏处。这是帮助我们进行分析的第一法门。但是,有了这样的办法,还是不太够用,因为,孤立地分析一篇文章非常困难,最难的就是孤立地分析一篇文章。分析的对象是矛盾和差异,有了差异才能分析。这就有了第二个办法,就是比较。比较有两种,第一种是同类的,第二种是异类的。同类的比较用得多一些,因为同类,就有现成的可比性。前面我们就比较了同一作者两种不同形式的作品。

六 《岳阳楼记》和《醉翁亭记》:永远忧愁和无限快乐

现在我们来比较一下,不同作者,遭遇相近,同样写楼台登临的作品:一个是范仲淹的《岳阳楼记》,一个是欧阳修的《醉翁亭记》。

先说《岳阳楼记》。

一位教授告诉我,有些老师至今还受机械唯物主义的束缚,讲到一篇文章为什么写的时候,不是说作者写了他熟悉的东西,就是说他善于观察。这不但从哲学上讲、从文学理论上讲是不通的,就是从阅读经验上讲也是经不起检验的。有的时候作家写出好文章,他根本就没有观察,只是由于他内心储存比较多。他的文章,甚至比天天在那儿观察的人写得还好,你们信不信?许多人都以为范仲淹写《岳阳楼记》肯定到岳阳楼去了一下,去观察了一下,把酒临风,体验了一番。余秋雨就是这样,还写了文章,结果给那些反对他的人抓住了,这是硬伤,被人说余秋雨你没有文化。余秋雨也怪,他就是死不认账。

实际上,当年范仲淹政治上失败,自己先请求下调到陕西前线,负责那里的国防事务,后来又贬到河南邓州,用今天的话来说,就是下放。他的朋友滕子京在湖南。滕子京重修了岳阳楼,就画了一幅图,叫《巴陵胜景图》,写信请范仲淹写一个"记"。当时,范仲淹还在陕西前线,军务繁忙,就没有写,过了一年,到了邓州,可能是有点闲暇了,就写了这篇文章。范仲淹不可能把河南邓州的行政工作放下,跑到那么远的湖南岳阳写文章。他写的时候就根据图画、想象,完成了这篇名文。很有意思的是,这位滕子京也会写文章,政治上也是蛮厉害的,也是主张抗战打敌人的,他也写了一些文章。现在我查到他的文章这样写岳阳楼、洞庭湖:

> 东南之国富山水,惟洞庭于江湖名最大。环占五湖,均视八百里;据湖面势,惟巴陵最胜。濒岸风物,日有万态,虽渔樵云鸟,栖隐出没同一光影中,惟岳阳楼最绝。

这个人是天天在岳阳待着的人,对岳阳楼非常热爱,天天面对洞庭湖,就写了这么几句干巴的话。天天观察的人写得不如没有去过的人。这位滕先生还写了词,更蹩脚了:

> 湖水连天天连水,秋来分外澄清。君山自是小蓬瀛。

君山就是洞庭湖中的山,现在可以上去旅游了。小蓬瀛是小天堂啊:

> 气蒸云梦泽,波撼岳阳城。

这两句是偷来的,是从孟浩然那首名诗中偷来的。一共六句话,就偷了两句。下面一首:

帝子有灵能鼓瑟，凄然依旧伤情。微闻兰芷动芳声。曲终人不见，江上数峰青。

一共五句话，又偷了钱起的《省试湘灵鼓瑟》"曲终人不见，江上数峰青"的名句，真是没有出息到家了。这里有个什么道理呢？那就是文章并不简单是客体的反映，而且是主体的表现。《文心雕龙》不是讲了吗？"目既往还，心亦吐纳。"你天天看着，心里没有东西，你就吐不出什么东西来，就只好偷人家的，反正那里钱起已经死了好几百年了。这里有个理论问题，你心里有东西，就是不去看，也可以写出大文章来。

范仲淹开门见山——"予观夫巴陵胜状"，"予观"这是想象，不是写实，根本就没有来。接着写洞庭湖"衔远山，吞长江，浩浩汤汤，横无际涯；朝晖夕阴，气象万千"，这是"岳阳楼之大观"啊，很了不起，但是，一笔带过，"前人之述备矣"，人家讲过的，我不说了。"然则北通巫峡，南极潇湘，迁客骚人，多会于此，览物之情，得无异乎？""北通巫峡，南极潇湘"，这是中国古典的描述一个大观时经常用的句法。陈寿写《隆中对》的时候，诸葛亮给刘备讲，"荆州北据汉、沔，利尽南海，东连吴会，西通巴蜀"，因为概括力太强了，后世模仿的太多，就成了套路。《滕王阁序》也是这样："星分翼轸，地接衡庐。襟三江而带五湖，控蛮荆而引瓯越。"所以"北通巫峡，南极潇湘"，文人雅士，那些下放的、政治上受到打击的，"都会于此"，但是，地理形胜人家都讲过了，这个没有什么了不得。范仲淹要写的，不是俗套的地理风物，而是来到这里的人士情感的特殊性。"览物之情，得无异乎？""览物"就是观看景物，这个不重要，景观大家看起来没有太大的区别；重要的是"之情"，这就不仅仅是观察，而是感受了；不仅仅是感受，而是感受之"异"，也就是与众不同的地方。这是要害啊。你的心灵、性格有什么独放异彩的吗？没有，就不要写了。以"得无异乎"为准则，来检验一下。这有什么特殊性呢？他分为两类，第一类是：

霪雨霏霏，连月不开，阴风怒号，浊浪排空；日星隐耀，山岳潜形；商旅不行，樯倾楫摧；薄暮冥冥，虎啸猿啼。登斯楼也，则有去国怀乡，忧谗畏讥，满目萧然，感极而悲者矣。

应该说，这里多多少少还是有点特殊的。就是说在这个阴天啊，登上楼就会感到悲凉。"霪雨霏霏，连月不开，阴风怒号，浊浪排空；日星隐耀，山岳潜形"，湖水非常浩荡啊，"浊浪排空"，是不是这样？范仲淹还没有去过。但是有一个真正去过的人袁中道，他说不是这样的，洞庭湖的湖啊，只有在春夏之交差不多有点像这样，到了秋冬的时候，洞庭湖的水很少啊，像一条小河一样：

> 洞庭为沅、湘等九水之委，当其涸时，如匹练耳；及春夏间，九水发而后有湖。

这里说明什么问题呢？艺术的感觉是比较自由的。自由在哪里的？自由在作者的心里，我是一个气魄宏大的将军啊。范仲淹是苏州人，来自江南的太湖边上，他可以把自己的气魄和对太湖的印象送给洞庭湖，成为千古名篇。你不能说他写的不符合实际，就否决他，因为这是抒情的散文。这里有一个经验和形象的关系问题，少量的经验，尤其视觉的经验匮乏，有坏处，人生经验太少写不了大东西，但是也有好处，想象可以自由啊，根本没有去过岳阳楼，到了冬天那里就变成小河，你不知道，就不去管它，想象就自由了。"浊浪排空；日星隐耀，山岳潜形；商旅不行，樯倾楫摧；薄暮冥冥，虎啸猿啼"，这样宏大的气魄，当然是洞庭湖夏秋之交的景观，不可忽略的，还有范仲淹这位大政治家、大军事家的心胸和气概。特别是"薄暮冥冥，虎啸猿啼"，太精彩了，太独创了。本来是"薄暮冥冥"，去国怀乡，"感极而悲"的，"猿啼"也是悲凉的，郦道元《三峡》中就引过"巴东三峡巫峡长，猿鸣三声泪沾裳"，但是这里却把"虎啸"和它结合在一起。这种"感极而悲"就带上将军的豪迈了。过多的观察，拘泥于观察，反而造成想象的负担。有些老师让你写作，先叫你观察，观察来观察去，观察太多了，反而不会写了。比如你要写一个人，这个人眉毛长得怎么样，鼻子怎么样，头发怎么样，眼睛怎么样，说话时嘴巴怎么样，写了这么多怎么样，结果是不怎么样，因为你没有作为一个特殊的人去看他，以一种特殊的感情去看他。四十年前，我看过苏联一篇小说，其中有一句话，一看就记了四十年。他写一个投机倒把分子，怎么写？说他"一笑露出32颗金牙"，就这么一点点，不需要再观察别的了。所以说，这里隐藏着艺术的奥秘。

范仲淹写的这个"悲"还是有特点的，范仲淹是个军人，又是个文人，是个大政治家，因而他"悲"得很神气，很雄伟。"阴风怒号，浊浪排空；日星隐耀，山岳潜形"，你看，景色虽然阴霾，但是波涛起伏，把天上的星月和地上的山陵都淹没了，这样的人心灵的极端痛苦，就和极度宏大的环境结合起来，把极度悲抑放在极度宏伟的空间中，就悲得很豪迈了，这是第一层。第二，这种豪迈又因为"虎啸猿啼"而强化了。这个"虎啸猿啼"特别精彩。好多论者只看到"猿"没看到"虎"，可能是被他们内心现成的观念遮蔽了，看不到或者说不出。这个悲郁，悲得虎虎有生气。

到了"春和景明"的时候，就变成了悲抑的反面："其喜洋洋"了。这个喜有什么特别之处呢？"长烟一空，皓月千里，浮光跃金，静影沉璧"，"登斯楼也，则有心旷神怡，宠辱偕忘，把酒临风，其喜洋洋者矣"。

"宠辱偕忘，把酒临风"，宠辱皆忘，宠辱不惊啊，这里有一个典故的。唐朝有个官员，他在运漕米时船翻掉了，上级考评他中下，拿给他看，他很淡定；因为他淡定，就同情他——风刮"非力所及"，考评中中，他还是很淡定，没有一点喜色；考评官觉得这样的人品位很高，"宠辱不惊"，最后给了他一个"中上"的评语。范仲淹所说的"宠辱不惊"，就是这样的精神境界。这个境界是很自由的，"把酒临风"，这里显然有一点范仲淹的夫子自道，比《新唐书》中那个官员要潇洒得多。但是，范仲淹觉得，阴霾的天气，就很痛苦，春和景明的天气，就很快乐，这还不够理想。"或异二者之为"，这个"异"，是第三种境界，真正的仁人志士还有更高的境界。"不以物喜，不以己悲"，不能因为客观环境好就很开心，不能因为自己遭遇不好就很悲哀。最理想的人格是"进亦忧，退亦忧"，即使在中央王朝掌权了，也不应该开心，因为心里忧的是老百姓；即使被下放了，不掌权了，心里忧的是皇帝。不管政治上失意还是不失意，都是忧虑的。这是个理想化的人格，不是为君主，就是为老百姓忧虑。"先天下之忧而忧，后天下之乐而乐"，就是说，在天下老百姓忧愁以前，我就要感受到忧愁；在天下老百姓享受安乐以后，我才能安乐。这就是说，这样的人没有权利为自己忧虑和快乐。这样的要求是不是太高了？这样的理想化的感觉是不是太严酷了？确定天下的老百姓还没有感到忧愁的时候，这不难，但是，确定天下的老百姓都安乐了，却是永远不可能的。这就是说，取消了自己在任何条件下快乐的权利。这样的高标准，不要说一般文人达不到，就是范仲淹自己，我看也没达到，他写过一系列为景物而喜、为一己而悲的词。他写过送朋友的《送韩渎殿院出守岳阳》，他的朋友大概是被贬官了，贬到岳阳，岳阳这个地方很小。而且"仕宦自飘零"，这日子不好过，下放了。"君恩岂欲偏"，皇帝哪里会偏心？这里的话是反话了,皇帝就是偏心了。才从四川回来,又到洞庭湖去了,因为他放来放去。"坠絮伤春道",看那柳絮飘下来,心里伤心了。"春涛废夜眠",在这船上夜里失眠了。"岳阳楼上月,清赏浩无边。"那当然就安慰一下,去吧。但是他同时很忧虑啊,跟皇帝、百姓都没有关系;你说他有关系也是间接地有,直接没有。"明月楼高休独倚。酒入愁肠,化作相思泪",你说不要忧,不能为自己忧,"不以物喜,不以己悲"啊。你这不是为自己吗?想家想得哭了,而且都不敢在栏杆上看月亮,要去喝酒消愁;消愁的结果呢,喝下去又变成眼泪。这里没有交代他的忧愁是为君为民的;当然也可能有点关系,但至少正面没有。

范仲淹自己处在被贬的地位,这是他在勉励自己,又对自己的思想提出了比平时更为严酷的要求。平时他打仗的时候甚至很想家,"酒入愁肠化作相思泪",都敢对着月亮,凭着栏杆夫看,这是忧愁。但在自己被压制下去的时候,对自己特别加以鼓励,不能为自己忧愁,这是一。第二,这是我的一个解释,在诗歌里的范仲淹和在散文里的范仲淹有点区别。"诗言志"是个人的,散文,尤其是这篇散文是要公布在岳阳楼上让大家来看的,是公开、公众的,因而要更加理想化。"诗言志"、"文载道",文章有社会的功能,比之诗歌要严肃得多、沉重得多,何况这篇记是公众性的文体。"言志"可以言个人之志,甚至儿女情长,而"载道"则不是个人的,要尽可能贴近主流的意识形态,是道德化甚至是某种政治化、规范化的思想。所以说这篇散文带有人格理想化的色彩,做不到也要勉励自己。但是诗中呢,就比较自由了,当然也不排斥蕴涵着某种"道"的精神,但是总的来说是个人的东西比较多。

"先天下之忧而忧,后天下之乐而乐",这是个理想,这是个人生的格言,表现上看似乎是很理性的,和抒情诗不一样,是不讲感情的。你看,天下人没忧,你就忧了,等天下人快乐你才快乐,那哪一天天下人才快乐?谁告诉你?谁去做统计?永远不可能。从范仲淹写这篇文章到现在近一千年过去了,不要讲天下人,就是一个城市里的人,现在都快乐了吗?那些住在棚屋里的人,快乐吗?但是这里是人生哲理,是很理性的,而且是带着哲学形态的,忧和乐是对立的,但在一定条件下,矛盾是可以转化的,也就是先天下和后天下。"忧"是永恒的,"乐"是有限的,在一般情况下个人乐是没有合法性的,但是天下人乐了我就可以乐了。所以从悲哀和欢乐在一定条件下走向反面来说,这种正反两面都兼顾到的,很全面,很辩证,很具有哲理性。

七 语言节奏的奥妙

但是这是形式,从内容上来说仍然是很绝对的,而绝对化恰恰是感情用事的特点。什么时候才能使天下人都感到快乐呢? 有谁能确定这一点呢? 缺乏这样的确定性,就永远不能快乐。至于天下人还没有感到忧愁你就感到忧愁,那倒是没有限制的。实际上"先天下之忧"是永恒的,"后天下之乐"是绝对的不乐,这又不像是哲理,而是片面的,带着抒情的色彩,对不对? 从形式上来说,忧和乐对立面的转化是有条件的,但内容上实际是大家永远都不要快乐。所以说,这种情况下,也就是情致和哲理结合在一起,是情致的互渗,这是我们要分析的一个特点。

光到这儿还不行,因为这个句法不完全是范仲淹发明的,从哪里来的? 我们还要分析语言。这句话是从《孟子》套来的,《孟子·梁惠王下》有云:

> 乐民之乐者,民亦乐其乐;忧民之忧者,民亦忧其忧。乐以天下,忧以天下,然而不王者,未之有也。

原文的发明权是孟子,但是孟子的话大家都没有什么感觉,可是利用了孟子的话来演绎一下,范仲淹的话却家喻户晓,为什么呢? 我们再研究一下,就是说我们做一些探索。孟子的话里面,主要是一种道理:民和王之间在忧和乐两个方面本来是对立的。但是,王若以民之忧为忧,以民之乐为乐,则民亦以王之忧为忧,以王之乐为乐,王之忧就转化为民之忧,王之乐也就转化为民之乐。完全是哲理,简洁明快,推理富于逻辑力量。范仲淹的名言完全来自于孟子,为什么却比孟子的更有感染力? 我们再来探索一下,提供一些可能的理由。第一,从理念上来说,更为彻底,不是同乐同忧,而是先民而忧、后民而乐,这是范仲淹跟孟子不一样的。第二,孟子以逻辑的演绎见长,所说的完全是道;而范仲淹以情感和理性动人,情与志、情与理交融,既是哲理,也是抒情。第三,从句法上来看,"乐以天下,忧以天下",句法上还比较简单,句子结构相同,只有开头一个词在语义上是对立的,就是"乐"和"忧","天下"是一样的。范仲淹的在结构上也是对称的,但语义的对立是双重的,第一重是"先天下"和"后天下",第二重是"忧"和"乐",意味更为丰富。第四,在音节上,在节奏上,如果是"先天下而忧,后天下而乐",从语义上看似乎没有多少差异,但是如果写成"先天下之忧而忧,后天下之乐而乐",就不同了。我们刚才讲了,余光中强调抒情的节奏很重要,"先天下之忧而忧,后天下之乐而乐"和"先天下而忧,后天下而乐"是一样的意思,但是节奏上感觉就精彩得多。这里的"忧"和"乐",就语音而言是重复的,但在语义上不是重复的:第一个"忧"和"乐"是名词,我们用现在汉语的语法来分析,当然,范仲淹写的时候没有语法的观念,但是,他做到了;第二个"忧"和"乐",则是谓语动词。语音上的全同,和语义上的微妙的差异,造成一种短距离同与不同的张力,在两句之间又构成一种对称效果,由语音和语义的相关性和相异性,强化了情理交融、情志互渗,构成了本文的最亮点、最强音。一唱三叹的抒情韵味由于这种结构而强化。

这个道理比较丰富,所以我总结一下。一般地讲,分析文本,第一,它外部的感知系列;第二,它内心的一种情致意脉;第三,它的文体。文体要最后要落实到语言上,不能浅尝辄止,而是要层层深入,凡有层次上深化的可能,都要死死揪住不放。如在这里,一是散文文体和诗的不同,二是散文文体和它依据的经典之间在节奏上的不同及其优长。那么,这才真正地落实到对语言的把握上。这就是说,作为一个文学老师、语文老师,他的任务跟学生不一样,学生一念"先天下之忧而忧,后天下之乐而乐"觉得都懂了,你要告诉他,这不是真懂,其中有些深邃的东西,你就是不懂,为什么孟夫子的"乐以天下,忧以天下",不如范仲淹。

到了这个层次,就完了吗?没有。再深入分析一下此文的文体特点。比如它有很多骈文的结构、对仗:

> 衔远山,吞长江,
>
> 阴风怒号,浊浪排空;
>
> 日星隐耀,山岳潜形;
>
> 沙鸥翔集,锦麟游泳;
>
> 长烟一空,皓月千里;
>
> 浮光耀金,静影沉璧。

用的都是对仗。但是,范仲淹是古文大家,如果全用对仗的话,就变成《滕王阁序》了,《滕王阁序》的缺点就是对得没完没了啊。这种赋体的程式到了韩愈发动古文运动，一洗齐梁宫体陷于形式奢靡之风，故被誉为"文起八代之衰"。但是，完全不用对句也有片面性。范仲淹的好处还在于，既用对仗句法，又经常以散句来打破僵化的平衡，对了一番之后，就换一个句式，"渔歌互答，此乐何极"，不对仗了，"登斯楼也，则有心旷神怡"，底下不对仗了，"宠辱偕忘，把酒临风，其喜洋洋者矣"，这是骈散结合。过分密集的对仗会让人感到单调，让人感到疲倦，但是过分松散的也可能缺乏文采，范仲淹在这里是结合得比较好的。

联系《醉翁亭记》，把语言问题说得更透彻一点。为什么联系《醉翁亭记》呢？它写的又不是岳阳楼。但是欧阳修跟范仲淹是同志，同样是改革受到打击，欧阳修这个人一方面比较执著，一方面又比较豁达，和范仲淹不一样。范仲淹失败了，欧阳修还在为他讲话，讲话的结果是欧阳修倒霉，还坐了牢。后来下放了，下放到滁州，在安徽。范仲淹提出要"先天下之忧而忧，后天下之乐而乐"，那么作为范仲淹的同志、盟友，他怎么办？我们看到欧阳修是另外一种品格、另外一种个性，文章是另外一种风貌。

这里我们用的什么办法呢？用的是比较的办法。你单独看范仲淹，也许能看出一点名堂来，如果你把他和欧阳修放在一起比较一下，范仲淹的特点和欧阳修的特点就更加鲜明了。欧阳修可不像范仲淹那么执著，他也写过岳阳楼。

> 卧闻岳阳城里钟，系舟岳阳城下树。
> 正见空江明月来，云水苍茫失江路。
> 夜深江月弄清辉，水上人歌月下归。
> 一阕声长听不尽，轻舟短楫去如飞。

很轻松啊，很开心。"去如飞"啊，听那个歌声，很陶醉哦。所以我们看到一个信息，他到了范仲淹写的岳阳楼，可没有不断地忧老百姓，忧皇帝。我们再来看看《醉翁亭记》。有人说，"环滁皆山也"原来有几十个字，后来删掉了变成一句话。这是朱熹提出来的，我们姑且当做有这么回事。但有人也说根本就没有山，算了，不管它了。

这篇文章的语言，特别有意思的是，在许多句子的句末他都用了"也"，一连用了差不多20个：

> 望之蔚然而深秀者，琅琊也。山行六七里，渐闻水声潺潺，而泻出

> 于两峰之间者,酿泉也。峰回路转,有亭翼然临于泉上者,醉翁亭也。
> 作亭者谁? 山之僧智仙也。名之者谁? 太守自谓也。太守与客来饮于
> 此,饮少辄醉,而年又最高,故自号曰"醉翁"也。

念到这里大家觉得很痛快。要反过来提一下,他为什么不那样写? 这么多
话都是一个句式,不断重复同样的句式。也就是说,这是犯忌的,是吧? 我
小时候念到小学五年级,我的作文是比较好的。我有一个同班同学不会写
作文,当时老师出了个题目《开学》,他就这样写:"秋天来了,树上的叶子落
下来了,学校又开学了,我们又回到学校来了,老师、同学又见面了……"结
果被老师大骂了一通,怎么会这样写文章? 但是他没讲为什么不可以这样
写。如果当时我念过范仲淹的这篇散文的话,我会说范仲淹就是这样写的。
这样单调的重复是多么冒险的一件事,但是我们觉得非常精彩。精彩在哪
里? 比较一下:"秋天来了,树上的叶子落下来了",跟这个"望之蔚然而深
秀者,琅琊也。……渐闻水声潺潺,而泻出于两峰之间者,酿泉也"有什么
差别呢? 差别很大,要分析到根子上。欧阳修的文章好,学生一看就有感
觉,但是里边的奥妙他不懂,他说不出,就像我们吃糖,一吃我们知道甜,非
常好吃,但是为什么会甜呢? 你们要分析糖的分子式,还有你舌头味蕾的生
理结构,这是老师的任务。

我们来看,"醉翁之意不在酒,在乎山水之间也。山水之乐,得之心而
寓之酒也",一连八九个句子都是者和也。景物描写应该以丰富为上,不但
词语要多彩,而且句法要多变,统一中要有变化。这叫做基本的潜在的规
范,句法单调和语词乏彩同样是大忌。欧阳修在这里出奇制胜,营造了一种
不仅在语义上而且在语气上一贯到底的语境。为什么这么重复,但又能在
重复中没有重复的弊端呢? 关键在哪里? 这是一种判断句式,而且都是前
面半句和后面半句的语气二分。什么叫语气二分? 就是前后文的句法不是
一般的连续式,而是提问和回答的意味。

> 望之蔚然而深秀者,琅琊也。
> 渐闻水声潺潺,而泻出于两峰之间者,酿泉也。
> 山水之乐,得之心而寓之酒也。
> 醉翁之意不在酒,在乎山水之间也。

"望之蔚然而深秀者",先看到景色之美,然后再回答,"琅琊也"。"渐闻水

声潺潺,而泻出于两峰之间者",先是听到了声音,什么啊?然后再解释,"酿泉也"。"有亭翼然临于泉上者",先出以奇异的视觉形象,然后来回答,"醉翁亭也"。它是一个疑问,一个回答;先是奇异、鲜明的感受,然后是心里的回答,自己回答自己。这叫意脉。我们看到的不是风景描写,而是理的活动:那是什么?哦。这样的意思,很活。如果不是这样,不是"望之蔚然而深秀者,琅琊也",我们换一种说法,倒过来,"琅琊山,蔚然而深秀","酿泉,水声潺潺而出","醉翁亭,有亭翼然临于泉上",一样的意思嘛。但是这个心理的过程没有了。"也"本是虚词,没有实际的意义,但是"也"字没有了,就会产生这么大的差异。这变成流水账了。所以要培养一种非常精致的语感,然后从理论上去加以阐述。如果翻译成现代汉语,肯定也要把"也"字去掉:

> 看上去树木茂盛、幽深秀丽的,就是琅琊山。渐渐听见潺潺的水声,从两个山峰之间流出来的,就是所谓的酿泉。山泉的上方有个像鸟的翅膀张开着一样的亭子,这就是醉翁亭了。

还是不行。还是不如那个"也",为什么呢?因为其中肯定的、明快的语气消失了。这个"也"字,实际上从语气上是一个断定,一个肯定,一个自我的解答。

我们来研究一下这个"也"字。"义者,宜也","也"用在句末,表示形成判断的肯定语气。它有一点接近于现代汉语的"啊"、"呀"。不同的是,在现代汉语中没有"啊"、"呀",句子还是完整的;而在古代汉语中,没有这个"也"字,就不能形成判断的肯定语气,情感色彩就消失了。"义者,宜也",很肯定。"仁者,爱人",这个就跟"义者,宜也"有些区别,如果加上一个"也"字:"仁者,爱人也。"是不是有肯定的作用?这个感觉比较自信。再看《诗大序》里讲:"情动于中而形于言。言之不足,故嗟叹之。嗟叹之不足,故永歌之。永歌之不足,不知手之舞之足之蹈之也。"这个"也"字很自然。如果把最后这个"也"字省略掉,"不知手之舞之足之蹈之",好像没完,语气就没有了,语气中的那种情绪上确信的程度就不够了。文以气为主,没有这个也字,文章就没有气了。

《左传》里边齐侯伐楚,楚王曰:

> 君处北海,寡人处南海,唯是风马牛不相及也。

非常肯定。你在北海,我在南海,放马放牛都放不到一起。有这个"也"字,是不是有点理直气壮的感觉?如果把这个"也"字去掉,"唯是风马牛不相及",自信的语气消失了,而情绪也淡然了。所以说,他用了那么多的"也"字,据说统计有21个。用"也"字也是有风险的,但风险变成了惊险。

再进一步反思一下,既然"也"字这么精彩,他为什么不是每句都用"也"呢?有很多句子没有"也"。因为都用"也"就太单调了,句法的单调导致句子语气、情绪的单调。但是这种情况在《醉翁亭记》里没有发生,倒是相反,意脉的积累递增了。因为句法和语气反复被句法的微调消解了,注意"也"的过程当中也有一些微小的调整,不让它过分地重复,没有停留在绝对统一的句法上,而是在统一的句式中不断穿插着微小的变化。你看,"其西南诸峰,林壑尤美","太守与客来饮于此,饮少辄醉,而年又最高",都没有"也",所以说,"也"这个结构,这么微妙的参差,达到了统一中的丰富。

应该说明的是,这里的统一和变化,不仅仅在句法上,而且还表现在更深层次中。从意脉来说,先是远景琅琊,后来是中景酿泉,再下来是身临其境,是近景醉翁亭,如果照这样的层次再描写下去的话,那肯定单调了。欧阳修的高明还在于,接下去笔锋一转,不是景观的描述为主,而是主体的判断说明,不再描写风景,而是提出疑问:这个亭子是谁搞的?为什么如此来命名?亭子怎么来的,"太守自谓也";为什么弄这个,因为太守自己喜欢喝酒;年事已高,其实年事不高。

欧阳修写这个文章时四十多岁,莫名其妙地叫"醉翁",倚少卖老。这样的句子表面看来是说明,其中渗透着某种特殊的意脉。意脉在哪里?深入下去还原。

本来是第一人称,写《醉翁亭记》的欧阳修我就是醉翁,我就是太守,但是不,用第三人称,好像是写另外一个老头子似的。事实上如果不是这样,而用第一人称来抒情,语气、趣味就不同了。现在像局外人似的,就有一种潇洒的意脉。

说到这样一个太守,明明喝得很少,又很容易醉,明明年纪不大,但自称为翁,这个醉翁来到这里喝酒,其实也不是为了喝酒,那么为什么?意脉到此发生一个转折,号称醉翁,酒无所谓,不在酒,所以说是山水令人陶醉。既然不在酒,那为什么自称醉翁,还要强调醉翁亭呢?这不是无理吗?是的,的确无理。理和情就是一对矛盾。但是纯粹讲理就是无情;而不讲理,就可能在抒情。欧阳修在后一句对抒情又作了说明："山水之乐,得之心而寓之酒也。"这是意脉的第二个转折。怎么得之心而寓之酒？他美在哪里,乐在哪里？注意啊,山水之乐的乐。我们讲这篇文章,目的就是要跟范仲淹对比。范仲淹是不许自己乐,可是欧阳修乐不可支。首先,他乐什么呢？自然景观。从日出到云归,从晦阴到晴朗,从野芳发的春季,到佳木秀的夏日,再到风霜高洁的秋天,到水落石出的冬令,四时之景不同,而欢乐却是相同的,这完全是跟范仲淹的"不以物喜,不以己悲"唱反调的。其次,山水之乐,又不仅是自然景观,而是另外一种更高级的,是人之乐。"负者歌于滁,行者休于树,前者呼,后者应","伛偻提携",哪怕是弯腰驼背的人,"往来而不绝者,滁人游也"。打渔的,鱼很肥,酿酒的,酒很香,野菜放在桌上,太守在那儿设宴。这里乐的就不是山水,而是与民同乐了。这应该是意脉的第三个转折。

> 宴酣之乐,非丝非竹,射者中,弈者胜,觥筹交错,坐起而喧哗者,众宾欢也。苍然白发,颓乎其中者,太守醉也。

这就不仅仅是与民同乐了,而且是人的关系的平等。宴会可以比较自由地做游戏、喝酒,可以大声地喧哗。你看这里一点等级的观念都没有,太守和那些人在一起可以大声喧哗,可以随便喝酒,而且太守自己"颓乎其中",也喝得酩酊大醉,倒下去。就是说没有压力,没有负担,没有等级。不但没有物质的压力,没有什么吃饭的压力,而且没有行政的等级,没有年事的长幼。"太守"提了好几次,可是一点太守的架子也没有,那些平民百姓也不把太守当一回事。这样一种"醉翁之意不在酒",在乎山水吗？不完全是,而是在于"山水之间",到了山水之间,人的等级就不存在了。原来这个太守自己高兴、开心,自己随便,不讲等级、礼节、姿态、风度,百姓跟他一起喝得醉倒。这是意脉的第四个转折了。

"已而夕阳在山,人影散乱,太守归而宾客从也。树林阴翳,鸣声上下,游人去而禽鸟乐也。"不但太守和老百姓一起欢乐,而且山里的鸟也很欢乐。"然而禽鸟知山林之乐,而不知人之乐",人是很快乐的,鸟也快乐,但是鸟的快乐是鸟的快乐,人的快乐是人的快乐,互相不了解。这很精彩,特别是"人知从太守游而乐,而不知太守之乐其乐也"。这样就提供了三个信息:第一,人只要快乐,就好,不必追究为什么快乐;第二,人快乐了,大自然中的鸟也会欣欣向荣,也不用费心去探究鸟是不是理解人的快乐;第三,百姓和太守一起快乐,不管他们是不是理解太守为什么快乐。其实,太守的理想就是这种自然与人、官与民的快乐一体化的境界。人们知道太守很快乐,可是不知道太守乐什么? 这是老百姓的乐。鸟也快乐,但是不知道人快乐什么;人也快乐,但是不知道鸟快乐什么。太守快乐就是太守"乐其乐也",你快乐我就快乐。这可以说是意脉的第五个转折,也可以说是意脉的高潮了。

这里我们讲两点。一点就是这个欧阳修的性格。欧阳修跟范仲淹是不一样的,你说要等到天下人快乐我才快乐,我不等,我这就很快乐,而且没有那么多压力,因而从这里可以看出来,同样一个政治立场,可能有不同的个性表现,不同的文采、风格。这风格主要是思想风格和语言风格。最能说明或然性的是反复自称太守的人没有太守的架子,不在乎人的喧哗,不在乎自己的姿态,不拘小节,不拘礼法,在自己醉得歪歪倒倒的时候享受着欢乐。和太守一起,人们进入没有世俗等级的境界,宾客们忘却等级,与太守共同享乐,人们达到高度和谐。这里,我还想和陶渊明的《桃花源》比较一下。《醉翁亭记》跟《桃花源》不一样,因为《桃花源》是空想的,你再去找找不到。而这里的情境是太守自己营造的。特别是"禽鸟知山林之乐,而不知人之乐;人知从太守游而乐,而不知太守之乐其乐也",这里的"乐之乐"和范仲淹的"乐而乐",在句法模式上很相近,也许是巧合。但是也许是欧阳修借此与他的朋友范仲淹对话,要"后天下之乐而乐"那得等到什么时候啊? 在眼前跟老百姓同乐就很精彩。"醉能同其乐,醒能述其文者,太守也。太守谓谁? 庐陵欧阳修也。"这个时候才说太守是自己。这个只有四十几岁的欧阳修还把自己的籍贯写出来,表示是真实的。什么是"醉翁之意不在酒,在乎山水之间"? 因为山水之间没有人的等级。为什么醉和酒联系在一起呢? 因为酒有醉的功能。有时候,只有醉才能超越现实,"醉翁之意"在现实中是很难实现的。故范仲淹要等到"后天下之乐而乐",欧阳修进入超现实的、想象的、理想的与民同乐的境界,这种"醉翁之意"是很容易实现的。只要"得之心寓之酒",自己有一点儿醉就行了。这里的醉有两种意思:一种是醉醺醺,不知道现实还是想象;第二种是陶醉。我想,这里表面是醉醺醺,实际上是陶醉于自己摆脱了现实的政治压力,进入理想化的境界,享受精神的高度自由。从这个意义上说,欧阳修和陶渊明在对现实的超越上是息息相通的。

第十四讲

现当代散文个案分析

一 鲁迅《记念刘和珍君》:情理交融的悲歌和颂歌

收入鲁迅杂文集的散文,犀利的讽刺占大多数,抒情之作在比例上是比较低的。当然,收入《朝花夕拾》的文章,有相当多温暖的抒情,表现鲁迅对童年时代身边小人物的宽容甚至热爱。这样的温情,往往在怀旧文章出现,在杂文中则多为社会文明的批判,格调以冷峻为主,温情是很少的,然而《记念刘和珍君》和《为了忘却的记念》在鲁迅散文中无疑是抒情的双璧,从1950年代以来,不断入选中学语文和大学中文系的读本,解读文章不胜枚举,可惜质量普遍较低。钱理群指出其原因,就是过分把文章当做社会历史的反映(见其《从文字到电影场景的转换》一文)。我想除了这一点以外,还有一点,就是对文本的抒情特点缺乏直接的分析。在此类解读中,认为抒情就是抒情,没有什么可分析的! 其实,真正要把鲁迅这篇文章的好处弄清楚,非得把它抒情的特点,它的唯一性、独一无二性分析出来不可。关键是不要以为抒情文章都是一样的,鲁迅这篇文章的抒情有不同于其他抒情文章之处,这是很明显的。

抒情,顾名思义,也就是把感情抒发出来。如果是在诗歌里,当时的诗坛崇尚"强烈的感情的自然流泻"。但是,在鲁迅的文章开头,似乎并不把感情作强化的宣泄,而是某种程度的弱化,尽可能地收敛。

鲁迅对刘和珍的死是很悲愤的,为文就是要记念刘和珍,思绪滔滔。但是,文章一开头,他明显避免直接流泻自己的感情,不是把自己一腔悲愤倾泻出来,而是尽量抑制。可以说,鲁迅所追求的不是浪漫新诗那种感情倾泻之美,而是杂文式的情感抑制之美、因抑制而深沉之美。当有人建议"写一点东西"纪念死者的时候,他并没有说这正合我意,而是感觉似乎没有多大意义,死者并无在天之灵,并不能因而得多少安慰,写了也"于死者毫不相干"。对死者无补,对生者该有价值了吧？然而,鲁迅说,就是对生者也只能"如此而已"。这里正面表现的似乎并不是愤怒,而是无奈,于事无补,似乎很消极的样子。这显然不是感情的全部,仅仅是他感情的表层,或者说与内在感情相反的一种外部效果,显示内部悲愤如此强烈,以致一般的抒写不足以显其志。这是本文意脉的起点。

鲁迅反反复复抒写的感情,从性质上来说,是悲痛、悲愤、悲凉和悲哀的郁积。从表现形式来说,力避径情直遂,意脉在曲折中展现。这种曲折还是多重的,写得沉郁顿挫、回肠荡气,文章开头这一段只是情思的序曲,接下来,意脉极尽欲扬先抑之能事。

其一,感情本来是十分深厚的,但是,鲁迅却不惜用类似无情的字眼来形容:"无话可说","沉默"。"无话可说"的原因是什么呢？太黑暗,太凶残,难以相信,无从表达;又因为心情的郁闷、情感的压抑,无以言表。

其二,鲁迅反复强调痛苦不单纯,而是很复杂的,首先是因为反动军阀政府难以置信的凶残,其次是因为反动文人谣言的卑劣,再次是因为感到自己"苟活""偷生",用自己沉重的惭愧来代替对烈士的赞颂。

其三,期待着"忘却的救主"。这是鲁迅式的反语。不正面写回忆、清醒的痛苦,而写忘却的轻松。"忘却"而成为"救主",说明不忘却如何痛楚。这里的"忘却",后来在写《为了忘却的记念》时又成为立意的关键,从反面显示了回忆之痛,不堪承受其沉重。内在的悲愤越是深沉,表层的知觉越是追求解脱。

其四,这种悲愤情感十分复杂、丰富,意脉以极其矛盾为特点,先是写与不写、有话与无话,忘却是最轻松的了,可是又很惭愧,然而惭愧又很沉重,因为沉重而无以言说,沉默,然而沉默者又正在为文。哀痛为文是庄重的,而作为献祭却是"菲薄"的。在忘却的救主到来之时,为文记念也就成为想忘却又不能忘却的理由。这样的悲愤,就不但矛盾,而且在意脉上也非常曲折。这样的丰富曲折的感情,如果用直接流泻的办法来表现,只能单纯地强化,只能把情感简单化。

如果孤立地看鲁迅这篇文章,其情感特点还不够清晰的话,还是用比较的方法,把周作人同样纪念"三·一八"的文章拿来对比一下。周作人的《关于三月十八日的死者》,在立场上和鲁迅并没有太大的分歧,在情感的抒写上也相当节制。同样是哀悼自己的学生,周作人比鲁迅更加回避激情,也是在追求情感的节制和凝重。他一直提醒自己要"冷静",要理性,特别值得一提的是,他感到哀悼是"无用"的,甚至说这些烈士是"白死"。"切责段祺瑞贾德耀,期望国民军的话都已说尽,且已觉得都是无用的了,这倒使我能够把心思收束一下,认定这五十多个被害的人都是白死……交涉结果一定要比沪案坏得多,所以我可以把彻底查办这句梦话抛开……在首都大残杀的后五日,能够说这样平心静气的话了,可见我的冷静也还有一点哩。"当代读者可能感到周作人这里的"白死"一说太无情了。但是,一来,他和鲁迅一样,是反对学生游行的,都认为游行的风险甚至牺牲的代价太大。二来,所谓"白死"还有另外一层意思,就是对和军阀政府谈判的绝望。正面写死者入殓,也只是看见死者的面容"很安闲而庄严地沉睡着","不禁觉得十分可哀",封棺的时候,在女同学的哭泣之中,"陡然觉得空气非常沉重,使大家呼吸有点困难"。当时的周作人,还没有堕落为汉奸。他的散文以苦涩为特点,甜蜜的抒情与他的风格是绝对不相容的。一般的情感他都要抑制的,何况是激情。两个散文大师,似乎在抑制激情方面有一种默契。

然而,周作人的节制情感不及鲁迅的深沉。历来论者多以周作人的文风"苦涩",属于五四散文的另类风格,与鲁迅并列,不分轩轾,但是,后世的读者更多欣赏鲁迅,对周作人的文风相当隔膜,也是不争的事实。我想其中原因,可能是他文章的意脉不及鲁迅丰富、矛盾和曲折。

鲁迅的丰富就在于,思绪总是处于矛盾之中:一方面是强调忘却的轻松、不忘却的沉重;另一方面,又强调不忘却,正视现实的惨烈,不但是哀痛的,而且是幸福的。

真的猛士,敢于直面惨淡的人生,敢于正视淋漓的鲜血。这是怎样的哀痛者和幸福者?

鲁迅优于周作人,除了在情感曲折深沉方面,还有一个重要方面,那就是"直面淋漓的鲜血",这就不仅仅是审美抒情,而且有智性,可谓情智交融。周作人的文风苦涩,并不是偶然地回避淋漓的鲜血;而鲁迅的正视,展示了他抒情的另一个空间,那就是感情渗入叙事之中。以叙事的惨烈,隐含情感的强烈和深沉之智性:鲁迅并不赞成游行的方式,连许广平去游行,他都并不是很支持,血案发生后,他的感情一再抑制,他并没有身临其境,却以描绘的现场感把节制的情感释放出来:

自然,请愿而已,稍有人心者,谁也不会料到有这样的罗网。

但竟在执政府前中弹了,从背部入,斜穿心肺,已是致命的创伤,只是没有便死。同去的张静淑君想扶起她,中了四弹,其一是手枪,立仆;同去的杨德群君又想去扶起她,也被击,弹从左肩入,穿胸偏右出,也立仆。但她还能坐起来,一个兵在她头部及胸部猛击两棍,于是死掉了。

表面上是简略的叙述,带着新闻报道的客观姿态,但是,鲁迅选择的细节是很雄辩性的,寥寥几个,就表现了反动军阀的野蛮凶残。"从背部入"表明并不是向前冲击,而是撤退,说明射击并不是为了保卫执政府衙门。"中了四弹",而且是"手枪",说明后面的三弹是近距离对已经受伤者的虐杀。特别是对施援者的射击,对尚未死亡的女性,"头部及胸部猛击两棍",终于导致死亡。这就把新闻报道的摘录,变成了中国历史家所强调的"实录",变成了春秋笔法的"寓褒贬",没有直接的判断,表面上冷峻,实际上,义愤尽在叙述之中。在此基础上,鲁迅开始了难得的直接抒情:

始终微笑的和蔼的刘和珍君确是死掉了,这是真的,有她自己的尸骸为证;沉勇而友爱的杨德群君也死掉了,有她自己的尸骸为证;只有一样沉勇而友爱的张静淑君还在医院里呻吟。当三个女子从容地转辗于文明人所发明的枪弹的攒射中的时候,这是怎样的一个惊心动魄的伟大啊!中国军人的屠戮妇婴的伟绩,八国联军的惩创学生的武功,不幸全被这几缕血痕抹杀了。

但是中外的杀人者却居然昂起头来,不知道个个脸上有着血污……

就是在直接抒情之中,也表现出鲁迅情感的深邃。"这是真的","有尸骸为证",好像是多余的,既然已经引用了,还要加上这一句,说明自己难以置信又不能不相信。这里,不但有正面的揭露,而且有反讽:如"文明人所发明的枪弹","怎样的惊心动魄的伟大啊","中国军人的屠戮妇婴的伟绩"。鲁迅的深邃不仅在抒情,而且在于抒情基础上提炼象征的形象:"中外的杀人者却居然昂起头来,不知道个个脸上有着血污。"前面的细节毕竟是细节,毕竟是个别的场景,而到这里,就变成了普遍现实和历史的象征。所谓象征,第一,是形象的总体代表,不但把前面的细节统一起来,而且把具体场景以外——不但是此时的,而且是异时的,不但是中国的,而且是外国的——

都凝聚到这个统一的形象中：一方面是"脸上有着血污"，一方面是自得地"昂起头来"。这超越了具体的时间和空间而显得有概括的力度。第二，象征不但是情感的，而且是思想的载体，是思想的升华，这就是审美抒情与审智冷峻的交融。

从这里我们大致可以看出鲁迅意脉的曲折进程：1.情感的压抑无以言表。2.感到自己是"苟活""偷生"，用自己沉重的惭愧来代替对烈士的赞颂。3.期待"忘却"成为"救主"，提示不忘却如何痛楚。4.在肯定"忘却"为救主之时，却为文记念，表明想忘却又不能忘却。全文的核心思想就是不能忘却。这时正面进入文章的主题。5.不忘却就正视现实的淋漓的鲜血，这当然是哀痛的，但更是"幸福"的。6.转入直接抒情，然而却用了叙事的手法。7.再转入抒情，又有反讽，把描述转化为象征。8.最后又回归到抒情，然而抒情变成了哲理的格言。也就是在情感脉络最后的转折上，把情感和智性结合起来：

> 惨象，已使我目不忍视了；流言，尤使我耳不忍闻。我还有什么话可说呢？我懂得衰亡民族之所以默无声息的缘由了。

这可以说是鲁迅的直接抒情，是正面的抒情，然而其中又有某种理性，那就是从中理解了民族衰亡之根源在于惨象总是被流言所掩盖，也就是麻木总是窒息了清醒。这里是感情的高涨，但还不是感情的高潮：

> 沉默呵，沉默呵！不在沉默中爆发，就在沉默中灭亡。

这就不完全是感情，而且有哲理了。这里的哲理，不是一般的哲理，一般的哲理是单纯的，而这里的哲理是双重的：一方面是沉默和爆发的矛盾和转化，另一方面是爆发和灭亡的矛盾和转化。从全文来说，这里的意脉发生了重大的转化，如果说前面的文章的关键是"沉默"的话，这里变成了"爆发"。以"爆发"为中心，向消极一方，是"沉默"、"灭亡"；向积极一方，则是"灭亡"的反面。这是思想的转化，同时又是意脉的转折。这种转折的过程，正是全文的意脉流贯，是曲折中显深邃，在曲折中显示艺术手段的丰富。然而，到这里，转折还不是最高潮。文章的最后，还有进一步的升华：

> 苟活者在淡红的血色中，会依稀看见微茫的希望；真的猛士，将更奋然而前行。

这显然又是抒情了。这种抒情有一点浪漫,有一点夸张,甚至有一点鼓动性。这在鲁迅的文章中可以说凤毛麟角。但是,这种鼓动性并不像左翼文学中的标语口号那样粗暴,而与鲁迅情感的沉郁顿挫水乳交融,在转折之后还有转折,在曲折之后还有曲折。

> 呜呼,我说不出话,但以此记念刘和珍君!

明明说了这么多话,又回到文章开头,"说不出话"还要"呜呼",这是抒情,抒发了一腔悲愤,仍然意犹未尽,无可诉说,说出来的,不过是为了纪念烈士。而文章开头说过:所写"于死者毫不相干",就是对生者也只能"如此而已"。悲痛实在太沉重了,文章并不能减轻其万一。正是在这种多层次的曲折和转化中,在激情和理性的曲折交融中,鲁迅的情感在紧缩中有张扬,时而引而不发,时而张扬踔厉,张弛有度,游刃有余,这正是鲁迅杂文的成熟风格,可以用杜甫形容自己诗作的"沉郁顿挫"来形容。

二 余光中《听听那冷雨》:听出整个生命的文化记忆

这一篇文章的题目就很有讲究。雨在一般的文章中是看的,或者主要是看的。而这里,作者却在文章一开头就提醒读者,我这个雨是听的;再看听雨,就是听觉感受,怎么又听出个冷的感觉来?敏感的读者就要想想了,为什么不看雨呢?琦君、茅盾、余秋雨写雨,不都是以看为主的吗?这是余光中的选择。且看他怎么个听法,听出些什么名堂来。

他先写春寒"料料峭峭",雨声是"淋淋漓漓"、"淅淅沥沥"、"天潮潮地湿湿"。一眼可以看出,有意用了这些多的叠词。其中蕴含着什么韵味?第一,是不是有一种春寒料峭中忧郁的感觉?不错,"连思想也都是潮润润的",而雨是"冷"的,作者要躲也躲不过。第二,这种忧郁是不是一时的,因雨而来,随雨而去的?好像不那么简单。因为作者说了,就是在梦里,也躲不过,也打着一把伞。这就是说,雨所承载的忧郁是魂牵梦绕的,是心灵无法挣脱的。第三,用了这么多重叠词,是不是为了表现情绪的特点?是的,下面这样的叠词还更多,叠词的使用可能会唤醒一种断断续续的感觉。第四,这是不是一般缠绵的感觉?好像不完全是,而是一种带着古典诗词韵味的缠绵的感觉。用一系列叠词表现缠绵的情感,是不是令人想到一个女词人的名作?可能。不过,现在还不能完全肯定。

接下去,写他每天回家,从金门街到厦门街,这是叙事成分,也是这篇为抒情所充溢的散文中的一个叙事框架。为什么要这个叙事框架?不要它,光是抒情,不就很精彩了吗?这个抒情调动了他二十多年的生命记忆,神思飞越,才气横溢,不可羁勒,篇幅又长。这个汪洋恣肆的情绪需要简洁叙事的框架,那就是回家,从金门街到厦门街,直到自己巷子深处的家。一切思绪都在这个短短的过程中,走到家了,思绪和文章就结束了。路是很短的、单纯的,但是思绪是绵长的、复杂的。这好像为一幅画设计了一个画框。

为什么有这么多的思绪?因为从金门街到厦门街很容易,但是从金门到厦门却遥遥无期。这是乡愁的郁积。这种乡愁,当然有政治性,但是,余光中没有强调政治性,而是把它淡化了。在原文中,政治性的哀愁还隐约可考,就是那"亡宋的哀痛"、"残山剩水"。少年听雨,白头听雨,这是有写作年代的不同,20世纪70年代,两岸关系的凶险尽可能地淡化了。这样,余光中浓郁的乡愁,就集中在另一个焦点上了。他说自己在细雨中"走入霏霏",更"想入非非"。这里暗用了一个文化典故,是《诗经》里的名句"昔我往矣,杨柳依依,今我来思,雨雪霏霏"。还是回家的感觉,和回厦门街的"回"字扣得很紧,但这不仅仅是空间的回归,更多的是文化怀旧的回归。接着说到汉字的"雨",赞叹汉字象形的精彩,从那四个点,就听出了"点点滴滴,滂滂沱沱,淅沥淅沥淅沥"。又一次用了一组叠词,显然是要表现听觉的美,经营"雨"在听觉上的诗意。这无疑是本文艺术追求的主导。但是,余光中在突出雨的听觉美的同时,也着意在其他感觉方面加以丰富。请看:

> 听听,那冷雨。看看,那冷雨。嗅嗅闻闻,那冷雨。舔舔吧,那冷雨。

这几乎把听觉、视觉、嗅觉乃至味觉全盘调动起来,和触觉之冷融为一体。但是,所有这一切都是为了在听觉上表现雨的美感,也就是乡愁的诗意。这是一种什么样的诗意呢?

> 清明这季雨。雨是女性,应该最富于感性。雨气空濛而迷幻,细细嗅嗅,清清爽爽新新……

这一下明确了,这种诗意,是女性的,又是这样的叠词结构,和李清照的《声声慢》"寻寻觅觅,冷冷清清,凄凄惨惨戚戚"如出一辙。余光中就是要把雨引起的乡愁,不但定位在古典诗歌的韵味上,而且定位在古典诗歌的节奏,尤其是李清照式的节奏和汉语的特殊韵律上:

> 雨不但可嗅,可观,更可以听。听听那冷雨。听雨,只要不是石破天惊的台风暴雨,在听觉上总是一种美感。大陆上的秋天,无论是疏雨滴梧桐,或是骤雨打荷叶,听去总有一点凄凉,凄清,凄楚。于今在岛上回味,则在凄楚之外,更笼上一层凄迷。

这种凄迷之美,不但来自生活,而且来自古典美学传统,梧桐、细雨、点点、滴滴,是李清照词中的意象,而雨打荷叶之声,则典出韩愈《盆池五首之一》:"莫道盆池作不成,藕梢初种已齐生。从今有雨君须记,来听萧萧打叶声。"因而,余光中的乡愁,是一种文化乡愁,而且不是一般的文化,而是古典文化。在活用古典诗意和节奏方面,可以说是左右逢源、涉笔成趣。这里诗意的典故可能有过分密集之嫌了,诗的韵味已经相当饱和了,但王禹偁的竹楼听雨又被结合起来。这是信笔拈来、不忍割爱吗?不是。这是一笔相当自然的过渡。因为,余光中要借助他的听雨,转入从"屋顶"上听雨。他说:

> 雨打在树上和瓦上,韵律都清脆可听。尤其是铿铿敲在屋瓦上,那古老的音乐,属于中国。

为什么一定要牵出屋瓦来?在梧桐上、在荷叶上,不是已经很美了吗?因为完全引用古典的听觉之美,还不足以表现当时台北的特点。文章中有两点不可忽略:第一,反复提到雨打在屋瓦上,而且老是说日式的屋瓦。其实严格地说,应该是中式的,因为日本式的瓦屋顶是从中国模仿过去的。日本统治台湾五十年,建了许多类似中国瓦屋顶的房子。第二,文中有一句:"台北你怎么一下子长高了。"前面还有一句:"不久公寓的时代来临。"1970年代台北城市现代化,瓦屋顶迅速消失。公寓是西式高楼,平顶,因而下起雨来就听不到雨声了。"瓦的音乐竟成了绝响。千片万片的瓦翻翻,美丽的灰蝴蝶纷纷飞走,飞入历史的记忆。"触发余光中凄凉之感的,不仅仅是传统建筑风格,而是传统文化诗意的消失:

> 鸟声减了啾啾,蛙声减了咯咯,秋天的虫吟也减了唧唧……要听鸡

叫,只有去《诗经》的韵里寻找。

就连屋顶的消失都写得很美,一连几组叠词,都是声音的美,相当精致。余光中的古典文化修养,声情并茂,甚至给有些苛刻的评论家(如董桥)以露才扬己、缺乏克制的印象。但是从全文来看,这还只是一个方面,甚至可以说还不是最精彩的部分。因为这毕竟是古典美的追寻,古典语言修养的流露。而余光中是一个当代诗人,又是英语专业人士,他这方面的才华,在超越古典的方面寻找表现形式,那就是雨打在屋瓦上的现代感觉和现代美学语言的创造:

> 雨敲在鳞鳞千瓣的瓦上,由远而近,轻轻重重轻轻。

如果说"瓣"作为量词还是汉语的特点的话,那么"轻轻重重轻轻",就是西方诗歌的节奏特点了。中国古典诗歌的音乐性表征是平仄,平平仄仄平平,而英语、俄语诗歌的节奏则讲究轻重交替。中学语文课本中高尔基的《海燕》就是这样的,但是一翻译就把轻重格律淹没了。从这里开始,中国古典诗歌的音乐性和西方诗歌的音乐性开始交融:

> (雨)夹着一股股的细流沿瓦槽与屋檐潺潺泻下,各种敲击音与滑音密织成网,谁的千指百指在按摩耳轮。

"敲击音"、"滑音",是钢琴演奏的术语,诗化、音乐化的西方成分越来越明显。把听觉的舒畅转化为触觉的按摩,这种修辞方式,在中国古典诗歌中是少见的,倒是在西方现代诗歌中比较常见。下面文字中的西方诗歌修辞色彩就更为浓郁了:

> "下雨了",温柔的灰美人来了,她冰冰的纤手在屋顶拂弄着无数的黑键啊灰键,把晌午一下子奏成了黄昏。

这里的修辞核心当然还是听觉的音乐性,内涵是中国传统的屋瓦,在修辞上却是西方诗歌中常用的多层次的暗喻手法,复合性的暗喻之间不但没有互相干扰,而且结合得相当严密。第一,把雨声之美比作钢琴演奏;第二,把演奏者比作美人;第三,把美人说成是灰色的(联想到西方童话中的"灰姑娘"),和雨天的阴暗光线统一;第四,加上定语"温柔的",和绵绵细雨的联想相沟通;第五,由于是钢琴演奏,屋瓦顺理成章地成了琴键,黑和灰的形容,和钢琴上的黑键白键相称;第六,把雨的美比作美人的纤手,把冷雨转化为"冰冰"的感觉;第七,把这一切综合起来,把一个下午的雨转化为一场钢琴乐章的演奏,把一个下午"奏成了黄昏",说是雨声如音乐,美好得让人忘记了时间。

余光中的功力不仅仅在于把自己的乡愁,分别用中国古典诗歌的听觉美和西方的音乐美来形容,而且在于把这二者水乳交融地结合起来:

> 雨来了,最轻的敲打乐敲打这城市,苍茫的屋顶,远远近近,一张张敲过去,古老的琴,那细细密密的节奏,单调里自有一种柔婉与亲切,滴滴点点滴滴……

西方钢琴的演奏术语"敲打乐"和李清照的标志性叠词节奏结合起来,不但在节奏上,而且在内涵上与"耳熟的童谣"、"江南的泽国水乡"的记忆混成一气。特别是水乡和蚕吃桑叶的声音:"细细琐琐屑屑,口器与口器咀咀嚼嚼。"难得的是,复合的情绪和多元的修辞手段自然地融合,显得和谐。在表现音乐的美感时,余光中无疑是大手笔的,在把中国传统的语言韵味和西方音乐的节奏统一起来这一点上,他可以说是游刃有余,在一处令人惊叹的华彩乐章呈现以后,驾轻就熟地又是一章再现。他这样写暴雨从他的"蜗壳"(屋顶)上哗哗泻过:

> 雷雨夜,白烟一般的纱帐里听羯鼓一通又一通,滔天的暴雨滂滂沛沛扑来,强劲的电琵琶忐忐忑忑忐忐忑忑……不然便是斜斜的西北雨斜斜……

这里可以说把中国的平平仄仄平平仄仄的节奏耍得太潇洒了。在这之前,谁曾经这样大胆,这样耍得得心应手?但是要说他耍技巧,可能是冤枉的,因为他从来没有忘记乡愁的严肃内涵。这里没有轻浮,只有沉重的忧郁,二十五年暌隔,使他有了一种悲歌甚至是挽歌的感觉:

> 雨来了,雨来的时候瓦这么说,一片瓦说,千亿片瓦说,轻轻地奏吧沉沉地弹,徐徐地叩吧挞挞地打,间间歇歇敲一个雨季,即兴演奏从惊蛰到清明,在零落的坟上冷冷奏挽歌,一片瓦吟千亿片瓦吟。

这里雨落在瓦上的声音,既是弹,又是奏,既是叩,又是打,用词都在中西演奏技巧的汇合点上。把瓦上的声音说成吟,是中国的趣味;把它说成"说",

则是西方的技巧。难得的是,他又让清明季节的雨落在坟上,让它变成挽歌。这么丰富的转换,多重暗喻的交织、感觉的曲折,表现出受到美国新批评派的暗喻熏陶的才情,在这么近的距离中浓缩着高密度的技巧,却显得自然而流畅,看不出任何勉强,可以用炉火纯青来形容。

　　余光中对于散文的语言有很高的追求。他在《剪掉散文的辫子》中,对当代台湾散文有过非常苛刻的批评。他提出,真正的散文,语言首先应该有"弹性",就是"对于各种文体、各种语气,能够兼容并包融和无间的适应能力"。其次是"密度",是指"在一定的篇幅中,满足读者对美感要求的分量,分量愈重,当然密度愈大。(按,我们上面分析出来那么多暗喻的名堂,聚结在这么短的篇幅中,就是"密度"的雄辩表现。)一般的散文作者,或因平庸,往往不能维持足够的密度",结果就写成了"稀稀松松汤汤水水的散文"。他所说的平庸,就是读了半天,"既无奇句,又无新意"。他以为,审美的散文,应该有"真正丰富的心灵,在自然流露之中,左右逢源,五步一楼十步一阁,步步莲花,字字珠玉,绝无冷场"。① 余光中 1994 年在苏州的国际散文研讨会上还提出,散文的抒情和语言的节奏有密切的关系,汉语的节奏就是抒情的重要因素。显然,这不仅仅是他的理论,而且是他散文创作实践经验的总结。从这篇散文最为精彩的段落,我们不但可以看到他对意象弹性、密度的追求,而且可以看到他对节奏的追求。这是一次对他自设的艺术准则高度的攀登,他的攀登应该说是胜利的。

　　回想一下,面对下雨天,如果让我们来写一篇文章,我们会写出些什么呢? 余光中写出了这么多,他把对雨的感觉集中到听觉为核心的感觉场中来。他所写的,仅仅是从外部世界听来的吗? 好像不是。他不但听到了外部世界的声音,而且听到了他内心世界的怀乡以及古典现代、中国西洋的艺术节奏。听外部的雨是瞬时的,而听自我内心的节奏却是持久的,从这个意义上说,他不仅仅是接受雨的声音,而且是听出了自我内心几十年的精神和艺术的储存,调动得越深,对外部感觉的同化就越是丰富。有些散文之所以写得平庸,就是因为作者光会傻看,或者光会呆听外部世界,而不会把自己一生的情愫修养写出来。

---

　　① 余光中:《剪掉散文的辫子》,《余光中散文选集》第一辑《逍遥游》,时代文艺出版社,1997 年,第 335 页。

以上我们分析的两篇经典散文,只是现当代散文的一种风格,那就是审美的抒情散文。光是读懂了这一类散文,光是理解了散文的诗性,对于现当代散文的理解还可能是片面的,因为还有一种和诗性散文迥然有异的散文,那就是幽默散文。我在这儿把它们叫做亚审丑散文。

三 鲁迅《阿长与山海经》的审丑核心词:伟大的神力

以还原方法为先导,获得矛盾的切入口,从而揭示矛盾,进入分析层次,这种方法还是比较笼统,有进一步深化的必要。不要把还原仅仅局限于场景和人物的还原,也就是比较具体的、感性的还原,或者说初级的还原。所有这些还原,事实上都离不开比较高级的还原,也就是语义的还原,只是没有系统地展开。

在这里,我们着重进行语词还原,严格说来,并不是对一切语词进行还原,而是对文本中,对人物形象、对于理解作家特殊的语言创造的核心语词进行还原,也就是对关键词进行还原。其步骤,首先就是把语词的原生语义——或者通俗地说,字典上通常的语义——想象出来。然后与文本中、具体语境中获得的新的语义加以比较,揭示矛盾,进行分析。如果不用还原法,许多语词好像没有什么矛盾,无法进入分析的层次。

《阿长与山海经》开头两段似乎每一个字都很平常,没有什么可分析的。但是,用还原法,却可以看到矛盾很深刻。先以关键词语"阿长"的还原来作分析。

为了交代阿长的名字,鲁迅用了两段文章,这样是不是太烦琐了?鲁迅不是说过,文章写成以后,至少要看两遍,要将可有可无的东西删去吗?那么,这两段如果删去了,有没有损失呢?肯定是有的。因为"阿长",在这个关键词的深层,不但有长妈妈的,而且有周围人的精神密码。

按照还原法,本来名字对于人来说,应该是郑重其事的。一般人的名字,大都寄托着美好的期望,不同的人有不同的叫法,表现的是不同的情感和关系。

鲁迅强调说,她叫阿长,然而,长并不是她的姓,也不是她的绰号。因为,绰号往往是和形体的特点有关系的,而阿长身体并不高,相反,她长得"黄矮而胖"。原来她的名字是别人的名字,她的前任的名字。

问题、矛盾，通过还原，就不难提出来了：第一，在正常情况下，可以把他人的名字随意安在自己头上吗？什么样的人，名字才会被人家随便安排呢？一个有头有脸的人，人家敢于这样对待她吗？这样的人，肯定是社会地位卑微、不被尊重的。这是很可悲的。鲁迅不惜为此写了这两段文章，说明了他对小人物的同情，用鲁迅自己的话来说，这叫"哀其不幸"。第二，名字如果随便被安排，在一般人那里难道不会引起反抗吗？然而，阿长没有，好像没有什么感觉，很正常似的。这说明了什么呢？她没有自尊，人家不尊重她，她麻木。鲁迅在这里表现出他对于小人物态度的另一方面："怒其不争"。从研究方法来说，这样的分析已经提供了可讲性，但是，还可以扩展一下，力求结论有更大的涵盖面。

用名字来揭示人物的社会地位和心灵奥秘，是鲁迅常用的手法：《阿 Q 正传》里阿 Q 的名字，《祝福》中祥林嫂的名字，也有同样的深邃的用心。祥林嫂也没有自己的名字，她叫祥林嫂，因为丈夫叫祥林，在鲁镇人看来，这是天经地义的。但是，后来她又被抢了亲，被迫嫁给了贺老六，在贺老六死了之后，她又一次回到鲁镇。鲁迅特地用单独一行写了一句：

大家仍叫她祥林嫂。

这句似乎是多余的，读者早就知道她的名字了。鲁迅之所以要在这里强调一下，是因为"祥林嫂"，这个关键词里隐含着荒谬，旧礼教的荒谬。丈夫叫做祥林，她就叫做祥林嫂，可是，她又嫁了贺老六，那么还原到正常道理上来说，应该研究一下，是叫她祥林嫂，还是叫她老六嫂好呢？或者叫她祥林老六嫂比较合理？这并不是笑话，在美国人那里，不言而喻的规范是明确的，不管嫁了几个，名字后面的丈夫姓都要排上去，没有什么见不得人、难为情的。但是，按封建礼教传统没有把她称为祥林老六嫂的可能，只承认第一个丈夫的绝对合法性。可见礼教传统偏见之根深蒂固，在集体无意识里，荒谬的成见已经自动化，不动脑筋已经成为不由自主的习惯了。

需要注意的是：鲁迅在整篇文章中没有对阿长的肖像描写。光是对名字这么叙述，看来连描写都算不上的，但是，在鲁迅看来，这比对肖像的描写还要重要。

分析如果到此为止，是很可惜的，因为还有深入的余地。许多教师即使会分析，往往浅尝辄止，原因是方法单一。当一种方法好像到顶了的时候，就应该换一种。还原不够了,就用比较的方法。事实上我们前面分析长妈妈的名字的时候,就用了比较的方法,把她的名字和祥林嫂比较。要深刻地揭示《阿长与山海经》的特点,不妨把它和《从百草园到三味书屋》比较一下。

从对人物的态度来看,我们可以感到,鲁迅对于他的保姆阿长,与对于他的老师相比,感情变得比较复杂了。这是一篇童年的回忆,因而童心和童趣是我们注意的要点,进行比较的目的主要在于弄清它们之间的同和异,有什么一样和不一样的地方。

《从百草园到三味书屋》写了一些表面上互相不连贯的事,《阿长和山海经》的不同就是,尽管事情不少,但是都集中在一个人身上,这是一篇写人的散文。但是集中在一个人物身上的故事,并不太连贯,把全文连贯起来的,是作者作为儿童对阿长态度和情感的变化过程,也就是意脉起伏的过程。

这个过程比较丰富,也比较复杂。要作段落划分,就比较烦琐,吃力不讨好。要把作者对于长妈妈的情感变化过程的各个阶段分析出来,最好的办法是把标志着"我"对长妈妈的观感(意脉)发展和变化的关键词找出来。

鲁迅在名字的文章做足了以后,就写对她的一般印象,无非说她喜欢传播家庭里面的是是非非、小道新闻。特别点出细节,说话时,手指点着自己的鼻子和对方的鼻尖,这说明什么问题呢? 没有礼貌,没有文化,不够文明而已。

作为保姆,用还原法,她的任务应该是照顾孩子的生活,包括睡眠,但是她夜间睡觉却自己摆成一个大字,占满了床。这说明,她不称职。而且,"我"的母亲向她委婉地表示夜间睡相不太好,她居然没有听懂,不但没有改进,夜里反而变本加厉,把自己的手放在"我"的脖子上。

把这一切归结起来,作者的态度的几个关键词是:"不佩服"、"最讨厌"和"无法可想"。

孤立起来看,这几个词语并不见得精彩,但是,等到读完了这篇文章,和后面的一系列关键词相联系,作为意脉来理解,就很生动了。因而,所谓关键词,不是一个一个孤立的词语,而是在文章的完整意脉中的核心词语。其生动,不能孤立地判断,而是在意脉的变化中显现出来的。

这以后,事情有了发展,作者与阿长的矛盾加深了。

过新年对于小孩子来说,是无限的欢乐,而且是充满了童心和童趣的想象。而阿长却把这一切弄得很煞风景。首先是新年第一句话,一定要吉利,把孩子的心情弄得很紧张。其次是完成了任务,给一个福橘吃,却又是冰冷的东西。注意,没有这个冰冷的感觉,就很难表现出孩子的心情和阿长的迷信之间的错位。

这一切造成的结果,又有一个总结性的关键词语,是什么呢？在我看来是:磨难,或者"元旦劈头的磨难"。把节日变成了"磨难",这是作者和阿长的情感意脉的第二个层次。

第三个层次是对于阿长的情感的一个大转折,关键词不是事情讲完了才提出来的,而是在事情还没有讲出来之前,提前出现的关键词是:"伟大的神力"、"特别的敬意"。这两个关键词语本身并没有特别的表现力,只是在具体的上下文中,特别是在描述了阿长讲的迷信故事以后,故事的荒谬和"伟大的神力"、"空前的敬意"产生了矛盾,才显出特别生动的趣味。

阿长讲了一个荒谬不经的故事。这是本文中最为精彩的笔墨,尽显一个幽默大师从情感到语言的游刃有余。首先,这个故事一望而知是荒诞的。1. 概念混乱:把太平天国和一切土匪混为一谈,尊称其为"大王"。2. 缺乏起码的判断力:对门房的头被扔过来给老妈子当饭吃,毫无保留地相信。3. 逻辑混乱:小孩子要拉去当小长毛;女人脱下裤子,敌人的炮就炸坏了。这显而易见的荒谬、可笑,长妈妈讲得很认真,并没有流露出任何欺骗或者开玩笑的样子,就显得好笑,这就不和谐、不一致,有点西方人讲的 incongruity,有点幽默了。

其次,用还原法观之,对于长妈妈的荒谬逻辑,特别是抓去做小长毛和女人脱裤子敌人的炮就炸坏了的说法,"我"不但没有表示怀疑、反驳,反而引申下去:自己不怕这一切,是因为自己不是门房。这就把逻辑向荒谬处更深化了。好像真的所有的门房都要被杀头,好像太平天国时代还没有成为遥远的过去似的。这是第一层次的荒谬。第二层次的荒谬是,这一切居然既没有引起"我"的恐惧,也没有引起反感,而是引起了"我"的"空前的敬意"。这逻辑就更加可笑了。越是荒谬,就越是可笑。这样的语义,在字典里是找不到的。语言单纯的工具性在这里无能为力,只有把语义的变幻与人的情感世界的丰富和奇妙结合在一起才能真正领悟。从理论上讲是非常复杂的,但是,从母语的感受来说,领悟并不困难,语感之所以重要,原因就在这里。这里的幽默感得力于将谬就谬。按还原法,正常情况下,应该对长妈妈的荒谬故事加以质疑,加以反驳:阿长的立论前提绝对不可靠,推论也有明显的漏洞。这些都视而不见,却顺着她的错误逻辑猛推,将谬就谬,愈推愈谬;歪理歪推,越推越歪。幽默感随之而强化。"特别的敬意"和"伟大的神力",如果不是在这个意义上用,可能要被认为是用词不当。但是,这种用法有一种特殊的功能,就是反讽,这种用语里面有着作家特别的情趣,非常生动地表达了作者的幽默感的特点。

下面,正面引出来作者想得到一本《山海经》的事情。对于这种孩子的童心,没有人关心,而这个做保姆不称职、生性愚蠢而又迷信的长妈妈,却意外地满足了孩子的心灵需求。作者对于长妈妈的感情来了一个大转折。这是意脉的第四个层次。关键词仍然是:"伟大的神力"、"空前的敬意"。较之第三个转折的"特别的敬意"还增加了一点分量。还怕不够,又在下面加上了一个"新的敬意"。但是性质上,这个"空前的敬意"、"新的敬意"和前面的不一样,它不是反语,不是幽默的调侃,没有反讽的意思,而是抒情的。

在整篇文章中,最精彩的就在这里了。同样的词语,在不同语境下,唤醒读者不同的情感体验:一个是反语,有讽喻的意味,另一个则有歌颂的意味。而这两个本来互相矛盾的内涵,竟可以水乳交融、自然地结合在意脉起伏之中。在这里,我们看到了语言大师对于汉语语义的创造性的探索。这用语言单纯的工具性是难以解释的。细心的读者从这里可以深切地感受到语言的人文性,字典中的语义是固定的,甚至可以说是僵化的,而具体语境中的语义则是变化万千的,是在人与人的特殊精神关联中变幻的。正是这种变幻,才是语义的生命;从这种变幻的语义中,读者才能充分感受到人物的精神密码和作者对人物的感情。鲁迅对这个小人物的愚昧并没有采取居高临下的、尖锐的讽刺,而是温和的调侃,并且还渗透着自我调侃,同时对于小人物哪怕是很微小的优长,都要以浓重的笔墨甚至直接抒怀来表现。

在最后一段,他居然用了诗化的祈使语气:

> 仁慈黑暗的地母啊,愿在你的怀里永安她的灵魂!

对于中国的国民性一直持严厉批判态度的鲁迅,用这样的诗一般的颂歌式语言是很罕见的。鲁迅在小说中写过一系列的农村下层人物,除了《社戏》中的,几乎没有什么人物是得到他歌颂的,从阿Q到祥林嫂,从七斤到爱姑,从单四嫂子到王胡、小 D,从来没有一个人物受到鲁迅这样诗化的赞美。但是,长妈妈却享此殊荣。从这里可以看出,鲁迅对于下层小人物,被侮辱、被损害的小人物,也并不仅仅是"哀其不幸,怒其不争"所能完全概括的,至少在特殊的情境下,鲁迅还为下层小人物所感动,似乎可以用"欣其善良"来补充。从这个意义上,我们能不能说,鲁迅自己说的对于他的人物"哀其不幸,怒其不争"不够全面呢? 这一点是可以讨论的。

读文章,就是要读出它的好处来;用比较的方法,就要比较出它们各自的特点来。《阿长与山海经》与《从百草园到三味书屋》和鲁迅小说中的人物刻画相比,其特点不难概括出来,那就是:不但有幽默的调侃,而且有真挚的抒情。从这里可以看出鲁迅作为一个伟大的人道主义者,他的广博的胸怀,即使对一个有这么多毛病和缺点、麻木的、愚蠢的小人物,即使她只做了一件可能是微不足道的好事,鲁迅也把它看得很重要,用诗一样的语言来歌颂。

从中我们应该深深地体悟到鲁迅式的人文情怀。而表现这种人文情怀,最为关键的词语就是"伟大的神力"、"空前的敬意"、"新的敬意",这一切和最后祈求大地母亲永远安息她的灵魂这样的诗化语言结合为一体。一味拘于字典语义,是不可能进入这种深沉浑厚的精神境界的。

幽默散文所遵循的逻辑不是理性逻辑,因而,它们往往并未达到理性文章那样的深邃,但是,这并不是说幽默就不可能带上理性的甚至哲理的意味,不是这样的。下面我们以汪曾祺的《跑警报》为例来说明这一点。

四 汪曾祺《跑警报》:在灾难面前的"不在乎"哲学

文章写的是抗日战争期间躲避日本飞机轰炸的故事。跑警报,还原一下,可以想象,有紧张,有血肉横飞的惨状,应该是很痛苦、很恐怖的事,但是,观其全文,却不见恐怖,不见紧张,相反,倒是悠闲之状比比皆是。从某种僵化的观念出发,我们可以非难作家,这不是歪曲了历史的真实吗? 但,至今并没有什么评论家发出这样的批评。为什么呢? 这是很值得思考的。

文章一开头,写了一个教授讲课讲到跑警报结束,又写了一个学生跑警报带上一壶水,夹着温庭筠或者李商隐的诗集,从容自在地度过一天。散文不是要写"真情实感"的吗? 写这样的故事,鸡毛蒜皮的,和空袭警报的紧张环境好像不协调,这抒的是什么情呢? 是不是太不严肃了? 文章立意不是要善于剪裁吗? 作家为什么不把它省略掉呢? 拉拉杂杂,在文章中有什么价值呢?

读散文,欣赏散文,遇到现成的理论不能解决的问题,不能拘泥于理论和概念,而要从阅读的经验出发,从阅读的"实感",特别重要的是最初的感觉,或者叫做"初感"出发对理论加以质疑。初感是最真实的,仔细分析,是最有潜在量,最不可能被教条的理论污染、歪曲的。读这样的文章最初的原始感觉是什么呢? 是不是觉得挺有趣的? 是不是有莞尔一笑的感觉? 不论是教授还是学生都挺有趣。有趣在哪儿? 空袭、死亡的威胁,不但没有恐惧,相反,挺悠闲,挺自在。整篇文章就是这样的事情写了一件又一件,全文所写都很有趣。趣味就在这样的空袭,不紧张,不痛苦,不残酷,相反,很好玩。是不是可以说,文章的立意,就是要追求一种趣味,一种超越战争环境严酷性的趣味?

按作家的思路,这种趣味首先集中在跑警报的地点上。

在山沟里古驿道上,有赶马帮的口哨,有他们乡土化的装束,有情歌,有马项上的铃声,"很有点浪漫主义的味道,有时会引起远客游子的淡淡的乡愁"。光是这两句就很隽永,残酷的境遇与这样的浪漫和乡愁,是一种反差,是一种错位。很显然,在这样的错位里,渗透了感情,知识分子对于民俗的欣赏,是情感和趣味的结合,把它叫做"情趣",是不是比较适合呢?

接下去,是"漫山遍野"中的几个"点"。古驿道的一侧,"极舒适",可以买到小吃,"五味俱全,样样都有"。沟壁上,有一座私人的防空洞。用碎石砌出来的对联是"人生几何,恋爱三角",还有"见机而作,入土为安"。作家对这种对联的感慨是:"对联的嵌缀者的闲情逸致是很可叫人佩服的。"这样的"佩服",当然表现了作家的感情和趣味,但是不是有一种感觉,这样的情趣,和通常在抒情散文中感受到的情趣有些不同? 这个"佩服"的妙处,在于其中意思好像不太单纯,不但有赞赏的意思,而且有调侃的意味。而这种调侃的意味,我们是不是感到这种趣味不同于一般的情趣,而是有诙谐? 这应该是另一种趣味,如果把它叫做"谐趣",可能更加贴切。

从这里透露出一点信息,作者所追求的,应该不是一般的情趣,而是谐趣,令人忍俊不禁、莞尔一笑。富有谐趣的散文,就不应该属于抒情散文,而是幽默散文。这一点,从文章中可以得到充分的证明。跑警报居然成了

"谈恋爱的机会"，男士还带上花生米、宝珠梨等等。"危险感使两方的关系更加亲近了"，"女同学乐于有人伺候，男同学也正好殷勤照顾，表现一点骑士风度"。"从这一点来说，跑警报是颇为罗曼蒂克的。"

为什么这样的趣味叫做"谐趣"呢？抒情、诗化和美化情感和环境，二者水乳交融、高度统一就是有诗意。这就是情趣。如果情感和环境的严酷不和谐，明明是血肉横飞的战事，却充满罗曼蒂克的情调，这就不和谐了，不和谐的趣味就有点好笑，有点好玩，这也是有趣的，不能叫做情趣，而叫做谐趣。作家立意不把人的情操往诗化、美化的方向去升华，而是恰恰相反，往可笑方面去引申，在心照不宣之中，让读者会心而笑。这就是幽默感。"不和谐"构成幽默感，在西方的幽默理论中是一个基本范畴，英语叫做 incongruity。

到此为止，我们大概假定：这篇散文的趣味特点，可以定性为幽默。接下去，认真检验一番，这个假定在文本中，是不是有充分的支持？

警报结束了，回家遇雨，就有个侯兄专门为女同学送伞的故事。作家这样评述：

> 侯兄送伞，已经成定例。警报下雨，一次不落。名闻全校，贵在
> 有恒。

这就不但是情感方面的不一致，而且是语词方面的不一致了。本来，"定例"的指称与一定的规章条例习惯有关，既是规定，就有约束，有一定的强制性，不能不执行的；而这里却是自觉奉献，如被动执行一样有规律。至于"贵在有恒"，本来是指以顽强的意志坚定地追求一种学业上、道德上的目标，而这里却是为了讨好女性。这是显而易见的不和谐、怪异，给人以"用词不当"之感，但是，这种用词不当、这种误用，是作家有意的，读者也心领神会，读者和作家心照不宣，领悟了作家对此人的调侃。

由此也可以让我们体会到驾驭语词的一种特殊法门，那就是在心照不宣的大词小用中，构成错位。语言的功能和意义是无限丰富的，并不是只有字典上规定的那种意义和用法，恰恰相反，在不同的上下文中，在无限多样的语境中，语词的用法是变幻无穷的。

本文的幽默感随着类似的怪异、不和谐程度的强化而不断加深。但下面的幽默感不是由于由于大词的误用，而是由于逻辑的错位。跑警报的人，

大都带着贵重的金子。哲学系的某个学生作出这样的逻辑推理：

> 有人带金子,必有人会丢掉金子,有人丢金子,就会有人捡到金子,我是人,故我可以捡到金子。因此,他跑警报时,特别是解除警报以后,他每次都很留心巡视路面。他当真捡到过金戒指！逻辑推理有此妙用,大概是教逻辑学的金岳霖先生所未料到的。

这位同学捡到金戒指,是偶然的,但作家却用一种牵强附会的逻辑,不和谐的、错位的逻辑,把它说成是必然的。这里逻辑的不和谐、错位在于："有人丢金子,就会有人捡到金子",不是必然的,还有一种可能是丢掉了并没有给人捡去,而是失落在某一角落。至于"我是人,故我一定会捡到金子",更是不合逻辑推理的规则。这条推理要能成立,必须大前提是周延的,也就是没有例外的。例如：

> （大前提）所有的人都捡到金子,
>
> （小前提）我是人,

才能推测出：

> （结论）故我一定能捡到金子。

从逻辑学来说,这样的推理（三段论）之所以能够成立,就因为大前提是周延的,也就是毫无例外的。一旦不周延,有了例外,就不能进行这样的推理。如果大前提不是这样,而是：

> （大前提）个别人能够捡到金子
>
> （小前提）我是人,

只能推出：

> （结论）故我有可能捡到金子

如果硬性推出：

> （结论）故我一定能捡到金子。

就是不合逻辑的,是荒谬的、不和谐的。但汪曾祺却让它和偶然的事实巧合,而且用歪曲的逻辑对之作证明,明显是一种歪理歪推。因为其理之歪,才显得不和谐,这已经是可笑了；然而又与事巧合,歪打正着,逻辑在错位以后,巧合地复位了,就更加可笑了。因而,谐趣在这则故事中显得更浓了,幽默感就更强了。

跑警报有这么多趣事,不跑警报也有趣事:一个女同学利用这个机会洗头,一个男同学利用这个机会煮莲子,即使飞机炸了附近什么地方,他仍然怡然自得地享受他的莲子。文章写到这里,几乎全是趣事,轻松无比。也许作家感到,再这样写下去,可能被歪曲,日本飞机轰炸,真是太浪漫了。作者忽然笔锋一转,说飞机也炸死过人,田地里死过不少人,但没有太大的伤亡。这一笔,从文章构思上来说,可以叫做补笔。为什么呢? 开头我就说过,本来飞机空袭是一件恐怖的事情,但作家的文风却追求一种轻松的、幽默的风格,一连写了许多轻松的故事,幽默随着不和谐感的强化而强化。然而读者也可能发生疑问,在这样的民族灾难面前,作家怎么能够幽默得起来,轻松得起来? 作家的这一笔,应该是一个交代。因为没有太大的伤亡,所以才幽默得起来,如果每一次都是血肉横飞、尸横遍野,甚至是自己的师长亲人死难了,再这样轻松幽默,就是歪曲现实了。鲁迅在世时,对林语堂提倡幽默一直怀着警惕,就是担心"把屠夫的凶残化作一笑"。

汪曾祺是一个很有思想的作家,他对这一点是很有警惕的。除了这一笔外,还有一笔,那是最为重要的一笔:

> 日本人派飞机来轰炸昆明,其实没有什么实际的军事意义,用意不过是吓唬吓唬中国人,施加威胁,使人产生恐惧。他们不知道中国人的心理是有很大弹性的,不那么容易吓得魂不附体。我们这个民族,长期以来,生于忧患,已经很"皮实"了,对于任何猝然而来的灾难,都用一种"儒道互补"的精神对待之。这种"儒道互补"的真髓,即"不在乎"。这种"不在乎"精神,是永远征不服的。
>
> 为了反映"不在乎",作《跑警报》。

这一段,是全文的注解:文章写了那么多有趣的、好玩的、不和谐的道理,充满幽默感的、好玩的人和事,并不是低级趣味的搞笑,而是相反,有着深刻的、含有哲学性的思考。在这种"不在乎"的谐趣中,作者揭示了我们民族在灾难中顽强不屈精神的一个侧面,同时,要特别提醒的是,这不仅是抗战精神的反映,而且也是汪曾祺自我追求的超凡脱俗精神境界的反映。这是汪曾祺式的《跑警报》,是汪曾祺的儒道互补哲学的表现。这肯定不是西南联大学生跑警报的客观写照,如果让另外一个人,如同在西南联大的闻一多或者朱自清来写,可能就要充满血腥和激愤了,虽死人不多,哪怕是一滩鲜血也会让作家热血沸腾,甚至作狮子吼的。

从这里可以看到,汪曾祺的《跑警报》有特点,有创造,并不一定完全归功于跑警报本身,更主要的是汪曾祺这个人的道家思想和抗战精神的猝然遇合、汪曾祺的幽默感和跑警报场景的不期而遇。这种不期而遇,在一个普通人心目中也许并非完全没有,差别仅仅在于,他也许并没有觉得其中有艺术的珍贵种子,而让它埋没在心灵的深层,永无出头之日。

第十五讲

西方散文：审智与审美的结合

一 培根《谈读书》

在英语和俄语国家中，没有我们五四以来形成的那种以审美抒情为主的"散文"文体。在英语百科全书中，prose 并不是一种文体，因而没有单独的词条；只有和 prose 有关的文体，就是通常所说的随笔（小品）和美文。按西方的理解，随笔是一种分析、思索、解释、评论性质的具有一定文学性的作品；较之论文，篇幅短得多，不太正式，也不太系统，往往从一个有限的经常是个人的角度来讨论一个观点。很显然，它是以议论为主，一方面与抒情是错位的，另一方面又与理性是错位的，可以说属于智性。理论性强的不叫做 essay，而叫 treatise，或者 dissertation。在英语里，单独使用的 prose，与其说是一个独立的文体，不如说是一个系列文体的总称（还包括小说、传记），有时作为表述方法（而不是文体），有平淡无奇的意思。属于文学性散文的文体，并不笼统叫做 prose，而是 belles lettres（美文）；作为文学，具体些说，指轻松的、有趣的、意深语妙的随笔，也用于指文学研究，同时也包括了诗歌、戏剧、小说。

在中国，培根的《谈读书》（"Of Studies"）是被当做散文来看待的，但是，它并不抒情，也不幽默，而是以智的思考为主的。

这是培根的一篇著名的文章。从文体来说，不像文学散文，因为它没有什么形象性的语言，通篇都是发议论，但又不像一般的议论文，因为作者虽然发表了许多见解，但并没有像一般议论文那样进行论证。文章就是讲述自己的看法，也没有引用什么经典来加强自己论点的可信度。整篇文章的风格很轻松，很随意。这在欧洲属于随笔（essay）一类。它是培根的一本集子中的一篇。这本集子中，有一系列文章，都是用"of"开头的，如"Of Truth"（真理），"Of Death"（死亡），"Of Love"（爱），"Of Envy"（妒忌），"Of

Boldness"（勇敢），"Of Nobility"（高贵），等等。这类文章在中国可以归入小品。小品散文中的见解，可以是一得之见，也可能是某种偏见。在随笔中，就更是如此了。从题目上来看，就很明显。原文是"Of Studies"，从字面上来看，翻译成"论读书"并不一定很妥当。这个 Studies，本来意思很丰富，与本文内容相关的至少就有这样两点："The act or process of studying. The pursuit of knowledge, as by reading, observation, or research."大抵是指求知、学习研究的过程，其中包括阅读、观察、研究。"Their chief use for delights in privateness and retiring; for ornament, is in discourse; and for ability, is in the judgment and disposition of business." 王佐良教授的译文是："其怡情也，最见于独处幽居之时；其傅彩也，最见于高谈阔论之中；其长才也，最见于处世判事之际。""in privateness and retiring"（独处幽居），用中国传统的话语来说，就是超越俗务，悠然自得；用西方话语来说就是"个人拥有一个私人的空间，置身其中以得到自由和安闲"。从这个意义上说，随笔又具有相当的感性色彩。但这种文章更多的是纷至沓来的判断，并没有多少论证，却仍然相当吸引人。原因是，他的智性比较深刻，常常在对立中求统一，因而具有格言的深邃。这种深邃，是有他的反经院哲学的经验主义基础的。王佐良先生的译文："读书补天然之不足，经验又补读书之不足，盖天生才干犹如自然花草，读书然后知如何修剪移接；而书中所示，如不以经验范之，则又大而无当。唯明智之士用读书，然书并不以用处告人，用书之智不在书中，而在书外，全凭观察得之。"这里，把求知阅读和经验两个方面的互补说得周密而警策。

二 梭罗《瓦尔登湖》

梭罗的《瓦尔登湖》在中国影响可能更大一些，因为它表面上更接近中国五四以降抒情叙事的散文观念。但是，实际上不然。下面就以入选中学语文教材的片断《寂寞》为例作一些分析。

这是一篇抒情散文，全文表现的宗旨是寂寞之美。作者是美国人，他所写的抒情散文，有美国式的特点，和我们中国的抒情散文，多多少少有些不同。主要是我们的抒情散文，往往和景物、人物的描绘联系在一起，甚至以景物和人物为主体；而这篇文章表现出美国式，或者可以说欧美抒情散文的一种风格,并不是以景物和人物为基础,而是以自我的感受、想象和沉思为基础的。这种散文,是一种西方流行的随笔体,近似一种絮语散文,英语叫做 familiar prose。文章的主题是很有特点的,通常我们,尤其是青少年,不喜欢寂寞而倾向于热闹。对于热闹的美好,我们体会可能较深;对于孤独寂寞的美好,体会可能就比较浅。当然在文学作品中,我们曾经读过朱自清的《荷塘月色》,其中,朱先生营造了一种"独处的妙处"。在平日里,他"爱群居也爱独处",但一个人来到月下的荷塘的时候,就觉得有一种"自由";白天里有一定要说的话、一定要做的事,自己不想做又非做不可,自己不想说又非说不可,就没有"自由"。一个人来到这月光下的荷塘,摆脱了作为父亲、作为儿子、作为丈夫的职责压力,就很自由。一个人背着手踱着,什么都可以想,什么都可以不想,"便觉是个自由的人"。于是平日里本来十分幽僻的荷塘、小煤屑路,白天很少人走、夜晚有点怕人的地方,突然充满了诗的意境。

梭罗这一篇也是写寂寞之美的。这种寂寞之美,由于西方人的文化观念,对于大自然、对于宗教上帝的观念与我们差异很大,要读懂它是不容易的,因而要讲究一点方法。我们采取一种关键词的归纳方法。这篇文章里最为关键的词语,当然是"寂寞"。

在文章的开头一段,作者并没有直接写"寂寞",而是渲染"宁静",从两个方面来渲染:首先,从客观方面,也就是从对大自然的感觉方面来表现,从听觉出发,牛蛙鸣叫、风中夜鹰的乐音,这些声音都是比较细微的,能感觉到这样的声音,说明环境相当宁静(虽然,在他的想象中,在不可知的远方,有不宁静的动物)。其次,从主体心情方面来渲染,为自己成为大自然的一部分而感到喜悦。在作者心目中,寂寞的原初感受,特点是大自然和自我的双重宁静。这里强调的宁静,显而易见是一个人独享的。没有任何其他人的参与,也就是没有任何人的干扰,才有一种"自由"感,才有"喜悦"感。

下面写发现有人来过了,没有遇到,但留下了嗅觉和视觉的痕迹。这一段,有一点值得注意,在这样一个独处的地方,有朋自远方来访而未遇,居然没有遗憾。这是从反面衬托出在寂寞中怡然自得,心态很自由,没有任何外在的负担,也没有任何内在的负担,来访,遇了,挺好,未遇,也挺好。

下面一段是说,一个人占据了这么大的空间,最近的邻居在一英里之外。在这里,作者第一次提出自己的关键词:寂寞。作者的任务当然不仅仅

是提出这个概念,而是把它写得很美好:

> 可以说,我有我自己的太阳、月亮和星星。我有一个完全属于我的小世界。从没有一个人,在晚上经过我的屋子,或叩我的门,我仿佛是人类中的第一个人或最后一个人。

这几句显然充满了诗意。诗意从何而来?就是把孤独强调到极端。从散文的意义上来说,个人不可能有属于自己的太阳、月亮和星星。说有自己的太阳、月亮和星星,突出了自己在这里、在这个小世界里,是唯一的生命。说自己是人类中的第一个人或者是最后一个人,就是强调没有见到过第二个人。在这样的感觉中,寂寞并不可怕。把"世界留给黑夜和我",意思是,哪怕在这个世界上只剩下了黑夜,这种寂寞也是美好的。这是寂寞的第一层意蕴。

文章往下发展,寂寞的意蕴层层递进。寂寞,本来的意味是孤独,没有任何伴侣,但作者在"寂寞"中引申出另一个从属的观念:伴侣。寂寞是有伴侣的,这个伴侣就是大自然。只要与大自然混为一体,大自然就是伴侣。要注意的是,伴侣这个词,在这里,词义发生了变异。本来,伴侣,毫无疑问是有生命的人,这里却变成了大自然。这是词义的转化,好像不太准确,但恰恰是在这种转化中,突出了把大自然当做有生命的对象来看待的情感:风可以成为音乐,四季的变换可以具有"友爱"的性质,时时刻刻感受到"和大自然做伴是如此甜蜜,如此受惠"。作家还把这种友爱的感觉,和人类的邻居相比较,觉得这比邻近的村民更富有人性。寂寞的第二层意蕴就是:大自然的友爱比人类的邻近更富有人性。从这个意义上来说,作家的意图是歌颂大自然的美好胜过人类的友爱。

接下去,作家对于寂寞又进一步引申出一个派生的性质来:思想。什么样的思想呢?从宇宙宏观的角度思考寂寞:

> 人们常常对我说,"我想,你在那里住着一定是很寂寞,总是要跟人们接近一下的吧,特别在下雨、下雪的日子和夜晚。"我喉咙痒痒地直想这样回答:我们居住的整个地球,在宇宙之中不过是一个小点。那边一颗星星,我们的天文仪器还无法测量出它有多么大呢,你想想它上面的两个相距最远的居民又能有多远的距离呢?我怎么会觉得寂寞?我们的地球难道不在银河之中?……我们已经发现了,无论两条腿怎样努力也不能使两颗心灵更加接近。

这里所说的不寂寞的理由,从逻辑上来说是偷换概念,人家说的是人间,他却用天体物理的概念,以天文数字来和人的短距离才有效的感觉比照,这在逻辑上叫做无类比附。但正是在这种无类比附中,突出了作家的感情。为了把感情发展到极端,作家甚至强调说,人们由于热爱寂寞,变得不喜欢车站、邮局、酒吧、会场、学校等等,只喜欢那——

> 生命的不竭之源的大自然。

把话说得这么绝对,从理性上来说,似乎有点强词夺理,但这里不是在讲道理,而是强调主观的感情,感情越是强烈,就越是与理性矛盾。感情的特点就是极端化,不讲一分为二,不讲全面性,爱之欲其生,恶之欲其死,情人眼里出西施,都是极端化的情感使然。为了强调大自然的美好、诗意,就把人类的交往友好、睦邻说得毫无重要性。在这种绝对化的强调中,有一种趣味,这就是情趣。当然,从作家的具体情况来看,还有一点是要注意的,那就是作家是基督徒,他的大自然和上帝的创造联系在一起。这就是作家提供的关于"寂寞"的第三个层次:寂寞因为激发"思想"而美。

应该说,作家的思想是深邃的,他在寂寞中思考自我,对自我进行了解剖,发现自我实际上具有"双重人格"。

> 因此,我能够远远地看到自己犹如看别人一样……我总能意识到我的一部分在从旁批评我。好像他不是我的一部分,只是一个旁观者,并不分担我的经验,而是注意到它:正如他并不是你,你也不能是我。

这些话有些难懂,但也正是西方散文的智性功能发挥到极致的地方。其实意思很简单,作家不过说,只有在孤独寂寞中,人才有自我审视的可能,才有严峻地反思的可能,只有在反思中才有思想,以想象中理想化的自我来分析实际中的自我。体验着这种"双重人格",实际上是双重自我的体验,当一重自我面对着另一重自我,寂寞就不是寂寞,孤独就不是孤独,而是享受着自己的思想了。这个观念是全文的关键,也是理解的难点,同时也是西方思辨式、审智式散文最鲜明的特点。

理解了这一点,就不难理解下面的文章了。正是因为寂寞能产生思想,所以他才说,别人很难和他做邻居,交朋友。正是因为寂寞能够激起思想,作家才"爱孤独",体验到寂寞"有益于健康","是最好的同伴"。这一点无疑是作家思想的焦点。这种正面的思辨,在作家看来不够充分,接下去,作家采取两个方法来丰富这种观念:第一,从多方面来表现;第二,从感性生活中表现。

所谓多方面表现,就是不但从工作中,而且从它与社交的对比中来表现寂寞和思想的关系:"厕身于人群之中,大概比独处室内,格外寂寞。"这是一种把矛盾强化,加以对转的手法,强调的是思想,寂寞与身体和同伴的距离无关,即使没有距离,若没有思想的沟通,仍然是寂寞的,而孤身独处是思想自由的条件,却可以是不寂寞的。

所谓感性生活中表现,就是把孤独寂寞向相反方面转化的观念,从日常的感性经验中得到证明:

> 真正勤学的学生,在剑桥学院最拥挤的蜂房内,寂寞得像沙漠上的一个托钵僧一样。

这是相当强烈的、尖锐的思想,由于采取了英语中矛盾修辞的方法而显得精彩。为了把这种观念在感性上加以丰富,作家举出农夫的生活加以对比:

> 农夫可以一整天独个儿在田地上,在森林中工作,耕地或砍伐,却不觉得寂寞,因为他有工作;可是到晚上,他回到家里,却不能独自在室内沉思,而必须到"看得见他在那里的人"的地方去消遣一下,照他的想法,是用以补偿他一天的寂寞。因此他很奇怪,为什么学生们能够整日坐在室内不觉得无聊与"忧郁";可是他不明白虽然在室内,却在他的田地上工作,在他的森林中采伐,像农夫在田地或森林中一样……

这几句也比较艰深。前面讲,农夫一个人在田地里劳动,"不觉得寂寞",是因为他有"工作",而"晚上回到家里,却不能独自在室内沉思",言外之意,如果他能够独自在室内沉思,他就不寂寞了。按前面作家提出的,寂寞之所以成为最好的同伴,是因为能够在沉思中激发思想。而农夫一个人,只要工作,就不寂寞了;而回到家里,他却不能独自沉思。按作家的原则,他应该是寂寞的,他与朋友的社交则应该更加寂寞了。可是作家却说,他获得了对"一天寂寞的补偿"。不能不指出,作家在逻辑上犯了一个自相矛盾的错误,明明是前面已经指出了农夫在劳作中并不感到寂寞,这里又冒出来一个对"一天寂寞的补偿"。作家的意思其实是,农夫不懂得孤独、寂寞的美好,偏偏要到熟人中去找寻消遣和社交。从这里,可以明显地感到,作家的寂寞有一种贵族化的倾向。这也许是我们今天难以理解的原因之一。

难以理解的另一个原因是,作家所采取的西方式随笔体裁,以思绪纷纭见长,但也带来一种局限,那就是不讲构思的有机精巧,不讲章法,不够节制,有时不免意脉不够单纯、统一,失之芜杂,枝蔓过多,题旨的局部转移在所难免。

在本文中,繁杂的枝蔓并非个别纪录。早在前文中,就有一些地方显露出这样的缺点。如在第一个自然段的中部,作家提起一个赶着一对牛去城市的"市民同胞"。这个同胞的出现,不过是为了问他为什么远离"这么多人生的乐趣",孤独地与大自然亲近。他回答说:"我确信我很喜欢这样的生活。"这句话并没有什么了不得的深刻和独特之处,为了这个平淡的际遇,花了两百字的篇幅让这个人物出现,显然是不够精练的,将其删节,根本不会影响文章的力度。

又如,在同一页上,说自己如何热爱寂寞,又说很少有人来瓦尔登湖,偶尔有钓鱼的人,钓到的只是黑夜而已。这一情景,当然可能与他的热爱寂寞有关,但同时也可以说明,这些人即使钓不到任何鱼,钓到的只是黑夜,也乐此不疲。以中国散文强调意脉的条贯统一、结构精巧、留有余地、言有尽而意无穷的准则衡量,这与作家的感情特点并没有密切、深刻的关系,完全是可有可无的。但在西方的随笔体、絮语体散文中,篇幅是不受节制的,这种带着擦边性质的素材也被随笔的随意性带了进来。这就增加了读者阅读的负担。

类似的情况在接下来的文章中还有:

> 我曾经听说过,有人迷路在森林里,倒在一棵树下,饿得慌,又累得要命,由于体力不济,病态的想象力让他看到了周围有许多奇怪的幻象,他以为这都是真的。同样,在躯体和灵魂都很健康有力的时候,我们不断地从类似的,但更正常、更自然的社会得到鼓舞,从而发现我们是不寂寞的。

这个垂死的人从幻想得到鼓舞,说明什么问题呢?是说,他的孤独,因为有幻想做伴而变得不寂寞了吗?但是,对这种奇怪的幻象信以为真,这是很煞风景的,有什么美好的诗意,或者有什么深邃的思绪呢?徒然使读者的注意游移。更为明显的是在最后的一段,出现了一个老年移民,让作家心里充满了"交际的喜悦"。还有一个老太太,住在近处,给作家讲了许多寓言、故事,作家对之赞赏不已。也许作家的意图是用这两个人,说明在离群索居的情况下,也能享受到交际的愉悦。但是,作家在前面说过:

> 试想工厂中的女工,永远不能独自生活,甚至做梦也难于孤独。如一英里只住一个人,像我这儿,那要好得多。人的价值不在皮肤上,所以我们不必要去碰皮肤。

作家所赞赏的这两个人,并不住在一英里以外,和他们交往,为什么"是不寂寞的"?而那个农夫回家以后,去找到"看得见他在那里的人",为什么这样的交往就是"廉价"的,"没有获得新的有价值的东西"呢?作家和这两个老人的交往,也许是获得了别的有价值的东西,但是,人际的这种交往,是不是与前面把"寂寞"和"孤独"当成"伴侣",当成"同伴"产生矛盾呢?

诸如此类,作家可能辩护说,前面他已经说过了,交往"在形式上"要"精炼些"。这样辩解,勉强可通。但是,从艺术上来说,意脉的清晰度的降低,对于感染力而言作用是消极的。

至于最后一段,讲大自然中的蔬菜、植物、水、空气,都是人类健康的补品,这是对大自然的赞美,脱离了寂寞的意脉,即使用了一系列希腊神话的典故加以美化、诗化,但是这种美化和诗化并不是寂寞所特有的,主题已经明显地转移了,寂寞之美的意脉已经中断,主题受到严重的干扰。

应该说明的是,这不只是这一篇文章的缺点,而是一种体裁的局限。西方散文在文学史上没有小说、诗歌那样的显赫地位,也没有小说、诗歌那样丰富的理论。

正是因为这样,西方的散文,对中国五四新文学而言,就不像小说、诗歌、戏剧般成为作家们师承的对象。中国的现当代散文走的是独立发展的道路,按审美、审丑和审智的逻辑和历史的统一,在现当代文学史上建构了一种与小说、诗歌并列的形式,有了比西欧、北美和俄罗斯更丰富多彩的发展。这是中国现代文学史极其独特的现象。